水滸論衡

馬幼垣 著

給

承瑞

——集中各文她早細讀過

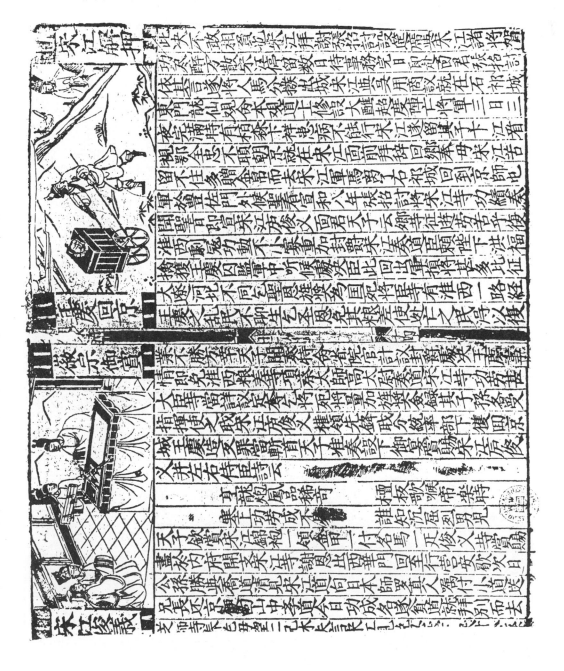

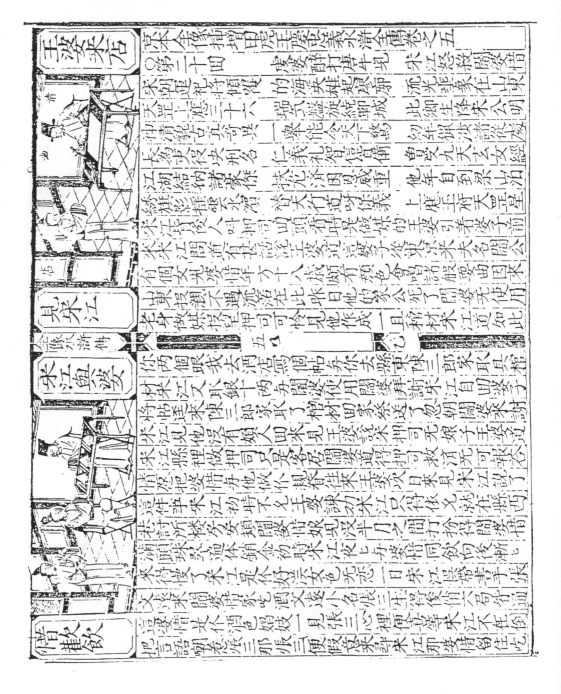

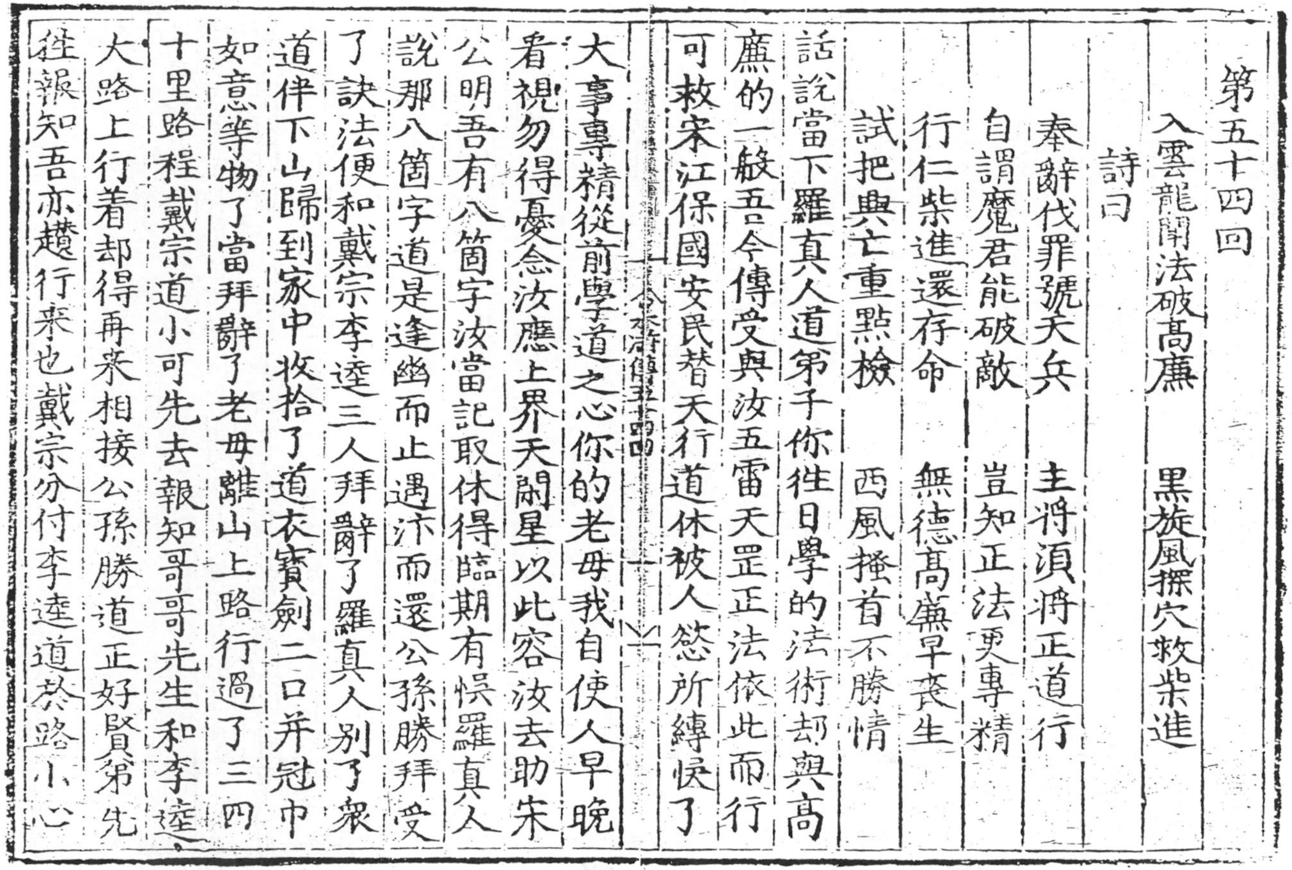

插圖二
嘉靖殘陵本書影

第五十四回

入雲龍鬪法破高廉
黑旋風探穴救柴進

詩曰

奉辭伐罪號天兵　主將須知正法精
自謂魔君能破敵　豈知正法最高明
行仁崇進遷符命　無德貪高業早生
試把興亡重點檢　西風揮首不勝情

話說當下羅真人道：「弟子，你從前學得五雷天罡正法，依此而行，誤了你的性命。我今傳授與汝五雷天心正法，依此而行，與天地同也。可救柴進！」

公孫勝聽罷，拜謝了羅真人。真人又道：「你此去只可救宋江、戴宗、柴進等眾，得勝而回，早早來還。我自有話與你說。待汝回時，我自臨期相接。」公孫勝再拜受命，辭了師父，下得山來，徑歸家中，拜辭老母，收拾了行裝，披掛衣甲，帶了寶劍，離了二仙山，取路正與李逵同行。兩個上路行去...

十大路上行，一里路程，行者都得再來，戴宗卻得神行法，便不趲行也。

忠義水滸傳卷之九十三

施耐庵集撰
羅貫中纂修

第九十三回

宋公明大戰毗陵郡
盧俊義分兵宣州道

水滸傳全本卷二

水滸傳全本卷之四

元　施耐庵集撰　　　明李卓吾先生批點

楊志尋個客店安歇了，許多東西都使盡了，又没一文盤纏。出大路投東京去見殿帥高太尉，把許多金銀財物，買上告下，使盡了，方能勾見得殿帥高太尉，把文書呈覆。那高俅把文書一筆都批倒了，將楊志趕出殿帥府來。楊志悶悶不已，回到客店中，思量道：

「王倫勸俺也見得是。只為惡了高太尉，尋思起來，閃得俺如此，又吃這一口寶刀將了，去街上貨賣，得些盤纏投往他處安身。」當日將了寶刀，插了草標兒，上街去賣。走到天漢州橋熱鬧處。立住脚看時，只見兩邊的人，都亂竄。楊志道：「好作怪，這等一片錦城池，卻那得大蟲來？」立住脚看時，只見遠遠地黑凜凜一大漢，吃得半醉，一步一顛撞將來。

原來這人是京師有名的破落戶潑皮，叫做沒毛大蟲牛二，專一在街上撒潑行兇撞鬧，連開封府也治他不下，因此滿城人見那破落戶牛二來時，都躲了他。楊志却不認得，立在橋邊看他。

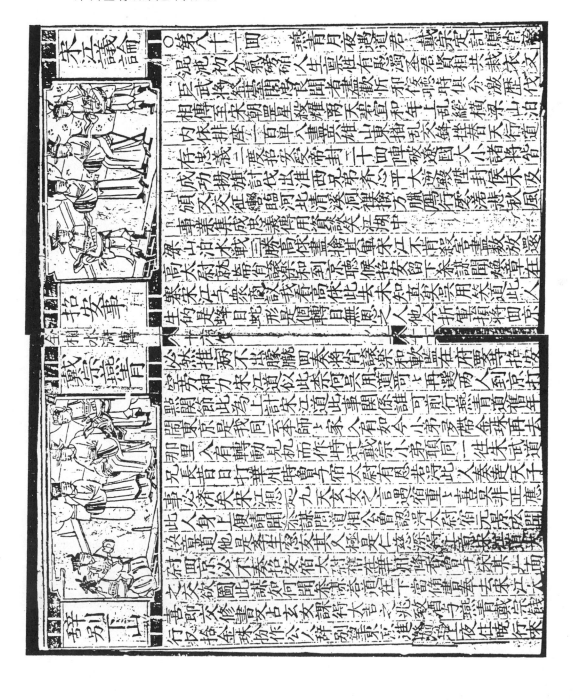

薛田見

虎計叛兵

插圖九(至十二)

巴黎插增甲本選影(與插圖十三至十七相應)

新刻京本全像插增田虎王慶忠義水滸全傳卷之廿一

○第一百二回　李逵受困于駱谷　宋江智取洮陽城

幾朵紅花映酒盃　離筵愁思更徘徊
恩威正好酣深頭　名位何須及早催
夜月輕移旗影動　秋風時送角聲回
將軍未得封侯印　西地兵疲亦可哀

宋江撥十將朱武董平楊志徐寧索超柴進穆弘雷橫楊雄石秀鎮守梁州其餘人馬望洮陽進發令戴宗催趲水軍進越江相會只見李逵見宋江道哥〻這番行兵如何不與我們出戰宋江曰此去須用你只是淮西晗徑叢雜恐你殺入重地怕有所失因此不令你去須得幫護之人我纔放心只見項充李袞鮑旭道哥〻我等同去潘迅孫安柏森鄭全忠計宦池安仁六人齊道你三人也不識路徑小將等識得此間地勢願帮李兄弟同去立功宋江曰各宜用心點一萬軍與李逵等先行自率大隊隨後接應詩云

士卒紛〻去若流　征雲靄〻列城樓
偽秦不省蒼窮意　使致洮陽克日收

鎮守洮陽二將姓刘名以敬上黨人氏一个姓黃名仲實下邳人氏俱受王慶偽封都督兵馬使之職忽報上官義領敗兵走入洮陽黃仲實令人請來相見上官義訴說彼蕭引鳳兄弟献詐降計襲了梁州只得引殘兵來投二公計議復州城之策刘以敬曰日前汪太史有申文報說天象有兵戈之事正應本境可宜謹防公今失梁州宋江必驅兵來攻洮陽上官義曰小將屢次出陣亦曾斬他幾將今誤中其計致失城池若宋兵再來小將必須盡力向前以雪其恨黃仲實曰既統制同心協助保守洮陽實乃天幸一面申文書與秦王

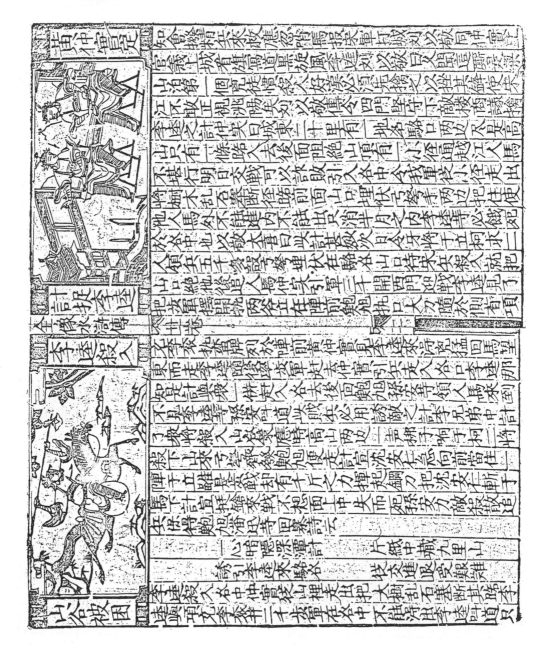

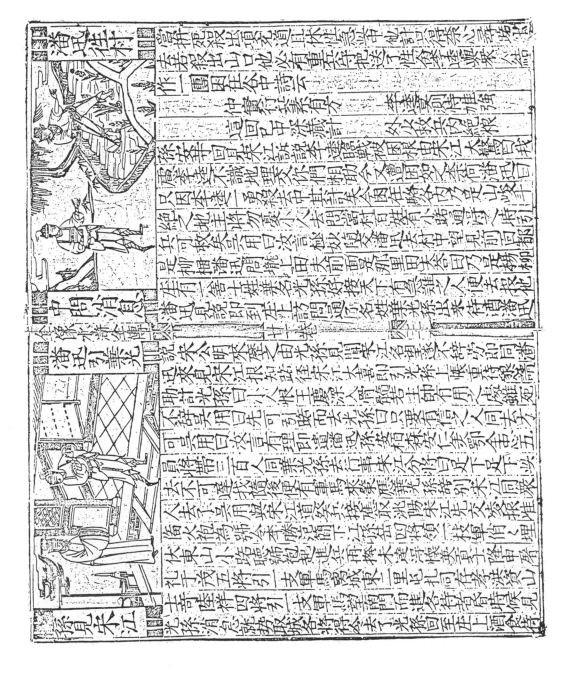

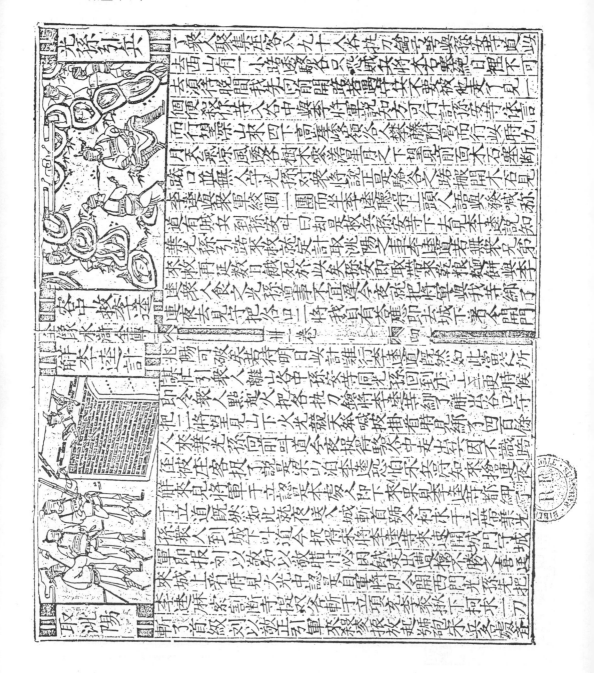

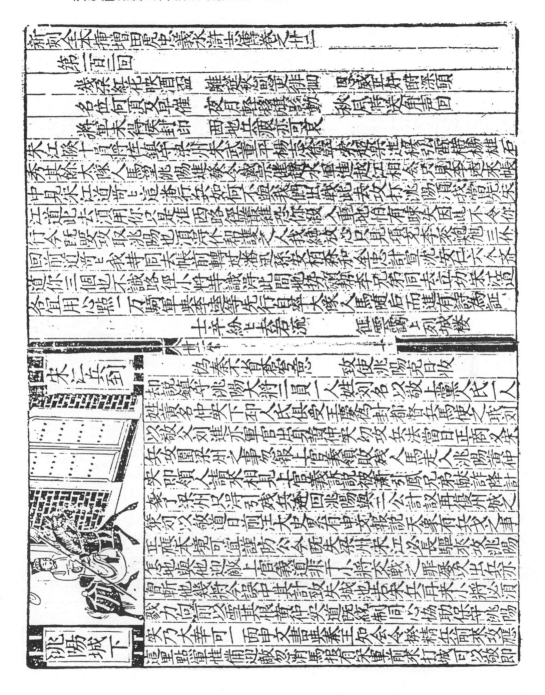

張遼殺入

諸葛被困

尚存太史有賀律二首衰悅

莫把行藏处处老天
百战捞潦破敝年
早知鳴毒理書裹
生當福食死封侯
宏猴秋啸裏哭稠
千丈葵涯埋玉地

端怒當日亦堪憐
熟雁澄星今巳矣
辛取鳴夷泛釣艇
男子平生志巳醉
不須出处求身錄
諸花啼馬綬關秋

一心征臘擢鋒日
奸妃賊相尚依然
鐵馬夜斯出月暗
却喜忠良作話頭

萬曆仲冬之吉
種德書堂重刊

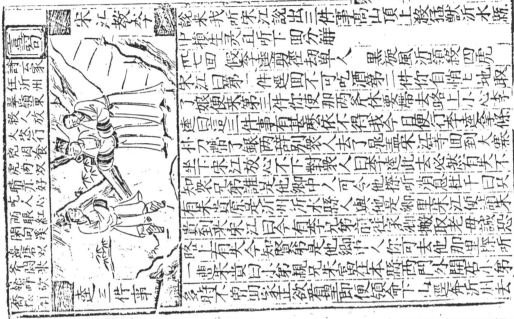

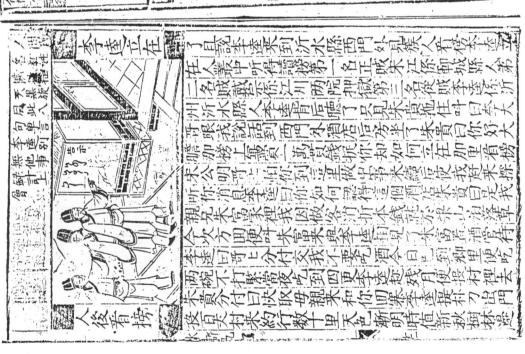

插圖二十
鍾批本書影

鍾伯敬先生批評忠義水滸傳卷之十二

竟陵鍾　惺伯敬父　批評

第十二回

梁山泊林冲落艸　汴京城楊志賣刀

詩曰

天罡地煞下凡塵　托化生身各有因　落艸固緣屠國士　賣刀豈可殺平人　東京已降天蓬帥　北地生成黑煞神　豹子頭逢青面獸　同歸水滸亂乾坤

話說林冲打一看時只見那漢子頭戴一頂范陽毡笠上撒着一把紅纓穿一領白段子征衫繫一條縱線縧下面青白間道行纏抓着褲子口獐皮襪帶毛牛膀靴跨口腰刀提條朴刀生得七尺五六身材面皮上老大一搭青記腮邊微露些少赤鬚把毡笠子掀在脊梁上坦開胸脯帶着抓角兒軟頭巾挺手中朴刀高聲喝道你那潑賊將俺行李財帛那里去了林冲正沒好氣那里荅應睜圓怪眼倒竪虎鬚挺着朴刀搶將來鬥那個大漢但見

批評水滸傳　卷之十二　一

殘雪初晴薄雲方散溪邊踏一片寒氷岸畔涌兩條殺氣一上一下似雲中龍鬥水中龍一往一來如岩下虎鬥林下虎一個是擎天白玉柱一個是架海紫金梁那個沒些破綻高低這個有千般威風勇猛一個盡氣力望心窩對截一個弄精神向脇肋忙穿架隔遮攔却似馬超逢翼德盤旋點攔渾如敬德戰秦瓊鬥來半晌沒輸贏戰到數番無勝敗果然巧筆畫難成便是鬼神須膽落

林冲與那漢鬥到三十來合不分勝敗兩個又鬥了十數合正鬥到分際只見山高處叫道兩個好漢不要鬥了林冲聽得驀地跳出圈子外來兩個收住手中朴刀看那山頂上時却是王倫和杜遷宋萬

水滸辨

題水滸傳敘　天海藏

水滸一
書坊間
祥者紛
紛偏儼
副全像
者十餘
者止一
家前像
板宇中
蓋訊其
板泉旧
惟三槐

先儒謂盡心也謂忠心制事宜
之謂義愚曰盡心也以為國也
謂忠事宜在濟民也謂義若宋
江等其諸忠者乎其諸義者乎
當是時宋德衰微乾綱不攬官
箴失揜下民咨又山谷嗷又英

插圖廿二
日光輪王寺所藏《般若心經注解》書首書寫的天海藏三字

般若心經注解　　沙門圓耳集

天海藏

科此經為二

初題目——摩訶般若波羅蜜多心經　總此經有七本異譯

此本玄奘所譯經也唯有正宗無序及流通

法月譯本云於王舍城耆闍崛山觀世音菩

薩白佛言世尊我欲於此眾中宣說般若波

羅蜜多心唯願世尊聽我所說介時世尊告

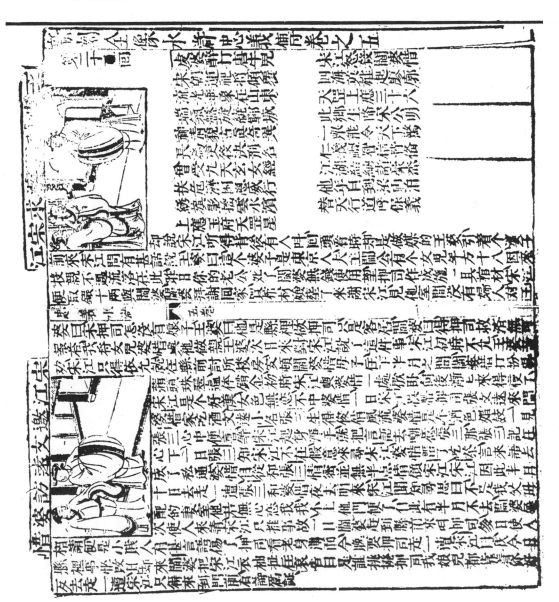

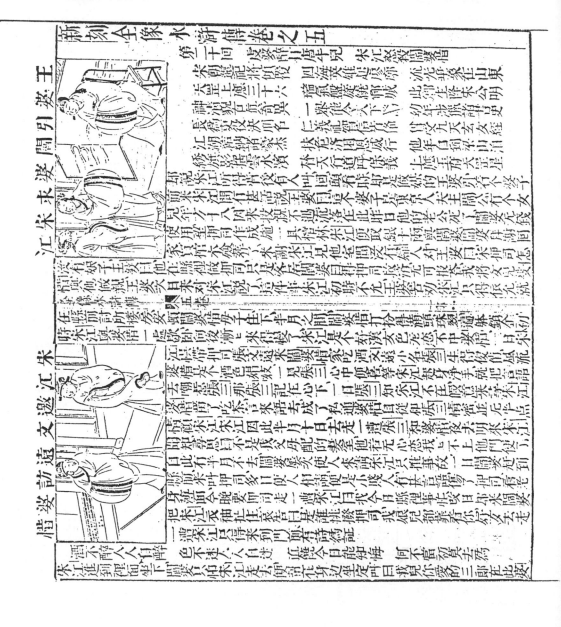

插圖廿四
劉興我本書影

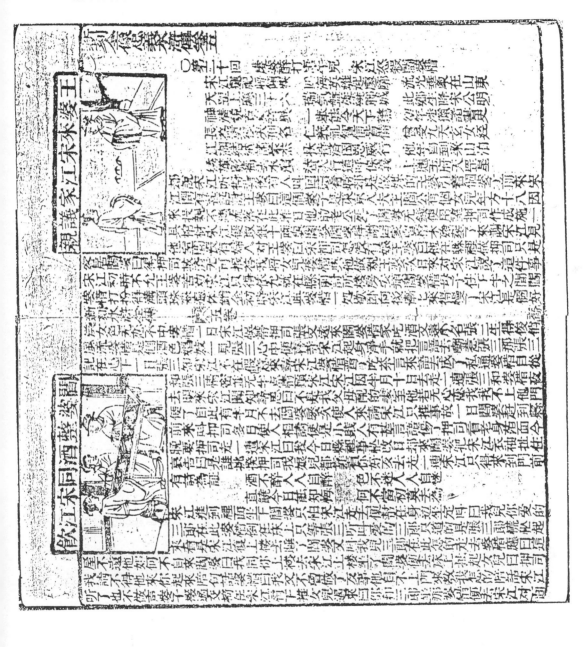

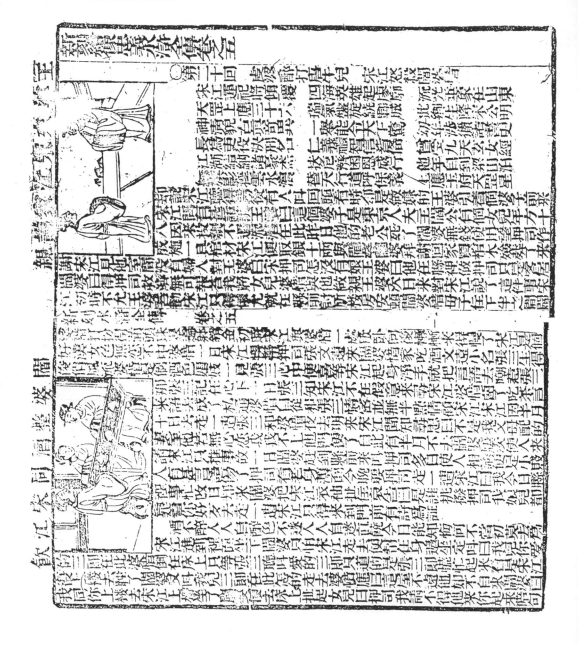

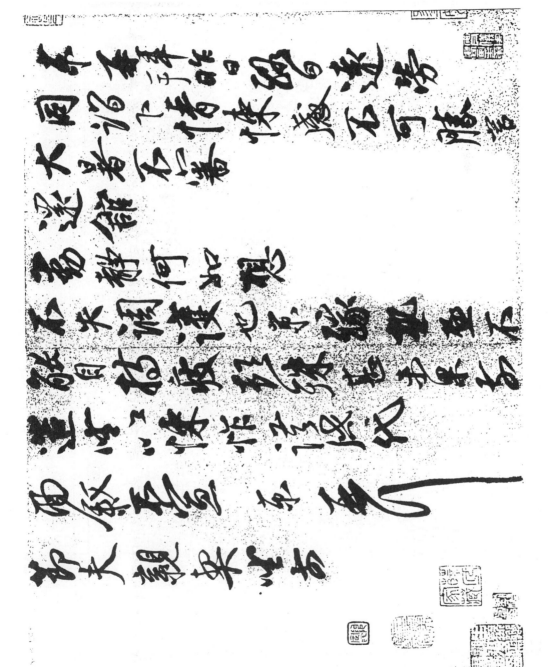

公孫勝應七
晁蓋聚義

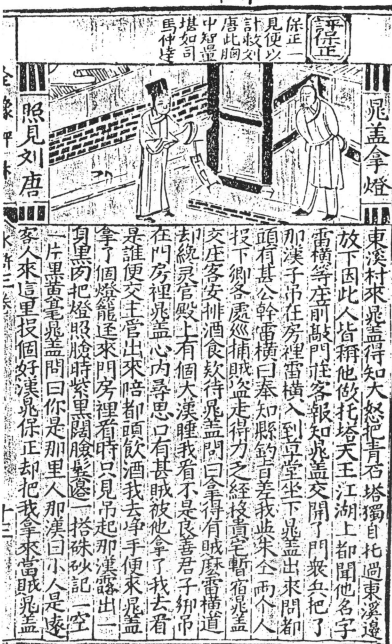

評

保正

晁蓋拿燈

照見劉唐

保正一見便必
見此胸中智量
唐此計救劉
堪如司
馬仲達

插圖廿九
評林本中的晁蓋繪像

東溪村來晁蓋得知大怒把青苗塔獨自托過東溪邊
放下因此人皆稱他做托塔天王江湖上都聞他名字
雷橫等在前歇門莊客報知晁蓋交開了門衆央把了
那漢子吊任房裡雷橫入到草堂坐下晁蓋出來問都
頭有甚公幹雷橫曰奉知縣鈞旨差我些渠仝兩个人
投下鄉客處處巡捕賊盜走得力之徒責宅暫宿晁蓋
交座客安排酒食欵待晁蓋問曰拿得有賊麼雷橫道
却統泉官殿上有個大漢睡我看不是良善君子鄉吊
在門房裡晁蓋心內尋思口有甚賊被他拿了我去看
是誰便交主管出來陪都頭飲酒我去净手便來晁蓋
拿了個燈籠迳來門房看時只見吊起那漢露出一
頁黑肉把晁蓋問曰你是那里人那漢曰小人是遠
客人來這里投個好漢晁保正却把我拿來當賊晁蓋

自序

　　孩童時讀《水滸》，只管故事，休閒與幻想兼而有之，每恨晚生八百多年，沒有給逼上梁山的機會。

　　入中年，重溫《水滸》，情節早知道，不再是廢寢忘餐地追讀，而是為了解答問題去選看，感受自是不同。求真的志誠既代替了浪漫的情懷，《水滸》的瑕疵，以及環繞着《水滸》的種種怪現象，觀察起來，障礙反減輕不少。當看到別人竭力替《水滸》護短，或汲汲營營去寫《水滸》無處不美的喝采文章，也難免覺得學術研究有時確夠殺風景，只有期期自勉，探討與欣賞是需要保持平衡的。

　　如是轉眼十年，成績尚足結集，不妨算作初步的檢討。

　　這些文章長短不一，文體和格調又多決定於屬稿時的客觀要求，不免雜些。幸而歸納起來，不外考據與論析，就按此分為前後兩組。每組所收，依話題和寫作前後排次，以期增加各文之間的連貫性。

　　舍弟泰來熟讀《水滸》，研究熱情尤盛於我，只因工作繁忙，着墨不多。然苟發為文字，多影響深遠。他考得歷史上的宋江確曾投效趙宋，一掃聚訟不已的論戰，正代表他的功力和貢獻。現在徵得他的同意，收此文為考據篇的附錄，使本集的討論範圍多照顧到一個很重要的課題。

　　我自己寫的各文，話題不少可以續談下去，文章本身則應視為定稿，以後不必添枝增葉。唯一的例外是〈混沌乾坤：從氣象看《水滸傳》的作者問題〉那篇。見於《水滸》的證據文內已說得差不多了，科學的根據還是文章發表以後才陸續找齊的。將來添補這些資料，篇

幅和組織必然會有很大的更動。收入本集的不妨視為希望引起大家注意這問題的嘗試。

集中所收各文都經過不同程度的修改。趕稿以致既漏且誤的經驗人皆有之,獨立發表的文章之間又難免有重複的地方,結集正給作者難得的更改機會。

這次修訂確實很費時,重複的話,疏誤之處,分歧的辭彙都作了一番補正。為求簡便,不逐一注明。凡遇前後兩稿有別,均以本集所收者為準。

這樣一改,講我搜集《水滸》罕本經過的〈梁山聚寶記〉一文便收不進集內。此文前半講主要的版本,所說的話不少原亦見有關各文,現在把餘下來的消息悉數散入這些篇章,理所當然,處理起來也不算困難;後半談些較次要和較雜亂的本子,資料卻無法撥歸別處,整篇文章也因而放不入這本集子內。對那些次要版本有興趣的朋友,要找此文不難,因它分別在港臺刊登過──《明報月刊》,19卷5期(1984年5月),和《中外文學》,13卷9期(1985年2月)。

收入集中諸文雖然多有相當的更動,發表後的新發展,基本上還是不滲入文內,以免道出屬稿時無可能說的話(顯著的例外是石渠閣補刊本一詞的前後統一),而用後記、補記的方式去處理。

生卒年的增訂,情形亦如此(各文原先發表時,注明生卒年之處不多),最明顯的例子就是近年研究《水滸》頗見成績的聶紺弩(1903-1986)。集中有兩文和他最重要的《水滸》論著深有關係,發表時聶氏尚健在,要是現在加上他的卒年,時間觀念就給顛倒了。俞平伯(1900-1990)、牟潤孫(1908-1988)等之不書卒年,以及西德、東柏林等歷史名詞的保留,道理相同。

參考書籍偶然前後採用不同版本,原因亦是一樣的。

其他因結集而更改的地方,多屬通行的體例規則,不用多說。至於《水滸》回數的次序以及引錄的原文,除了聲明依據某本者外,悉從容與堂本(1973年上海人民出版社影印北京圖書館藏本),不逐一

注出。

倒是集的書名有解釋的必要。雖然《水滸研究》、《水滸新議》一類泛而尚準的名稱早已有人用過，找一概括性的書名並不算難。但既視《水滸》爲長期研究對象，以後寫下去，還得再合集，書名若預定系統，總比臨時隨意選用爲佳。

趙景深（1902-1985）爲數不少的集子可用來說明隨便命名的毛病。趙先生一生獻身小說戲曲研究，勤於著述，按期結集，有時還出集子的合集，書名卻從不系統化，以小說戲曲而論，書名從別緻得很的《銀字集》（上海：永祥印書館，1946年），到區別性甚低的《小說論叢》（上海：日新出版社，1947年）、《中國小說叢考》（濟南：齊魯書社，1980年）、《讀曲隨筆》（上海：北新書局，1936年）、《明清曲談》（上海：古典文學出版社，1957年）、《讀曲小記》（北京：中華書局，1959年）、《戲曲筆談》（北京：中華書局，1962年）、《曲藝叢談》（北京：中國曲藝出版社，1982年），式式俱備（後列五書，單憑書名，實難道出其分別）。連別出心裁的《銀字集》（語出宋代說話四家之一的銀字兒），到1950年出第三版時竟易名爲既俗且泛的《中國小說論集》！

這還不算，趙景深晚年所刊諸書中，書名竟有意想不到的《中國戲曲初考》（洛陽：中州書畫社，1982年）和《曲論初探》（上海：上海文藝出版社，1980年）。前者爲壯年作品的終結性彙輯（按寫作時期的年紀，算是少作已頗勉強）；後者收六十歲以後之作。不論從整體學術的發展去看，還是從趙景深個人的治學歷程去看，這種晚年所出的集子怎也不能來些像是牛刀初試的書名。假如他早年稍事計劃，上述的混亂和顛倒都極易避免。

高中時開始接觸小說研究專書，卽覺得阿英（錢杏邨，1900-1977）的《小說閒談》（上海：古典文學出版社，1958年）和《小說二談》（上海：古典文學出版社，1958年），內容和前後相應的書名同樣新鮮可喜。

　　阿英逝世後才出版的 《小說三談》（上海：上海古籍出版社，1979年），內容的最後取捨雖出他人之手，書名以及基本擬目還是阿英生前已安排好的，故作風與前兩者無異。後來他的親友又替他續出性質一致的《小說四談》（上海：上海古籍出版社，1981年）。

　　這幾部獨立而連貫的集子（四書又有1985年上海古籍出版社的精裝合訂本，確是便人），別具一格，旣富彈性，復成系統，與趙景深各集命名之漫無章法，臨時應付過去就算了，剛剛相反。

　　阿英不單是我敬佩而無緣求教的前輩，他的首兩部「談」系論集確實對我起過相當的啟蒙作用。如果我用不算太籠統的《水滸論衡》爲本集之名，以後續有所得，再按《水滸二論》、《水滸三論》等下去，固屬東施效顰，積極意義應還是有的。

　　學術活動亟需家庭的支持。內子呂承瑞在持家理務，相夫教子，內外奔勞之餘，代我把集中各文凌亂不堪，別人無法卒讀的原稿，謄抄得字正句齊，井井有條，報刊編輯恆譽爲殊不多見。送這本集子給她，爲多年的辛苦稍存鴻爪。

　　　　　　　　　　　　　　　　　1991年3月2日，時客居新竹

目次

考據篇

牛津大學所藏明代簡本水滸殘葉書後

《中華文史論叢》1980 年第 2 期（1980 年 5 月）內，有聶紺弩（1903-）〈論《水滸》的繁本和簡本〉一文（下作聶文），鴻博精洽，卓識疊見，爲何心（陸衍文，號澹安，1894-1980）《水滸研究》（上海：上海文藝聯合出版社，1954 年；上海：古籍文學出版社，1957年，修訂本）①、嚴敦易（1903-1962）《水滸傳的演變》（北京：作家出版社，1957年）以後，考釋《水滸傳》版本問題及演易沿革最重要的一篇研究報告。

聶文在討論簡本《水滸》時，對一種僅見零丁一葉的殘本（下簡稱牛津殘葉②），詮釋頗詳，並抄錄原文前半，用表格方式（聶文表一），比勘其他三種簡本——《新刻出像忠義水滸傳》、《英雄譜》本、《漢宋奇書》本——的相應部分。選用這三本的理由，則乏說明③。聶文之重視此殘葉，是沒有問題的，但除略述版式行款外，餘均從約。任何系統的《水滸》都是卷帙浩繁，一紙殘葉，值得如此重

---

① 修訂本中講版本的章節是重寫的，和初版分別很大，讀者引述何心的意見，該以修訂本爲據。

② 聶文用單頁本的簡稱，欠允，因可誤解爲原書本來就僅得一頁（葉？）。

③ 《英雄譜》和《漢宋奇書》二本，文字上無分別（據聶文所云），故聶文用來和牛津殘葉比勘的，實僅二種。

視，本來已屬不尋常，更何況在習引的小說書目④，常和見的《水滸》研究專著內⑤，還未見此本的紀錄。

這並不是說此本全無紀錄，第一次公佈它的存在是荷蘭漢學家戴聞達（J. J. L. Duyvendak, 1889-1954），那是 1949 年之事⑥。其後，法國漢學泰斗戴密微（Paul Demiéville, 1894-1979）於1956年復有頗正確的介紹⑦。在日本，以研究《水滸》版本為專業的白木直也（退休前為廣島大學教授）雖未視此本，亦能忠實地報導其所在，只是沒有作任何討論⑧。知見所及，向國人介紹此重要文獻的，當首推聶文，按理應有較詳細的交代。

在聶文刊登前，承友人牛津大學教授杜德橋（Glen Dudbridge, 1938-）之助，得該殘葉照片（見本集插圖1；聶文僅抄錄殘葉的上

---

④ 孫楷第（1898-1986）《中國通俗小說書目》（北平：北平圖書館中國大辭典編纂處，1933年；北京：作家出版社，1957年，修訂本）是講小說版本必用之書，裏面所記歐洲藏書情形，主要是轉引，沒有著錄此本，是意料中事。有系統訪尋英國各地的中國小說者，以劉修業為最早，可是在她已發表的讀書札記內（如匯合在 1958 年所刊《古典小說戲曲叢考》〔北京：作家出版社〕書中各題記），並未見牛津殘葉的消息。柳存仁（1917-）接踵其後，訪書英倫，記錄詳盡，但限於大英博物館（British Museum）及皇家亞洲學會（Royal Asiatic Society）二地藏品，見所著《倫敦所見中國小說書目提要》（香港：龍門書店，1967年）一書，自然也沒有牛津殘葉的紀錄。

⑤ 上言何心、嚴敦易兩書，版本資料很豐富，但都沒有列出牛津殘葉。在歐美方面，研究《水滸》版本及演化沿革的，以艾熙亭（Richard G. Irwin, 1909-1968）用力最勤，至今無出其右者，在他的名著 *The Evolution of a Chinese Novel*: *Shui-hu chuan* (Cambridge, Mass.: Harvard University Press, 1953)，和後來發表在《通報》的一篇緒論，"Water Margin Revisited," *T'oung Pao*, 48（1960）, pp. 393-415，均沒有提到牛津殘葉。在日本治《水滸》，是白木直也（1909-）、大內田三郎（1934-）兩人的天下，前者考版本，後者論文法，早俱著述宏富，但僅白木直也略略提過牛津殘葉的存在（見隨後正文的討論）。

⑥ J. J. L. Duyvendak, "An Old Chinese Fragment in the Bodleian," *Bodleian Library Record*, 2: 28 (Feb. 1949), pp. 245-247.

⑦ Paul Demiéville, "Au bord de l'eau," *T'oung Pao*, 44（1956）, pp. 242-265.

⑧ 白木直也，《巴黎本水滸全傳の研究》（廣島：自印本，1965年），頁12。

半），並匯集若干參考資料，計劃作一初步介紹。現聶文旣已先我着鞭，無需重複者可以簡略，故僅就其價值、庋藏、版本各點，稍作補充說明，兼陳管見，試鑑定此本的眞相。

此《水滸》殘葉爲英國牛津大學卜德林圖書館(Bodleian Library, Oxford University)藏品，編號 Sinica 121（舊編號爲Chin. e. 11）。惜一葉以外，別無所有⑨。

以明代通俗小說而言，此葉的版式並不算太特別。框高20公分，寬12.5公分，黑口，雙魚尾，上圖下文，圖高 5 公分，連邊旁標題，佔版面四分之一。 正文半葉十三行， 行二十三字。 版心題《全像水滸》（當是簡名），並注明此葉爲卷二十二葉十四。在內容上，講的是宋江擒王慶後班師回朝的事。百回繁本《水滸》沒有王慶部分，百二十回繁簡合併本有此部分，故事卻大不同，均難比勘。

牛津殘葉的價值， 多少和其是簡本有關。 五十餘年以來的《水滸》研究，中外一樣， 始終是繁本的天下。試看繁本的影印和排印，早有多種，有的如容與堂本，更是一再刊行，幾乎人手一册。簡本的複製發售，就我所知，只有1956年文學古籍刊行社（北京）影印的雙峰堂（福建書商余象斗〔約 1560-1637 以後〕的書坊）萬曆二十二年（1594）刊《京本增補校正全像水滸志傳評林》（下簡稱評林本，書

---

⑨　卜德林圖書館的漢文舊籍，至今未有完整的藏書目錄出版。上世紀末有一簡目，Joseph Edkins, *A Catalogue of Chinese Works in the Bodleian Library* (Oxford: Clarendon Press, 1876)，僅草草收錄三百本書，內有小說書幾種，但無牛津殘葉。1935-1936年，向達（1900-1966）曾因袁同禮（1895-1965）之薦， 在卜德林圖書館做了九個月的編目工作（見 Hugh Trevor-Roper, *A Hidden Life*: *The Enigma of Sir Edmund Backhouse* [London: Macmillan, 1976], p. 123; 蕭離，〈獻給驚沙大漠中的拓荒者: 向達先生逝世十年祭〉，《社會科學論戰》，1980 年 4 期〔1980年10月〕，頁 19-25），他當時的讀書札記，見〈瀛涯瑣志: 記牛津所藏的中文書〉，《北平圖書館館刊》，10卷 5 期（1936年10月），頁9-44; 後收入所著《唐代長安與西域文明》（北京: 三聯書店，1957 年），頁 617-652。按向達在此讀書之久，又是專責編目，牛津殘葉他大概是見過的，但是他的筆下並未見記載。杜德橋告謂，向達當年所編的卡片，仍在館內，但十分凌亂，而現藏總目已剛編竣，因經費及其他原因，何時始公開印行，尚難預言。

影見本集插圖 19）⑩， 流通極爲有限， 海外能找到的， 恐不出兩三套。正如上文所說，牛津殘葉不單是簡本，還是簡本中向來最不受人注意的。

聶文臚列簡本《水滸》十餘種，相當齊備，其中牛津殘葉無疑是被視爲現存簡本中的一種獨立本子。實際情形，或非如此。

聶文用以比勘牛津殘葉前半的兩種別本，年代可能嫌不够早。我以爲不如用《（新刊）京本全像插增田虎王慶忠義水滸全傳》（聶文簡稱插增本，下仍之）⑪和評林本。這兩種本子不會比其他簡本晚，況且他們和牛津殘葉很可能都是閩本⑫，通過它們說不定能够幫助我們理解牛津殘葉的實況。

插增本現在見得到的， 僅巴黎 法國國立 圖書館 （ Bibliothèque nationale, Paris） ⑬所藏的第二十卷，五回（二十九葉），和第二十一卷的前四葉（此四葉見本集插圖9-12）， 差不多一回（爲該卷四分之一左右，詳後；前人每謂存該卷之半，不確）。此本標明「插增」，以田虎、王慶兩部分爲號召，加上回目編次上的凌亂⑭， 田虎、王慶

---

⑩ 聶文用雙峯堂本的簡稱，因爲大家一向均以爲此本及正文隨後所談的巴黎殘本都是雙峯堂所刊書。此說法已可斷定不確，且爲了避免無謂的混淆，還是不要用書坊來作此兩本中任何一種的簡稱。

⑪ 第一個研究插增本的學者是鄭振鐸（1898-1958），那是遠在1927年夏天的事，見所著《歐行日記》（上海：良友圖書公司，1934年），頁101。他起初並沒有把此本和余象斗連在一起，在他那篇就地寫成的〈巴黎國家圖書館中之中國小說與戲曲〉，他僅作介紹性的描述；此文原刊《小說月報》，18卷11期（1927年11月），頁2-22，後收入他的《中國文學研究》（北京：作家出版，1957年），下冊，頁1275-1313。兩年後，他寫〈《水滸傳》的演化〉，《小說月報》，20卷9期（1929年9月），頁1399-1426，卻直指此本是余象斗的刊物，並指田虎、王慶兩部分也是余氏所增的；此文後亦收入《中國文學研究》，上冊，頁101-157。

⑫ 其中評林本是余象斗的刊物，自然是閩本。插增本和牛津殘葉因殘缺，沒有扉頁和序跋，也沒有編者姓名及書坊名稱，後者更沒有書的全名，唯有用印象式的辦法，靠版式的模樣來定爲閩本。

⑬ 此館恒被譯爲巴黎國家（或國立、國民）圖書館，欠允， 如此便變成「巴黎國」的國立圖書館了。這種語病，從我們不能稱「國立北京圖書館」爲「北京國立圖書館」，可以看得出來。

⑭ 第二十卷，共五回，回目編號卻是九十九、一百、九十九、一百、一百一。

故事大有肇創於此的可能。這點鄭振鐸早在四十多年前已明確地指出來。可惜他根據片面的觀察，推斷此本的插增部分及其刊行均出自余象斗之手[15]，深深影響以後的研究者，遂使此本與評林本出版先後次序的討論，產生不少觀念上的混淆。

插增本和評林本相似之處甚多，每卷回數不一致，是較明顯的一點， 也表示出它們在版本演易過程中的年代久遠。 評林本共二十五卷，每卷有三至七回不等。插增本的情形，諒亦如此，而且其回目編號的紊亂，看來也不限於現在見得到的第二十卷，編號重複外，說不定還有跳號。縱然編號的毛病僅限於這一卷，就是說此卷的五回該為第九十九回至第一百三回，以到此為止的二十卷計算，也沒有每卷回數統一的可能。

評林本有全本存世， 在日本日光輪王寺（東京內閣文庫另有殘本）[16]， 上述影印本卽據王古魯（王鐘麟， 1901-1958）在四十年代初拍回來的照片複製）。用它來和牛津殘葉比勘，技術上無困難（見後）。插增本沒有保存和牛津殘葉相應的部分，但是通過它和評林本的關係，還是可以跟牛津殘葉作比較的。

插增本雖然殘缺，**王慶**故事自始說起，一直講到葉光孫救李逵，破洮陽城（百二十回繁簡合併本王慶部分無此故事）， 中間沒有漏葉，還算相當完整。在評林本來說，這段故事在卷二十一首葉至卷二十二葉五上的前三分之一，差不多五回。（其實該和插增本一樣，五回有奇，詳後）。轟文表三抄錄插增本卷二十葉十一上和評林本（以及《漢宋奇書》本）的相應部分作比對，說明兩本頗近，並說插增本文字較繁較勝。

---

⑮ 在判斷插增本爲余象斗所刊時， 鄭振鐸並未提出什麼正面理由， 僅有「上半頁是圖，下半頁是文字， 與余氏所刊的《三國志傳》及《四遊記》同」一類籠統的話。 上圖下文是明代通俗文學書中相當常見的情形，在閩本中尤爲普遍，光靠這一點是不足以說明版本間的關係的。

⑯ 豐田穰，〈明刊四十卷本《拍案驚奇》及び《水滸志傳評林》完本の出現〉，《斯文》，23 卷 6 期（1941年 6 月），頁 34-40，大概是輪王寺所藏全本在學術界的首次公佈。

　　插增本文字較繁，這結論是有問題的。插增本王慶故事的第三回
（評林本這部分的首回是合併兩回而來的，詳後，不宜用作字數上的
比較），除回目及詩句外，共3639字。評林本相應的一回（此本自三
十一回起，有回目而沒有標明回數），卻只得3318字，差了 321 字。
若單據此回，插增本無疑是文字較繁的。但下面的三回，情形則不
同。下一回，插增本有4625字，評林本5098字，後者多出 473 字。再
下一回，插增本2917字，評林本2948字；在這較短的一回內，後者還
是多出31字。再往下一回，即插增本殘存的最後一回，僅得前四葉，
共1907字，可是評林本這回的相應部分，卻有 2347 字，整整多出440
字。總括來說，評林本還是比插增本字數多。

　　如果說插增本文字較勝，也是有討論餘地的。試看王慶故事開始
的幾句，插增本作：

　　　　高俅未遭際時，流落在靈州靈璧縣。有個軍中都頭，姓柳名
　　　　世雄，家中開客店。世雄為軍吏，每念孤窮，送他去房內安
　　　　下。高俅因病半年，隨身衣服典賣罄盡，歸鄉不得。柳都
　　　　頭見他夫妻病稍可，便與高俅銀十兩做盤纏，高俅因此回京
　　　　師。後遇徽宗，做到殿前太尉之職。

評林本作：

　　　　卻說高俅未遇時，流落在靈州靈璧縣。有個軍中都頭，姓柳
　　　　名世雄，家中開客店。這柳世雄雖為軍吏，每念其孤窮，高
　　　　俅因患病半年，衣服典賣罄盡。柳都頭見他夫妻病稍安，即
　　　　與高俅銀十兩，因此得回京師，後來做到殿前太尉之職。

看來還是評林本較妥。比較文字優劣，還要顧慮到這是否局限於個別
段落的情形，以杜偏累。不過，單憑字數多寡，行文優劣，如果缺乏
其他實證，仍是不易審斷簡繁間的關係，或者根本有無因承關係的存
在。

　　假如我們不用優劣的價值觀念去推考版本先後，在這裏尚有五線
索可用：

（一）評林本雖有田虎、王慶部分，卻不再以此標榜，正如孫楷第在《日本東京所見小說書目》該書解題中所說：「觀其命名，於增補之外，加校正評林字樣，似增補事已屬過去」（1958年，人民文學出版社本，頁99）。

（二）插增本每回回目後均有詩四句或八句。評林本這幾回，除第二回合併入前一回（詳後），及另一回缺回首詩外，其餘各回開始之處都有相同的詩句，但這些詩句不印在回目之後，而是安排在上欄（插圖之上），前冠以「詩曰」字樣。在回目下，則注明：「詩錄上」。這是移置前本詩句的痕跡。還有，書前〈題《水滸傳》敍〉的上欄（敍分上下兩欄，不似正文的分爲上評、中圖、下文三欄）有這樣的交代：「今雙峰堂余子（余象斗）改正增評，有不覽者芟之，有漏者刪（補？）之。內有失韵詩詞，欲削去，恐觀者言其省漏，皆記上層。」這樣說來，縱使評林本不一定是直接源出插增本，插增本本身也可說是代表簡本《水滸》未經余象斗加工前的舊觀。

（三）插增本王慶部分首二回，在評林本是不斷的一回，所以此回特長，既不能保存原有第二回的回目，也沒有機會把該回的回首詩移置上欄。另外還有一回（即插增本此部分的第四回），評林本根本沒有把回首詩保留下來。評林本所缺的回目及回首詩之見於插增本，和評林本移置的詩句之全部見於插增本，正好說明插增本是不可能根源於評林本的。

（四）王慶故事第五回結尾處，兩本有一大顯著的分別，裏面卻隱藏着一筆糊塗帳。插增本這回最後總結說：

　　此一回，折將五員：吳德眞、江度、姚期、姚約、白玉。

評林本則說：

　　此一回，折將六員：吳得眞、江度、姚期、姚約、白玉、余呈。

余呈是宋江所收的降將，他的結局確是安排在這裏，但二本的情節差別極大。分歧之處，下列摘句可提要說明：

插　　　　增　　　　本	評　　　林　　　本
卷二十葉二十四下——二十五上： 魯成出馬，大罵：「草寇敢來犯境。」余呈出馬，喝道：「助惡匹夫，敢自誇口。」兩馬交戰到十合，余呈敗走，魯成趕來。孫安便出馬敵住，大戰二十回，孫安一劍把魯成斬於馬下。……宋江召孫安等賞賜，卽寫孫安爲首功。	卷二十一葉二十四下： 魯成出馬，大罵：「草寇敢來犯境，交你片甲不回。」余呈出馬，喝曰：「助惡匹夫，敢自誇口。」兩馬相交，戰到十合，被余呈一刀殺了。……宋江召孫安等賞賜，卽寫余呈爲首功。
卷二十葉二十五上： 黃施俊大罵，輪刀便戰，鬪上三十合，黃施俊敗走，謝英舉斧來敵孫安。余呈見了，挺槍來戰，鬪上五合，謝英把余呈斬於馬下。任光便來戰劉敏，鬪上十合，亦被劉敏殺死。孫安見拆（折）了二人，大怒，把謝英斬爲兩截。	卷二十一葉二十五上： 黃施俊大罵：「殺不盡草寇，」輪刀便戰，鬪上三十合，黃施俊敗走，謝英便舉斧來敵孫安。任光便來，戰上十合，被劉敏殺死。孫安見折任光，大怒，卻把謝英斬爲兩截。
卷二十葉二十八下——二十九上： 宋江……令林冲、關勝引兵攻打東門，白玉、朱達得引兵攻打北門，懷英引兵在南門下埋伏，各聽號炮，一齊進兵。	卷二十一葉二十八下： 宋江……令林冲、關勝引兵攻打東門，白玉、朱達得引兵攻打北門，余呈、懷英引□□（兵在）南門下埋伏，各聽號炮，一齊進兵，
卷二十葉二十九上下： 上官義不聽，卽引軍出城，正迎着秦明，戰上三十合。胡（呼）延灼出馬挾戰，上官義力戰二將，忽後軍來報，東門火起，已有宋軍殺入城。上官義大驚，望洮陽而走。……宋江軍馬入城，府堂坐定，眾將請功，……單走了上官義，蕭引鳳兄弟被李東殺死，白玉陷在壕邊，被守門軍殺死。宋江見拆（折）了三人，嘆息，令人尋其屍身，具棺葬之，……。	卷二十一葉二十八下——二十九上： 上官義不聽，卽引軍出城殺來，正迎着秦明，戰上三十合。余呈出馬來挾戰，上官義力戰二將，忽後軍來報，東門火起，已有宋軍入城。上官義大驚，望洮陽而走，余呈趕去，冤家馬失前蹄，被上官義回馬，活捉去了。……宋江軍馬入城，府堂坐定，眾將請功，……單走了上官義，蕭引鳳兄弟被李東殺死，白玉陷在壕邊，被守門軍殺死，余呈趕上官義被擒。宋江見折了四人，令人尋屍身，具棺葬之，……。

插　增　　本	評　林　本
卷二十一葉一下： 上官義訴說被蕭引鳳兄弟獻詐降計，襲了梁州，祇得引殘兵來投二公，計議復州城之策。劉以敬曰：「日前汪太史有申文，報說天象有兵戈之事，正應本境，可宜謹防。公今失梁州，宋江必驅兵來攻洮陽。」	卷二十二葉一下： 上官義訴說被蕭引鳳兄弟獻詐降計，襲了梁州，捉得余呈，來見二公，計議再復州城之策。〔劉〕以敬喚解進余呈。余呈不跪。以敬曰：「爾今被擒，肯降否？」余呈曰：「誤遭異手，恨食汝肉，何肯順賊？」罵不絕口。以敬命推出斬之，年才二十八歲。後仰止余先生觀到此處，有詩爲證。詩曰：一點忠貞死義心，余呈不跪實堪欽，口罵不移甘受戮，萬載聞聲淚滿襟。卻說以敬曰：「公今旣失梁州，宋江必長驅來攻洮陽，可一面申文書與秦王知會，令撥精兵前來救應，……」
卷二十一葉三上： 李逵與眾人結作一團，因在谷中。詩云：仲實行兵素有方，李逵莫測恃雄強，這回已中深藏計，外少救兵內絕糧。孫安等回見宋江，訴說李逵臨戰被困根由。	卷二十二葉三上： 李逵依其（項充）言，與眾人結作一團，因在谷。卻說宋江升帳，忽報余呈不跪受死，宋江哭曰：「余將軍死不辱君，甘受其戮，是宋某之罪，食其肉，當報此仇。」哭之不止。又報孫安等回，訴說李逵賺（賺）入深山，……。
此卷相應部分已失，但其中必無評林本之無稽怪事。	卷二十二葉五下： 眾軍報知上官義自刎死，宋江令小軍割心肝以祭余呈。宋江自作祭文云：哀哉忠良，喪守綱常，須（雖）死不跪，受戮志昂，罵不絕口，魂魄渺茫，宋江功畢，亦便身亡，嗚呼哀哉，伏維尚饗。祭畢，忽空中顯現，言曰：「蒙兄追祭，今歸陰府，亦難報告，兄保貴體，百年之日，再得相會。」言訖而去。

余呈在插增本王慶部分第五回開始不久，便戰歿，無聲無色，談不上什麼英雄表現。回末總結，沒有把他歸入陣亡之列，諒是手民之失，不算大錯。評林本則不然，不獨毫無必要地苟延這個小配角的生命，增加他的出場戰功，到最後還不忍讓他殉職沙場，僅叫他給對方擄了過去。至回末總結時，卻又不能違背原有故事的大原則，仍把他列在陣亡名單之內。但余呈尚健在，總得找個辦法來收場，所以下回甫開始，便搬出那套「轟轟烈烈」的把戲，再加上仰止余先生（余象斗）的評語和歌頌，讀者或會以爲這場活劇當結束了。實際上仍是欲罷不能，到該回終結時，還得經歷一番挖敵人屍骸心肝以報余呈之仇，和宋江爲余寫那篇令人噴飯的祭文，等等無聊情節。還有，正文寫的明明是向死屍行刑，插圖卻畫着上官義跪在地上，宋江令人仗劍施刑。這般多此一舉，究竟是爲了什麼？我想是余象斗愛護余氏宗族心理的作祟⑰。不管他的動機如何，這種不協調而又無實際作用的改纂，正足以證明評林本晚於插增本。

（五）在插增本現有的封面上，寫着「萬曆□□□年照驗」幾個毛筆字。「萬曆」兩字很清楚，「年」字稍損，仍易辨認，中間三字則甚殘缺，戴密微讀作繁體字「貳十貳」⑱，按尚存的筆畫來審斷，當是。這正是評林本的刊行年份：萬曆甲午（1594）。插增本的刊刻必早於此册封面上能記下的年份，也就是說，插增本和評林本之間該有一段時間上的距離，而插增本顯然先出。

根據這些觀察，我們大概可以下一斷語：評林本晚於插增本，兩者之間且有密切的關係。縱使評林本據以修改刊行的不是插增本或其同書異版，也該是一部相當接近的本子。因此，前人所說，插增本和評林本同是余象斗所刊，全是憑空臆度之語（筆者亦嘗一度相信這種

⑰　寫完此節，重讀白木直也書（見注⑧），余象斗偏護余呈這一點，原來他早已先得我心，見該書頁85-91。

⑱　Paul Demiéville, "Au bord de l'eau," p. 253.

解釋）⑲。按上引評林本書前〈題《水滸傳》敍〉的話，余象斗的立場和編修手法，和插增本一系列本子所代表的分別殊大，如果說余象斗先刊印了插增本，後又修訂爲評林本，那是欠解和缺乏物證的。

　　既闡明插增本和評林本的因承情形，可以進而探討插增本與牛津殘葉的關係。首先不妨看看插增本的版式行款：框高21公分，寬12.8公分（長度和寬度，各葉間有稍異），上圖下文，圖高5.2公分，連邊旁標題，佔版面四分之一（鄭振鐸誤記爲三分之一，後人沿之）⑳，正文半葉十三行，行二十三字，所用字體及好些個別單字（如「亂」、「等」、「將」、「慶」）都和牛津殘葉近似。雖然如此，卻不能說兩者在版本上毫無分別。插增本四周雙邊，連插圖標題也是四周雙邊，牛津殘葉則純用單邊。版心上端所書簡名復有一字之異（這點不重要，因二者只是簡名）。插增本版心的烏絲僅限於下魚尾以下部分。兩本上魚尾的位置亦異。個別單字的寫法也時有不同，如「此」、「盧」、「義」諸字。

　　綜合言之，兩個本子可說是大同小異。最重要的是，版面大小和插圖與正文的比例，都無大分別，而行格和每半葉正文所容的字數則完全一致，加上處理詩句時，均一行兩句（評林本有時一行四句，擠在一起），假若牛津殘葉亦和插增本一樣，每回回目後有回首詩，同一卷內各回緊接排次，不留空位，則兩本可以達到除版式稍異外，其他完全吻合的程度。評林本處理同卷各回，也是回與回之間沒有留空行的。

　　再從字數上看，牛津殘葉不計詩句，共537字，評林本相應的段落，是576字（此處兩本詩句全同），後者多了39字。這跟評林本往

----

⑲　大內田三郎，〈《水滸傳》版本考：《水滸志傳評林》本の成立の過程さ中心に〉，《天理大學學報》，64期（1969年12月），頁1-13，從文字校勘立論，謂插增本、百十五回簡本，和評林本，成一直線的發展。其說可供參考，但範圍殊廣，牽涉幾種主要版本，區區幾頁的討論，未免過略。

⑳　這些數字和戴密微注⑦前引文，p. 253，所提供者有小別，我用者爲影印本邊旁所附的比例尺，諒準確。

往字數多於挿增本的情形，可說是一致的。

　　此外還有一條重要的線索，　聶文已經正確地指出來。　各本簡本
《水滸》在發言及對話之前冠以「曰」字。唯獨挿增本和牛津殘葉用
「道」字。

　　對於上述幾點，我的解釋是：挿增本和牛津殘葉是同書異版，而
且是連版式上的分別都極微的兩版。

　　自挿增本終斷處至牛津殘葉開始的地方，在評林本來說，除首半
葉（卷二十二葉五上）開始的三分之一及最後半葉（卷二十三葉十三
下）的後三分之二，分屬挿增本終斷以前及牛津殘葉剛開始的幾行的
相應部分外，合計爲六十個半葉（三十葉）。其中第二十二卷最後半
葉有三分之二爲空白，餘無任何空行。這種卷末留空行的情形，挿增
本是相同的。如已得的結論無誤，牛津殘葉原書每到終卷處，亦當如
此。由於這種版式上的劃一，再配合對三本間相互關係已有的認識，
我們可以進一步估計連接挿增本和牛津殘葉間的缺漏部分。計算時，
終卷處的空白，各本都有，可互相抵消，均作整個半葉算。

　　雖然挿增本和評林本正文每半葉可容的字數不同　（ 299 字對 294
字），而評林本又文字較繁，按理評林本需要多點篇幅來講同樣的故
事，但因爲評林本移置回首詩，　删減回中若干詩句，　偶然又擠排詩
句，省了不少篇幅，綜合起來，兩本的葉數大致是相等的。挿增本卷
二十和評林本卷二十一，這兩個相應的部分，都是各有二十九葉。

　　用此法推算，挿增本和牛津殘葉之間，約缺了三十葉。挿增本止
於卷二十一葉四下，牛津殘葉始於卷二十二葉十四上。換言之，挿增
本卷二十一約缺十七葉。這缺遺部分。除了挿增本終斷處未完的一回
外，若按評林本的編次，可能有四回。評林本這四回的回目是：

宋公明遊夜玩景　　　吳學究帳幄談兵

　　（回首詩移置上欄；此回特長，疑爲兩回合併而成）

孫安病死九灣河　　　李俊雪天渡越水

　　（回首詩移置上欄）

　　公孫勝馬耳山請神　　　宋公明東鶯嶺滅妖

　　　　（自此屬卷二十三；回首無詩句，疑遺漏；此回特長，疑爲
　　　　兩回合倂而成）

　　公孫勝辭別歸鄉　　　宋江領敕征方臘

　　　　（回首詩移置上欄；牛津殘葉的相應部分卽在此回）

因爲評林本其中兩回或者是合倂而來的，所以挿增本和牛津殘葉之間
的缺遺部分，也有可能一共漏了六回。缺遺各回的分卷，按兩卷所缺
葉數的比例看，可斷定和評林本一樣。

　　至於挿增本全書的卷數和回數，大家多依鄭振鐸早期的推算，定
爲約二十四卷一百二十回。總卷數看來是對的，到此處，書已近尾
聲，以後有大變化的可能性不高。挿增本到此是第二十二卷，評林本
是第二十三卷，而評林本最後一卷爲第二十五卷，所以說挿增本全書
共二十四卷，大概不會有問題。

　　總回數則難推定，因每卷回數並不統一，復不能求助於評林本。
評林本既無書前總目，書中各回又往往有合倂原有兩回爲一的跡象，
加上此書本身也是每卷回數不統一，很難據以求證挿增本的總回數。
不過，挿增本和牛津殘葉原書的實際總卷數和總回數，則應該是相同
的。

　　簡本早於繁本之論，近年有異軍特出之勢。挿增本性質和年代的
推論，以及把此本和牛津殘葉作等量齊觀，對簡本《水滸》的研究，
希望能够產生點推波助瀾的作用。當然，卽使視挿增本和牛津殘葉爲
一書，我們現在有的亦不過是一卷零五葉（三十四葉），以一部二十
四卷的書來說，恐尚不到百分之六。但是祇要我們稍爲留心此二本的
庋藏和流傳情形，不難看出，發現其他殘缺部分的可能性，雖然渺
茫，機會仍是存在的。

　　挿增本何時流入法國國立圖書館，未見紀錄（館內或尚有簿籍可
稽），但此書早在1902年該館出版的館藏中日韓文書籍目錄內已有著

錄㉑，可知最晚也當在十九世紀末入館。早期歐洲圖書館所收漢籍，
泰半得自私家藏品，故自書籍抵歐，至輾轉流入圖書館，往往有一段
相當長的時間。此書之被携往歐洲，起碼也有一百年。

　　還有，此册封面左上角書一「貞」字。這是否表示該書到後來雖
已殘缺，至少還尙有四册在一起？ 如果屬實，其他零册還可能隱藏在
歐洲的圖書館內，等待我們的發掘。

　　牛津殘葉的流傳情形，戴聞達有很詳細的報導㉒。該文獻是荷蘭
人侯文 (Cornelis de Houtman, ca. 1540-1599) 於 1595-1597 年
（萬曆二十三——二十五年）第一次遠航東印度羣島時，得自爪哇的
中國商人㉓。 後來英人某氏（姓名失考）訪問荷蘭萊頓 (Leiden)，
萊頓大學 (Rijksuniversiteit te Leiden) 歷史學教授兼圖書館館長墨
路臘 (Paullus Merula, 1558-1607) 送他那紙牛津殘葉作爲紀念品。
從墨路臘的卒年來看，這事最晚也當發生在1607年，那還不過是萬曆
三十五年，距侯文自爪哇返荷蘭不出十年。殘葉以後成了牛津大學圖
書館的藏品㉔，在海德 (Thomas Hyde) 當館長任內(1665-1701)，
由中國人「沈復宗」(Shen Fu-tsung 的譯音， 原名失考) 第一次鑑

㉑　Maurice Courant, *Bibliothèque nationale, Departement des manu-
　　scrits: Catalogue de livres chinois, coreens, japonais, etc.*, III,
　　(Paris: E. Leroux, 1902), p. 397.

㉒　見注⑥所引文。

㉓　關於侯文的航海事業，參考 Donald F. Lach, *Asia in the Making
　　of Europe*, Vol. I: *The Century of Discovery*, Book I (Chicago:
　　University of Chicago Press, 1965), pp. 200, 216, 489-490, Vol.
　　II: *A Century of Wonder*, Book. III: *The Scholarly Disciplines*
　　(Chicago: University of Chicago Press, 1977), p. 470; George
　　Masselman, *The Cradle of Colonialism* (New Haven: Yale Univ-
　　ersity Press, 1963), pp. 89, 93-96, 122-123.

㉔　據注⑨前引向達文及 William D. Macray, *Annuals of the Bodleian
　　Library, Oxford* (Oxford: Clarendon Press, 1890), p. 34; A.F.
　　L. Beeston, "The Earliest Donations of Chinese Books to the
　　Bodleian," *Bodleian Library Record*, 4:6 (Dec. 1953), pp. 304-
　　313, 牛津大學開始收藏中文書籍是 1604-1607 年間之事，卽萬曆三十二
　　至三十七年，不可謂不早。但牛津殘葉並不在最早入館的書單內。

別和編目。沈是1683年（康熙二十二年）去歐洲的，先在歐陸，後來
才轉去英國，在牛津大學服務。沈認出殘葉是《水滸傳》的一部分，
但因版心稍有損破，他誤指這是第二十一卷的第十四葉。戴聞達、戴
密微均沿此失，至聶文才得更正。

　　從牛津殘葉的歷史，我們可以推知二事。第一是殘葉原書的其他
部分。侯文得此文獻於爪哇的時候，大概不會僅餘一紙，起碼該有一
册，因侯文是航海家，不懂漢文，破紙一張是不會引起他的興趣的。
該書的其他零葉（甚至零册），說不定還能在歐洲找出來。

　　第二是殘葉的年代問題。當余象斗在萬曆二十二年刊行評林本的
時候，牛津殘葉原書已遠遠流傳到爪哇去，雖然牛津殘葉大有可能是
閩本，而明清時南洋華僑多閩人㉕，一本在福建刊印的書，流落爪
哇，還是需要一段時間的。牛津殘葉原書和跟它有同書異版關係的插
增本，均可由此推斷為萬曆初年之物，這還是在沒有其他佐證以前，
比較保守的看法。

　　插增本和牛津殘葉的流傳，涉及爪哇、萊頓、巴黎，和牛津。這
種無遠弗屆的情形，對我們保持繼續發掘《水滸》罕本的信心，當是
一種鼓勵。

　　　　　　　　　——《中華文史論叢》，1981年4期（1981年11月）

後記

　　這是我討論《水滸》的第一篇正式文字，發表至今已十年。《水

㉕　參考 J. J. L. Duyvendak, "Chinese in the Dutch East Indies", *Chinese
Social and Political Science Review*, 11: 1 (Jan. 1927), pp. 1-13;
李長傅，《中國殖民史》（上海：商務印書館，1937年）；陳達，《南洋華
僑與閩粵社會》（上海：商務印書館，1939年）；C. R. Boxer, "Notes
on Chinese Abroad in the Late Ming and Early Manchu Periods
Compiled From Contemporary European Sources, 1500-1750,"
T'ien Hsia Monthly, 9: 5 (Dec. 1939), pp. 447-468; Victor Purell,
Chinese in Southeast Asia (London: Oxford University Press,
1965); C. P. Fitzgerald, *The Southern Expansion of the Chinese
People* (Canberra: Australian National University Press, 1972).

滸》之學在這段時間內發展迅速（雖然比不上紅學，也給《金瓶梅》研究迎頭趕上），此文既屬稿最早，又排在本集之首，依新體例添加的資料逐較以後各文爲多（文內所說的話，雖然有些已不够準確，且已由續寫諸文所修正，還是仍舊，以存治學進階之跡），須在此後記補充者復有兩事。

此文所講五十年代複製的評林本，因刊印數量有限，早成海內外珍品，而評林本又恒與本集考據篇諸文討論之事息息相關，逐屢被提及。評林本不易得見的困難，現已不存在。政治大學古典小說研究中心編輯《明清善本小說叢刊初編》（臺北：天一出版社，1985年）時已收入，根據的正是五十年代的影本（缺葉一樣）。雖然印刷奇劣，有貌無神，訂價又昂，復縮細得過小，供應的難題總算解決了。中華書局（北京）也計劃收評林本入其規模頗大的《古小說叢刊》，流通必更廣。

另外還有一件很重要的事得在此澄清。簡本《水滸》的研究向來質量並缺，我肯爲一紙簡本殘葉專題撰文，自屬不尋常，逐有人直覺地謂我贊成簡本早於繁本說；見張國光（1923-），〈評《忠義傳》殘頁發現意義非常重大論〉，《武漢師範學院學報》（哲學社會科學），1984年1期（1984年1月），頁109。這是莫大的誤解，此文哪說過一句接近這意思的話！此文僅爲介紹稀見資料而作，並未及其他。況且本集各文足够說明我的一貫立場：徹底且有系統的《水滸》版本研究還未能說眞的已經開始，《水滸》繁本簡本的關係誰有資格下斷語？現在該做的首務爲細心分析存在的重要版本，簡繁平等看待，而不是搖旗吶喊，急謀結論（主張繁先簡後，而肯耐心搜集版本，逐本探研，且已見成績者，目前僅劉世德〔1932-〕一人）。徒然依附一說，羅列人證，便說是確鑿不移的定論了，不獨自欺欺人，對追究《水滸》演變的眞相還會做成很不必要的阻力。

影印兩種明代小說珍本序

　　傳統通俗小說研究的逐漸樹立其學術地位是二十年代的事，當時最關切的問題是目錄資料的貧乏和較佳版本的難得，注意力自然亦集中於此。通俗小說的著錄，除零星記載外，向無專書，故在這段始創時期裏，新版本的發現，只要找對門徑，往往相當輕而易得。其後二十餘年間在東京、大連、北平、巴黎、倫敦、劍橋各地所收諸書之富，固然建立了這一行的基礎，亦使在這些地點繼續發掘新品變成殊不簡單的事。第二次世界大戰以後，除了報導藏書易手（如現在臺北故宮博物院和中央圖書館者）和新藏書中心的興建（如天理大學圖書館），以及重研前已著錄諸書（如巴黎法國國立圖書館和大英圖書館〔British Library，前為大英博物館的圖書館部分〕的藏品）外，續向較冷門的庋藏地訪求秘籍，已是頗為不尋常之舉。這並不是因為研究者缺乏熱心和毅力，而是因為這樣的訪書好比大海撈針，毫無把握。較冷僻的圖書館，僅西歐便數以千計，有不少還不是公開的，泰半沒有刊行目錄或藏書指南，渺茫之中，訪書者幾乎無從入手。

　　正因如此，當今年一月德國友人魏漢茂（Hartmut Walravens, 1944-）惠告新見兩種從未著錄的明代小說珍本（一為《三國演義》，一為《水滸傳》），既驚異，又興奮。魏君長目學，歐洲新舊漢學書籍，如數家珍，有問必答，每答必詳。雖然魏君因不治小說，徵及我對此兩書的意見，他的初步判斷基本上是對的：一種是余象斗所刊《三國演義》的殘本，另一殘本是屬於跟法國國立圖書館所藏一種簡本《水滸傳》深有關係的本子。

　　這兩殘本，任何一種都是稀世奇珍，只有憑着天賜機緣始能同時同地被發現。我對余象斗素感興趣，十餘年間搜集有關這個玄秘人物的資料，早有所積；而近來對《水滸傳》又恢復孩童時代的喜愛，得知這兩件新品，不難聯想到各種因此而展開的新研究範圍，恨不得能够立够得讀此兩書。魏君慷慨答應送我影本。惟因年代久遠，紙呈深黃色， 試了好幾種複雜的影印法始複製成功。 兩書的鑑認和其重要性， 與初步估計同，一時喜躍非筆墨能宣。現在魏君要重印這兩件藏於西德斯圖加特（Stuttgart） 邦立瓦敦堡圖書館 （Württembergische Landsbibliothek） 的珍本， 公諸於世， 讓我寫篇序言介紹， 講明兩書的價值， 可謂與有榮焉。

　　如果拿余象斗和久享盛譽的馮夢龍（1574-1646）對比， 自然是不恰當的， 二人在立場、學養， 和活動範圍均有很大的分別。但除了馮夢龍以外， 若要另舉一明人對通俗文化（特別是俗文學）的推廣， 躬親力行， 遍及各種文體與文化背景，恐非余象斗莫屬。余象斗爲建陽人， 活動時期自萬曆後期至天啟、崇禎兩朝， 所刊書籍品類繁雜， 包括小說、通俗類書、韻書、字典、通書、堪輿册籍、舉業讀本等等。余氏所刊諸書之中， 其貢獻不限於一般編印的範圍也說不定。卽使如此， 現在仍無人從事有系統的考證。余刊書籍， 雖然不易得， 散存仍多， 不該是一個幾乎無人問津的課題。研究余象斗之所以棘手， 和他所刊書籍中作者、編者、刊行者、評注者， 錯出雜陳， 互相矛盾， 連余象斗是否爲其本名尙難確指， 必有關係。因此任何新資料， 只要能稍增我們對余象斗的認識， 總是好消息①。

　　《三國演義》版本繁多，余象斗所刊者全名爲《新刻按鑑全像批

————————————

　① 眾所周知的余象斗研究僅得一篇，卽賀德儒（Dell R. Hales）爲富路特（L. Carrington Goodrich） 主編 *Dictionary of Ming Biography 1368-1644*（ New York: Columbia University Press, 1976）, II, pp. 1612-1614, 所寫的傳記， 可惜此文所用材料沒有一條能說得上是一手的。根據一手資料所寫成的報告， 確實有一篇， 但討論範圍頗狹窄：杉浦豐治，〈明刊典籍二三事： 余氏刊本と讀書坊板〉，《金城國文》， 55期（1979年 2 月）， 頁52-67。

評三國志傳》，是該書各種版本中最少為人研究的一種。在斯圖加特
殘本未被發現前，此本知者共有三種不相連接的部分，均在英國：劍
橋大學圖書館 (Cambridge University Library)、牛津大學卜德林圖
書館，及大英圖書館。我們知道這三部分的存在已經數十年，除版式
介紹外，並未見任何較深入的研究②。此書原有二十卷，這三部分合
得六卷，零星缺葉不算外，包括：

　　　　劍橋殘本：卷七、八

　　　　牛津殘本：卷十一、十二

　　　　大英圖書館殘本：卷十九、二十

這三部分是否出於同一套書還未能確定，但除非有強力的反面證據，
說這三部分同出一書肆，同屬一個版本系統，該無問題。幸虧大英
圖書館的殘本保存了書的最後一卷和出版年分（萬曆二十年，即公元
1592年）。這日期很重要，一方面有助於解決此版本在《三國演義》
演化過程中的位置，另一方面有助於審定余象斗作為明代小說成長力
量的活動年代。

　　斯圖加特殘本共兩卷，即卷九和卷十，恰好填補了劍橋殘本和牛

---

②　大英圖書館殘本早已著錄，見 Robert K. Douglas, *Catalogue of
　　*Chinese Printed Books, Manuscripts and Drawings in the Library
　　of the British Museum* (London: Longmans, 1877), p. 142, 但所
　　提供的資料既略且誤。孫楷第 1957 年修訂本《中國通俗小說書目》，
　　頁33，所錄與1933年初版同，謂大英博物館及牛津大學有此書，並未提
　　劍橋大學，亦未提出各地所藏有何殘缺。按該目體製，此即指起碼有
　　兩套全書在英國。以英國三庋藏地每處僅得全書十分之一（兩卷）而
　　言，與事實差得太遠。晚至1954年北京圖書館編印（張榮起主編）《三
　　國演義參考資料》，仍謂大英博物館及牛津大學有藏本，直以全本視之
　　（頁4）。孫目影響之大，苟有錯失，其延誤方來亦深，殆可得見。
　　相當準確的紀錄還是有的，牛津殘本早見向達〈瀛涯瑣志：記牛津所藏
　　的中文書〉，《北平圖書館刊》，10卷 5 期（1936年10月），頁22；並
　　見所著《唐代長安與西域文明》（1957 年），頁 631（孫目修訂時，向
　　文面世已二十年，惜仍未及參稽，致有上言之失）。英國三殘本的最佳
　　參考，為劉修業，《古典小說戲曲叢考》（1958 年），頁65-67，資料
　　根據作者三十年代在英國親檢原書的讀書筆記。柳存仁，《倫敦所見中
　　國小說書目提要》（1967 年），頁 245-247，亦有頗詳細的紀錄，其中
　　起碼有關大英圖書館殘本部分是根據作者1957年檢讀原書時的劄記。

津殘本間的空隙。牛津殘本入館於十七世紀初③。這種事隔數百年的
重逢確是奇蹟。當然，卽使加上斯圖加特殘本，我們所有仍不過是全
書五分之二而已。但對於分析余象斗所刊《三國演義》，情況已比前
大有改進，可以研究此本與其他本子之間有無分別，若有分別，究竟
有多大；可以從余本評注的性質去理解余象斗對小說的一般認識，特
別是對《三國演義》的認識；更可以配合其他余刊書籍去歸納出余刊
書的版本特徵。

余象斗所刊《三國演義》並不止這一種，起碼尚有兩種有殘本存
世。一種名《新刊校正演義全像三國志傳評林》，現藏日本早稻田大
學④。另一種名《音釋補遺按鑑演義全像批評三國志傳》，刊於萬曆
二十年 （與大英圖書館殘本同）， 今存日本京都建仁寺⑤。 題目旣
異，或暫可假定這兩種日本殘本之間有分別，而它們和散存歐洲的一
套亦有不同。事實是否如何？ 若眞有分別，異同何在？ 只有詳細比勘
才能決定。歐洲各殘本合得八卷，早稻田本有十六卷(原亦二十卷)，
建仁寺本有十卷 （原也是二十卷），供詳細校勘的資料該是够的。由
此可見，斯圖加特本的出現如何擴展了研究的領域。

斯圖加特《水滸》殘本（書影見本集插圖２）說來也和余象斗結
上關係。此說源出鄭振鐸，卻是絕對錯誤的見解。此事的關鍵在一本
殘存不到六回， 名爲 《（新刊）京本全像挿增田虎王慶忠義水滸全

---

③　亨特（R. W. Hunt）在修訂覺士（H. O. Coxe）, *Laudian Manuscripts*
　　(Oxford: Bodleian Library, 1973) 的導言， pp. xix-xx, 謂此殘本
　　捐贈入館於 1635 年 5 月 22 日 （卽崇禎八年四月七日），離該書在福建
　　刊行不過四十餘年。 消息據卜德林圖書館中文部主管哈利威爾（David
　　Helliwell）惠告，特此誌感。

④　此本在孫楷第《中國通俗小說書目》前後兩版均有著錄，但其《日本東
　　京所見中國小說書目》 （北京: 人民文學出版社，1958年；1932年北平
　　圖書館中國大辭典編纂處初版書名後有「提要」二字）是收錄東京區所
　　存中國小說的專書，卻不提此本。此本並見《早稻田大學圖書館和漢圖
　　書分類目錄》 （東京: 早稻田大學圖書館，1930年），下册，頁142。

⑤　京都大學有建仁寺本的影本，見《京都大學人文科學研究所漢籍目錄》
　　（京都: 京都大學人文科學研究所，1979年），上册，頁695。

傳》的本子。此本屬於簡本系統，不妨稱之爲插增本。鄭振鐸對此本
僅作過初步的考察，卻宣稱這本藏於法國國立圖書館的殘本基本上等
於余象斗所刊的評林本，並指田虎、王慶兩部分皆出自余象斗之手
⑥。鄭振鐸對《水滸傳》的研究至今仍爲行內的基本參考文獻，而能
夠親檢巴黎殘本的學者始終沒有幾人，故鄭振鐸之說到最近才有人提
出異議⑦。此外，自鄭振鐸在二十年代發現巴黎殘本後，數十年間，
除了牛津大學的一紙殘葉外，別無任何新發現，大家早就以爲此本僅
得那一點點存世。這兩種見解都不够正確。

　　雖然巴黎殘本和余象斗沒有瓜葛，它和斯圖加特殘本的關係，則
跟四份散存歐洲的余刊《三國演義》之間的關係相似——卽使不是出
於同一個本子，也確是屬於同一個版本系統。最令人驚奇的是，巴黎
殘本和斯圖加特殘本並不是這個《水滸》版本的僅存部分。直到去年
七月，我還是和大家一樣，僅知有巴黎殘本和牛津殘葉的存世而已。
從那時候到現在，僅一年有奇，在友人龍彼得（Piet van der Loon,
1920-）（牛津大學）、杜德橋（牛津大學）、包吾剛（Wolfgang
Bauer, 1930-）（慕尼黑大學〔Universität München〕）、倪豪士
（William H. Nienhauser, Jr., 1943-）（威斯康辛大學〔University
of Wisconsin at Madison〕）、孟大偉（David E. Mungello, 1943-）
（高豪學院〔Coe College〕）的協助下，復得到梵帝崗教廷圖書館
（Biblioteca Apostolica Vaticana）、哥本哈根（Copenhagen）丹麥
皇家圖書館（Det Kongelige Bibliotek）、慕尼黑（München）巴威
略國家圖書館（Bayerische Staatsbibliothek）、德勒斯頓（Dresden）
邦立薩克森圖書館（Sächsische Landesbibliothek）的鼎力合作，攝

---

⑥　見鄭振鐸，〈《水滸傳》的演化〉，《小說月報》，20 卷 9 期（1929年
　　9 月），頁1418-1419；並見所著《中國文學研究》（1957年），上册，
　　頁141-143。
⑦　見馬幼垣，〈牛津大學所藏明代簡本《水滸》殘葉書後〉，《中華文史
　　論叢》，1981年 4 期（1981年 11 月），頁47-66。文內所說其他各點與
　　此篇序言有關者，不逐一注明（此文收入本集）。

得好幾種稀見或以前未見著錄的簡本《水滸》殘本。根據這些資料，
再加上以前三訪法國國立圖書館時所影得者，各本之間的關係已漸明
朗。但離開能够詳指其來龍去脈，還有一段很遠的路，因爲必定尚有
許多關鍵性的本子隱藏在歐洲的圖書館內有待發掘。不過，這些本子
在中國和日本，連殘本都未見出現，歐洲所存各殘本自然有其特別意
義與價值。當魏君告訴我發現斯圖加特殘本的事，我卽懷疑這就是其
中失落的重要環節之一。事實果眞如此，而且此殘本和其他各部分連
貫起來，井然有序，解決了許多以前不大明白的問題。

　　這裏限於篇幅，不能詳列各本的個別內容和互相間的異同⑧，茲
僅作簡略的交代。現知各部分，有插增本殘本三份和殘葉一張，依內
容次序，在斯圖加特、哥本哈根、巴黎，和牛津。另有兩份和插增本
極接近的殘本，按內容先後，在德勒斯頓和梵帝崗。至於慕尼黑殘本
及法國國立圖書館的其他本子則屬於別的版本，這也說明了《水滸》
版本的複雜性。在各份插增本殘本和那兩份極相近的殘本中，只有斯
圖加特本是講梁山英雄排座次以前之事。《水滸》一書的精華在排座
次以前的故事，以後則往往寫得極差，簡本繁本皆然，甚至有不能卒
讀的部分（如征遼的幾回），是眾所共認的。如此說來，斯圖加特本
的價值還在其他有關殘本之上。

　　三種插增本殘本，連同兩種相近的殘本，合起來有六十餘回，就
算考慮到其間有不少缺葉，也該過全書半數（按全書一百二十回計
算），較鄭振鐸當年在巴黎所看到的已越十倍。

　　插增本年代仍有待考證，但不能晚過萬曆二十二年(1594)，在現
存諸簡本《水滸》中，或者是年代最早的。旣然在這短短一年間有此
收穫，只要我們繼續努力，說不定仍會有更新的進展。這一點，我們
得寄望於歐洲的漢學朋友，進行這類調查，他們在環境及語言上都方
便多了。

────────────

⑧　各本內容及異同之處，見另文〈現存最早的簡本《水滸傳》〉（此文收
　　入本集）。

歐洲各國圖書館所藏中國小說珍籍，以前除了應個別學者的要求製作電子複印或顯微膠卷外，很少公開複製。這次魏漢茂君按原物大小，給我們提供兩種珍本，合爲一册刊行，我個人很希望這是一種以後大家爭相效尤的創舉。

1982年 9 月20日於檀香山

——《水滸爭鳴》，2 期（1983年 4 月）

後記

這篇序文原應魏漢茂君之邀，以英文出之。此爲中文改寫，不是直譯，故與原文稍有分別。魏君所刊二書影本合册，*Two Recently Discovered Fragments of the Chinese Novels San-kuo chih yen-i and Shui-hu chuan* (Hamburg: C. Bell Verlag, 1982)，爲魏君刊行之《漢堡東亞書籍目錄》叢書的第11號。

文中注②批評孫楷第《中國通俗小說書目》1933年及1957年兩版記載英國所藏余象斗刊《三國志傳》之失。孫目 1982 年重訂本（北京：人民文學出版社），稍有改進，指出牛津本僅存兩卷，但仍視大英圖書館者爲全本（圖書館早自大英博物館獨立出來，孫楷第更是一無所知），且始終未能說出劍橋大學也藏有殘本。

此文謂余象斗素乏人研究，近年因建陽余氏族譜的發現，情形已大爲不同。下列三文可代表我們對余象斗及余氏家族刻書事業的新認識：官桂銓，〈明小說家余象斗及余氏刻小說戲曲〉，《文學遺產增刊》，15期（1983 年 9 月），頁 125-130；蕭東發，〈建陽余氏刻書考略〉，《文獻》，21期（1984年 6 月），頁230-247；22期（1984年12月），頁195-219；1985年 1 期（1985年 1 月），頁236-250；蕭東發，〈明代小說家刻書家余象斗〉，《明清小說論叢》，4 期（1986年 6 月），頁 196-212。至於朱傳譽，〈明代出版家余象斗傳奇〉，《中外文學》，16卷 4 期（1987 年 9 月），頁 150-169，則屬抄集之

作，全無新意，徒亂人耳目。

此文在《水滸爭鳴》2期刊登時，文後所附三張插圖爲編者所誤植，悉與此文無關，其中第一張且必是原附於別人的稿件的。旋寫一啟事，請編輯在下期代更正，然終未見刊出，遂在此聲明，以正視聽。

意想不到的發展復使文內所說中日兩國連一張挿增本殘葉也沒有的話得從新判斷。此事相當複雜，還是讓我自始說起。

以研究施耐庵見稱的王同書君在1985年1期（1984年11月付印）的《蘇州大學學報》（哲學社會科學）裏發表一篇題爲〈談新發現之古本《水滸》的幾個問題〉的短文，頁88-89（另加封三挿圖一頁），報導江蘇省大豐縣（1942年日治時期析東臺、興化兩縣地爲臺北縣，後因與臺灣省臺北縣同名，1951年改名爲大豐縣；大豐及其西鄰之興化縣均聲稱有施耐庵遺跡）施耐庵文物史料徵集辦公室得了一份八十七葉（174頁）的《水滸》殘本。文內除了形容版式在抄錄兩小段同出一回（第十四回）的引文去和金聖嘆（1608-1661）的腰斬本比較外（金本晚出，又是動過手腳的本子，爲何用來比較，沒有說明），就無別的話題可言。《水滸》是大書，首次鄭重介紹一款僅存數十葉的殘本，怎能不告訴讀者起迄何處和有無缺漏？抱持守秘自矜的心態去報告新發現，基本情形卻儘量廻避不談，除了企圖宣耀該處得一罕見本子外，還可能有什麼目標？

大豐本的版式、行款，和版框大小與斯圖加特本無異。王同書錄自大豐本的兩小段引文，斯圖加特本也同在一回，文字絲毫無別。對早期簡本《水滸》來說，這是極不尋常的情形。他選爲挿圖的半葉（卷三葉十三下），斯圖加特本的不單在同一位置出現，連版面也破裂得一模一樣。兩本分明同出一版。

情形既如此，大豐本的起迄和有無缺葉之不能不讓讀者知道，就不必再強調了。讀到王同書那篇文章後不久，我通過不同的管道和他聯絡上。但對那兩項他本來早該講清楚的消息（其實殘本的來歷也絕

對有交代明白的必要），他竟守口如瓶，怎也不肯透露，接觸只好告斷。

現在事隔多年，王同書始終不管他當初未完成的基本責任，施耐庵文物室也沒有公開原件或作較確實的報導。別人談此本的文章亦未見。因此，大豐本的價值目前僅能按常理去臆度。

斯圖加特本（一百八十個半葉，有缺漏）和大豐本份量差不多，又都含第十四回，前者既早公諸於世，後者的重要性就得視其提供新葉的多寡而定。

第十四回在斯圖加特本之首，假如大豐本也自此始，增出的葉數就很有限。要是第十四回在大豐本之末，此本和斯圖加特本便很少重複，價值自然極高。這回在大豐本中間的話，此本也當起碼有二、三十葉是斯圖加特本所無的。

真相究竟如何，目前只有少數見過大豐本者知道。其他局外人必定和我一樣，仍然在期待進一步的消息。

這事其實還可能有一個很簡單的解釋。斯圖加特本公諸於世是1982年底之事，印數雖然很有限，歐美主要漢學圖書館多迅即購備（若干是我通知的），用者又每逕自複影，可以說到了1983年中在歐美已流傳得相當廣泛。按王同書文末所記的脫稿日期，他看到殘本不會晚過1984年初秋，時間上已夠巧合，加上葉數相差無幾，保存的部分復起碼有若干雷同，巧合的程度確不易教人相信，而巧合尚不止於此。

大豐縣的施耐庵研究會（與文物室諒無大分別）在1985年5月出版的《耐庵學刊》創刊號內登了一張沒有解釋（！）的《水滸》書影（卷四葉十九下），也和斯圖加特本者完全相同。魏漢茂複製斯圖加特本時，原件每半葉影為一頁，大豐前後公佈的兩張書影同樣以半葉為一單位，邊緣剪裁也毫無異處。

把這幾事加起來，恐怕很難說是巧合了。起碼在中國古典小說研究領域內找不到同樣巧合程度的例子。故此，施耐庵文物室所有者極

可能僅是一份從魏漢茂影本翻出來的複印件吧了。

　　事實上，施耐庵文物室確有一份斯圖加特本的影件，那是我一位旅英朋友在訪問大豐後寄贈他們的。雖然我在 1987 年夏天已知此事（其時與王同書的接觸早已終斷），還未想到文物室除此影件外，或者別無所有，而潛意識地希望大豐確有這本子的其他部分，能讓我們添增新葉。最近才想到該處僅得影件的可能性，因而查詢友人贈送影件的日期。友人答謂，詳細日期不復記憶，但當為1984年初秋以前之事。這答案正好解釋上述的種種巧合。

　　果真如此，王同書要回答的質問，就不限於為何原先不直書該本的起迄以及其有無缺漏，還得坦然向大家交代，為什麼要把收到一份不勞而獲，早已隨人複印，化身百千的影件說成是文物室「最近徵集到一種古本《水滸》」，以致使人產生該處擁有稀世秘本的錯覺？為何不能講明該件的來歷？因何不領情到要抹殺貽贈者的雅意，隻字不提？何以當我這個參與斯圖加特本公佈過程者詢問時仍閃爍其詞，避而不答？

　　為了追查此事，我固然走了許多冤枉路，但本着研究者的立場，我還是希望大豐確實有一份獨得的插增本，能夠添補歐洲各本合起來也沒有的部分。

　　這件事對王君來說，名譽攸關，他應該有一次澄清的機會。

呼籲研究簡本水滸意見書

　　談到中國傳統長篇小說的版本，問題沒有比《水滸傳》和《紅樓夢》更複雜的。這兩本小說當中，《紅樓》的情形要比《水滸》爲佳。這並不是說《紅樓》的版本問題不及《水滸》的艱難，而是說探研《紅樓》版本，不論談的是客觀研究環境和條件，還是研究結果的幅度和深度，《水滸》都相差一大段距離。

　　二十年代以來，《紅樓》版本的研究，何止代不缺人，實在是人多勢眾，蔚然成流分派；各種脂評本和其他重要本子影印行世的，在種類方面，在刊行數目方面，早很可觀。現在進行編輯的彙刊本，集各種本子，分行列出，更是功德無量的大事。這種情況跟地理環境關係很大，除列寧格勒藏本和現在康乃爾大學（Cornell University）的胡適（1891-1962）舊藏十六回殘本外，重要的本子不僅全在中國，而且還集中在北京區。胡適的本子縱然在海外，也早有了按原物大小影印的複製品，還用不同的形式刊行過好幾次。

　　研究《水滸》的那有這份福氣。重要的本子，就算僅限於已知者，分散得很，中國、日本、歐洲平分春色，每一區域當中又散存好幾處。能够充分利用大部分《紅樓夢》重要本子的專家爲數不少，這也可以說是作爲一個紅學家所應具備的起碼條件。但在《水滸》研究來說，能够掌握半數重要本子的究有幾人？鄭振鐸和孫楷第這兩位開拓疆域的功臣，他們分別接觸過的本子着實不少，但往往是在走馬看花，時間緊促的環境下匆匆翻一次，記記卷數、回數、行款、內容概要而已。鄭振鐸在巴黎，孫楷第在東京和大連，讀書所得，均很明顯

地表現出這種先天性的缺憾。他們以後憑記憶，靠筆記，所做出來的
報告，自然無可能跟紅學家把各種本子同時打開，逐字校讀，那種優
越條件下作出來的成績可比。

時至今日，各種複製技術的進步，決非六十年代以前的學者所能
夢想。但是，要彙齊重要的《水滸》本子仍是困難重重，絕不容易。
圖書館不一定合作，甚至諸多刁難，曾經外出訪尋古籍者都會嚐過這
種人為困難的滋味，治《水滸》的怎會例外？況且以《水滸》而言，
涉及的不少是善本書，圖書館同意複製的時候，所提供的也絕大多數
是顯微膠卷正片（白底黑字）。因為圖書館代複製善本書公例是製好
的黑底白字負片留在館內，以後不必再用原書拍攝，僅給要求者一份
翻製出來的正片，而要求者得付整個過程的全部費用。如果是逐個本
子單獨看，不牽涉校勘，只要把得來的膠卷正片裝在閱覽機上便可細
讀，雖因燈光等等說不上舒服，嚴重的技術問題尚不存在。兩三個本
子分別裝在閱覽機，圍着自己，逐行去讀，苦是苦了，勉強還可以應
付。但如要六七個本子，甚至十來個本子，同時進行校閱，即使閱覽
室有足夠的機器，每卷一機，也絕不可能把自己重重圍着，每機看一
行，再詳細記下各本異同。恐怕校勘未到一半，眼睛早瞎了。

唯一解決之法，是先把膠卷正片沖成負片（黑底白字），再用負
片製為電子影印。至此離原物已是第五代了，清楚程度自然打折扣，
幸好一般來說，尚不致看不出是什麼字。有了這樣一張張的複製品，
才能達到紅學家的基本條件 —— 能夠把各種本子同時展讀，逐字校
勘。

這樣的步驟，每一次都非鉅款不成，沒有幾人能應付這種負擔。
《水滸》是大書，本子數目又多，要達到對紅學家來說僅是個開始的
地步，時間和金錢的消耗幾乎是無從估計的。這大概可以部分說明為
什麼紅學家總是比治《水滸》者為數多出好幾倍，交出來的研究成果
一般來說也紮實得多。

這種客觀環境的難題外，《水滸》還有它的內在難題。《紅樓》

是一人一時之作（指現有前八十回而言），《水滸》則是經過長期演
化交融而成的（以《水滸》版本系統的複雜，內容文字的分歧，說它
是一人一時，或二人異時之作，是很難理解的事。當然這並不否認會
有一個或者多過一個卓越的編輯總其成，定取捨，排次第，甚至增刪
其述事，使《水滸》達到明中葉後廣爲流通時的狀況的可能性。但這
不是我們一般通用的著作權的定義，也不能抹殺最後定型前的長期演
易過程），整個成長沿革如何發展，經過多久的時間，多少個階段，
我們知道的並不多。不僅如此，許多基本觀念還是聚訟紛紜，莫衷一
是，其中繁本和簡本的先後，互相的關係，正代表意見分歧的程度以
及其嚴重性，也反映出我們對《水滸》認識的膚淺和研究不從根底做
起。

　　繁本（文繁事簡）和簡本（文簡事繁）是兩個比較性的名詞，無
繁本，即無簡本可言，反之亦然。一般讀者看的是繁本（絕大多數
還用金聖嘆的腰斬本），小說專家用的也是繁本。連語言學家想通過
《水滸》去研究明代語法，分析的同樣是繁本。除了田虎、王慶兩部
分爲繁本所無外，繁本和簡本的主要分別不在述事的歧異，而在交代
同一情節用字的多寡，多者稱爲繁，寡者謂之簡。假如一段故事，繁
本簡本都有相應的部分，繁本用的字數通常比簡本多出兩三倍（甚至
倍數更高，得視涉及的簡本而定）①。

　　繁本和簡本的主要本子爲數頗多，參考資料也不少，不必詳列②。

①　繁本簡本字數比例的一般情形，可參看鄭振鐸〈《水滸傳》的演化〉文
　　內所舉各例。此文原刊《小說月報》，20卷9期（1929年9月），頁
　　1399-1426，後收入其《中國文學研究》（1957年），上冊，頁101-157。

②　《水滸》版本的紀錄，孫楷第《中國通俗小說書目》（1933年；1957年
　　修訂本）、《日本東京所見中國小說書目》（1932年；1958年修訂本）
　　爲眾所周知，不必贅述。在未有更完備的目錄以前，此二目固不可缺，
　　但其中誤漏不少，且幾經轉相抄引，以訛傳訛，影響不可謂不大，讀者
　　宜參考別的資料，暫作補充：石崎又造，〈《水滸傳》の異本と其の國
　　譯本〉，《圖書館雜誌》，27卷1期（1933年1月），頁7-12；27卷
　　2期（1933年2月），頁34-38；27卷3期（1933年3月），頁61-64；
　　Richard G. Irwin, *The Evolution of a Chinese Novel* (1953), pp.
　　208-212.

下面僅舉要說明一下，同時利用這表格來補述上言研究《水滸》所遇
到缺乏基本材料的困難。爲求簡便，各本悉用簡稱，全名不注出。有
全本影本公開行世者，用＊注明。各本之排列，不分先後次序：

繁本：

　　一百回　　　　嘉靖殘本（郭武定本？）、石渠閣補刊本（卽所
　　　　　　　　　謂天都外臣序本）、容與堂本＊、鍾批本、李玄
　　　　　　　　　伯印本
　　七十一回　　　金聖嘆本＊

簡本：

　　百二十回　　　插增本（甲乙兩種）③
　　二十五卷　　　評林本＊
　　三十卷　　　　文杏堂本、（金閶）映雪草堂本
　　百十回　　　　出像本、英雄譜本＊④
　　百十五回　　　漢宋奇書本
　　百二十四回　　（姑蘇）映雪堂本⑤

繁簡合併本：

　　百二十回　　　袁無涯本（楊定見本）

---

③　插增本暫定爲兩組，用甲乙來分別，理由以及每組各本的內容等等，見
　　另文〈現存最早的簡本《水滸傳》〉（此文收入本集）。
④　若以《二刻英雄譜》爲例，目錄所開列的回數及回目，與正文所標出者
　　有異，正文回數還不時有剜改之跡。此本實際共109回。
⑤　刊行三十卷本的（金閶）映雪草堂未知是否同一書肆，待考。金閶卽蘇州
　　（姑蘇）首縣吳縣，兩書肆名稱又僅差一並不重要的字，不能不置疑。
　　有一點則是可以斷言的，映雪草堂所刊三十卷本（不分回）和映雪堂所
　　刊百二十四回本（題《第五才子水滸傳》），分別很大，不是同書異
　　版。

　　在這一大堆本子當中，僅容與堂本和金聖嘆本（貫華堂本）曾有相當數量的影印本公開發售過。它們都是繁本。在簡本方面，整套公開影印過的善本長期以來只得評林本一種。這是五十年代之事，限印一千套，一下子就沒有了，流出海外的寥寥無幾，研究者見過此書的不多。其他簡本更不用說了，連《英雄譜》、《漢宋奇書》這類在民初極爲易得的清刊本，現在也早鳳毛麟角。以《英雄譜》和《漢宋奇書》爲例，香港和臺灣的圖書館中，僅《漢宋奇書》還能在中央研究院歷史語言研究所找到一套；那是傅斯年舊物，編入爲普通線裝書。整個美國、加拿大數十間東亞圖書館，只有哈佛大學(Harvard University)的哈佛燕京學社圖書館 (Harvard-Yenching Institute Library) 和哥倫比亞大學 (Columbia University) 的東亞圖書館各藏一套《漢宋奇書》，均放在善本書庫內。大家好以《英雄譜》和《漢宋奇書》並舉，其實兩者是有分別的，而且《漢宋奇書》尚偶能一見，《英雄譜》則更稀罕了。最近日本京都大學把他們珍藏的《二刻英雄譜》拿出來公開影印，一套賣日幣二萬四千元。德國友人魏漢茂影印西德斯圖加特市邦立瓦敦堡圖書館所藏插增本殘本約二十回，僅售五十冊。要普及《水滸》版本的研究，誠非易事。

　　究竟是不是非要把這些本子彙齊始能好好地研究《水滸》？我的看法是，要是研究一般性的問題，如立場、結構、主題、人物分析，本子愈齊，討論起來愈是基礎鞏固，言之有物；反之，本子愈少，談起來愈是以偏概全，難作多方面的考慮。若是研究作者問題、版本沿革、成書演易，我覺得在未盡看現存各種重要本子，詳作比勘以前，誰都沒有資格下結論。

　　既然如此，究竟這些本子分別在那裏？不妨用下列表格來說明：

書首	排座次	招安	征遼	征田虎	征王慶	征方臘
A/a	B/b	C/c	d/(d)	e/(e)	F/f

百回繁本（現存繁本，在袁無涯本出現以前的，都原有百回）的組織
是：

$$A＋B＋C＋F$$

現存簡本的卷數回數極不統一（其中還有僅分卷不分回的），組識卻
是統一的：

$$a＋b＋c＋d＋e＋f$$

這就是說現存的《水滸》故事全見於簡本，而繁本沒有田虎、王慶兩
部分。至於《水滸》故事的總結合，則推袁無涯本，它把繁本和簡本
兩者合併在一起，繁本有的部分用繁本，繁本沒有的用簡本改寫，變
成了驟眼看去像是如下的組合：

$$A＋B＋C＋d＋e＋F$$

其實袁無涯本的田虎、王慶兩部分雖源出簡本，卻改寫得很厲害（王
慶出身情節的改動尤爲明顯），不能代表簡本的正統，其實際組合應
爲：

$$A＋B＋C＋（d）＋（e）＋F$$

這樣才能說明袁無涯本的田虎、王慶部分爲僅足供看看故事，而不可
徵引以資論考的怪胎。

　　研究《水滸》的專家多數主張繁本是主幹，簡本是枝葉，加上讀
者好求其全的心理，所以對袁無涯本的全收繁本而兼及簡本獨有的故
事，頗有好感。鄭振鐸等編校的《水滸全傳》（北京：人民文學出版
社，1954年）基本上就是用袁無涯本的組合方式，這也是現今最具權
威性的校本，重印過好幾次，港臺兩地復有不少翻印本和盜印本，早
已人手一册。除非講的是某一本子的個別問題，一般評論文章，甚至
考析《水滸》語法的，引錄時大率根據鄭校《水滸全傳》。可是從校
勘來說，此書離理想甚遠。一則因組合方式的局限，除了田虎、王
慶不算長的兩部分外，無可能照顧到簡本系統諸本。卽使是田王部
分，用的又是袁無涯本內的改寫本，和其他簡本在文字和內容上差別
很大。因此，嚴格說來，鄭校本不論在校勘過程上主要根據的是那些

本子，實質上只是在袁無涯本的基礎上做的校本。二則是校記做得太
簡陋，用者無可能根據校記內所提供的資料去做某本某版的還原工作
⑥。這種還原標準並非苛求，試看譚正璧（1901-）所校《清平山堂話
本》（上海：古典文學出版社，1957年），同屬五十年代之物，讀者
卻可以通過它的校記去做還原工作。

繁本簡本之間的問題一日不能解決，一日不可能充分明瞭《水
滸》的演易過程。現有的理論，主要有二：

㈠繁本比簡本早，簡本是從繁本刪節而成，另加上田虎、王慶兩
個杜撰部分。絕大多數的《水滸》專家，包括在歐美和日本的，均持
此說，不必逐一注明。簡本《水滸》研究的難成風尚，多少與繁先簡
後說的深入人心有關。此說圖示如下：

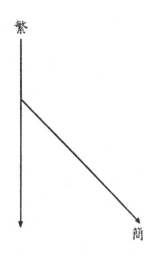

────────────

⑥　鄭校《水滸全傳》的書評，主要有二，恭維的話並沒有幾句：王古魯，
〈讀《水滸傳全傳》鄭序及談《水滸傳》〉，《北京師範大學學報》
（社會科學），1957年1期（1957年5月），頁145-174；白木直也，
〈排印本《水滸全傳》への批判と提言：諸本研究の文場よりする〉，
《東方學》，45期（1973年1月），頁57-73。

　　㈡簡本比繁本早，繁本自簡本擴充而成。主張此說，在某種程度
下可與繁先簡後說抗衡的，　不過魯迅（周樹人 1881-1936）⑦、鄭振
鐸⑧、何心⑨、柳存仁⑩、聶紺弩⑪等幾人。其中魯迅和鄭振鐸僅算
是表示意見而已，並沒有提出支持自己看法的強力物證，且就理論而
言，也稱不上精密圓通和照顧到不同的角度和層次。譬如說，魯迅謂：
「若百十五回簡本，與繁本每有差違，倘是刪存，無煩改作也」⑫。
寥寥幾句印象式的話，毫無實物佐證，怎能使主張繁先簡後者心服？
不論是擴充還是刪節，　講的只是工作的類別，　與進行這項工作的複
雜程度無關。　擴充和刪節同樣可以做得很隨便，　稍易卽止，　也可以

---

⑦　魯迅談《水滸》演變，主要見《中國小說史略》的第十五章。該書版本
　　繁多而習見，不必注明。

⑧　鄭振鐸在這方面的主要論述有三，注①所引那篇最重要。另外兩篇，一
　　是〈巴黎國家圖書館中之中國小說與戲曲〉內講《水滸》的部分；此文
　　原刊《小說月報》，18卷11期（1927年11月），頁2-22，後收入其《中
　　國文學研究》，下册，頁1275-1313。最後一篇是校本《水滸全傳》的
　　序言。

⑨　何心，《水滸研究》（1954年；1957年，修訂本）。

⑩　柳存仁論《水滸》源流的主要著述，稿凡三易，一文前後有法、中、英
　　文三款。最早是 Liu Ts'an-yan, "Sur l'authenticité des romances
　　historiques de Lo Guanzhong," *Mélanges de Sinologie offerts à
　　Monsieur Paul Demieville*, II (Paris: Presses universitaires de
　　France, 1974), pp. 231-296. 原稿爲英文，由雷威安（André Levy)
　　法譯。其次是〈羅貫中講史小說之眞僞性質〉，《香港中文大學中國文
　　化研究所學報》，　8 卷 1 期（1976年12月），頁169-234，視前稿擴充修
　　訂不少。第三次是 Liu Ts'un-yan, "Lo Kuan-chung and His Histo-
　　rical Romance," in Winston L.Y. Yang 楊力宇 and Curtis P.
　　Adkins, ed., *Critical Essays on Chinese Fiction* (Hong Kong:
　　Chinese University Press, 1980), pp. 85-114. 第三次大概是用原有
　　的英文稿稍加增修而已，反比早四年出版的中文稿簡略多了，故引用柳
　　氏的見解應以其用中文發表的一篇爲據。柳氏以爲百十五回簡本淵源極
　　早，當爲簡本代表，並疑此本以前另有未增入田虎、王慶故事的百回簡
　　本，復創田王部分出自羅貫中手，以及前此的百回簡本著作權歸施耐庵
　　之說。

⑪　聶紺弩的重要有關著述多收入他的《中國古典小說論集》（上海：上海
　　古籍出版社，1981年），其中以〈論《水滸》的繁本和簡本〉一篇最具
　　代表性（頁140-204）；此文原刊《中華文史論叢》，1980年 2 期（1980
　　年 5 月），頁237-293，收入文集內的有若干修改。

⑫　《中國小說史略》，此書版本甚多，極易得，不必注何本何頁。

改弦更張，做得十分徹底。假如簡本眞的是刪自繁本（或者說某簡本刪自某繁本），工作本身爲何不可以相當浩漫？稱之爲改作又有何不安？

鄭振鐸所說，以爲擴充添增是小說發展的常規，《水滸》當如此，所以簡本（不計田虎、王慶部分）代表羅貫中原本之舊，同樣是一面之辭。小說發展固然有常規，這不等於說絕不容有例外，爲什麼《水滸》不可能是例外？在這裏，不妨附帶再看另一小說發展的常規。戲曲家取材於說部比小說家利用戲曲資料普遍不知多少倍，故同樣的題材，小說早於戲曲是常規（如〈鶯鶯傳〉、《紅樓夢》均是例），但例外亦甚多，最顯明的例外正是《水滸傳》。援常規以爲附帶說明是可以的，直視作實證則很難站得住腳。後來鄭振鐸還輕描淡寫地改變初衷，轉過來主張繁先簡後說⑬。

這樣說來，從版本上找證據去支持簡先繁後說的，實際僅得何心、柳存仁、聶紺弩等三數人。此說以圖示之，即爲：

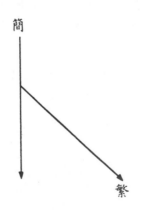

簡

繁

---

⑬　鄭氏前說見注①所引文，後說見其校本《水滸全傳》序。鄭氏研究小說有一習慣性的毛病，輕易更改自己以前的看法（並不固執自守本來是好的），在提出後說時，不解釋改變看法的原因，好像前說從未存在過似的，或者以爲讀者旣得他的新說，就不必顧慮到他以前說過什麼。如果前後兩說提出時，皆僅有意見而無物證，情形就更糟。

這兩個主要理論外，其他的可能性尙有幾個：

㈠繁簡兩系統，起碼在早期的演易過程中，平行獨立發展。此說創自嚴敦易⑭。

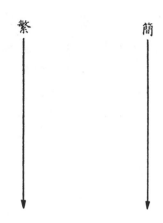

繁　　　　　　　　　簡

繁簡兩系統，除了田虎、王慶部分僅見簡本不算外，自始至終處處相對，主要差別在文字多寡而不在內容情節，平行獨立發展極難產生這樣的結果。

㈡簡本雖源出繁本，卻不是現存的繁本，而是更早期而今已佚的繁本，故從現存繁本去解釋簡本，困難重重。此說爲友人哈佛大學教授韓南 (Patrick Hanan, 1927-) 所創，尙未見於文字。

---

⑭　嚴敦易，《水滸傳的演變》（1957年），頁152-154。

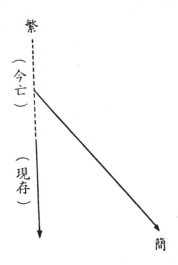

㈢翻過來看韓南說，又是另一種可能性，謂繁本源自今日看不到的早期簡本：

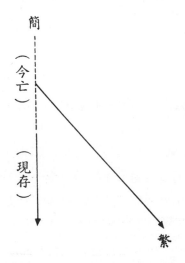

　　㈣此外還有一可能，卽繁簡互相交織並進，某簡本(或某組簡本)刪自某繁本（或某組繁本），而某繁本（或某組繁本）擴充自某簡本（或某組簡本），過程尚可以重複對換多次，並不是單純一方面脫胎於另一方面。在這過程當中，還應考慮到已佚的各種繁簡本子所曾產生過的作用。大槪情形，用下圖來說明。此圖主要在解釋互爲因果，循環交替這一點，眞正的組合自然不會果如此。

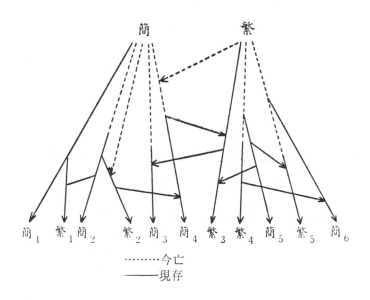

這當然是相當極端的情形，只是現存繁簡本子爲數甚多，大多數均未有人細心分析過，加上已佚諸本的不能不考慮，和最近黃霖（1942-）所發現那本在萬曆後期仍在而與現存《水滸》大異其趣的佚本資料所啟示的複雜性⑮，這種極端的可能性是不應一筆勾銷的。在考慮這可能性的時候，還有一個層次值得注意。某本（或某組）刪節自另一本

⑮　黃霖，〈一種值得注目的《水滸》古本〉，《復旦學報》（社會科學），
　　1980年4期（1980年7月），頁86-89。這消息自經黃霖發現以後，吳
　　讀本已成爲這佚本的通稱。

（或另一組）時，有無可能若干部分反而加以擴充？同樣的，某本（或某組）擴充自另外一本（或另一組）時，有無可能若干部分反而加以刪節？

我自己對繁本簡本的源始問題和相互關係，沒有結論性的看法，主要是覺得目前治《水滸》版本的成績，尚未能完滿解決這些難題。現有的版本研究，絕大多數是講繁本的，這種文章和紅學界相類之作比較，往往差了一大截，等着我們去做的基本工作分明多得很。

在現有的考論文章內，用材料及下斷語的不够嚴謹，甚至指鹿爲馬，也是常見的事。譬如說，主繁先簡後的，好以嘉靖本及帶有相當神秘色彩的郭武定本爲標榜，或者在缺乏實證之下，指現存嘉靖本卽郭本（雖然不一定錯）。

在《水滸》演變過程中，有一個很重要的關鍵性人物，就是郭勛（襲武定侯，1475-1542）。憑着他是明朝開國之勳郭英（1335-1403）玄孫的特殊地位，郭勛在嘉靖一朝權勢極隆，左右朝政。這個叱咤風雲的權臣，卻是通俗文學的愛好者，又熱心出版精刻書籍。他所刊行的《雍熙樂府》還有原版存世，是印刷至爲精美的散曲集。明代紀錄說他出版過《水滸》，詳情不得而知。但在《水滸》演變的過程中，郭勛以前和以後，確有很大的分別，甚至可以有保留地說，郭勛以前有水滸故事，《水滸傳》這本書卽使有，也不一定是現在的樣子。研究《水滸》的，莫不希望一覩郭武定本。可是郭本不可得，不少人遂產生拿現存嘉靖殘本來和它畫等號的心理傾向。

嘉靖本（書影見本集挿圖3）知存者僅八回及殘葉一張，庋藏者均不輕易示人，治《水滸》者無幾人看過，更不必說細讀精校。加上嘉靖殘本現存各部分並沒有標明郭勛刻刊的字樣，要說此殘本卽郭本，恐非有極強的外證，不足以服人。嘉靖殘本有五回是鄭振鐸舊有之物（近世後捐公），以他研究小說戲曲和畢生窮搜珍籍的盛譽，大家樂於引用他的見解，多少有點「人證」的味道。鄭振鐸雖在晚年

以爲殘本卽郭本，卻提不出有力證據⑯。從版本立論，則有趙萬里
（1905-1980），他以爲這是嘉靖本，但不同意這是郭本⑰。其他置疑
的，尚有嚴敦易⑱和王古魯⑲等多人。二說之間，縱然我們不下決
擇，也得承認，嘉靖殘本卽郭本說，是未經考定的看法。

後出本子之中與此殘本最接近的（甚至直說與郭本接近的），今
人恒以爲當推石渠閣補刊本（書影見本集插圖4），所以鄭振鐸在編校
《水滸全傳》時便鄭重聲明，校勘用石渠閣補刊本爲底本（實際工作
是否如此，還是疑問）。但石渠閣補刊本僅存孤本一份，這孤本又非
完璧，滿滿是晚至康熙才補刻的葉數。郭本不在，又無詳細引文，如
何能證明它忠於郭本？補葉又根據什麼？卽使單以這份補刻本而言，
就連補葉和原刻各有幾葉，分佈如何，這樣基本的消息也無人清理
過。況且光就此本與嘉靖殘本共有的八回來說，不同之處（儘管多不
算重要）復有不少。在未弄清楚此本的眞相以前，不該把問題簡化，
把它和嘉靖本等齊量觀。

如此說來，時人講嘉靖本如何，講郭本如何，根據的恐大率是上
言殊不滿人意的鄭校《水滸全傳》。在紅學界裏，假如單憑俞平伯
（1900-）《八十回校本紅樓夢》（北京：人民文學出版社，1958年）
的校文和校記（此書的校記比《水滸全傳》的詳細高明多了），去談

⑯　鄭振鐸早年有〈《忠義水滸傳》解題〉，見其〈劫中得書續記〉一文，
　　《文學集林》，5期（1941年6月），頁157-180（該解題編號45，頁
　　176-177）。解題內僅說這本《水滸》殘册是嘉靖本，並沒有說是郭武定
　　本，連郭勛的名字也沒有提及。這篇續記後收入爲鄭氏《劫中得書記》
　　（上海：古典文學出版社，1956年）書中的第二部分。在此單行本內，
　　該解題亦未改動。教料至寫《水滸全傳》序時，卻斬釘截鐵地大書特
　　書，說這就是眾望已久的郭本。理由何在？沒有交代。爲何以前不視之
　　爲郭本？因何有此修正而如此肯定的新看法？也沒有說明。卽使不是奪
　　理，也是強詞。這樣去處理如此重要的大關鍵，如何使人心折？假如這
　　眞是郭本，反教讀者增加許多不必要的猶豫。

⑰　說見鄭振鐸近世後，趙萬里用北京圖書館名義爲其出版《西諦書目》
　　（北京：文物出版社，1963年）所寫的序言。

⑱　嚴敦易，《水滸傳的演變》，頁157-161。

⑲　見王古魯，〈讀《水滸全傳》鄭序及談《水滸傳》〉文。

某本如何，某版如何，不難成爲眾手所指的罪人。《水滸》領域尚未
出現這樣激然的反應，正說明這領域的研究者還有許多地方得向紅學
家學習。

　　以上說的還不過是繁本研究的情況，鮮有人問津的簡本連這點都
談不到。我以爲在把簡本《水滸》貶爲枝葉，評得一文不值以前，總
該平心靜氣，先好好的把簡本的各種本子逐一詳細分析，也給各種繁
本以同樣的看待，再用不先存彼此的觀念和等齊量觀的態度，去推斷
繁簡各本的價值和各本之間的關係，然後始嘗試作全盤性的論斷，這
才是正確公允的研究程序。

　　這種基本工作，誰也沒有做過。連推崇簡本最力的魯迅和何心，
他們用的不過是簡本系統中最常見的一種本子而已，卽晚至民初尚極
易得的百十五回《漢宋奇書》那類坊本。這種近乎掩耳盜鈴的研究
法，企圖以一概全，何心是一顯例。他在維護自己摒棄其他本子，獨
選一本以爲立論根據時，不是說這個本子看不到，不必管，便是說那
個本子太簡陋，沒考慮必要[20]。既然主張簡先繁後，又以簡爲病，豈
不是矛盾。其中被他指爲「簡陋異常」，「沒有多大價值」的三十卷
本，他根本未看過，只不過根據鄭振鐸、孫楷第的三言兩語，去掩飾
自己失責沒有試找這些本子來看看吧了。這種態度怎能說是周全嚴
謹？難道他沒有想過，他不願用或用不到的資料正有可能就是解決問
題的關鍵所在？以研究法而論，卽使給他找對了答案，百十五回簡本
果真是現存《水滸》之祖，仍不能洗脫其在研究過程和態度上，所犯
偷工減料，未顧及全面先下總結論的基本錯失。

　　簡本系統的各個本子，其實並不如我們一般印象中那樣單純。單
純的倒是繁本系統諸本。不計晚出的金聖嘆本和滲入簡本的袁無涯
本，別的繁本盡是百回本，述事無大異，各回起迄和文字上的差異也

---

　　[20]　何心，《水滸研究》修訂本，頁35-36。

不算大。簡本的情形則不同；何止不同，還有可能是非常複雜的。各
簡本之間，在回數上可以差上十多回，有些根本連回也不標明，僅注
卷數，而單舉卷數的也可以差上五卷之眾。此外，簡本與簡本之間還
存着不同程度的文字簡繁。這種種分別實際差異如何？究竟代表什
麼？推崇簡本的和貶譴簡本的，同樣說不出來。簡本本身也分繁簡這
一點，留待下文再交代。

目前知存的早期簡本，因有少數影印本在，起碼在國內找來看尚
不算太難的，只有余象斗所刊的評林本。鄭振鐸給余象斗刊行的小說
很高的評價，說他印書不隨便改動，所以能夠保存原貌[21]。這句話極
有問題。余象斗印書，要改就改，隨意增刪併易，和鄭振鐸所說的，
剛剛相反[22]。這就是說，縱使評林本裏面確實保存了簡本的原貌，除
非另有可資比勘的資料，絕不容易辨明評林本內那些部分存員，那些
部分給余象斗改動過。

這個比勘的機會本來是有的，毛病出於鄭振鐸和孫楷第在開始記
錄散存歐洲日本的善本小說時，不僅受客觀條件的約束，還作出超過
材料允許的結論。即以評林本來說，鄭振鐸並未有機會看過這本書，
他的認識全靠孫楷第和其他性質類似的間接來源。同樣地，孫楷第也
未得讀法國國立圖書館的插增本；這個巴黎藏本只有鄭振鐸約略翻撿
過（我敢說「約略」，因為他連這本僅存一卷又四葉的薄薄殘本的大
小尚搞不清楚，誤記為一卷半，害得以後多少人沿襲此失，其實那多
出來的四葉還不到一回，而一卷通常有四五回）。問題在鄭孫二人雖
然沒有看過另一人所見到的本子，卻同意評林本和插增本均是余象斗

---

[21]　特別看注①所引文，內云：「余氏刻書頗為謹慎，對於舊本，妄改妄刪
之處極少」（《中國文學研究》，上冊，頁143）。

[22]　見馬幼垣，〈牛津大學所藏明代簡本《水滸》殘葉書後〉，《中華文史
論叢》，1981年4期（1981年11月），頁47-66（此文收入本集）。

的刊物，孫楷第甚且作出二者分別不大的結論㉓。一書在巴黎，一書
在日光，比勘本已非易事，專家既如此判斷，別人未見原物，鮮敢置
疑，日光藏本復有影本行世，又何必辛辛苦苦去追尋那流落在巴黎的
幾回零丁殘帙？鄭孫幾句粗疏的話，產生了不少阻礙力。

評林本和巴黎挿增本的校勘，前些時候我做過，發現在這短短數
回中，余象斗竟是如何胡改一頓，添換情節，併易章回，一改就一口
氣改幾回。評林本注明刊行日期（萬曆二十二年），挿增本也有明確
的下限，其刊行無論如何早於評林本，加上二者分別之大，可見簡本
各本應分別處理，而不該混爲一談。

孫楷第對未親覩的本子輕下斷語，這還不是唯一的例子。法國國
立圖書館的文杏堂三十卷簡本（書影見本集挿圖 5），鄭振鐸是見過
的，但他看不到孫楷第在東京大學（昔日稱爲東京帝國大學）檢閱的
映雪草堂三十卷簡本（書影見本集挿圖 6），而孫楷第又沒有接觸文
杏堂本的機緣。本來甲讀過的書不等於乙讀過，乙的讀書經驗也難盡
與甲共享，特別在兩人均依賴筆記和記憶的情形下，更難互通有無，
徹底明瞭另一人所讀的書究竟是怎樣一回事。可是，孫楷第竟指鄭振
鐸所看到的本子與他自己目覩者爲同書異版。正如上面所說的，答案
卽使無誤，所用的方法仍是錯誤和不能效法的。不幸的是，孫楷第這
種一廂情願式的考據法，涉及四種稀見的簡本，以其盛名所至，大家
欣然接受這種解釋，一再沿用，幾成定律。有這樣的背景，簡本《水

㉓ 孫楷第《中國通俗小說書目》雖分列挿增本及評林本爲二目，但其《日
本東京所見中國小說書目》（修訂本），頁99，卻明言「意西諦所見爲
原本，此《評林本》爲重刊本，卽從西諦所見本出者。然皆爲一家刊
者，其書之增田虎王慶亦同，則其內容文字，殆至爲接近。雖非一本，
正不妨以一本視之」。這段大膽假設的文字，在此書的1932年初版已如
此。此書講《水滸》的部分，在書未刊前，曾用提要方式，用〈在日本
東京所見之明本《水滸傳》〉爲題，刊《學文》，1卷5期（1932年5
月），頁1-18，述事較簡單，然這段文字和以後書中所載亦沒有涵義上
的不同。1981年此書目復重印發行，全書絲毫無改。這樣的重複疊見，
讀者是很難不接受孫氏的見解的。孫說最大的毛病是，一書未見，更不
要說兩書併着來讀，何由判斷「其內容文字，殆至爲接近」？

滸》研究的未成風氣，實在不是出乎意料的事。

　　上面所說王古魯東瀛訪書之行，雖然不及鄭振鐸歐遊和孫楷第東京、大連之旅的享盛譽，成績則有過之而無不及。在時間迫切之下，鄭孫兩人僅匆匆記下行款版式，抄抄目錄序跋，王古魯則設法利用當時能辦得到的簡陋攝影技術，用黑白照片全書拍了十一種，選拍書影者一〇九種[24]，豈不比鄭孫二人更懂得利用時間？假如鄭孫兩位當日辦到這一層（連他們偶拍若干書影的紀錄我也未見過，恐怕這點起碼的功夫他們也忽略了），談到評林本等四種時，有實物資料可用來交換意見，上述的重複錯失，是不難避免的。

　　因為這些研究上的種種困難（不少困難其實是人為的），加上對簡本的一般成見，我們的簡本知識極有限。談到這裏，有一事需重複說明。袁無涯本以前的繁本，知存者均是百回本，分別不大，若非另有新資料出現，可視為一完整的單元。簡本則不然，本身就有簡繁之分，所以簡本各本應分開來討論，不應籠統視為一個分別有限的整體。

　　簡本之間分別至何程度，沒有人知道。根據目前不齊備的資料，不妨試用牛津殘葉那段文字來和幾種較重要的簡本的相應部分比對，看看能否找出端倪。現在我能夠利用到的簡本，計有插增本兩種（插增甲本和插增乙本）、評林本、出像本、三十卷本（映雪草堂本）[25]、《二刻英雄譜》、《漢宋奇書》，和百二十四回本（映雪堂本）。

　　牛津殘葉屬於插增甲本的系統，原文及照片已公開[26]，不難得，但在此仍迻錄，以資比勘。為求各本引文始終處俱能劃一，牛津殘葉首十字（「此決不敢相負。宋江拜謝」），上屬前葉敘事，而末七字

---

　　[24]　見王古魯，〈稗海一勺錄〉，《中央日報》（南京），1948年6月28日，修訂本後收入王氏所編注《初刻拍案驚奇》（上海：古典文學出版社，1957年），下冊，頁739-756。

　　[25]　另一種三十卷本——文杏堂本——僅存書首的五卷半，無法與牛津殘葉作比較。至於這兩種三十卷本異同的討論，只有期諸異日。

　　[26]　殘葉前半文字，見注⑪所引聶紺弩〈論《水滸》的繁本和簡本〉一文。全葉照片，見本集插圖1。

僅存右邊小許，不易指認，句亦未完，連同上面四字(「宋江見說」)，
今一併不收。各引文內的顯明刊誤，逕代改正，不注出。

(一) 牛津殘葉（插增甲本）：

張招討設筵席與宋江諸將賀功，盡醉方散。宋江停留數日，待事
務完日，卽赴面君。張招討依其言，遂將人馬分撥出城。宋江與
吳用商議，就在石祁城東門龍仙觀命本觀道士修設大醮，超度陣
亡將軍三日三夜。完滿時，有柏森、卞祥患病，不能行，宋江遂
留其子卞江看視。鄂全忠不願朝京，就在宋江面前拜辭，回鄉奉
母。宋江苦留不住，多贈金帛而去。宋江軍馬離了石祁城，回到
京師，屯軍於豐佐門外，候聖旨。宣和八年，張招討將宋江等功
績奏聞。聖旨卽宣宋江、盧俊義面君。天子云：「卿等征遊勞苦，
平復淮西劇寇，功勳不小，寡重加封爵。」宋江奏道：「臣賴陛
下洪福，擒獲王慶，囚監軍中，聽候處決。臣此回出軍，損將眾
多，比征大遼、河北不同，乞聖恩旌獎為國死臣等。有淮西一
路，經王慶之亂，民不聊生，乞聖恩免其糧差，使逃亡之民得以
復業，不勝萬幸。」天子聞奏，特命省院官計議封爵，處決王慶
事情，卽免淮西糧差等項。蔡太師、高太尉奏道：「宋江等功勞
甚大，臣等當詳議定奪，乞將死將量加旌獎，僉錄其子孫，各受
指揮使之職。宋江、盧俊義權領先鋒職分，統率部下，獲回（護
衛）京城。王慶造反，罪當斬首。」天子准奏，設下御宴，賞賜
宋江、盧俊義，並左右侍臣。詩云：烹龍炮鳳品稀奇，檀板歌喉
帝樂時，塞上功勞成不易，誰知沉屈烈男兒。天子欽賞宋江錦袍
一領、金甲一副、名馬一匹，俊義等賞賜盡於內府開支。宋江等
謝恩，出西華門，回至行營安歇。次曰，公孫勝與喬道清見宋江
道：「向日本師羅眞人囑付小道，送兄長還京，便回山中學道。
今日功成名遂，貧道就拜別而去，從師侍奉老母，望仁兄休失
言。」

（二）《**新刊全相增淮西王慶出身水滸傳**》（插增乙本）：

是日，張招討張設筵〔席〕與宋江諸將賀功，盡醉而散。宋江停留數日，待等事務完日，卽赴面君。見張招討，依其言，遂將人馬分撥出城。宋江與吳用商議，就在石祁城東門龍仙觀命本觀道士修設大醮，超度陣亡將軍三日三夜。完滿時，有柏森、卞祥患病，不能起行，宋江遂留下其子卞江看視醫治。鄂全忠不願朝京，就在宋江面前拜辭，回鄉奉母。宋江苦留不住，多贈金帛而去。後來卞祥病重，死在石祁城，卞江帶父靈柩歸葬。只有柏森未知所終。宋江收拾軍馬，離了石祁城，回到京師，屯軍於豐佐門外，聽候聖旨。宣和八年，張招討將宋江等功績奏聞。聖旨卽宣宋江、盧俊義面君。天子云：「卿等征遊勞苦，平復淮西劇寇，功勳不小，寡人重加封爵。」宋江奏道：「臣賴陛下洪福，擒獲王慶，囚監軍中，聽候處決。臣此回出軍，損將甚多，比征大遼、河北不同，乞聖恩旌獎爲國死將臣等。有淮西一路，經王慶之亂，民不聊生，再乞聖恩免其糧差，使逃亡之民得以復業，不勝萬幸。」天子聞奏，特命省院官計議封爵，處決王慶事情，卽免淮西糧差等項。太師蔡京、太尉高俅出班奏道：「宋江等功勞甚大，臣等詳議定奪，乞將死將量加旌獎，僉錄其子孫，各受指揮使之職。宋江、盧俊義權領先鋒職分，統率部下，護衛京城。王慶造反，罪當斬首。」天子准奏，設下御宴，賞賜宋江、盧俊義，並左右侍臣。詩云：烹龍炮鳳品稀奇，檀板歌喉帝樂時，塞上功勞成不易，誰知沉屈烈男兒。天子欽賞宋江錦袍一領、金甲一副、名馬一匹，盧俊義等賞賜盡於內府開支。宋江等謝恩，出到西華門，上馬回至行營安歇。次日，公孫勝與喬道清見宋江道：「向日本師羅真人囑付，令小道送兄長還京，便回山中學道。今日功成名遂，貧道就今拜別而去，從師侍養老母，望仁兄休失言。」

（三）三十卷本

是日，張招討設筵賀功，盡醉而散。宋江與吳用商議，就在石祁城龍仙觀命道士修設大醮，超度陣亡將士。時有柏森、卞祥患病，不能起行，宋江遂留其子卞江看視醫治。有鄂全忠不願朝京，回鄉奉母。宋江苦留不住，多贈金帛而去。只有柏森不知所終。宋江離了石祁城，回到京師，屯軍於豐丘門外，聽候聖旨。宣和八年，張招討及宋江等功績奏聞（原句必誤）。天子宣宋江等云：「卿等遠征勞苦，平復淮西寇虜，其功最大，寡人重加封爵。」宋江奏曰：「臣賴陛下洪福，擒獲王慶，囚監車中，聽候處決。所苦陣亡將士甚多，淮西民不聊生。乞聖恩一一調議之。」太師蔡京、太尉高俅出班奏曰：「宋江等功勞甚大，臣等當詳議定奪，乞將死將量加旌獎，銓錄其子孫，各受指揮使之職。宋江、盧俊義權領先鋒職守，統率部下，護衛京城。王慶造反，罪當斬首。」天子准奏，設下御宴，賞賜宋江、盧俊義並左右，又欽賞錦袍金甲名馬等物。宋江等謝恩，出西華門，上馬回營。次日，公孫勝與喬道清見宋江曰：「向日本師羅真人分付，令小道送長兄還京，便回學道。今日功成名遂矣，貧道就此告別，從師侍養老母，望仁兄休失前言。」

（四）百二十四回本

是日，張招討設宴賀功，盡醉而散。宋江停了數日，卽議面君，來見張招討。招討依其言，遂將人馬分撥出城。時有柏森、卞祥患病，不能起行，宋江遂留其子卞江看視醫治。有鄂全忠不願朝京，卻來辭宋江，回鄉養母。宋江苦留不住，多贈金帛而去。後來卞祥病死在石祁城，其子卞江扶父靈柩歸葬。只有柏森未知所終。宋江軍馬離了石祁城，回到京師，屯軍於豐邱門外，聽候聖旨。天子卽宣宋江、盧俊義面君。天子曰：「卿等遠征勞苦，其功不小，朕當加封官爵。」宋江奏曰：「臣賴陛下洪福，擒捉王

慶，囚檻車中，聽候處決。臣此回出征，折將甚多，乞聖恩旌獎
爲國陣亡之將臣，不勝萬幸。」天子聞奏，特命省院官計議封
爵，處決王慶事情。太師蔡京、太尉高俅出班奏曰：「宋江等功
勞甚大，臣等當詳議定奪。陣亡之將重加旌獎，錄其子孫，各受
指揮使之職。宋江、盧俊義權受先鋒之職，統率部下，護衛京
城。王慶造反，凌剮處死。」天子准奏，設下御宴，賞賜宋江
等。宴畢，宋江等謝恩，回營安歇。次日，公孫勝與喬道清來見
宋江曰：「向日本師羅眞人分付小道，送仁兄上京，便回山中學
道。今日功成名遂，貧道就此拜別而去。」

　　牛津殘葉上引部分共542字，挿增乙本592字，比前者繁了十分之
一，而三十卷木只有382字，百二十四回本只有388字，二者僅及最長
者的百分之六十五。最短的兩種，字數雖然差不多，其他的分別則很
大。至於評林本、出像本、《二刻英雄譜》，和《漢宋奇書》四本，
它們的相應部分跟挿增乙本大致相同。這說明各種簡本之間，起碼有
四種不同的簡繁程度。尙待查檢的，還有黎光堂本、劉興我本，以及
其他還未知道的本子。這些未看得到的本子，會不會使簡本之間的簡
繁問題弄得更複雜，無從預言。目前尙未發現繁本各本有上述程度的
簡繁之別，簡本之間的這種特殊現象，我們又怎能掉以輕心。
　　單憑一段不算長的文字的比勘，去試圖推斷這些本子之間的沿
革，自然是不智之擧。但在這極有限的比勘裏，仍可以看出若干演變
之迹。牛津殘葉（挿增甲本）交代不明之處，如柏森、卜祥的結局，
挿增乙本是補了，且爲以後多數本子所沿用。百二十四回本的確簡得
很，但在簡之中，卻顯示出挿增乙本一系列的特色。三十卷本和百二
十四回本簡的程度一樣，也具備挿增乙本系列的特色，但兩者所反映
的特色又頗不同。從這樣有限的比勘旣可以獲得這些消息，整本書的
全面比勘，再加上尙未用的本子，理當告訴我們不少前所不知之事。
這些只有徹底研究各種簡本，才有被發現的機會。

在結束本文以前，仍需重申我的立場，繁本簡本如何因承，我覺得目前沒有勉強搬出答案來的必要。主張簡先繁後的自然有一套立論依據，但不能完全化解贊成繁先簡後者用來支持他們的看法的論證。以爲祖本應是繁本的，情形亦沒有兩樣。結果各說各話，解決不了問題。解釋繁簡各本關係的其他可能性，如兩者獨立發展說，以現在的研究成績而言，僅能說是喚起大家注意還有別的可能性存在而已，稱不上是完整的論調。對於這種只可能有一個正確答案的考證課題，完滿的解決，該是破立兼備，不單本身有充份證據，從客觀分析材料去尋求答案，還得逐條完全合理化解別的觀點所提出的論證。辦不到這一點，僅能配合材料去支持一己的推測，則其本身恐怕還沒有達到周全的地步，更遑論指證別說之非。

不管大家將來如何評價簡本，只有細讀所有重要簡本以後始能下結論。主張繁本在前者，固然要盡讀繁本，還得給簡本以同樣的注意力。贊成簡本在先的，更不該草率行事，撿來一兩個本子便輕下判語。繁本簡本的前後因承固然是理解《水滸》成書過程所不能不解決的問題，但在沒有細讀精校各種重要本子以前，則不必急急求結論。拿紅學家治版本的成績來作標準，繁本《水滸》的研究已是小巫見大巫，簡本的討論則更居繁本之後。無論以後結論如何，有系統的詳治簡本是不容再忽略的基本工作。

後記

上文寫竣半載，近方自日本影得黎光堂本（孫楷第《中國通俗小說書目》誤謂已佚）和劉興我本。這兩種簡本和牛津殘葉的相應部分，跟插增乙本大致相同，與評林本、出像本、《二刻英雄譜》，和《漢宋奇書》，也就同屬一類。換言之，正文謂簡本起碼有四種不同的簡繁程度這一觀察，並未因爲多看到兩個本子而需要修正。

1983年7月1日

——《水滸爭鳴》，3期（1984年1月）

補記

此文第二段提及的《紅樓夢》彙校本已分五冊刊行： 馮其庸
（1924-）主編、《紅樓夢》研究所彙校，《脂硯齋重評石頭記彙校》
（北京： 文化藝術出版社，1985-1990年）。卽使以該書規模之大（合
校鈔本二十種），亦僅校正文，眉批、行間批、雙行小批均仍未入校，
而對《紅樓夢》來說，批語與正文關係特殊，相輔相成，是別書沒有
的現象，可見單憑一套研究工具去囊括一切是不易達到的理想。

鄭振鐸編校《水滸全傳》，主要依據一本帶有署名天都外臣的序
文的本子。鄭振鐸稱之爲天都外臣序本（現藏北京圖書館），大家跟
着用，成了定名。因爲天都外臣卽嘉靖名士汪道昆（1525-1593）（這
篇序文不見汪的任何集子），此本也就沾上嘉靖時期之物的號召力，
甚至給說成是完整的嘉靖本。這是不正確的。在未弄清楚這個隨處是
補葺的本子究竟是怎樣一回事以前，年代還是保守處理爲妥。日人高
島俊男提議用石渠閣補刊本之名， 是可以採納的； 說見其〈《水滸
傳》 石渠閣補刊本研究序說〉，《伊藤漱平教授退官記念中國學論
集》（東京： 汲古書院，1986年），頁551-589。本集所收各文，後期
的原已用此新稱，現在趁結集之便，悉數統一。

《水滸》版本的新紀錄（補充注②），足述者有三種：㈠何心，
《水滸研究》（上海： 上海古籍出版社，1985年，增訂本），講版本
的章節，比1957年修訂本的相應部分，充實了不少；㈡馬蹄疾（陳宗
棠），《水滸書錄》（上海： 上海古籍出版社，1986年），列舉金聖
嘆腰斬《水滸》以前諸本的部分長逾百頁；㈢David L. Rolston（陸
大偉，1952-）, ed., *How to Read the Chinese Novel* (Princeton:
Princeton University Press, 1990) pp. 404-430， 雖誤漏難免，總
算是目前西文著述中最詳盡的《水滸》版本紀錄。

至於孫楷第《中國通俗小說書目》的1982年重訂本，《水滸》部
分與1957年修訂本者無大別。

　　另外值得一提的是大塚秀高（1949-）的《中國通俗小說書目改訂
稿（初稿）》（東京：汲古書院，1984年），以及此書的改版《增補
中國通俗小說書目》（東京：汲古書院，1987年）。此書在孫楷第書
目的基礎上做了很多補訂工作，但因《三國演義》、《水滸》、《西
遊記》、《金瓶梅》、《紅樓夢》等書前後兩版均不收錄，故與這裏
所說的事無涉。

現存最早的簡本水滸傳

—— 插增本的發現及其概況

　　插增本是簡本《水滸》的一種，全名是《（新刊）京本全像插增田虎王慶忠義水滸全傳》。它的發現，有一段漫長達八十年的序幕。在未介紹我最近的參與以前，先把背景交代一下。

　　論質論量，歐洲的圖書館中收藏中國古籍（不計民元以來的新刊物）既多且佳者，巴黎的法國國立圖書館怎樣計算也該名列首三名。正如歐洲其他圖書館所藏漢籍一樣，法國國立圖書館藏品的來源和入館時間，多不可考。但館內現有的中國古籍，大多數在十九世紀末葉以前已入藏，則可斷言。二十世紀剛開始的時候，該館中日韓等東亞藏品，除敦煌卷外，由古恆（Maurice Courant, 1865-1935）編目刊行，在1902年出版的第三冊目錄內①，有以下的一條（簡譯）

> 《新刻京本全像插增田虎王慶忠義水滸全傳》，舊本，每頁
> 上層有圖，存卷二十全卷及卷二十一之前部，合計自第九十
> 九回至第一〇二回。

這是插增本第一次正式上紀錄。

　　第一個讀到這本小說的專家是鄭振鐸，時間是1927年夏天，離古恆目錄的出版已超過四分之一世紀。鄭振鐸去巴黎前，沒有做過查考該館庋藏情形的準備功夫，行前對古恆目未必有所聞。抵館後，通過

---

① Maurice Courant, *Bibliothèque nationale, Departement des man-uscrits: Catalogue des livres chinois, coreens, japonais, etc.* III, (Paris, 1902), p. 397.

古恆目，發現館藏小說戲曲竟如此豐富，於是改變原擬在巴黎住幾天
的計劃，待上數月。這個通俗文學的寶庫，可說給他一射而中。

　　鄭振鐸在館內看書，古恆目一定給他不少按圖索驥的方便。鄭在
離開巴黎前，寫成他那篇以後經常為人引用的〈巴黎國家圖書館中之
中國小說戲曲〉②。在這篇文章裏，插增本有一段不算短的介紹，說
此本僅存第二十卷全卷和第二十一卷半卷（未注回數），講的是王慶
故事，並就版本說明此本很古，但沒有進一步判斷古的程度；又謂曾
拿館內共有兩套的《漢宋奇書》，用其中所收的一百十五回本《水
滸》來和此本併讀，發現二者大體相同。鄭氏所言各事，正誤參半，
只能說是最初步的考察，但亦沒有作出超越材料允許的結論③。

　　兩年後，鄭振鐸撰寫〈《水滸傳》的演化〉長文④。這是一篇對
《水滸》研究有奠基作用的關鍵性文章，裏面自然提到他不久以前看
到的插增本。可惜，他在毫無實物證據的情形下，竟斷言這是余象斗
的書刊，和評林本是同書異版，書中田虎、王慶兩部分也出自余象斗
之手。這樣的結論，驚人無問題，只是離事實太遠，錯得離譜。後人
無機會看到巴黎藏本⑤，卻震於鄭振鐸的大名，安心引用，轉相徵
述，不單積非成是，而且誤上加誤。簡言之，嗣後五十年間，巴黎插
增本雖然在國內所出的《水滸》研究中時有報導，或為書目，或有討
論，卻沒有一次是直接參考原書的。儘管我在1981年底糾正了鄭振鐸

---

②　此文原刊《小說月報》，18卷11期（1927年11月），頁2-22，後收入他
　　的《中國文學研究》（1957年），下冊，頁1275-1313。

③　根據鄭振鐸的《歐行日記》（1934年），他看插增本是在1927年7月
　　4、5兩日（頁101-102，104-105）。這兩日也看了好幾種別的書。第
　　二次借閱插增本時，他說「又仔細的讀了一遍，抄了一部分下來」。其
　　實翻檢得十分粗疏，弄了不少可以避免的錯誤，害得以後數十年間引用
　　他的資料的同樣照錯。

④　此文原刊《小說月報》，20卷9期（1929年9月），1399-1426頁，後
　　收入他的《中國文學研究》，上冊，頁1011-1157。

⑤　迄今見過巴黎所藏插增本的小說研究者，不論見的是原物還是影件，有
　　紀錄可查者，仍是屈指可數。

的錯失⑥，隔了一年，在同一期刊內仍出現以訛傳訛的舊說⑦。鄭振
鐸對插增本的錯誤理解，影響深固，不易改正過來。

在海外研究《水滸》，人數始終不多，直接利用過巴黎所藏插增
本而成績見於文字者，除我以外，大概僅戴密微⑧和白木直也⑨兩
人。其中戴密微復援用牛津殘葉，在眾所周知的巴黎插增本外，多加
一葉。換言之，在我這次碰上天賜機緣，短短一年多，連續搜集得幾
份珍本以前，對於存世的插增本，連我在內，大家僅知道巴黎有五回
多（不滿六回）和牛津有一葉。巴黎的殘本僅存三十三葉，亦即一卷
又四葉，並不是鄭振鐸使大家深信不疑的一卷半。再加上牛津所有，
總數亦不過三十四葉。整本插增本，正如下面解釋的，原書有一百二
十回；大家尋覓八十年，得自巴黎和牛津兩地者，尚不到原書二十分
之一，更不要說知道有牛津殘葉者僅是三數人而已。這是我參與這份
工作前的序幕。

這事的開始確實有點偶然。《水滸》是我第一部接觸的古典小

---

⑥　馬幼垣，〈牛津大學所藏明代簡本《水滸》殘葉書後〉，《中華文史論
　　叢》，1981年4期（1981年11月），頁47-66(此文收入本集)。此文頗
　　涉及以後正文的討論，爲求簡便，下文簡稱之爲〈殘葉書後〉。

⑦　見徐朔方，〈從宋江起義到《水滸傳》成書〉，《中華文史論叢》，
　　1982年4期（1982年11月），頁60，列重要的簡本，僅舉評林本和巴黎
　　插增本，已難免掛一漏萬之譏，而兩者之中復有一種是他從未見過的，
　　如何能確定其重要性？至於指此兩本並爲余象斗所刊，更足見其對所用
　　史源之毫無懷疑。未見過巴黎插增本而能夠不盲從鄭振鐸之說的，不是
　　沒有。如王古魯，〈談《水滸志傳評林》〉，《江海學刊》，1958年2
　　期（1958年4月），頁54-60，就能很理智地指出巴黎本似乎較評林本
　　早一點。

⑧　見 Paul Demiéville, "Au bord de l'eau," *T'oung Pao*, 44 (1956),
　　pp. 242-265. 此文主要是評艾熙亭所著 *The Evolution of a Chinese
　　Novel* (1953)。在歐美，艾熙亭書是至今研究《水滸》的唯一專著，裏
　　面提及巴黎插增本，論據與鄭振鐸、孫楷第（孫未見過插增本，資料也
　　靠鄭振鐸）所說的無異，看不出他有直接檢閱巴黎藏本的痕跡。後來艾
　　熙亭撰文，"Water Margin Revisited," *T'oung Pao*, 48 (1960), pp.
　　393-415, 修正前說，不認爲巴黎插增本與余象斗有關，但這是採用白
　　木直也演講時所發表的意見，仍然看不出艾熙亭本人曾經用過巴黎本。
　　白木直也的見解後來寫成專書，見下注。

⑨　見白木直也的自刊小冊子《巴黎本水滸全傳の研究》（1965年）。

說，從小就愛讀。自大學時代開始以治小說爲專業，二十多年間，留心過的小說，數目不算少，一直到三、四年前，還是不敢正面去碰《水滸》。我治學有一固執之處，對於不可能掌握天下所有重要一二手資料的題目，寧可碰也不碰。《水滸》正屬這類題目。光說知存的本子，數目就不易弄清楚，況且每種往往僅得一兩本存世，又分散中國、日本、歐洲三大集中地。存而未知的本子更無從統計。看過半數現存諸本的，恐不過鄭振鐸、孫楷第、王古魯、白木直也、大內田三郎等幾人，泰半還是在不同地點，不同時間看的。如果要求能够把各本集中在一起，逐字併讀，才算眞正利用到這些本子的話，這些幸運者的數目還得折半。要克服這些客觀困難，絕非易事。多少年來我不敢以《水滸》爲研究對象，原因卽在此。

戴密微1956年刊於《通報》的《水滸》文，附有巴黎挿增本和牛津殘葉的書影。我看到該文是1966年左右的事，沒有留下太深的印象。1973年初夏，我第一次去巴黎，在法國國立圖書館消磨了幾天。我那時的興趣在話本，爲了好奇，挿增本也借來一看，覺得古色古香，特別有親切感，但沒有細讀，在拍攝話本資料時，因此書僅薄薄一册，順手也製了膠卷。膠卷拍回來後，往書架一擱，就是七八年。

1980年暑假，編小說研究論著目錄，在一個很偶然的機會看到戴聞達介紹牛津殘葉的短文。我說很偶然，因該文刊在極不經眼而又與漢學無關的期刊內⑩。當時猛然想起戴密微文內的書影，找來一看，果然說的正是此物。可惜文內沒有抄錄牛津殘葉的原文，書影也不够大，不够清楚。一時之間覺得此事很够挑戰性，萬事起頭難，爲什麼不能配齊資料去治《水滸》？

旣有此意，便求助於友人牛津大學教授杜德橋，請他替我弄一張牛津殘葉的照片。不到兩月，照片寄來，清晰逼眞，喜躍之餘，復見

---

⑩　J. J. L. Duyvendak, "An Old Chinese Fragment in the Bodleian," *Bodleian Library Record*, 2:28 (Feb., 1949), pp. 245-247.

聶紺弩新著引及這件文獻⑪，頗覺尚有可補充之處，遂為文申說⑫，做了若干基本性的澄清工作。在討論過程中，多年前拍下的巴黎挿增本終有派用場的機會。

此文雖然配合牛津殘葉、巴黎挿增本，和評林本，做了些前人未做過的互勘工作，在資料而言，還是沒有超過前人已知的範圍。真正的突破，要遲至1981年夏天才開始。

開宗明義的首兩項新發現仍與牛津大學諸友人有關。我草〈殘葉書後〉時，杜德橋郎以此消息告訴他們東方研究院的資深教授龍彼得。龍先生原籍荷蘭，以通俗文學為研究範圍，庋藏宏富，識見超卓，是西方漢學界屈指可數的傳奇性人物之一。他得知我的研究動向後，於1981年7月遠惠長書，毫無保留地列出多項他歷年在歐陸尋訪《水滸》的成績，都是以前未見紀錄的。

其中哥本哈根丹麥皇家圖書館所藏明代簡本《水滸》零冊，龍彼得曾親檢閱，以為與巴黎挿增本同出一書，故特別聲明最為重要。

龍彼得並指出梵帝崗教廷圖書館亦有《水滸》零冊兩種，起碼有一種是應該查明究竟的。他自己未去過梵帝崗（我以前去過，僅是遊覽性質），消息來自1922年間法儒伯希和(Paul Pelliot, 1878-1945)去該館讀書三週所寫成的藏書草目⑬。

伯希和謝世已近四十年，該目始終未正式公開，原來的打字稿本也不知流落何處，僅有少數根據原已不算清楚的稿本轉相複印的影件流傳。七年前，我在友人處曾見該目影本，目內各款，因按該館那種歐洲中古式的編目法排次，又是伯希和的自用稿本，書名人名均無漢字，僅用法語注音，十分不明顯。當時草草一翻，竟沒有注意到那兩

---

⑪　聶紺弩，〈論《水滸》的繁本和簡本〉，《中華文史論叢》，1980年2期（1980年5月），頁237-293，修訂本後收入他的《中國古典小說論集》（1981年），頁140-204。

⑫　即馬幼垣，〈牛津大學所藏明代簡本《水滸》殘葉書後〉。

⑬　伯希和未刊稿，"Inventaire sommaire des manuscrits et imprimes chinois de la Bibliotheque Vaticane"，封面注明訪梵帝崗的日期為1922年6月13日至7月6日。

種《水滸》零冊。如果不是龍彼得特別抄寄，我很可能再沒有得到這
消息的機會。伯希和該目太罕見了，沒有幾分把握，不會費勁去訪求
的⑭。

　　根據這些資料，我立刻和丹麥皇家圖書館和梵帝崗教廷圖書館取
得聯絡，一切進行甚為順利。哥本哈根本的複製品很快便到手。隨
後，梵帝崗的也得到一種；該館另一種，因殘破殆甚，不便複製，但
此種有可能僅是評林本的零冊而已，也就暫不追問下去。

　　這兩種新得的本子當中，哥本哈根本一望而知是插增本（書影見
本集插圖 7），梵帝崗本則是一種稍後的改本（理由詳後）。在版式
方面，哥本哈根本、巴黎本、牛津殘葉，瞥眼看來，雖有小異，卻極
酷似（分歧之中，自有其統一性，亦詳後），梵帝崗本則截然不同；
各本之間的版本問題，留待後面再說。在內容上，哥本哈根本講的是
招安，征遼，和征田虎；巴黎本談的是征王慶，但未至終結處；牛津
殘葉說的是宋江征王慶後班師回朝。三者之間，論卷數，論章回，論
葉數，論內容，絲毫沒有重複；這種情形的可能解釋是，這幾份零冊
殘葉同出於一套書。梵帝崗本開始的地方和巴黎本完全一樣，一行不
多，一行不少，由此一直至全書結局，無任何缺漏。這就是說，巴黎
本和牛津殘葉全包在梵帝崗本內，只要文字同屬一系統，便是夢寐以
求的校勘良機。

　　本來有了這樣的一連串發現，該是胡復何求了。美中不足的是，
各本合起來，竟沒有一點兒招安以前的故事。不論是繁本或是簡本，
《水滸》最精采的地方還是在招安以前。今合四館所藏，仍超不過招
安的上限，怎樣說來也是憾事。

　　這是1981年底的情況，交上1982年春天，又有新的發展。德國友
人魏漢茂一月間自漢堡（Hamburg）來信，說新見兩種小說零冊，希
望我能幫他鑑認，版式行款等項在信內都說得很詳細。兩書的實際情

————————————

⑭　伯希和梵帝崗目錄，後來承高豪學院教授孟大偉代為全部複製一份，特
　　此誌感。

形，其實他的判斷已經差不多了：一種是余象斗刊行的《三國志傳》，此零冊僅二卷；另一種是《水滸》，和巴黎的插增本很有關係。我根據他提供的資料，在未見影件以前，已敢斷定那份《水滸》殘本正是插增本的一部分。

插增本是連一紙殘葉也該慎重處理的本子，任何發現都可能有舉足輕重的影響。魏漢茂所發現的一部分，自柴進幫助林沖得草料場差事起，一直講到秦明被花榮等所擄，偶有缺葉，大體尚稱完整，正好彌補了各本合起來仍沒有一點招安以前情節的缺憾。

至於余象斗所刊的《三國志傳》，它在《三國演義》的版本系統裏是否有相同的價值，尚未能判斷。若從稀見程度來說，則同樣僅有若干殘本散存各地。余刊《三國志傳》的一般情形，我已有文略為介紹⑮。

魏漢茂的雙重發現最出人意表的是，兩者均藏一地，可謂一箭雙雕，庋藏地又是一所向來不為漢學界所注意的地區性圖書館：西德斯圖加特邦立瓦敦堡圖書館⑯。經過大家幾十年的搜索，歐洲的著名大圖書館，如大英圖書館、法國國立圖書館、牛津大學的卜德林圖書館、劍橋大學圖書館，已不大可能仍藏有等待發掘的未知小說珍本。唯一可能的例外是梵帝崗教廷圖書館，因該館基本上是不公開的，庋藏始終諱莫如深，不易詳悉其全貌。伯希和編的目錄僅包括一部分藏品而已，遠非全目⑰。這說明，以後要在歐洲訪求尚未被發現的小說

---

⑮ 1982年底魏漢茂把這次發現的《三國演義》和《水滸》殘本，按原物大小，影印流通。我寫了篇英文序文放在書的前面。後來又用中文改寫，稍添資料，用〈影印兩種明代小說珍本序〉為篇名，發表在《水滸爭鳴》，2期（1983年8月），頁132-138。余象斗刊的《三國志傳》在文內有簡單敍述（此文收入本集）。

⑯ 兩本小說殘本發現的經過及其他，魏漢茂另有文介紹，見 Hartmut Walravens, "Zwei frühe Beispiele volkstümlicher chinesischer Prosa in der Württembergischen Landesbibliothek," *Philobiblon* (Stuttgart), 27:1 (Feb., 1983), pp. 58-70.

⑰ 梵帝崗教廷圖書館漢籍庋藏的情形及利用其藏書所必須知道的種種事宜，可參考 David E. Mungello, "The Chinese Collection in the Biblioteca Apostolica Vaticana," *China Mission Studies (1550-1800) Bulletin*, 2 (1980), pp. 15-18.

珍籍（戲曲亦然），注意力該集中在地區性的圖書館，以及歷史久遠
卻不是漢學中心（甚至根本無漢學課程）的大學圖書館。

　　自決定研究《水滸》以來，在歐洲尋找金聖嘆以前的古本，並沒
有以挿增本和與其有直接關係的本子爲限，事實上亦不能如此限定。
歐洲的著名大圖書館，多半有懂中文的館員（梵帝崗可能是例外，也
就增加充分利用該館藏品的困難），地區性的圖書館及沒有設漢學課
程的大學的圖書館則不然，館內有中文人材是極少數的例外。縱然有
中文館員的地方，書目資料通常都很簡陋，不能詳細查考後才決定是
否複製。爲防有漏網之魚，凡是有幾分可能是孤本的，便逕行訂購複
本，看後再說。雖然白費功夫的可能性免不了，歐洲各種特別的《水
滸》本子實在不少（殘本居多），也分得很散，失望的比例不算太
大。

　　基於上述的理由，在搜集挿增本的過程當中，有些明明不屬於挿
增本範圍的本子，也照訂購不誤。在未得魏漢茂所發現的本子以前，
曾經利用福華德（Walter Fuchs, 1902~1979）編的德國所藏漢滿珍籍
目錄⑱，從慕尼黑的邦立巴威略圖書館影得一份嵌圖本《水滸》零冊
⑲。福華德目所收《水滸》僅兩種，另一種也是零冊，在東德德勒斯
頓的邦立薩克森圖書館。起初因爲庋藏地的關係，恐怕不易聯絡上，
福華德目上所記又不明顯，故拖了好一陣子仍未採取任何行動。

　　待魏漢茂寄來斯圖加特本影件，手上有的挿增本資料顯然分成兩
組，其中一組只有梵帝崗本一種，再詳細分析一下福華德對德勒斯頓
本的描寫，覺得此本大有可能和梵帝崗本同屬一組。至此已沒有再拖
延的理由，遂卽去函和邦立薩克森圖書館聯絡，進行異常順利，膠卷
不久便空郵掛號寄來。

-----

　⑱　Walter Fuchs, *Chinesische und mandjurische handschriften und
　　　seltene drucke: Nebst einer standortliste der songtigen mandjurica*
　　　(Wiesbaden: F. Steiner, 1966), pp. 53-54.
　⑲　嵌圖本是我杜撰的名詞，指上圖下文的一種變式。有關《水滸》的這一
　　　類本子，見另文〈嵌圖本《水滸傳》四種簡介〉（此文收入本集）。

德勒斯頓本（書影見本集揷圖 8）和梵帝崗本何止同屬一組，兩
者原來是同一套書的兩個上下連接的幸存部分，中間僅因德勒斯頓本
末尾殘破，缺了幾葉。兩者合起來，雖然德勒斯頓本間有缺葉，整體
上仍是不斷的三十九回，完好地包括了征遼，征田虎，征王慶，征方
臘幾部分，和全書最後的終結。光是這兩個殘本合起來的一組，比鄭
振鐸在巴黎所見而大半世紀以來大家以爲僅存的五回多，已超過六七
倍。

收到德勒斯頓本是1982年初秋之事，離1981年獲龍彼得長信，開
始積極訪求《水滸》珍本，前後僅一年多一點，成績總算豐碩。至
此，屬於揷增本系統而有線索可尋的本子，已盡爲我所有。以後，雖
曾用半年時間，向兩百多間歐洲圖書館查詢，別的收穫不是沒有[20]，
揷增本系統的資料還未有新發現。揷集工作或者可以暫告一段落，待
有新消息再繼續下去。

簡單地說，前後所得各本，若按內容先後排次，斯圖加特本、哥
本哈根本、巴黎本、牛津殘葉是揷增甲本的殘存部分；德勒斯頓本和
梵帝崗本是一種後出改本的最後三分之一，稱之爲揷增乙本。在未解
釋分組和命名的理由以前，讓我先用表格方式報告這兩組各本的內容
和若干有關的標識。

---

[20]　例如後來再追問梵帝崗教廷圖書館，他們所藏的另一種《水滸》殘冊究
竟是什麼，待膠卷寄來，原來是評林本的書首部分，正好補救了日本日
光輪王寺所藏全本中余象斗序文所缺的幾個字。

A. 插圖甲本	B. 插圖乙本
A1. 斯圖加特本 該卷首葉書名不詳　卷二 葉十七上　（回數不詳，缺回目；柴進書薦林冲） 葉十八下　（回數不詳，缺回目；店小二通知林冲陸虞候奸計） 該卷首葉書名不詳　卷三 葉十二下一十九上 第十三回（？）　（缺回首部分；梁中書與夫人慶賀，晁蓋諸人出場） 第十四回　吳用道說三阮撞籌　公孫勝應七星聚義 京本全像挿增田虎王慶忠義水滸全傳三卷終 京本全像挿增田虎王慶忠義水滸全傳卷之四 葉一上一二十三上 第十五回　楊志押送金銀擔　吳用智取生辰綱 第十六回　花和尚單打二龍　青面獸雙趕奪寶珠寺 第十七回　美髯公智賺挿翅虎　宋公明私放晁天王 第十八回　林冲山寨大併火　晁蓋梁山尊爲王	

B. 插增乙本	A. 插增甲本
	第十九回　梁山泊義士尊晁蓋　鄆城縣月夜走劉唐
	京本全像插增田虎王慶忠義水滸全傳卷四終
	京本全像插增田虎王慶忠義水滸全傳卷之五
	葉一上——八下，十上——二十五上
	第二十回　虔婆醉打唐牛兒　宋江怒殺閻婆惜
	第二十一回　虔婆大鬧鄆城縣　朱仝義釋宋公明
	（缺一葉）
	第二十二回　橫海郡柴進留賓　景陽岡武松打虎
	第二十三回　王婆貪賄說風情　鄆哥不忿鬧茶肆
	第二十四回　王婆計啜西門慶　淫婦藥鴆武大郎
	京本全像插增田虎王慶忠義水滸全傳五卷終
	京本全像插增田虎王慶忠義水滸全傳卷之六
	葉一上——五下，七上——十一上，十二上——二十一上
	第二十五回　鄆歌(哥)報知武大冤　武松鬧殺西門慶
	第二十六回　母夜叉坡前賣淋酒　武松遇教得張青
	（缺一葉）
	第二十七回　武松威鎮安平寨　施恩義奪快活林
	（缺半葉）

A. 揷繪甲本	B. 揷繪乙本

A 欄內容：

第二十八回　施恩重霸孟州道　武松醉打蔣門神

第二十九回　施恩三進死囚牢　武松大鬧飛雲浦

京本全像揷增田虎王慶忠義水滸全傳六卷終

京本全像揷增田虎王慶忠義水滸全傳卷之七

葉一上——九下，十一上——十八上，十九上

第三十回　張都監血濺鴛鴦樓　武行者夜走蜈蚣嶺

第三十一回　武行者醉打孔亮　錦毛虎義釋宋江
（缺一葉）

第三十二回　宋江夜看小鰲山　花榮大鬧清風寨

第三十三回　鎮三山大鬧靑州道　霹靂火走瓦礫
（缺半葉，並缺回末，此卷或未完）

A2. 哥本哈根本

該卷首葉書名不詳　卷十五

葉五上——六下，八上下　（回數不詳，缺回目：李師
　　　　　　　　　　師接待宋江，李逵等鬧東京）

葉十二上（前半）　（第七十三回〔?〕最後六行，缺
　　　　　　　　　回目：攀天柱任原出場）

A. 插繪甲本	B. 插繪乙本

A. 插繪甲本

葉十二上（後半）——二十一下，二十四上

第七十四回　燕青智撲擎天柱　李逵壽張喬坐衙

第七十五回　小七倒船偷御酒　李逵扯詔諕朝廷

第七十六回　吳加亮布五方旗　宋公明排八卦陣
（回末約缺一葉半）

第七十七回　（回首約缺半葉；童貫與宋江交鋒失利）

第七十八回　宋公明大勝高太尉　十節度謀收梁山泊

新刊京本全像插增田虎王慶忠義水滸傳十五卷終

京本全像插增田虎王慶忠義水滸全傳卷十六

葉一上——十六下，十八上——二十四下

第七十九回　劉唐放火燒戰船　宋江兩敗高太尉

第八十回　張順鑿漏海鰍舡　宋江三敗高太尉

第八十一回　燕青月夜遇道君　戴宗定計賺蕭讓
（回末缺半葉或半葉有奇）

第八十二回　（回首缺半葉或半葉有奇，並缺回末；梁山泊全夥受招安）

新刊京本全像插增田虎王慶忠義水滸傳卷之十七

B. 插繪乙本

B 1. 德勤斯頓本

新刊通俗增演忠義出像水滸傳卷之十七

A. 插增甲本

葉一上—一三十下

第八十三回　宋公明奉詔大破遼　陳橋驛淚滴斬小卒

第八十四回　宋江兵打蘇州城　盧俊義大戰王田

第八十五回　（回目漏刻；宋江參見眞人，詐降佔取遼國霸州）

第八十六回　宋公明大戰獨鹿山　盧俊義兵陷青石峪

第八十七回　宋公明大戰遼兵　胡（呼）延灼力擒番將

新刻水滸傳十七卷終

新刻全像插增忠義水滸傳卷之十八

葉一上—七上，九上—二十三下

第八十七回　顏統軍列混天像　宋公明夢授玄女法

第八十八回　宋公明破陣成功　宿太尉頒恩降詔
　　　　　　（缺一葉）

第八十九回　五臺山宋江參禮　雙林渡燕青射雁

第九十一回　宿太尉保舉宋江　盧俊義分兵征討

B. 插增乙本

葉一上—一四下，六上—二十七上

第八十三回　宋公明奉詔大破遼　陳橋驛淚滴斬小卒
　　　　　　（缺一葉）

第八十四回　宋江兵打蘇州城　盧俊義大戰王田縣

第八十五回　（回目漏刻，情節與哥本哈根本同）

第八十六回　宋公明大戰獨鹿山　盧俊義兵陷青石峪

第八十七回　宋公明大戰幽州　胡（呼）延灼力擒番將
　　　　　　（回末有缺葉）

新刻京本全象忠義水滸傳卷之十八

葉一上—二十一上

第八十七回　顏統軍列混天像　宋公明夢授玄女法

第八十八回　宋公明破陣成功　宿太尉頒恩降詔

第八十九回　五臺山宋江參禮　雙林渡燕青射雁

第九十一回　宿太尉保舉宋江　盧俊義分兵征討

新鐫評傳十八卷終

A. 插增甲本	B. 插增乙本
第九十一回　盛提轄舉義投降　元仲良慎激出家 （僅得回首一葉半，餘缺，此卷或未完） 該卷首葉書名不詳　卷十九 葉二十七上 第九十七回(?)　（僅得回末最後半葉；卞祥致書宋江） 葉二十七下 第九十八回　卞祥賣陣平河北　宋江得勝轉東京 （僅得回首半葉，餘缺） 葉三十三上 第九十八回(?)　（僅得半葉，缺回目；徽宗降勅安河北）	新刊全相忠義水滸傳卷之十九 葉一上——二十一下 第九十一回　盛提轄舉義投降　元仲良慎激出家 第九十二回　不(眾)英雄大會唐斌　瓊郡主配合張清 第九十三回　公孫勝再訪羅真人　沒羽箭智伏喬道清 第九十四回　宋江兵會蘇林鎮　孫安大戰白虎關 新刊全相忠義水滸傳卷之二十 葉一上——二十下 第九十四回　魏州城宋江祭諸將　石羊關孫安摘勇士 第九十五回　盧俊義計攻獅子關　段景住暗認玉欄樓 第九十六回　及時雨夢中朝大聖　黑旋風異境遇仙翁 第九十七回　喬道清法迷五千兵　宋公明義釋十八將 第九十六回　卞祥賣陣本河北　宋江得勝轉東京 第九十八回　徽宗降勅安河北　宋江奉命討淮西

A. 插增甲本	B. 插增乙本

A. 插增甲本

A3. 巴黎本

新刊京本全像挿增田虎王慶忠義水滸傳卷之二十
葉一上一二十九下

第九十九回　高俅恩報柳世雄　王慶被陷配淮西
第一百回　　王慶遇龔十五郎　滿村嫌黃達鬧場
第九十九回　王慶打死張太尉　夜走永州遇李杰
第一百回　　快活林王慶使鎗棒　三娘子招王慶入贅
第一百一回　宋公明兵度呂梁關　公孫勝法取石郡
　　　　　　（所）城

新刊京本全像挿增田虎王慶忠義水滸傳卷之二十終

新刻京本全像挿增田虎王慶忠義水滸傳全卷之二十一
葉一上一四下
第一百二回　李達受困於略谷　宋江智取洮陽城
　　　　　　（僅得回首四葉，餘缺，此卷亦未完）

B. 插增乙本

B2. 梵帝崗本

新刊全相增插田虎王慶出身水滸傳卷之二十一
葉一上一二十八下

第九十九回　高俅恩報柳世雄　王慶被陷配淮西
第一百回　　王慶遇龔十五郎　滿村嫌黃達鬧場
第九十九回　王慶打死張太尉　夜走永州遇李杰
第一百回　　快活林王慶使鎗棒　三娘子招王慶入贅
第一百一回　宋公明兵度呂梁關　公孫勝法取石神
　　　　　　（所）城

新刻全本插增田虎王慶忠義水滸志傳卷之二十二
葉一上一二十一下　（回目補刻，當與巴黎本同）
第一百二回

第一百三回　宋公明遊江翫景　吳學究帳幄談兵
第一百四回　燕青酒入趙江城　卞祥智取白牛鎮
第一百五回　探安病死九灣河　李俊雪夜渡越水
新刻水滸傳二十二卷終

A. 插增甲本	B. 插增乙本
	新刻京本全像忠義水滸傳卷之二十三 葉一上一二十三下 第一百六回　公孫騰（勝）馬耳山請神　宋公明東擒鷲 　　　　　　鎮滅妖 第一百七回　宋江火攻秦州城　王慶戰敗走胡朔 第一百八回　公孫勝辭別歸鄉　宋江領勅征方臘 　　　　　　（牛津殘葉的相應部分在此回） 第一百九回　張順夜伏金山寺　宋江智取潤州城
A4. 牛津殘葉 該卷首葉書名不詳　卷二十二 葉十四上下　（回數首葉書名不詳，缺回目；押王慶回京，宋江 受賞；相應部分見梵帝岡本第一百八回）	新刊全相忠義水滸傳卷之二十四 葉一上一二十下 第一百二十回　盧俊義分兵宜州道　宋公明大戰眦 　　　　　　　膝部 第一百二十一回　寧海軍宋江吊孝　湧金門張順歸神 第一百二十二回　張順魂捉方天定　宋江智取寧海軍 新刊全相忠義水滸傳二十四卷 新刻全相本忠義水滸傳卷之二十五 葉一上一二十四下

A. 插增甲本	B. 插增乙本	
	第一百十二回	盧俊義分兵歙州道 宋公明大戰烏龍嶺
	第一百十四回	睦州城箭射鄧元覺 烏龍嶺神助宋公明
	第一百十五回	魯智深杭州坐化 宋公明衣錦還鄉
	第一百二十回	宋公明神聚蓼兒洼 徽宗帝夢遊梁山泊

解釋：

（一）插增甲本和插增乙本平行排列，以助比勘。

（二）各本每卷首葉悉有書名及卷數，均照錄；卷尾間示列書名及卷數，亦照錄。

（三）每卷注明該卷所存葉數；若僅存若干零葉，亦分別注明。

（四）分記每回回首所書回目。殘缺不知回數及回目者，同數按先後次序推算，並加（？）號以資識別，回目則代以內容提要，用括號注明。零丁殘葉亦用同樣辦法處理。

（五）各回若有缺葉，在回目後用括號加說明。

　　從這表格，再配合各本本身的資料，可以得到幾項重要消息。

　　一是書名問題。挿增甲本的書名相當整齊，正名該是《京本全像挿增田虎王慶忠義水滸全傳》。這在斯圖加特本各卷的首葉和卷尾出現八次，全無異式。在哥本哈根本裏，上述的名稱僅出現一次；其他三次，一次在正名前加「新刻」兩字，一次在前加「新刊」兩字而刪去「全傳」的「全」字(卷十七末的《新刻水滸傳》是簡稱，不算)。巴黎本的情形，是一次加「新刻」兩字，兩次加「新刊」兩字；加「新刊」時，無獨有偶，同樣刪去「全」字，正好說明哥本哈根和巴黎本同出一源的關係。加「新刊」、「新刻」字樣，和刪去「全」字，祇是小異，不足影響正名的確認㉑。正名及異式都小不了「挿增」兩字，故用此以作簡稱。

　　有一事應在此附帶說明。明代閩刻上圖下文的小說，不管每卷首葉所列書名是如何統一(除非某書僅存一兩卷，絕對統一是不常見的事)，扉頁所載的則往往字數較少而且不同，究竟何者始爲正名，有時也不易解決。假如將來發現挿增甲本的書首部分，扉頁書名頗有分別的可能性是存在的。

　　比較起來，挿增乙本的書名卻複雜多了。除局限於卷尾的《新鋟滸傳》和《新刻水滸傳》兩簡稱外，德勒斯頓本和梵帝崗本所用的書名，竟有下列的參差：

　　㈠新刊通俗增演忠義出像水滸傳

　　㈡新刻京本全像忠義水滸傳

　　㈢新刊全相忠義水滸傳

　　㈣新刊全相增淮西王慶出身水滸傳

　　㈤新刻全本挿增田虎王慶忠義水滸志傳

㉑　視《京本全像挿增田虎王慶忠義水滸全傳》爲正名也有點歷史性的意義，各本當中，巴黎本旣發現最早，其首葉所記書名以後因大家轉引鄭振鐸，不斷的見於各種紀錄，剛巧此葉所記的書名只在上述正名前加「新刊」和後去「全」字，分別不算大，新名的採用尙不致引起太大的不便。

㈥新刻京本全像忠義水滸傳

㈦新刻全本忠義水滸傳

在這種幾乎名隨卷易的情況下，各名均僅一見，唯有《新刊全相忠義水滸傳》出現四次，且分見於德勒斯頓本和梵帝崗本。但鑑於閩本小說多用冗長書名的慣例（特別是每卷首葉所見的書名），這並不像是全名。若一定要從中抽選一個，我倒覺得《新刊全相增淮西王慶出身水滸傳》較爲別緻和較能反映出閩省書商命名時強調新情節的作風，不妨暫用。當然，《新刻全本挿增田虎王慶忠義水滸志傳》亦是一頗適合的書名，且帶有「挿增」二字，可以支持挿增乙本名稱的運用。祇是此名稍嫌與挿增甲本的正名太近，不易強調兩本間的分別。就事論事，挿增乙本的正名還得待新資料的出現，始易決定。

這兩本的正名涉及一整體性的跡象。挿增甲本現存各部分自林冲故事的後半斷斷續續地講到王慶收場，可勉強說代表全書三分之二。正名由斯圖加特本的全無異式，到哥本哈根本的僅用一次（兩本之間差七卷），到巴黎本的全用異式（上接哥本哈根本，兩卷之間有缺葉而無失卷），似乎指出此本在編輯技巧上有愈後愈潦亂的可能。再看挿增乙本現存爲最後三分之一，書名潦亂的程度尤甚於挿增甲本任何一部分（王慶故事並見二本，挿增乙本此部分書名潦亂的程度，十分明顯）。挿增乙本前三分之二雖尚未見，目前看得到的則配合挿增甲本所透露編輯技巧每況愈下的情形。這點觀察，和下面要談的回數問題，也是一致的。

二是回數問題。挿增甲本和挿增乙本回數的顛倒、跳漏，和重複，顯而易見。然而，這樣的混亂正有助於考證。就能確認的回數來說，挿增甲本的情形如下：

㈠斯圖加特本：

14—16，18，18—33
|_____|
無　缺

㈡哥本哈根本：

中缺

74—87, 87, 88, 89, 91, 91; 97(?), 98

無　　　缺　　　無　缺

㈢巴黎本：

99, 100, 99, 100, 101, 102

無　　　缺

牛津殘葉僅得一葉，和其他零星分佈的殘葉一樣，不計算在內。

插增乙本亦用同樣辦法去處理：

㈠德勒斯頓本：

83—87, 87, 88, 89, 91, 91—94, 90, 95, 96, 97, 96, 98

無　　　缺　　　　無　　　缺

㈡梵帝崗本：

99, 100, 99, 100, 101, 102—112, 112, 114, 115, 120

無　　　缺　　　　無　　　缺

這樣的排列，可以幫助我們理解以下四點：㈠回數的次序愈到後來愈是凌亂，以致串聯不斷的各回看似是互不連接。這和上述書名的情形是同樣的。㈡每次刻錯回數，並不在雕版上挖改，而是企圖在下回的回數上做調整工作。但接着仍是刻錯，弄到正誤莫辨，錯上加錯，無法調正。到最後，乾脆從第一一五回跳到第一二○回。這第一二○回既是最後一回，可能鑑於書末三、四十回回數的亂七八糟，決意從頭數清確有幾回，調正最後一回的回數便算了事。因此，我相信此書，不論是插增甲本還是插增乙本，確是共有一百二十回的。㈢那

些顛亂不堪的回數，既然完全是意外的產品，應該絕對沒有在另外一
本再度出現的可能。事實卻不然，凡是挿增甲本和挿增乙本共有的章
回，每回起迄一樣，內容分別有限（字數多寡之異是另一問題），回
數一錯，錯法竟是一模一樣⑳。只有一本迻錄自另一本，才能如此亦
步亦趨㉓。兩本之中，後出的是挿增乙本（詳後）。㈣既然兩本血緣
關係如此，挿增甲本所缺的章回可以用挿增乙本來補充。這樣兩本合
計，除零丁殘葉外，共得六十八回（雖然其中不少章回是有缺葉的）；
按回數計，十一、二倍於當年鄭振鐸在巴黎所見而多少年來大家以爲
僅存的。爲了以後敍述明確，有一事要先略說明。挿增乙本轉錄挿增
甲本的回數和回目，雖然忠誠到盲從的程度，文字上的差異卻不能算
少。另外還應先聲明，挿增本的整理工作，應以年代較早的挿增甲本
爲主；挿增乙本的功用則在提供校勘資料和補充前本的缺佚部分。

　　敍述完上面長表範圍內的事，便該回頭討論幾個基本問題。其中
最重要的莫如版式。何以斯圖加特本、哥本哈根本、巴黎本，加上牛
津殘葉，該視爲一個單元，而其他兩本又組成另一單元？本文的研究
既以此認識爲基礎，不能不詳細解釋。

---

⑳　唯一差異是挿增甲本的第九十八回〈卞祥賣陣平河北、宋江得勝轉東
　　京〉挿增乙本作第九十六回。此回前後幾回的回數，兩本都特別凌亂，
　　不大可能代表眞實回數。挿增甲本此回的前一回，以及後一回，均缺回
　　首，不知道它們標示的回數，也就不易分辨甲乙兩本這回回數分歧的實
　　際意義。卽使這回的回數確是差異，也只是兩本共通的十四回半中的一
　　回而已，其他各回的回數，不管顚次至何程度，兩本俱同。

㉓　顚倒不堪的回數竟兩本符合，這點可從另一角度去瞭解它的意義。金聖
　　嘆本以前的繁本都是百回本（袁無涯本爲繁簡合併本，另屬一類），某
　　回說某事，各本全部劃一。簡本的情形相當複雜，有一百九回的，有百
　　十回的，有百十五回的，有百二十四回的，有不分回僅分卷的，有分回
　　而不標明回數的。同一事，敍述的回數自然不同。以挿增甲本和挿增乙
　　本的第一百回〈快活林王慶使鎗棒、三娘子招王慶入贅〉爲例，這回在
　　評林本爲第八十九回（此本章回多不標明回數，茲按序點算），在《二
　　刻英雄譜》爲第九十五回，在出像本、藜光堂本、劉興我本，和李漁序
　　本都是第九十八回，在百二十四回本是第一百五回。兩種挿增本毫無規
　　則的回數的吻合程度，只有從血緣關係去解釋。其他各本雖偶有跳回數
　　的情形，和這兩種挿增本比較起來，不可同日而語。

　　寫〈殘葉書後〉時，我用牛津殘葉去和巴黎插增甲本作版本上的
比勘，得出兩者雖近而有別的結論。這看法有修訂的必要。牛津殘葉
僅得一葉，巴黎的一份也不厚，只有三十三葉。這樣的比勘難免有先
天性的局限。現在加上存九十葉的斯圖加特本（遇到僅得半葉者，兩
個半葉算一葉；卷末時有整個半葉空白者，不在統計之內），存九十
五葉半的哥本哈根本，新增資料，按葉數計，比以前有者多過五倍，
足夠重新考察這個問題。

　　這總數達二百十九葉半的四份資料，在版式上有相當的共通性：
版框尺寸統一（詳後），上圖下文，圖佔版面四分之一，插圖風格一
致，圖兩旁有標題，版心與插圖平行處注簡名；正文半葉十三行，行
二十三字；每卷之內，一回終結，下一回接着開始，中間不留空位。
共通性既至此程度，一般來說已足鑑定爲一物。但因爲其間有和以前
談牛津殘葉時所說的有別，也有需補充或覆核之處，故不憚其煩，全
面再行申說。

　　巴黎本和牛津殘葉的版框大小，以前分別根據膠卷和黑白照片上
所附的比例尺去推算，不能避免失算的可能。1982年 5 、 6 月間，有
機會在相隔旬日的情況下親檢這兩件原物，逐葉量度版框（這是我看
巴黎本原物的第三次，前兩次均忘記量版框）。牛津殘葉框高20. 1公
分， 寬 12. 3公分； 兩數字均和以前計算者微異。巴黎本認眞量度起
來，幾乎葉葉有小異，高度爲20. 1公分至20. 9公分，寬度爲12. 1公分
至12. 3公分（前此大半年，曾託旅法友人陳慶浩代選量巴黎本各葉，
結果與此同）；牛津殘葉版框的數字正包括在這範圍之內。後來通過
適當的辦法去量度斯圖加特本和哥本哈根本， 情形無別， 葉與葉之
間，版框高度寬度分別的範圍，正與巴黎本同。

　　雖然這幾份零册殘葉版式大致相同，版框復不成問題，不少的分
別仍然存在。要說這幾份散存歐洲各地的資料來自近而有別的本子，
頗似言之有理，並不是臆度之言。

　　這些分別集中在兩個地方：版心和插圖兩旁的標題，分歧都很複

雜。先讓我們看看版心的問題。版心分上下兩部分，上端的簡名有好
幾款，由沒有簡名至長達七字不等，簡名下爲黑口還是白口，魚尾的
數目和位置，黑口版烏絲的數目和位置，魚尾和烏絲的不同又影響到
記錄卷數和葉數位置之有異。把這些分別加起來，卽使插圖兩旁的標
題完全絕對統一（分歧的嚴重並不亞於版心，下詳），已足令版面的
形式產生極大的變化。這些變化不是零冊和零冊之間的事，而是葉與
葉之間的事。其間種種，試用下列兩表統計出來：

版心簡名表 *

總號	簡　　　　　　　名	斯圖加特	哥本哈根	巴　　黎	牛　　津
(1)	空白無簡名	1	2	3	
(2)	烏絲佔盡簡名位置	2			
(3)	全像水滸	17	15		1
(4)	全像水滸傳	31	38	25	
(5)	全相水滸傳		4	3	
(6)	全像水滸全傳	31	36	2	
(7)	釋音三國全傳（顯誤）		1		
(8)	釋全像水滸全傳	9			

　＊ 版心（或僅簡名部分）不清楚者，不算在內。

版心形式表 *

總號	版　　心　　形　　式	斯圖加特	哥本哈根	巴　　黎	牛　　津
(9)	白口單魚尾	2			

總號	版　心　形　式	斯圖加特	哥本哈根	巴　黎	牛　津
(10)	白口雙魚尾		1		
(11)	黑口（單烏絲）單魚尾	8			
(12)	黑口（單烏絲）雙魚尾	18	34	33	
(13)	黑口（雙烏絲）無魚尾	1	2		
(14)	黑口（雙烏絲）單魚尾——甲式 上烏絲起自插圖下界，而魚尾在版心下半，下記葉數，再下爲下烏絲。	2	6		
(15)	黑口（雙烏絲）單魚尾——乙式 上烏絲有三分之一高越插圖下界，餘同(14)。		1		
(16)	黑口（雙烏絲）單魚尾——丙式 上烏絲起自插圖下界，下爲魚尾，再下記卷數（約在版心中央）；下烏絲在版心下端，其上記葉數。	1			
(17)	黑口（雙烏絲）單魚尾——丁式 上烏絲有五分之一高越插圖下界，餘同(16)。	1			
(18)	黑口（雙烏絲）單魚尾——戊式 魚尾起自插圖下界，下爲上烏絲，再下記卷數（約在版心中央）；下烏絲情形同(16)、(17)。	1			
(19)	黑口（雙烏絲）雙魚尾——甲式 兩魚尾下各有烏絲。上魚尾起自插圖下界，與上烏絲間有空位，上烏絲下記卷數（約在版心中央）；下魚尾在版心下半，下記葉數，再下爲下烏絲。	31	33		
(20)	黑口（雙烏絲）雙魚尾——乙式 上魚尾上烏絲連接處無空位，餘同(19)。	9	14		

總號	版　心　形　式	斯圖加特	哥本哈根	巴　黎	牛　津
⑵	黑口（雙烏絲）雙魚尾——丙式 上烏絲起自插圖下界，下為上魚尾，再下記卷數（約在版心中央）；下魚尾、下烏絲情形同⒆、⒇。	1	3		
⑵	黑口（雙烏絲）——丁式 上烏絲起自插圖中央，下為上魚尾，再下記卷數（約在版心中央）；下魚尾、下烏絲情形同⒆、⒇、⑵。	7			1
⑶	黑口（雙烏絲）雙魚尾——戊式 簡名及上魚尾並在插圖旁，上魚尾下，自插圖下界起為上烏絲；下魚尾、下烏絲情形同⒆、⒇、⑵、⑵。		1		
⑷	黑口（雙烏絲）雙魚尾——己式 無簡名，自版心上界至上魚尾（約在版心中央）為上烏絲；下魚尾、下烏絲情形同⒆、⒇、⑵、⑵、⑶。	1			
⑸	黑口（雙烏絲）雙魚尾——庚式 無簡名，上烏絲長度與插圖同，下為上魚尾（上端與插圖下界平行）；下魚尾、下烏絲情形同⒆、⒇、⑵、⑵、⑶、⑷。	1			
⑹	黑口（單烏絲）三魚尾	2			
⑺	黑口（雙烏絲）三魚尾——甲式 上魚尾上端與插圖下界平行，上魚尾、上烏絲、中魚尾，三者相連接，再下記卷數（約在版心中央）；下魚尾在版心下半，下記葉數，再下為下烏絲。	3			

總號	版　心　形　式	斯圖加特	哥本哈根	巴　黎	牛　津
⒅	黑口（雙烏絲）三魚尾——乙式 上中兩魚尾在插圖下界處上下連接，下為上烏絲，再下記卷數（約在版心中央）；下魚尾、下烏絲情形同⒄。	2			
⒆	黑口（三烏絲）三魚尾	1			

＊版心不清楚者，不算在內。

這兩表僅求其大略，要再細分，還是可以的。烏絲長短不一，魚尾、卷數、葉數的位置隨着受影響。同樣的組合，也可以產生分別頗大的形式。

簡名的綜錯雜亂，魚尾和烏絲的隨意使用，兩表已有相當說明。要補充的是，不論講的是簡名還是簡名下的組合，很少遇到五、六葉不變的，兩者加起來能維持多葉無更動的尤為罕見，因此有一事要特別提出來討論。兩表所列諸本，斯圖加特本卷數最早，各種簡名和版心組合也用得最多，巴黎本卷數最後（不計孤伶伶的牛津殘葉），也最整齊，簡名以下的版心組合竟然三十三葉悉數不變。簡名則用了四款，和其他兩本的情形配合，但是版心組合幾十葉不變這一點仍得尋求解釋。

可能的解釋有二。一是版心組合由書首的紛亂往後漸趨單純。這解釋與上面所說回數回目愈後愈亂的情形，不無衝突之處。刻工對重要得多的回數回目尚且操制不了，如何能够使不大經意的版心組合漸次規律化？或者正因為這是不大經意的細節，與秩序，與內容，均無關係，刻到後來，習慣既成，變化隨着減少。又或者回數回目為編者（書商）所負責，刻工按書稿照刻，版心組合則刻工有顆大自由，可以由開始時的多方嘗試，漸次歸於簡化。這樣的解釋如能成立，與上述回數回目的情形便沒有矛盾存在。

二是版心組合頗為整齊的巴黎本，並不和其他各本同出自一套

書，而是來自另一個近而有別的本子。按目前有的資料，此說僅能用
版心組合整齊這一點來支持，比用來支持各本同出於一套書的內證（
特別是哥本哈根本和巴黎本之間沒有重複而僅有因時間久遠和多次轉
手所難免的損失），和外證（按下文交代插增甲本抵歐的經過，很難想
像還有另外一套近而有別的本子不單經過同樣的歷程，而且僅餘下來
巴黎所有的一點兒，卻又與對上一段殘存部分相連而毫不重複），說
服力弱多了。

　　說到這裏，該用同樣辦法去分析插圖兩旁的圖標題。插圖本身風
格一致，標題所用的形式卻極雜亂。大部分標題刻在四周黑底的白長
方格內，天地黑底較兩旁為大，有垂直長白線，這或者是模仿畫幅所
繫的驚燕帶，象徵把標題掛起來。這只是一般概況，細節的不同以及
截然迥異的式樣，為數不少。一葉前後兩半分載不同的插圖兩張，前
半葉和後半葉插圖標題所用形式，大率無二致，不同的偶然一見，加
起來還是一不小的數字。這些林林總總的變化，試用下列表格把比較
重要的列舉出來。

插圖兩旁標題形式表

總號	插　圖　兩　旁　標　題　形　式	斯圖加特	哥本哈根	巴　黎	牛　津
(30)	圖兩旁分別為長方形標題，標題上下黑底，各有二白線（共八條） ——甲式 兩標題各四周雙邊。	8	2		
(31)	圖兩旁分別為長方形標題，標題上下黑底，各有二白線（共八條） ——乙式 兩標題各四周單邊。		16	6	
(32)	圖兩旁分別為長方形標題，標題上下黑底，各有二白線（共八條） ——丙式 兩標題本身四周單邊，卻各另有左右長白線自頂至底與別的部分隔開。	2			

總號	插 圖 兩 旁 標 題 形 式	斯圖加特	哥本哈根	巴　黎	牛　津
(33)	圖兩旁分別爲長方形標題，標題上下黑底，各有二白線（共八條）——丁式 兩標題各左右雙邊，上下單邊。	4	6		
(34)	圖兩旁分別爲長方形標題，標題上下黑底，各有二白線（共八條）——戊式 兩標題各左右單邊，上下雙邊。	12	18		
(35)	圖兩旁分別爲長方形標題，標題上下黑底，各有二白線（共八條）——己式 兩標題雙邊或單邊，不整齊：(1)其中有一標題四周雙邊，而另一標題四周單邊者；(2)左右標題雙單邊不對稱外，復加上丙式的隔離性白線；(3)左右兩標題（或其中一標題）局部單邊，而雙單邊的分配，變化殊大，且左右兩標題多不對稱。	13	23		
(36)	圖兩旁分別爲長方形標題，標題上下白底，各有二白線（共八條） 兩標題各四周單邊。		8		
(37)	圖兩旁分別爲長方形標題，標題上下黑底，各有四白線（共十六條）——甲式 兩標題各四周雙邊。		6		
(38)	圖兩旁分別爲長方形標題，標題上下黑底，各有四白線（共十六條）——乙式 兩標題各四周單邊。		12	2	
(39)	圖兩旁分別爲長方形標題，標題上下黑底，僅標題上有二白線（共四條）——甲式 兩標題各四周單邊。		6		

總號	插 圖 兩 旁 標 題 形 式	斯圖加特	哥本哈根	巴　黎	牛　津
(40)	圖兩旁分別爲長方形標題，標題上下黑底，僅標題上有二白線（共四條）——乙式 兩標題局部單邊，雙單邊的分配起碼有兩種形式，然左右標題尙對稱。		4		
(41)	圖兩旁分別爲長方形標題，標題上黑底，下白底，僅標題上有二白線（共四條）——甲式 兩標題各四周單邊。	4			
(42)	圖兩旁分別爲長方形標題，標題上黑底，下白底，僅標題上有二白線（共四條）——乙式 兩標題局部單邊，雙單邊的分配尙算有規律。		4		
(43)	圖兩旁分別爲單邊長方形標題，標題上黑底，有二白線（共四條），標題底線卽整個插圖部分之底線。		4		
(44)	圖兩旁分別爲雙邊八角形標題，標題上下黑底，各有四白線（共十六條）。	2			
(45)	圖兩旁分別爲雙邊八角形標題，上下黑底，兩標題上均有三白線，下則僅左標題有短白線二（共十條）。	2			
(46)	圖兩旁分別爲雙邊八角形標題，標題上下黑底，僅標題上有二白線（共四條），標題上下界線或作弧形，或作其他不整齊線條。	6			
(47)	圖兩旁分別爲雙邊八角形標題，標題上黑底，有二白線（共四條），				

總號	插 圖 兩 旁 標 題 形 式	斯圖加特	哥本哈根	巴　黎	牛　津
	標題下殊不整齊：(1)底線卽整個插圖部分之底線；(2)原有白線挖空；(3)原有白線挖空後 改爲墨丁。	28			
(48)	圖兩旁分別爲雙邊八角形標題，四周黑底部分很小，無白線。	45	56	58	2
(49)	圖兩旁位置全部爲雙邊標題所佔，無黑底，無白線。	4			
(50)	圖兩旁位置全部爲單邊標題所佔，無黑底，無白線。	9	8		
(51)	圖兩旁分別爲雙邊長方形標題，四周黑底部分很小，無白線。	4	11		
(52)	圖兩旁分別爲長方形標題，黑底部分很小，無白線，標題形式殊雜：(1)兩標題均四周雙邊，而上下界線不整齊；(2)兩標題均四周單邊，而上下界線不整齊；(3)兩標題均左右雙邊；(4)兩標題雙單邊不整齊，不對稱。	8	14		
(53)	圖兩旁分別爲不整齊多角形標題，四周雙邊（間有單邊），黑底，無白線。	22	2		

　　跟上面版心簡名表和版心形式表一樣，此表亦是僅求其大略，可以分析得更細微。局部雙邊又兼不整齊的，究竟哪一面或哪幾面雙邊；不整齊多角形者，究竟上下左右哪一角或哪幾角不依規律──諸如此類，不勝枚舉。總而言之，就是一個亂字，這點上表所列當已足夠說明。

　　插圖兩旁標題的變化外，插圖的四周也有主式和副式之別（插圖本身的風格則是統一的）。主式（甲）是除與版面其他部分必要的共

同分界外，四邊沒有別的線條。副式（乙）爲四周雙邊，四角直線內
屈，形成共有十二個角的長方形；這種副式雖是小數，出現的次數並
不算少。斯圖加特本另外有幾葉與主式有小異的（丙），在圖與標題
之間（或左或右，或兼左右）有垂直白線隔開。這三種插圖環邊的不
同形式，表列如下：

總號	插圖環邊形式	斯圖加特	哥本哈根	巴　　黎	牛　　津
⑸⑷	甲	135	153	38	2
⑸⑸	乙	40	38	28	
⑸⑹	丙	9			

其中主要形式雖僅兩種，對於插圖和版心的紊亂，終免不了加重其間
的分歧性。

　　用了不少篇幅所要說明的，始終是一個「亂」字。版心簡名、簡
名以下版心組合、插圖標題，以至插圖環邊，卽使粗分起來，每項都
可以析爲三至二十四款不同形式。按原理統計，可以構成起碼三千一
百三十多種不同版面。這還沒有計算諸如㉟、⑸⑵等款，都分別包括好
幾款在內。但因爲若干組合的重複使用，以及若干可能性的從未用
過，現在幾份零本加起來的版面形式總數，雖然沒有達到此極端，數
字(不必費神統計)還是很高的。如果插增甲本現在僅有不相連的二、
三十葉分散歐洲各地，這些零葉版面全異的可能性絕對存在，不難因
而作出近而有別的本子數目一定不少的結論。

　　這點不妨用牛津殘葉來說明。如用上面各表的標識，牛津殘葉可
以歸納爲：

　　　　簡名：全像水滸〔總號⑶〕
　　　　簡名下版心組合：黑口(雙烏絲)雙魚尾──丁式〔總號㉒〕

插圖標題：雙邊八角形標題，黑底，無白線〔總號(48)〕

插圖環邊：甲式〔總號(54)〕

相同的版面，斯圖加特本、哥本哈根本、巴黎本，三者竟找不到一葉
完全如此的。

這樣的討論，自然強調異的地方，從同的方面去看，要是零存者
數達二、三十葉，其間版面沒有多大分別的可能性也是有的。材料不
足的危險性，和我們現在能利用兩百多葉去考察的難能可貴，由此可
見。

插增甲本版面的分析，總結地說，無規律正是其特色。通過這特
色正可證明這四份殘本殘葉都是從一套書中拆出來的。這和下面所述
這套書的抵歐經過也是配合的。

在對插增乙本進行同樣考察以前，尚有一事需要澄清。前在〈殘
葉書後〉文內，說牛津殘葉有若干字的寫法和巴黎插增甲本有別。這
也是用一單葉去跟三十多葉比較所難免的先天局限性。現在資料既增
出好幾倍，情形明朗多了。個別字有一種以上寫法是相當普通的事，
風格既大致一樣㉔，便不必顧慮。

插增乙本現存的兩部分——德勒斯頓本和梵帝崗本——分量均不
少，問題卻比插增甲本簡單多了。這並不是說插增乙本有着整齊劃一
的版心和插圖。此本這兩部分的凌亂程度和插增甲本相若，這裏不必
如前詳述。這兩份殘本之所以不歸入插增甲本之內，而另別為一本，
是因為它們在版式上有一既特殊又統一之處。

這特別之處是半葉上圖下文後，隨着半葉全是文字，然後又是半
葉上圖下文（見本集插圖 13-17 ）。在我接觸過的明版小說當中，尚
未見到類似的例子。孫楷第《中國通俗小說書目》所記各小說版式，
也沒有一款是這個樣子的 。 行款兩者亦無分別， 有圖的半葉是十四
行，行二十二字，無圖的半葉是十四行，行三十字。這兩份資料的串

㉔　我們要強調「大致」，偌大一部《水滸》，不能要求非一個刻工全部負
　　責不可。評林本便有不少葉數，字體的風格與大多數葉數不大相同。

聯在一起很明顯。

　　兩者之間還有另一串聯的現象。德勒斯頓本開始的第十七卷，每葉上半葉帶圖，下半葉全是文字。到該卷第十八葉時逕易爲上半葉是字，下半葉帶圖（或者是由於疏忽，或者是因爲換了刻工，理由並不重要），由此直到梵帝崗本最後一葉沒有再變更㉕。加上兩者版框大小一樣㉖，兩者連接處更是天衣無縫，僥倖到不失一葉，不重一葉，這都足以說明德勒頓本和梵帝崗本是從同一套書中拆出來的。這套書版式異於挿增甲本，卻又有明顯的關係（如上述卷數、回數，和回目），故名之爲挿增乙本。

　　目前所知，挿增甲本和挿增乙本在中國和日本連一張殘葉也沒有流存下來。兩本分散在歐洲的大小六部分竟不過來自兩套書而已。這兩套書抵達歐洲近四百年，其間水火天災，兵燹戰亂，不可計數，尤以第二次世界大戰爲烈㉗。這些早就支解四散的零册殘葉，尚能保存一相當的總數，除僥倖外，歐洲人愛書，對不能理解的域外文物亦善爲保護，是重要的原因。這兩套書如何到了歐洲，何時抵達，不獨關係這兩書的刊行和傳播，亦涉及以後續尋未見部分所可採取的步驟。

㉕　每卷最後一葉的上半葉例不帶圖。卷十九、二十（德勒斯頓本）、二十一、二十二、二十三、二十四、二十五（梵帝崗本）均如此。其中卷二十四最後一葉的下半葉滿滿是文字，除非另添一葉，根本無法放入挿圖；卷二十五最後一葉的下半葉爲文字及牌記（書終結處）。另外，卷十八（德勒斯頓本）的最後一葉，僅用了上半葉部分位置，該卷最後一回已完。唯一有疑問的是卷十七，因該卷末有缺葉，但從上述各卷的情形看，諒不會例外。

㉖　兩份挿增乙本和挿增甲本各部分一樣，葉的大小參差不齊。梵帝崗本版框寬度是12.2公分至13公分之間，高度是18.1公分至19.1公分之間。我用的德勒斯頓本膠卷沒有附比例尺。按注⑱福華德書所載，該本版框爲寬12.4公分，高18.7公分（當是約數），和梵帝崗本是一致的。

㉗　其間古建築物，特別是修道院、教堂、圖書館、博物館、校舍、宮殿、大宅之類，可能收藏古籍之處，破壞至劇。大戰甫結束，即有試爲統計者，在波蘭、荷蘭、比利時、蘇聯、英國、意大利、法國、德國、奧地利，和匈牙利，點計全毀或近乎全毀重點古建築三百多處，詳見圖文並茂之 Henry La Farge, *Lost Treasures of Europe* (New York: Pantheon, 1946). 因爲牽涉地域之廣，隨着這些建築物被毀的典籍，大有兩種挿增本若干部分在內之可能。

　　挿增甲本和挿增乙本各部分在歸現藏者以前，必數度易手，大抵
由私藏至公有，歸公後也有由一館移置別館的。縱然現藏諸館有入館
日期紀錄（可惜這種資料難得一見），亦不易由此推斷抵歐日期。挿
增乙本雖注明出版者，對考訂日期，幫助還是有限，其他信息亦只是
間接的（詳後）。挿增甲本則不同，可以逐點追究。

　　以前我接受戴聞達所說，謂牛津殘葉是荷蘭人侯文於1595-1597
年第一次遠航東印度羣島時，得自爪哇的中國商人，携返荷蘭後，輾
轉歸牛津大學卜德林圖書館所有。

　　這裏涉及抵歐與傳播兩問題和有關的考證。殘葉是荷蘭萊頓大學
歷史學教授兼圖書館館長墨路臘送給英人某氏，轉歸牛津的㉘。這點
卜德林圖書館有明確紀錄，墨路臘的生卒年也不成問題。這次貽贈不
能晚過1607年（萬曆三十五年）。這是頗早的年代，許多現存的《水
滸》罕本還未刊行呢！牛津殘葉既是從挿增甲本拆出來的，這套書抵
歐時以荷蘭為首站是可以確定的。由戴聞達的說法，發展至此無大問
題，可是他以為書是侯文帶去歐洲的，卻沒有提出證據。初以為按戴
聞達的背景，生前為萊頓大學漢學研究所所長，論荷蘭史事，該可
信。後來始知實況未必如此。

　　在我向歐洲各圖書館打聽挿增本六個殘存部分以外是否尚有幸存
的時候，通過荷蘭國立圖書館 (Koninklijke Bibliotheek) 的介紹，
和萊頓大學荷蘭語文研究所(Vakgroep Nederlandse taal- en letter-
kunde) 的邵博先生 (Bert van Selm) 聯絡上。他不是漢學家，不懂

㉘　墨路臘何以贈英人以此瑰寶，現代的荷蘭人頗以為惑。戴聞達四十年代
　　在牛津見到殘葉時卽有此疑問，後來講述萊頓大學圖書館發展歷史的荷
　　蘭學者亦以為不可解，見 Elfriede Hulshoff Pol, "The Library," in
　　*Leiden University in the Seventeenth Century: An Exchange of
　　Learning*, edited by Th. H. Lunsingh Scheurleer and G. H. M.
　　Posthumus Meyjes (Leiden: E. J. Brill, 1975), pp. 394-459, esp.
　　pp. 417, 455. 我相信墨路臘有的挿增甲本一定超過一葉，故送一葉，
　　甚至若干葉，給英人某氏，並不難理解。問題是墨路臘留下來的如何追
　　查？

中文，卻是研究中古時期荷蘭書業的專家，正可提供一般漢學家所沒
有的專門知識。巧得很，他原來已花了相當時間去探討第一批正式運
歐的中文書籍是怎樣抵達荷蘭的。大家交換所知以後，初步的結論約
略如下。

戴聞達利用墨路臘卒年爲下限（這是對的），覺得在這年份以前
有可能自遠東携中文書籍入荷蘭者僅侯文一人。侯文東航兩次，因爲
他在第二次時於1599年 9 月在蘇門答剌被殺，戴聞達卽據此指當是第
一次了。他的侯文說只是推論。

邵博以爲携書者該是荷蘭探險家兼海軍上將韓斯璩 （Jacob　de
Heemskersk，1567-1607）。1601年（萬曆二十九年）4 月23日，荷蘭
派遣兩隊艦隊自首府阿姆斯特丹（Amsterdam）出發去東印度羣島。由
韓斯璩率領的一隊於1602年 2 月抵爪哇西北端的萬丹（Bantam）後，
若干艦隻旋載貨返荷，韓斯璩僅留二艦善後。此時柔佛（Johor）蘇丹
仇視葡萄牙，通知韓斯璩，謂若干葡萄牙商船盛載貨物正由澳門開往
滿剌加（Malacca，今名馬六甲）。荷蘭與葡萄牙敵對，韓斯璩遂於
1603年（萬曆三十一年）2 月25日出海截擊葡萄牙大型商船「凱達琳
娜」號（Catharina），將整條船劫了過來。是年10月，韓斯璩啟程返
荷。一艦及凱達琳娜號於1604年夏天抵埗；另一艦因中程故障，所載
貨至1605年 3 月始轉由別船運返。第一批貨物早在1604年 8 月15日開
始在阿姆斯特丹拍賣。各式珍品紛陳，引起歐洲各地買家的湧至。第
二批的拍賣始於1605年 9 月21日，品類尤豐，響應更烈。

邵博相信第二批貨物當中包括爲數不少的中文書籍。直接的證據
他還沒有。但當時在歐洲頗負盛名的荷蘭大書商卡斯（Cornelis Claesz,
或作黎高來 Cornelium Nicolai, ca. 1546-1609）於這段時間在阿姆
斯特丹出售一批中文書籍，時地的配合正好用來解釋這批書的來源。
出售時，卡斯還印備目錄，原目惜今未見，最早的紀錄見十七世紀
法國目錄學家那弁（Philippe Labbe，1607-1670）所著書目 *Nova
bibliotheca mss. librorum, sine specimen antiquarum lectionum*

Latinarium et Graecarum in quatuor partes tributatum ....
(Paris, 1653), p. 396:

> Chinensium variorum librorum Bibliotheca, siue libri, qui
> nunc prium ex China seu regno Sinarum cum ipsorum
> atramento & charta admirandae magnitudinis aduecti sunt.
> Amsterdami, 1605. apud Cornelium Nicolai.

這段拉丁文可譯爲: 「一批品類繁雜的中文書籍，卽首次自中國或中
國人領域進口的書籍，紙墨皆珍異。 1605 年， 阿姆斯特丹。 黎高來
刊」。這裏沒有標出目錄的書名，故以後轉引者，文字每有不同[29]，
對於證明卡斯爲了出售一批中文書籍曾於1605年在阿姆斯特丹刊備書
目則是可以的。這類廣告性刊物類似現代書局按期印發的新書目， 很
少給保存下來。邵博懷疑那弁沒有見過原目，而是間接引自1605年法
蘭克福 (Frankfurt) 秋季書展的目錄。對我們來說， 凱達琳娜號貨物
在阿姆斯特丹的拍賣，當時書商卡斯出售中文書籍並參加法蘭克福書
展（販賣這種珍僻之物不能光靠本地顧客），以至墨路臘贈英人牛津
殘葉，是一貫和協調的[30]。

---

[29] 譬如說，在歐美漢學界極享盛譽的高第 (Henri Cordier, 1849-1925)，
*Bibliotheca Sinica: Dictionnaire bibliographique des ouvrages
relatifs a l'empire chinois*, III, (Paris: Librairie Orientale &
Américaine, 1906-1907), #1813, 列此書爲歐人編著漢學書目之始，
但因資料已是多次轉手而來，不單沒有標出書名，且將這段介紹改易爲
"Variorum Librorum Chinensium Bibliotheca sive libri, qui nunc
primum ex China seu regno Sinarum advecti sunt. Amstelodami,
C. Nicolai, 1605."

[30] 韓斯璩和卡斯的討論，主要根據 Bert van Selm, "Cornelis Claesz's
1605 Stock Catalogue of Chinese Books," *Quaerando*, 13:4 (Wi-
nter, 1983), pp. 247-259. 另外參考了他前此關於卡斯刊售書籍活動的
兩篇研究，"Some Amsterdam Stock Catalogues with Printed Prices
from the First Half of the Seventeenth Century," *Quaerando*, 10:1
(Winter, 1980), 3-43; "A List of Dutch Book Auction Sale Cat-
alogues Printed Before 1611," *Quaerando*, 12:2 (Spring, 1982),
pp. 95-129. 至於牛津殘葉歸英人所有的時間， 也可以說得更清楚一
點。據注[28]所引文，E. Hulshoff Pol, p. 423, 墨路臘卒於1607年7月
19日，上距邵博所考揷增甲本的首次拍賣日期，1605年9月21日，不足
兩年，其贈英人牛津殘葉亦可以用這兩個日期作爲上下限。

　　插增甲本現存各部分如此星散，每一部分卻相當完整（哥本哈根本漏葉不少，是輾轉流傳的結果，但仍不致影響其整體性），如果不是首尾有殘缺，往往是自某卷起至某卷止，本來連接的部分也就可以併合起來。 各部分的給拆散顯然是有意識的行動， 而不是意外的結果。十七世紀初的歐洲，略識中國文字的人屈指可數，購買這類書籍的不過爲了好奇和炫耀，那管（也不會知道）買得者是否全書。書商當然明白這一點，把書拆散來賣（大概用原有的冊數爲基本單位），可以多滿足幾個顧客，獲利也更豐。插增甲本就是這樣從荷蘭阿姆斯特丹散開去的。

　　插增乙本的來龍去脈雖然找不到同樣詳細的信息，按其分散情形和各部的完整性之與插增甲本絕類，可以明白其分散過程也是差不多的。是否亦由韓斯瓛帶去荷蘭， 可能性自然存在， 目前還是不必臆度。

　　上面開列插增甲本和插增乙本在卷數 、 回數， 以及回目上的配合，雖然可以證明兩本之間的密切關係，它們還是有不少分別的。我尚未詳細比勘兩本共通的十四回半。爲了目前所需，也爲了解釋前面所說插增乙本隔半葉帶圖的特徵，本文選影巴黎插增甲本最後的四葉（見本集插圖9-12）和插增乙本相應的部分（在梵帝崗本，見本集插圖 13-17）。 如果這兩組不算短的文字足以代表兩本之間在字數上的差異，插增乙本是放大了不少。插增甲本這四葉，不計詩詞（因插增乙本者全同）及標題，共2084字。這一段故事在插增乙本計2779字；乙本較甲本添了百分之三十三強。這是不小的比率㉛。內容上是否有很大的差異，還得待以後作詳細比勘。有一事則可在此說明。

　　以前討論牛津殘葉時，我曾經指出插增甲本（巴黎本）和余象斗

㉛　在〈殘葉書後〉文內，我曾經用評林本去推算自巴黎插增甲本終斷處至牛津殘葉，約缺了三十葉。這一大段全在梵帝崗插增乙本內，計六十一葉有奇，比這裏所說的放大率還要高。甲乙兩本和評林本三者之間，字數的正確比例，恐得待把三本共通的章回逐字計清楚後始能知道。這項工作擬以後在比勘三本文字內容時一併進行。

所刊的評林本同樣講降將余呈的結局，卻截然迥異。在前者，余呈是
個死得無聲無色的小人物；在後者，他的死給余象斗亂拖胡吹，弄到
幾乎不知如何收場的地步。 我看到的簡本——映雪草堂本 、黎光堂
本、劉興我本、李漁序本、出像本、《二刻英雄譜》、《漢宋奇書》、
一百二十四回本（排列不分先後）——全部跟隨評林本的模式，讓余
呈苟延殘喘， 讓宋江念那篇令人噴飯的祭文。 這些本子都晚於評林
本，直接或間接承受了余象斗的改動。至於百回繁本，因爲沒有王慶
部分，袁無涯百二十回繁簡合併本，因爲其中的王慶故事情節大異，
均無從比較。

　　插增乙本 （梵帝崗本） 也有余呈之死的情節， 仍然依從插增甲
本，因此尚無理由說因襲插增甲本的插增乙本曾經參考過評林本。如
果我們相信插增甲本和插增乙本之間字數比例的殊異代表後者放大前
者而不是前者刪縮後者（這正是研究《水滸》糾纏不清的老問題），
插增甲本當在插增乙本之前，而評林本尤在插增乙本之後。評林本的
刊行年代（萬曆二十二年）也就可以作爲插增乙本的下限了㉜。

　　梵帝崗本有插增乙本最後一葉，牌記說「萬曆仲冬之吉種德書堂
重刊」（見本集插圖18）。眞是該打五百大板，不說年數，那一年沒
有仲冬？ 種德書堂諒卽種德堂，是建陽歷史悠久的書肆，專出醫書和
通俗讀物，自明初至明末，東主人傳了好幾代㉝。插增乙本的下限旣
然可以決定，它的出版日期便當在萬曆元年至二十二年之間。卽使我
們相信牌記所說，現在見到的是重刊本，其原刊（不管是否亦爲種德
堂刊物）仍是不能晚過萬曆二十二年的下限。至於上限，則要待足夠
資料的出現才能解決。

―――――――――

㉜　或者有人會說，插增乙本可以後於評林本而不受其影響。這種可能性自
　　然有，但不會高。目前旣未見支持這種可能性的證據，可暫不考慮。況
　　且果眞如此也不影響因爲余象斗的改動而使簡本《水滸》出現前後兩組
　　的局面。

㉝　種德堂所刊書籍，最方便的參考爲徐信孚，《明代版刻綜錄》（揚州:
　　江蘇廣陵古籍刻印社，1983年）卷六葉十上―十一上。

　　考論至此爲止，不妨歸納一下兩種挿增本的價值和它們之間的關係。現存各簡本，只有這兩個本子在處理余呈之死仍保持余象斗改動前的面貌。因此，這兩種挿增本並爲現存最早的簡本《水滸傳》㉞。這是按《水滸》演易過程立論。評林本以前的簡本爲數不少，在未詳細作文字比勘前，不能草率斷言評林本的依據就是挿增甲本或挿增乙本。這兩種本子僅能說是不少可能性當中的兩個而已，它們和其他未經余象斗改動過的本子也可以在評林本出來以後繼續刊行一段時期。雖然我們不能完全排除挿增甲本和挿增乙本現存殘本實際刊行後於萬曆二十二年的可能性，這並不影響它們早於評林本所代表的演易階段的實質。況且，從所見其他簡本盡依余家斗修改的余呈故事這一點去看，不管兩種挿增本和評林本有無直接關係，這兩個本子印行後於萬曆二十二年的可能性是極微的。挿增甲本既是於萬曆三十一年初劫自從澳門開出的葡萄牙商船，這本閩版書的出版必在好幾年以前，單是這一點已使此本的刊行最晚也不能後於萬曆二十五年前後。

　　挿增乙本縱然和挿增甲本文字有別，它們之間的血緣程度仍是很高的。挿增甲本缺失的部分，可用挿增乙本來補充。兩者都有的十四回半，挿增乙本可資校勘。當然這並不否決別的本子，特別是評林本，也可以具備同樣的功能。

　　如果我們堅持挿增甲本和挿增乙本之間的分別（字數多寡，細節有異）比兩者共通之處（回數、回目等外在條件的配合）更重要，不妨兩本各視爲一單元。如此，百二十回當中（兩本均不計零葉），挿

㉞　評林本以前的簡本，數目頗多。余象斗在評林本書首眉端所刻《《水滸》辨》說：「《水滸》一書，坊間梓者紛紛，偏象者十餘副，全象者祇一家。前像板字中差訛，其板象舊惟三槐堂一副，省詩去詞，不便觀誦。……」馬蹄疾曾注意及此，見其〈三槐堂刊本《水滸傳》：《水滸》書錄之一〉，《文匯報》（上海），1961年9月14日。挿增甲本是否三槐堂所刊？我以爲不大可能。挿增甲本並沒有省詩去詞（挿增乙本亦如此），起碼和評林本比較起來不能這樣說，此其一。命名三槐堂的書肆有好幾家，刊小說書者，可能僅王崑源的一家，所出的《新刻名公神斷明鏡公案》，我讀過，版式和風格跟挿增甲本絕不類，此其二。

增甲本約存四十四回，插增乙本三十九回。要是覺得兩本勉強可湊起來計算，便合存六十八回。雖不是回回完整，總可說已過全書半數。要討論簡本《水滸》，這些資料的重要性，不言而喻。

1984年12月31日初稿
1985年10月 1 日修訂
──《中華文史論叢》，1985年 3 期（1985年 9 月）

後記

　　本集所收各文，刊稿與今稿分別最大者莫如此篇。成稿時，因筆記誤植，致說出插增乙本依隨評林本的改動去處理余呈事件的話，變成失之毫釐，謬以千里。發覺後，即向學報要求更換文末三數段。編輯謂文已排就，不能改動，而允於下期刊登更正啟事。後爲別事分神，啟事始終沒有寫。今收入本集者卽爲昔日已準備好之改稿。因爲此部分的修訂使兩稿分別頗大，應在此特別聲明。

　　另外，初稿原附相應的插增甲本及乙本插圖各四張，希望不用抄錄冗長的引文而讀者可以比較兩本之異同。惟學報以篇幅之故，刊出時每本僅用首兩張，以致與文內所說者不符。這次結集正是彌補的機會。

　　文內講及葡萄牙商船凱達琳娜號爲荷蘭海軍擄奪，所載中國貨物其後在荷蘭拍賣，轟動一時。此事原來張天澤早有頗生動的描寫，見 T'ien-tse Chang, *Sino-Portuguese Trade From 1514 To 1644: A Synthesis of Portuguese and Chinese Sources* 中葡通商研究 (Leiden: E. J. Brill, 1934), p. 112. 但他並沒有說貨物內有中文書籍；這消息當不見於他的參考資料·。張書近有加了不少補注的譯本：姚楠、錢工譯，《中葡早期通商史》（香港：中華書局，1988年）。可惜關於凱達琳娜號事件，兩位譯者亦無所增益。

　　因爲此文強調兩種插增本之早，有一事得特爲說明。文革時期上海圖書館發現的《京本忠義傳》殘葉不單爲簡本（文字比其他簡本繁

得多的簡本），其年代且很可能較任何一種挿增本爲早，但因僅得兩張各不到整張紙的殘葉，很難算是一種現存本子。挿增本比任何現存簡本爲早這說法，目前還未有修正的必要。

影印評林本缺葉補遺

　　余象斗刊於萬曆二十二年之《京本增補校正全像水滸志傳評林》，存世全本，僅知一套，藏日本日光輪王寺慈眼堂。這消息早爲行內所共知，四十多年間，豐田穰①、王古魯②、艾熙亭③、長澤規矩也（1902-1980）④、白木直也⑤、大內田三郎⑥，已有長短不一的報導。

　　全本以外，殘本有多種，殘缺的程度分別很大。日本東京內閣文

---

①　豐田穰，〈明刊四十卷本《拍案驚奇》及び《水滸志傳評林》完本の出現〉，《斯文》，23卷6期（1941年6月），頁34-40。

②　王古魯，〈攝取日本所藏中國舊刻小說書影經過誌略〉，《中日文化》，1卷5期（1941年9月），頁157-163；〈日本所藏的中國舊刻小說戲曲〉，《華北作家月報》，8期（1943年8月），頁40-43；〈日光訪書記〉，《風雨談》，9期（1944年2月），頁88-98；〈稗海一勺錄〉，《中央日報》（南京），1948年6月28日；《初刻拍案驚奇》（上海：古典文學出版社，1957年），下册，附錄〈稗海一勺錄〉，頁739-756；〈談《水滸志傳評林》〉，《江海學刊》，1958年2期（1958年4月），頁54-60。

③　Richard G. Irwin, "Water Margin Revisited," *T'oung Pao*, 48 (1960), 393-415.

④　長澤規矩也，《日光慈眼堂書庫現存漢籍分類目錄》（日光：輪王寺，1961年），頁37；《日光山天海藏主要古書解題》（日光：輪王寺，1966年），頁115。

⑤　白木直也，《巴黎本水滸全傳の研究》（1965年）。

⑥　大內田三郎，〈《水滸傳》版本考：《水滸志傳評林》本の成立過程さ中心に〉，《天理大學學報》，64期（1969年12月），頁1-13。

庫所藏的較全，存卷八至卷二十五，共十八卷，但其中有缺葉，有倒置⑦。

　　歐洲有幾份散存各地的殘本，計爲：梵帝崗敎廷圖書館藏首六卷，中無缺；意大利巴勒天拿的巴勒天拿圖書館(Biblioteca Palatina)藏卷十三葉一上至卷十四葉二十四下；維也納(Wiens)奧地利國立圖書館(Österreichische Nationalbibliothek)藏卷十七葉四上至卷十八之末。

　　這些歐洲殘本諒來自同一套書，抵歐後，因書商拆開零賣而流散各地(也因此增加這些零星部分的幸存機會)，與挿增甲本和挿增乙本在歐洲的流佈情形相同⑧。這三份殘本合計起來，份量不算多，但此書當尚有殘本在歐未及發見的，問題是這種發現全憑運氣，無法預測。

　　此書在中國也有若干殘存，那就是1975年4月底瀋陽故宮在信牌檔中所發現的殘葉四紙⑨，數量和保存狀態與見於東瀛和西歐者，何

---

⑦　記述內閣文庫本之情形，以孫楷第《日本東京所見中國小說書目》
　　(1932年)，頁179-195，(1958年，修訂本)，頁97-106 (兩者沒有
　　分別)，爲較詳，然其中尚有可補充之處。內閣文庫本遠不及輪王寺本
　　的完整，卽使不計失佚部分和本子本身的殘破，所存各卷還有缺葉和倒
　　置之弊，而所缺的葉數正與我們現在討論的問題有關。還有，此本第十
　　卷重出，顯爲用兩套同樣的本子合併起來才湊成現在的樣子。此本我用
　　的是柯迂儒(James I. Crump, Jr., 1921-)於1955年所攝之顯微膠
　　卷，除原有缺葉外，還有攝影時不小心的跳漏。柯氏當時攝影日本所藏
　　善本小說，共六十四款(不少僅是選影)，以後整套膠卷由密芝根大學
　　(University of Michigan)複製，公開發售，歐美不少圖書館早已購備。
⑧　兩種挿增本抵歐和在歐洲散播的情形，可參閱馬幼垣，〈現存最早的簡
　　本《水滸傳》：挿增本的發現及其概況〉，《中華文史論叢》，1985年
　　3期(1985年9月)，頁73-121 (此文收入本集)。
⑨　見鐵玉欽，〈從信牌檔中《水滸》殘本的發現看明末《水滸》的傳入遼
　　東及女眞地區〉，《水滸爭鳴》，3期(1984年1月)，頁242-250。
　　此文告訴我們評林本昔日流通之盛，自然是很有價值的消息，惜此文作
　　者連評林本的基本常識也沒有。他所見的影印本(詳後正文)，出版
　　者說得淸淸楚楚是根據王古魯攝自日光輪王寺的照片，他卻重複地說此
　　書現存國內(容許這種錯得離譜的毛病見於專門學報，編輯實難辭其
　　咎)! 明版小說書名多冗長，「京本」字樣屢見不鮮，閩刻尤其如此。余
　　象斗此書，簡稱爲評林本或《志傳評林》(王古魯卽用此簡稱)，均能
　　代表其書名特徵而不致和其他本子混淆。鐵文稱之爲《京本水滸》則絕
　　不可，書名有「京本」字樣的《水滸傳》爲數不少，遂致不知何所指，
　　徒增不必要的麻煩。白木直也(見注⑤所引書)用京本爲此本的簡稱，
　　毛病亦同。

止天淵之別。這些無一張完整的殘葉卻說明評林本曾流入遼東，足見
其在明季流通之廣遠，亦可見這類不為文士所重之書，就算昔日數量
多，傳播廣，日子一久，仍是很難保存下來。

　　遇到這種唯一全本珍藏於日本寺院的情形，普通讀者固然只有望
洋興嘆，卽彼邦學者能否入內看書亦要看私人關係如何。輪王寺的規
則比一般寺院為嚴，能入庫看書的日本學者不過三幾人（已故的長澤
規矩也），更遑論求得影本以供細讀。幸好王古魯當年獲准入庫，影
得全書，後來連同別的小說影件一併獻公。1956年文學古籍刊行社根
據這些照片，以《水滸志傳評林》為題複製流通。

　　這已是三十年前之事了，當時印行的一千套早就鳳毛麟角。在海
外，就所知見，僅東京大學和京都大學兩處的中文系圖書館各有一套
而已。雖然專家要找這套影印本來看，目前尚不算太難，為普及研
究，再版的必要顯然頗為急切。

　　再版前，得先照顧一個很重要的缺漏。王古魯的照片因失落了一
張，影印本遂缺兩個相對的半葉：卷九葉十一下和葉十二上。一本厚
達六二八葉的書，不見了兩個半葉，本來不該有嚴重影響。這裏卻碰
上一個很特別的情形。

　　評林本分二十五卷，每卷回數不一，從三回到七回不等，每卷葉
數亦同樣懸殊。書首復無目錄，書中僅前三十回標明回數（至第七卷
首回）。後來此本某收藏者自此手書回數至第十二卷最後一回，不過
十多回，既有跳號，又有重出，更不能作準。卽書中原刻明回數的首
三十回也有問題，因為書中沒有注明哪裏是第九回。第八回（柴進門
招天下客、林冲棒打洪教頭）後，接着便是第十回（朱貴水亭施號
箭、林冲雪夜上梁山），一切連貫不斷，回數卻跳了一號。可是第八
回述事一直講到林冲殺陸虞候以後，早超過回目的範圍。這顯然是併
合兩回以後，忘記調整回數的結果。因此就書論書，書中注明為第十
至第三十諸回，還得依次各減一號。

　　併合章回正是評林本的特色，書中不乏這種例子⑩。第九卷從影
印本看，只有三回，首回（宋江智取無爲軍、張順活捉黃文炳）特
長，內容遠超過題目的範圍，從梁山好漢在白龍寺殺退江州兵馬，一
直講到李逵鬧李雲。到下回（錦豹子徑逢戴宗、病關索街遇石秀）開
始時，離江州事件已不知隔了多遠。一般版本都極難把這麼多事情擠
在一回之內，惟獨章回併合得亂七八糟的評林本則難保證，書中起碼
就有一次這樣的極端，把三回合爲一回⑪。

　　試檢主要各本這部分的分回情形，便不難明瞭這幾回的原貌。各
本按回數和回目的相近排列，並非謂前後次序或因承關係果如此。唯
一例外爲映雪草堂本，用目錄內之分則標目，因這三十卷本的正文每
卷實爲一回，卷內不分回，不分則⑫。其他未收入的重要本子，都是
因爲這部分殘缺⑬：

---

⑩　評林本之併合章回，尙無人做總結算，一般情形可參閱注②所引王古魯
　　〈談《水滸志傳評林》〉一文，及馬幼垣，〈牛津大學所藏明代簡本
　　《水滸》殘葉書後〉，《中華文史論叢》，1981年4期(1981年11月)，
　　頁47-66（此文收入本集）。

⑪　評林本第三十九回（按全書共一〇三回計算，詳後正文）〈楊雄大鬧翠
　　屛山、石秀火燒祝家莊〉，內容一直講到宋江二打祝家莊以後，在容與
　　堂本爲整整三回（四十六、四十七、四十八）的情節。

⑫　此本的一般情形，參閱劉世德，〈談《水滸傳》映雪草堂刊本的概況、
　　序文和標目〉，《水滸爭鳴》，3期（1984年1月），頁134-162。

⑬　有三種重要版本未包括在此。鄭振鐸定爲郭武定本（恐非是）的嘉靖殘
　　本，僅存八回又一葉，悉在這部分之後。挿增甲本和挿增乙本的知存部
　　分也沒有這幾回。

版　本	甲回	乙回	丙回	丁回
塔興堂本	第四十一回 宋江智取無爲軍 張順活捉黃文炳	第四十二回 還道村受三卷天書 宋公明遇九天玄女	第四十三回 假李達剪徑刦單人 黑旋風沂嶺殺四虎	第四十四回 錦豹子小徑逢戴宗 病關索長街遇石秀
石渠閣補刊本	回數回目同上	回數回目同上	回數回目同上	回數回目同上
裵無崖本	回數回目同上	回數回目同上	回數回目同上	回數回目同上
四知館本	回數回目同上	回數回目同上	回數回目同上	回數回目同上
映雪草堂本	第十卷 標目與上本回目同	第十卷 標目與上本回回同	第十一卷 標目與上本回回同	第十一卷 標目與上本回回同
出像本	第三十八回 回目同上	第三十九回 還道村受三卷書 宋江遇九天玄女	第四十回 回目同上	第四十一回 錦豹子小徑逢戴宗 病關索街遇石秀
藜光堂本	回數回目同上	回數回目同上	回數回目同上	回數回目同上

版　本	甲　回	乙　回	丙　回	丁　回
劉興我本	回數回目同上	回數回目同上	回數回目同上	回數回目同上
李漁序本	回數回目同上	回數回目同上	回數回目同上	回數回目同上
漢宋奇書	回數回目同上	回數同上 還道村受三卷天書 宋公明遇九天玄女	回數回目同上	回數回目同上
評林本	第三十五回 回目同上	併入上回	第三十六回（？） 回目同上（？）	第三十七回（？） 回目同上
二刻英雄譜	第三十六回 回目同上	第三十七回 宋江投廟夢見玄女 娘娘傳授宋江天書	第三十八回 回目同漢宋奇書	第三十九回 回目同上
百二十四回本	第四十回 回目同上	第四十一回 古廟中夢見玄女 還道村拜授天書	第四十二回 假李逵打刧單人 黑旋風怒殺四虎	第四十三回 回目同上

‧ 簡本水滸回數每有跳號重號的現象，現僅按各本正文所標示的回數，不若處理評林本之逐回點算。

　　各式各樣的簡本和繁本，這部分俱爲四回，單獨評林本有併合章回的現象。甲乙兩回在評林本是接連不斷的，丙丁之間是分開的，問題在乙丙之間究竟是分開的還是連貫的？換言之，這四回在評林本究竟變成了三回還是兩回⑭？

　　不幸得很，王古魯失去的一張照片正在乙丙二回交界之處！此書既前無總目，到了這部分連後人手書的回數也沒有了，單憑影印本，上述的問題是無法解決的。頭痛的是，評林本是《水滸》各本中回數最不整齊的，到處都是併合而成的章回，如果這難題不能解決，也就無法確指此本究竟共有幾回。按回點算，答案只有兩個：全書共一〇二回（這四回變成兩回）或一〇三回（變成三回）⑮。但只有找到缺漏的部分，始能確定。

　　我傾向相信評林本乙丙二回之間是分開的。這並不是因爲串連三回爲一太長，回目涵蓋不了（按此本編者的作風，這些他不會管），而是因爲評林本雖多併合章回，目前檢出者幾盡爲兩回合一，三回合一之例僅一見⑯。如此，說全書共一〇三回，就比別的可能性高。然而，正如上述，只有補上缺葉才是最可靠的解決辦法。

　　歐洲各殘本沒有第九卷，幫不了忙，瀋陽的四殘葉更無濟於事。內閣文庫本有第九卷，卻仍僅能解決部分問題。原來這個本子缺了三葉半：卷九葉十一、卷二十三葉二十一、卷二十四葉二、卷二十五葉二十八下。王古魯遺失的兩個半葉，此本只補足後面的半葉（葉十二上）。這半葉始自李逵看榜，丙回已開始了一陣子。能夠告訴我們乙丙兩回之間在評林本是怎樣子的半葉（葉十一下），仍無着落。

　　以前曾用柯迂儒的膠卷冲出葉十二上，因輾轉複製，質素差，冲

_____

⑭　王古魯，〈談《水滸志傳評林》〉，頁56，謂按其筆記，評林本丙回並沒有回目，如此便是甲乙丙三回合一。惟該葉照片旣失，其早年筆記究竟可靠至何程度，不無疑問，還是存疑爲妥。

⑮　陳曦鍾（陳熙中）、侯忠義、魯玉川編，《水滸傳會評本》（北京：北京大學出版社，1981年），定評林本全書共一〇四回，大概因爲第九回之跳號未作調整，遂多了一回出來。

⑯　見注⑪。

印出來僅勉強可讀。最近因爲此事和大阪市立大學教授大內田三郎聯
絡上，他特別向內閣文庫取得這半葉的照片，十分清楚。至於僅存日
光輪王寺的葉十一上，他目前仍無法打通關節。

　　內閣文庫本的半葉，複製於此，以供用影印本的同好作補充。輪
王寺的半葉，只有期諸異日。

——《水滸爭鳴》，5 期（1987年 8 月）

後記

　　此文刊登時，正如文中所說，原附得自內閣文庫本的半葉之插
圖。後來既從輪王寺本補足缺漏的兩個半葉，清楚完整，可作爲隨後
一文的插圖，此文原附的自然取消了。

影印評林本缺葉再補

　　日本日光輪王寺所藏萬曆二十二年余象斗所刊《京本增補校正全像水滸志傳評林》是世上唯一的全本，1956年文學古籍刊行社用王古魯早年攝得的照片複製流通，研究者始有參閱的機會。可惜，王古魯失落了一張照片，複製時只有留空兩個半葉（卷九葉十一下、十二上），因而帶來了兩個嚴重的問題——涉及的部分在評林本究竟分爲兩回還是三回？評林本全書共有幾回？

　　前些時候，我在〈影印評林本缺葉補遺〉一文曾經解釋過這些問題之所由及其嚴重性，並根據現成的膠卷資料，以及通過大阪市立大學教授大內田三郎的幫助，利用內閣文庫所藏殘本補充了後半葉（葉十二上）①。但是，這後半葉遠不如僅見於輪王寺本的前半葉（葉十一下）重要。內閣文庫本的半葉固然替我們增補了一半缺遺文字，卻不能用來解決因王古魯失了一張照片而產生的兩個難題。在未見到評林本那半葉之前，任何詮解終歸是推測。既然在長澤規矩也逝世以後再未聞日本漢學界有何人能到輪王寺入庫看書，要找到解決上述問題的實證，只有全憑機緣了。

　　說來確屬幸運，這機緣不必等多久。1985年9月，日本九州大學友人町田三郎和劉三富（已易名立正夫，並移席福岡大學）兩教授，攜眷來夏威夷遊覽。暢聚之餘，我提到輪王寺那半葉恐怕沒有機會得見，作爲追尋藏於非研究性機構的資料之難得的一個例子。町田先生立刻說，他認識早稻田大學的福井文雅教授，知道他和輪王寺深有淵

① 　刊《水滸爭鳴》，5期（1987年8月），頁101-108（此文收入本集）。

源，也許能够打通關節。這正是夢寐以求的大喜訊。其後大半年間，
他們兩位向福井教授說明詳細情形，再通過福井教授的安排向輪王寺
提出請求，終於獲得輪王寺的允許，不獨把評林本特別從書庫中取出
來，還讓他們帶到寺外去影印。這樣破格通融，在輪王寺來說，想是
史無前例。

當時除了那半葉以外，還影印了從前補自內閣文庫的半葉，效果
更佳，以前看不清楚的地方，全部字字可讀。

我這次的幸運，別的研究者很難重複，這瑰寶當然不該自秘。這
兩個半葉都在此複製出來（見本集插圖19），供大家參考，以前出版
的影印本也就可以配合而成全璧。此有補於《水滸》研究，諒不止涓
埃之助而已。因此，對於町田三郎、劉三富、福井文雅三教授，以及
輪王寺柴田昌源大僧正，四位的隆情厚意，我本人自然是感激不盡，
我還應代表全體《水滸》研究同道向他們致謝。

單從刊刻時的編排去看， 評林本確是亂得不能再亂： 書前無目
錄，而正文回目絕大多數不標回數，連標明回數者也有跳號；併合兩
三回爲一回，回目只能反映該回前半（甚至僅前三分之一）內容者，
比比皆是；卷回分配毫無規律；各卷各回長度懸殊。這些在〈補遺〉
文內本已交代過，現在要特別聲明的是，凡此種種竟產生一很難置信
的極端情形，不見了短短半葉便足以使我們無法說出這個本子究竟一
共有幾回！ 就小說版本而言，恐怕找不到另外一例。

我在〈補遺〉曾經用相當的篇幅去討論涉及的四回（在容與堂本
來說，爲第四十一回至第四十四回）在評林本併合的兩個可能性，卽
變成兩回還是合爲三回（我當時傾向後者）。現在既得此關鍵性的半
葉，問題已迎刃而解。這半葉正書寫前回的結束，下回的開始②。這

---

② 失掉了那張照片以後，王古魯說，按他當年的筆記，這裏該是連貫不分
回的，見其〈談《水滸志傳評林》〉，《江海學刊》，1958年2期（1958
年4月），頁56。當事者的紀錄，本可算是一手資料，尚且不可靠，考
證之難可見。

剛開始的一回， 回目作〈假李逵剪徑劫單人， 黑旋風沂嶺殺四虎〉
（某藏書者手書注爲第三十七回，並不可靠），和其他主要版本相應
部分的回目並無嚴重分歧。 這就是說， 那四回在評林本給併合成三
回。

　　據此， 我們可以準確地說， 分爲二十五卷的評林本共有一〇三
回。這個任何簡本繁本都沒有的奇異總回數，正是隨意併合章回的結
果。按書論書，我們徵引評林本時， 就只有依從這些不規則的章回分
劃。

　　因爲評林本的章回原已亂七八糟，影印本的缺葉又把情形惡化，
以前大家徵引起來，各謀辦法去注明位置，自然無從劃一。問題現在
旣已解決，就讓我把各回的回目按次序排列出來（回目的原有誤漏，
因可資考稽，故不改動）， 重新標明確實回數，希望大家以後引用此
本時能夠有統一的依據：

卷　數	回　數	回　　　　　　目
1	1	張天師祈禳瘟疫　　　　洪太尉誤走妖魔
	2	王教頭私走延安府　　　九紋龍大鬧史家村
	3	大郎走華陰縣　　　　　智深打鎭關西
	4	趙員外重脩文殊院　　　魯智深大鬧五臺山
	5	小霸王醉入銷金帳　　　花和尙大鬧桃花村
2	6	九紋龍剪徑赤松林　　　魯智深火燒瓦礶寺
	7	花和尙倒拔垂楊柳　　　豹子頭悮入白虎堂
	8	柴進門招天下客　　　　林沖棒打洪教頭
3	9	朱貴水亭施號箭　　　　林沖雪夜上梁山
	10	梁山林沖落草　　　　　汴梁城楊志賣刀
	11	急先鋒東廓爭功　　　　靑面獸北京鬭武
	12	赤髮鬼醉臥靈官殿　　　晁天王舉義東溪村
	13	吳學究說三阮撞籌　　　公孫勝應七星聚義
4	14	楊志押送金銀擔　　　　吳用智取生辰槓
	15	花和尙單打二龍山　　　靑面獸雙奪寶珠寺
	16	美髯公智賺挿翅虎　　　宋公明私放晁天王
	17	林沖山寨大併夥　　　　晁蓋梁山尊爲主

卷　數	回　數	回　　　　　　　　目	
5	18	梁山泊義士尊晁蓋	鄆城縣月夜走劉唐
	19	虔婆醉打唐牛兒	宋江怒殺閻婆惜
	20	閻婆鬧鄆城縣	朱仝義釋宋江
6	21	橫海郡柴進留賓	景陽崗武松打虎
	22	王婆貪賄說風情	鄆哥不忿鬧茶肆
	23	王婆計啜西門慶	淫婦藥鴆武大郎
	24	鄆哥報知武松	武松殺西門慶
	25	母夜叉坡前賣淋酒	武松遇救得張青
7	26	武松威鎮安平寨	施恩義奪快活林
	27	施恩重霸孟州道	武松醉打蔣門神
	28	施恩三進死囚牢	武松大鬧飛雲浦
	29	都監血濺鴛鴦樓	武行者夜走蜈蚣嶺
	30	宋江夜看小鰲山	花榮大鬧清風寨
8	31	鎮三山鬧青州道	霹靂火走瓦礫場
	32	梁山泊吳用舉戴宗	揭陽嶺宋江逢李俊
	33	及時雨會神行太保	黑旋風鬬浪裏白跳
9	34	潯陽樓宋江吟反詩	梁山泊戴宗傳假信
	35	宋江智取無爲軍	張順活捉黃文炳
	36	假李逵剪徑劫單人	黑旋風沂嶺殺四虎
	37	錦豹子徑逢戴宗	病關索街遇石秀
10	38	楊雄醉罵潘巧雲	石秀智殺裴如海
	39	楊雄大鬧翠屏山	石秀火燒祝家庄
	40	解珍解寶雙越獄	孫立孫新大劫牢
11	41	吳用雙用連環計	宋江三打祝家庄
	42	插翅虎枷打白秀英	美髯公惧失小衙內
	43	戴宗智取公孫勝	李逵斧劈羅眞人
	44	入雲龍法破高廉	黑旋風探救柴進
	45	高太尉興三路兵	呼延灼擺連環馬
12	46	吳用使時遷盜甲	湯隆賺徐寧上山
	47	三山聚義打青州	眾虎同心歸水泊
	48	吳用賺金鈴吊掛	宋江鬧西岳華山
	49	公孫勝芒碭降魔	晁天王曾頭中箭
13	50	吳用智賺玉麒麟	張順夜鬧金沙渡
	51	放冷箭燕青救主	劫法場石秀跳樓
	52	宋江兵打北京城	關勝議取梁山泊

卷　數	回　數	回　　　　　　　目	
	88	王慶打死張太尉	夜走永州遇李杰
	89	快活林王慶使鎗棒	段三娘招贅王慶
	90	宋公明兵度呂梁關	公孫勝法取石祁城
22	91	李逵受困於駱谷	宋江智取洮陽城
	92	宋公明遊夜觀景	吳學究帳幄談兵
	93	孫安病死九灣河	李俊雪天渡越水
23	94	公孫勝馬耳山請神	宋公明東鷥嶺滅妖
	95	公孫勝辭別歸鄉	宋江領勅征方臘
	96	張順夜服金山寺	宋江智取潤州城
24	97	盧俊義分兵宣州道	宋公明大戰毗陵郡
	98	寧海軍宋江弔孝	湧金門張順歸神
	99	張順魂捉方天定	宋江智取寧海軍
25	100	盧俊義分兵歙州道	宋公明大戰烏龍嶺
	101	睦州城箭射鄧元覺	烏龍嶺神助宋公明
	102	魯智深杭州坐化	宋公明衣錦還鄉
	103	宋公明神聚蓼兒洼	徽宗帝夢遊梁山泊

後記

　　此文成於1986年春夏之間，隨即交《水滸爭鳴》，作為第 6 期的稿件。豈料該號至今仍問世無期，只好在此先發表了。

補記

　　本集排印期間，《水滸爭鳴》的編輯告謂，該刊第 6 期仍未能發排，故轉交此文去《湖北大學學報》（哲學社會科學），安排刊於1992 年 1 期（1992年 1 月）。

水滸書首資料六種(外一種)

—— 兼論編輯資料集諸問題

　　舊版說部的序跋，包括讀法發凡之屬，固不乏陳陳相因，無聊膚淺之作，　對於探求昔日小說評價的景況，　作者編者的立場和處理手法，　讀者的理解和好惡，　本事的演易，　版本的因承，　甚至出版的數量，傳播的遠近，若不純以今人標準立論，往往爲不容忽視的原始資料。這種材料的重要性，近來漸爲研究者所認識，取以分析者有之，彙以成書者有之，都是開闢新門徑，擴大研究領域的可喜現象。

　　近見曾祖蔭等編《中國歷代小說序跋選注》（武漢: 長江文藝出版社，1982年），可說是這種輯集工作的嘗試。大連圖書館所編《明清小說序跋選》（瀋陽: 春風文藝出版社，1983年），收館藏孤本珍本所見序跋，尤爲特色。出版不久的黃霖、韓同文編《中國歷代小說論著選》（南昌: 江西人民出版社，1982年），雖僅見上册，已是豐備異常，目不暇給。這幾部綜合性的彙刊，確是一個很好的開端。

　　在個別小說來說，《水滸》序言的輯存工作，比其他小說做得齊備。這自然和《水滸》的先天條件有關。《水滸》版本數目的繁雜，不是一般小說可以比擬的，而且各版多有序言（自愧孤聞，跋文尚未見），不似早期《紅樓》本子的以無序跋的鈔本爲主。

　　《水滸》序文的輯集，始自復旦大學哲學系中文系等單位在1975年末所編的《水滸評論資料》（1976年）。這是急就章式的應景刊物，資料以今爲主，以古爲副，幸而古本序文尚算頗齊。這類資料彙集的大備，仍得待馬蹄疾的《水滸資料彙編》（北京: 中華書局，1977年）①。

① 此書初版不發售海外，承錢鍾書先生代覓一册，特此致感。

此書所收資料，原已不錯，後復最1980年增訂本(亦中華書局所刊)，全書增出近半，收錄的序文亦添不少。該書增訂本出版以前，有南京大學中文系編的《水滸研究資料》（南京：南京大學中文系資料室，1980年）；出版以後，有朱一玄（1912-）、劉毓忱編的《水滸傳資料匯編》（天津：百花文藝出版社，1981年）。

　　幾書所集序文，仍以馬輯爲最備。南大者僅比馬輯初版多一種，朱劉者則顯有移錄增訂本之跡（詳後）。至於復旦者，因屬首創，又是應一時之急的產品，自難苛求。此書不見於其他各本者，僅所收評林本序文同葉上欄的附釋。嚴格來說，這不能算是獨立的一項（雖然在收錄此序時，該列之爲附錄）。如果不算這一欵，則四本資料集所收序文，不見馬輯兩版者，僅南大輯本所錄的水竹散人題記（見該書，頁62-63）。

　　近年因擬全面性整理《水滸》，希望把現存的重要版本悉數集齊，以免重蹈時人不管各本間分歧的嚴重程度，僅執一二本子，便侈言放論之失。在這過程當中，得若干中土久佚之本，殘本全本都有，殘本多欠書首，自缺序文，全本則俱有序言，其中可補各資料集所無者，或有而漏略過甚者，共六種。另有一種（評林本序），各資料集均收，因來源相同，缺字亦同。今另據一本，缺字全補了，但零丁數字，不易注明，該序又不長，不若抄錄全篇，前缺諸字旁加符號以資識別，算爲附錄。這七種的情形，分別說明如下。

　　《水滸》諸本有簡繁之別，是常識性的事，不必多說。繁本整齊，在金聖嘆刪本以前的一律是百回本；簡本分歧，各本之間卷數和回數差異很大。簡本當中，有一種不分回的三十卷本，現知存兩本，卽文杏堂本（在巴黎，書影見本集插圖５）和映雪草堂本（在東京，書影見本集插圖６），兩者之異同情形尚是未知數。孫楷第僅見過東京的，而從未看過巴黎的，更不要說兩本併着來讀，卻指兩者基本相同[2]，不論所言是否與事實符合，這種大膽假設是不合法度的。文杏

------

②　孫楷第，《中國通俗小說書目》（1957年，修訂本），頁186。是書1933年初版，此條所言亦同。

堂本有五湖老人序，劉修業曾錄存③，以後各資料集者均自此出。映雪草堂本前亦有五湖老人序，但文字較簡，今迻錄全文，以供讀者比照。

　　屬於百十五回簡本系統的黎光堂本（書影見本集插圖23）和劉興我本（書影見本集插圖24）可用來說明治《水滸》者對簡本知識的貧乏。孫楷第的書目未收劉興我本，而說黎光堂本已佚④。近來偶有談及此兩本的，用的只是間接資料⑤和道聽塗說⑥。起碼就中文報導而

③　見劉修業，《古典小說戲曲叢考》（1958年），頁84-85。
④　《中國通俗小說書目》，頁185。是書初版，此條全同。
⑤　如馬蹄疾，〈富沙劉興我刻本《水滸傳》〉，《文匯報》（上海），1962年1月23日；官桂銓，〈《水滸傳》的黎光堂本與劉興我本及其他〉，《文獻》，11期（1982年3月），頁263-264。大家主要的根據不過是薄井恭一（1917-），《明清插圖本圖錄》（東京：薄井文庫，1947年）內的一張書影和幾句正誤參半的話。
⑥　聶紺弩，〈論《水滸》的繁本和簡本〉，《中華文史論叢》，1980年2期（1980年5月），頁237-293，是一篇很重要的研究報告，資料和見解都夠份量，但仍免不了受害於道聽塗說。如未在文內指出牛津殘葉（這是我的名詞，聶先生稱之爲單頁本）庋藏何處，到收此文入其《中國古典小說論集》（1981年）時，卻補云「據說原件藏巴黎國家圖書館」（頁157），始終點不出這是牛津大學之物。文內處理黎光堂本和劉興我本的情形亦一樣。原文在引述神山閏次對黎光堂本的簡介後，接着說「據王古魯談，此書現藏日本內閣文庫，其版式行款與劉興我本相同」（頁249）。這顯然指王古魯對聶先生所說的話。待此文收入集子時，王古魯云云，卻變成錄自孫楷第《中國通俗小說書目》的引文，還用不同字體排出（頁153）！孫氏書目前後兩版那有這幾句話！集內所收的改訂本，在隨着講完劉興我本後又重複王古魯這幾句話，卻不再說是引自孫目了（頁154），前後矛盾與不協調如此。劉興我本的處理亦如此。原文僅略引薄井恭一的意見（參注⑤），收入集子時則薄井的話引全一點，復增引長澤規矩也〈家藏中國小說書目〉文內對劉興我本的介紹。已刊的文章，收入專集時補充新資料，原是應該的，但當交代清楚，以免擾亂讀者耳目。這是技術問題，不算太重要。長澤規矩也既說「家藏」，爲何不點明劉興我本正是長澤之物？聶先生不知道長澤文原刊何處，按該文見《書誌學》，8卷5期（1937年5月）。長澤大部分的小說戲曲藏品，包括這部劉興我本，早在五十年代已賣給其母校東京大學。還有，我很懷疑所謂「王古魯談」這幾句話的來歷，和黎光堂本「版式行款與劉興我本相同」這判斷是怎樣來的，內閣文庫所藏中國小說遠在二、三十年代就有幾種頗詳細的紀錄，王古魯本人又是相當熟悉該處藏書情形的，在那裏不知拍攝過多少書影，怎會胡指黎光堂本在內閣文庫？王古魯在日本看書的單子，先後用不同形式登過多次（見正文講評林本部分），那裏有黎光堂本和劉興我本的記載？王古魯十九未見過此二書。況且，二書版式雖同（都是上圖下文的嵌圖本），行款卻異，半葉排滿的字數也就不同。

言，尚未見有正確反映這兩本的實際情況的。

　　鄭振鐸、孫楷第諸前輩考研《水滸》版本，篳路藍縷，功不可
沒，但若奉他們開創時的一知半解爲金科玉律，便是固步自封之舉。
試看時至今日大家仍爭相抄引這類半世紀前初探性的資料，過時與誤
漏的嚴重程度，不難想見。以黎光堂本和劉興我本爲例，兩者完好無
缺，亦不如誤傳之在內閣文庫⑦，而是分別庋藏在東京大學不同的機
構內。黎光堂本還另有一套改版重印本在東柏林⑧。黎光堂本和劉興
我本的詳細情形，當另文介紹，茲先將二書的序文抄錄於後，以備讀
者參考。

　　東柏林尚有一部未見著錄的百十五回簡本，前有李漁（1610-1680）
序⑨。正如隨着要談的鍾批本序一樣，李序顯爲僞託。但仍不妨以李
漁序本（書影見本集插圖25）作爲此本之記號。此本與黎光堂本、劉
興我本，三者之間諒有密切關係。實況如何，容另文考釋。現在先向
大家提供這篇序文。

　　以上諸本都是簡本。繁本《水滸》中國失佚而得求諸國外者比簡
本爲少，其中以鍾批本（書影見本集插圖20）較爲著名，存本巴黎、
京都（菊池長三郎舊藏）、東京（神山閏次舊物）都有。巴黎本鄭振
鐸在二十年代已有簡介，後來劉修業也做過校勘。全面性的研究復有

---

⑦　見上注⑥。

⑧　東柏林有一套出自黎光堂本系統的本子是莫斯科蘇聯科學院教授李福清
　　（Boris Riftin, 1932-）和我不約而同的發現。李福清見過原物，並拍
　　了若干書影，那大概是四、五年前之事。我前年年底託德國友人杜平
　　根大學（Universität Tubingen）教授傅克樂（Klaus Flessel）代詢德
　　國幾間主要圖書館所藏《水滸》的情形，他在去春查出此本及其他一種
　　罕本《水滸》（就是隨後談到的李漁序本）和兩本《三國》俱在東柏
　　林。後來我和李福清交換了這消息，並分別通過不同門徑去拍攝這批資
　　料。以時間而論，發現東柏林這部源出黎光堂本的本子的功勞是應該歸
　　李福清的。雖然東京和東柏林兩本的序文毫無分別，此文抄錄的黎光堂
　　本序文則根據東京的本子，因爲東柏林有者爲興賢堂後出的重印本。

⑨　此本的發現經過和東柏林的親賢堂翻黎光堂本一樣，見注⑧，故發現之
　　功亦屬李福清。

白木直也的幾篇長文和專書⑩。在《水滸》簡繁諸本鮮有人作各別研究的情形下，這已是相當特殊的了。只是該書的鍾伯敬（鍾惺，1574-1624）序（僞託）始終未見有人整篇刊載，卽使在白木直也的各篇漫長報告內，亦僅選錄幾句而已。

馬輯增訂本（初版無此序）和朱劉輯本均收鍾批本序本，同樣莫名其妙。在說明這篇序文時，馬輯指其殘缺，並謂「據劉修業顯微膠卷輯錄，全序共十一面，現僅存三面」，言之鑿鑿，然後錄出百三十言（頁8）。朱劉輯本說是節錄，所提供的正是馬輯所載的百三十言，僅一字小異⑪，復說是「據劉修業藏顯微膠卷輯錄」（頁226）。多了一「藏」字，意義卻大變，好像劉女士手上尙有膠卷似的。試想這種消息若不够準確，以後找資料的人會白走多少寃枉路？朱劉輯本後出，如馬輯失實而朱劉所錯正同，收錄範圍亦同，則朱劉之書必然是照抄不誤的百鳥歸巢貨色。要是劉修業眞有膠卷在手，理應設法核對原物，不該貪多務得，隨便抄襲，始爲嚴正的治學態度。

實際上，劉修業並沒有拍過鍾批本的膠卷。王重民、劉修業夫婦在法國是三十年代中晚期之事⑫，那時還沒有攝製古書膠卷那套玩意！要拍的話，只有像王古魯多年後在日本影小說珍本一樣，拍成一張張的普通黑白照片。鍾批本是厚書，卽使當時在技術上能攝製黑白

---

⑩　白木直也，〈鍾伯敬批評四知館刊本研究序說：《水滸傳》諸本の研究〉，《東方學》，42期（1971年8月），頁98-113；〈鍾伯敬批評四知館刊本の研究：《水滸傳》諸本の研究〉，《日本中國學會報》，23期（1971年10月），頁171-185；〈鍾伯敬批評四知館刊本の研究：李卓吾批評容與堂刊本との關係〉，《廣島大學文學部紀要》，31卷1期（1972年1月），頁116-148。其後，白木直也合此三文，再配上別的研究文字，刊爲一書，《江戶期佚名氏水滸刊本品類隨見抄之の研究》（廣島：自印本，1972年）。

⑪　「令哈赤猖獗遼東」句（見序文全錄），朱劉輯本對，馬輯「令」字作「今」字，誤。

⑫　他們旅法的日期，見王重民，《敦煌古籍敍錄》（北京：商務印書館，1958年）序言；中國社會科學院近代史研究所編，《胡適往來書信選》（北京：中華書局，1979年），中册，頁408；〈王重民先生簡介〉，《人物》，1981年4期（1981年7月），頁125；王重民，《中國善本書提要》（上海：上海古籍出版社，1983年）各篇序跋。

書影，劉修業亦未必有拍製全書的經濟能力。當日劉只是把巴黎的四知館補刊鍾批本校在李玄伯排印本上⑬， 以後鄭振鐸主持 《 水滸全傳》編校事，劉便以校本捐公。此事鄭振鐸在《水滸全傳》序內不是早有明確的交代嗎？劉修業自己說得更清楚： 「把明四知館刻的《鍾伯敬評忠義水滸傳》一百卷，校在李玄伯印本上。當作家出版社校印《水滸全傳》時，我已貢獻出來作校勘資料」⑭，那裏來的膠卷？更不要說藏了。

再者，鍾批本的序文旣不殘又不缺，葉葉完整。起碼巴黎和京都所有的兩本均如此。這裏就把全篇序文抄出來，以饗讀者⑮。

鍾批本序文後， 尙有〈《水滸傳》 人品評〉 九則， 以前未見轉載，茲併抄存，作爲卷首資料一種。

在此收爲附錄的余象斗評林本序，亦有待說明的地方。這本簡本《水滸》， 現在大家用的是王古魯攝自日本日光輪王寺，五十年代捐

---

⑬　李玄伯（李宗侗， 1895-1974）於 1925 年據其族侄所購得的新安百回刻本排印爲《百回本水滸》（北平: 自印本）。該新安本原物至今不知流落何處。

⑭　見《古典小說戲曲叢考》的書首說明。另外，鄭校《水滸全傳》第一回的第一條注談到劉修業把四知館補刊鍾批本校在李玄伯排印本時，不正這樣說: 「惜對校過於簡略。……惜未記出各回格式， ……又四知館本原首有鍾惺序，次有回目及〈《水滸傳》人品評〉，傳校本都未迻錄，今亦從缺」。鄭振鐸這幾句話（或者出自編輯委員會另一成員之手，但鄭旣總其事，必過目，應負責），未免過苛，責別人不做自己先有機會而未做的事。鄭在巴黎讀四知館補刊本，起碼比劉修業早上七、八年。他在巴黎一住就是好幾個月，看書外，鮮有要事，怎樣也不能說匆忙（見他在1934年刊行的《歐行日記》）。當時又是留心館中諸《水滸》罕本，縱然不做版本異同的校錄工作， 連序文、 目錄之類基本資料都不抄下來， 總是欠解。這樣， 鄭、劉不錄（劉諒僅抄下序文首尾幾句，這就是馬輯補訂本和朱劉輯本的來源），而後來編資料集的又連上述現成得很的參考資料也不仔細翻一下，結果憑空製造出這種根本不存在的問題，還轉抄散播開去。

⑮　在整理過程當中，陳熙中兄已先我着鞭，把他在巴黎抄錄的鍾批本序刊印出來；見曦鍾，〈關於《鍾伯敬先生批評水滸忠義傳》〉，《文獻》，15期（1983年3月），頁42-52。此期遲至 1984 年初夏始刊行，原來下文說的〈《水滸傳》人品評〉，陳兄文內已收，拙文已不便更動，僅於此說明。

公後複製發售的本子。此本甚完整，碰巧序文部分有小瑕，差了幾字，以致四本資料集同樣說不出那幾個字來。但輪王寺者不是存世孤本，所缺文字，並非沒有給補上的可能。內閣文庫另有一套，可惜首七卷全缺⑯，補不了這些缺字。幸虧歐洲也原有一套，雖早殘破，殘存部分今起碼分散三處：梵帝崗、巴勒天拿，和維也納。梵帝崗的幸存序文最後兩個半葉，那幾個字俱在，一下子便補上了。

在收錄這篇評林本序文時，朱劉輯本又製造出一意外的笑話來。影印本根據輪王寺本，首行〈題《水滸傳》敍〉下有「天海藏」三字（見本集揷圖21）。此本既是余象斗所刊，書首序文復不署名，自出余之手。這在《水滸》研究行頭內尚未見有異議。馬輯前後兩版和南大輯本均以余象斗為序文作者，獨朱劉輯本說作者是天海藏。大家用的影印本，墨色看不出分別，但天海藏三字的大小和書法，顯和那篇寫刻序文者不同，在未查明眞相以前，怎能貿然指之為作者？

「天海藏」其實就是天海藏書！天海卽天海大僧正(1536-1643)，又稱慈眼大師，俗名蘆名兵太郎，是日本江戶時代天臺宗第五十三世貫主（最高僧職），德川幕府樞機的黑衣宰相，是日本史上有數的風雲人物。輪王寺的古籍多是他的藏品，今藏書處且以慈眼堂為名。這種資料不難得自一般日本歷史人名辭典。可是這點庋藏來源的記載，到了朱劉二君之手，竟搖身一變成了序文的作者⑰！

天海藏品在本子上多有注明，「天海藏」三字，有時用圖章，有時書寫，寫的有好幾種不同寫法。評林本序文前「天海藏」三字的寫法，和該寺所藏慶長十四年（卽明神宗萬曆三十七年，公元1609）刊本《般若心經注解》書首者相同（見本集揷圖22）。

天海藏書的情形，除一般日文工具書外，特撰的參考資料也不少。長澤規矩也《日光山天海藏主要古書解題》（1966年）⑱，書後

---

⑯　見《改訂內閣文庫漢籍分類目錄》（東京：內閣文庫，1971年）頁440。

⑰　復旦輯本亦犯此失，見該書頁110。

⑱　長澤規矩也此書記錄日光輪王寺所藏中日韓版善本，各款均有解題。此書以前，他還出過一冊《日光山慈眼堂書庫現存漢籍分類目錄》（1961年），則純是書目性質，僅收佛典以外的漢籍，且無解題。

的附錄〈天海藏について〉（頁120-124），解釋這批藏書的來歷和性
質頗詳。

　　要知道這些消息，不必非靠日文書刊不可。王古魯收入1957年版
《初刻拍案驚奇》為附錄的〈稗海一勺錄〉，便有很清楚的解釋。說
得更詳細點，王氏這篇講在東瀛尋找和拍攝小說珍本經過的文章，基
本資料在四十年代已前後用不同方式發表過好幾次，計有：〈攝取日
本所藏中國舊刻小說書影經過誌略〉，《中日文化》，1卷5期（1941
年9月），頁157-163；〈日本所藏的中國舊刻小說戲曲〉，《華北
作家月報》，8期（1943年8月），40-43頁；〈日光訪書記〉，《風
雨談》，9期（1944年2月），88-98頁；〈稗海一勺錄〉，《中
央日報》（南京），1948年6月28日。由此至朱劉二君誤天海藏
為人名，整整過了三十多四十年。四十年代的期刊和報紙自然不易
見，要找兩三種來參考尚不致太難，起碼王古魯編印的《初刻拍案驚
奇》該是普通得很的書。治學不講求積聚前人所獲（更用不着說博通
中外），再益以新知以謀光大，反而往後倒退，真是可悲復可憐的現
象。

　　治《水滸》演變源流，版本因承，本已是够繁雜之事，我們最不
需要的就是無中生有的干擾。余嘉錫（1883-1955）《宋江三十六人考
實》（北京：作家出版社，1955年）序，評清人考證《水滸》諸作為
「因襲前人者十恒八九，鮮所訂正，甚且治絲而棻，轉增訛謬」（頁
5），正好用來形容這種現象。資料集的用途在助人而非設陷阱，不
能核對原物時，應採寧缺勿濫的態度，以防謬種流傳，建設反成破
壞，亦即西諺「務少得多」（Less is more）之義。像朱劉輯本這類左
併右湊，亂點鴛鴦譜的資料集，以後還是少出為妙。

　　　　　　　　　　　　　　　　　　　　　1984年5月20日

各款書首資料⑲

（一）映雪草堂本（《水滸全傳》）

水滸全傳序

夫天地間，眞人不易得，而眞書亦不易數覯。有眞人，而後有眞事業，眞文章。然其人不必文周孔孟也，卽好勇鬪狠之輩，皆含眞氣。其書亦不必二典三謨也，卽嬉笑怒駡，皆成眞境。故眞莫眞於孩提之性，又莫眞於山川之流峙。惟能得而至者，皆天下有心漢。計斯時，不無以干戈始，以玉帛終。不謂眞相知，廼從干戈中得耶? 試稽傳中諸人，其鬚眉眼耳，畢肖寫照，較今日之僞道學、假名士，而不羞東郭者，萬萬迥別，而謂此輩可易及乎! 茲余於梁山公明等，不勝神往，其血性忠義，而其人足不朽。及讀上下相關處，而冠冕其胸，英雄其膽，又狂豪憤烈其肝腸。嗟嗟，恨不親炙公明輩，猶喜神遇公明輩也。今天下何人不擬道學，不矜節俠，久之而借公濟私，竟成醲醨世界，汙衊乾坤。此輩血性忠義何在，必其人直未嘗讀《水滸》者也，何其悲哉! 雖然，與其爲僞道學、假名節，不若尚友公明輩矣，不若羹牆梁山傳矣。且人罳人煞人，天地之生奇才不數。古今之成異集亦不數。甚矣此傳須慧心人參讀也。余近歲得《水滸》正本，較舊刻頗精，而映合處倍有深情。因與同社商其丹鉛，佐以評語，洵名山久藏之書，當與宇宙共之，則余詮次之功，庶不負耐庵、貫中良意。如曰什襲亦可，則罪同懷璧。

五湖老人題於蓮子峰小曼陀精舍

老　五 人　湖	蓮 峯子
（陰文）	（陽文）

---

⑲ 以下各件，恆有錯誤（如鍾批本序，方臘作「方獵」），不論顯明與否，悉照原文錄出，不更改。

（二）藜光堂本（《新刻全像忠義水滸誌傳》）

水滸忠義傳敍

昔先王廣勵學宮，而率作天下士也。其忠義在人心，不特一時爲然，至千百萬世莫不然；不特盛時爲然，卽式微板蕩莫不然；不特朝端之士爲然，卽田間澤畔，極之綠林笑聚之場，至無聊藉之徒，其殺身成仁，舍生取義，忠義之概，猶凜凜而不衰。噫！此《水滸》所以忠義名傳也。夫忠義何以歸於《水滸》也？觀其身居水滸之中，心在朝廷之上，一意招安，顯圖報効。至於犯大難，成大功，卒羅大寃，報毒自縊，同死而不辭，則謂宋公明眞有智有力，有忠有義之人可也。此一百單八人者，同功同過，同死同生，其有智有力，有忠有義，投之宋公明其人可也。忠義名傳，詎曰不宜。至若其中敍事之變幻，慕寫之曲盡，戰法陣圖、人情土俗、百工技藝，無所不具，則薪傳也。雖藝林小說，其益後來之見聞於不殆，術先王之教澤於無窮，豈淺淺哉。

溫陵雲明鄭大郁題

雲明之印	鄭大郁印
（陽文）	（陰文）

（三）劉興我本（《新刻全像水滸傳》）

敍水滸忠義志傳

不佞癖嗜諸傳記。忽一日閱《水滸傳》，不覺躍然起，而憤然慨。躍者何？蓋以一刀筆保義，率三十五人，虎視耽耽，借忠義兩字以震世，其俠力殆有大過人者。獨憤其弄兵潢池，伏戎莽芥，而勿克奮庸，以熙帝之載耳。響令蚤克致身王室，力扶宋祚之傾，則亦麟臺雲閣之選也。然究能以討方臘等贖愆，卒不媿忠義兩字，則亦世間奇男

子也。烏得目之以寇。

戊辰長至日清涼汪子深書于巢雲山房

深	汪
印	子

（陽文）

（四）李漁序本（《鼎鐫全像水滸忠義志傳》）

水滸傳序

凡稱丈夫，各有鬚眉，誰是男婦，不具血性。而施耐庵、羅貫中借筆墨報出一部《水滸傳》，把千古忠義歸之《水滸》。而《水滸》中最奇絕者，有不在宋江逢人便拜，翹然爲梁山泊之主，而在鋤奸劈邪，殺惡人如麻，吐世人不平之氣於一百單八人。所以世人看傳，無不登覽《水滸》。其中情狀逼眞，笑語欲活，所以與《三國誌》並垂勿朽也。坊刻多本，非失之太繁，則失之過略。予因細加考訂，其間關鎖出落，一一條述，更閱者展卷恍如面覿，咸生鼓舞。爰援之梓，以公同好云。

外史李漁笠翁書於博古齋

李	漁
之	印

（陰文）

翁	笠

（陽文）

（五）鍾批本（《鍾伯敬先生批評水滸忠義傳》）

水滸傳序

漢家擅一代奇絕文字，當推《史記》。一部《史記》中，極奇絕者，卻不在帝紀、年表、八書、諸列傳，只在貨殖、滑稽、游俠、刺客四作。政唯世先有殖貨夛夫，走死地如鶩，甘作秦宮夜狗，函谷曉雞。遷乃提游俠高義，笑殺此輩。已又覺此輩只扮一場優倡戲局，爲淳于贅壻拍案揶揄。恨無荊、聶、舞陽兒，挾徐夫人匕，以洩其憤者，蓋

寓言此，託意彼，玩世醜世，復用悲世，寸寸熱腸。幾乎欲笑不能，
欲哭不能矣。脈脈此情誰識？越數百年？乃又劈空有一部《水滸傳》，
寄嘯傲於濁世云。而《水滸》中極奇絕者，又不在逢人便拜，翹然爲
梁山泊之主，而在鋤奸斬淫，殺惡人如麻，吐世人不平之氣於一百單
八人。摠之，世人先有《水滸傳》中幾番行徑，然後施耐庵、羅貫中
借筆墨拈出，與遷史同千古之恨。世上先有淫婦人，然後以楊雄之
妻、武松之嫂實之；世上先有馬泊六，然後以王婆實之；世上先有家
奴與主母通，然後以盧俊義之賈氏、李固實之。若管營，若差撥，若
董超，若薛霸，若富安，若陸謙，情狀逼眞，笑語欲活。非世人先有
是事，卽令文人面壁九年，嘔血十石，安能有此筆舌耶？予謂《水
滸傳》明是畫出一幅英雄面孔，裝成個漆城葬馬，笑譚堪與貨殖、
刺客諸醜世語，並垂勿朽也。李卓吾復恐讀者草草看過，又爲點定，
作藝林一段佳話，仍以魯智深臨化數言揭內典之精微，喚醒一世沉
夢。若羅眞人、淸道人、戴院長，又極道家變幻，爲渡世津筏，撐巨
睡不醒漢於彼岸乎！偉哉宋公明，亂世奸雄，治世能臣，收方獵如拉
朽摧枯，能已見於其下矣。最奇者，氣岸如黑旋風，靴尖可踢倒一
世。惜今代無此人，何怪卓吾氏以《水滸》爲絕世奇文也者，非其文
奇，其人奇耳。噫！世無李逵、吳用，令哈赤猖獗遼東。每誦秋風思
猛士，爲之狂呼叫絕。安得張、韓、岳、劉五六輩，掃清遼蜀妖氛，
剪滅而後朝食也。

　　　　　　　　　　　　　　　　　　楚景凌伯敬鍾惺題

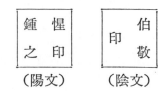

　　　　　　　　　　　　（陽文）　　　（陰文）

（六）鍾批本

水滸傳人品評

宋江

宋江逢人便拜，見人便哭。每自稱曰：「小吏小吏」，或招曰：「罪人罪人」。的是個假道學，眞強盜也。然終以此收拾人心，亦非無用者。當時若使之爲相，雖不敢曰休休一個臣，亦必能以人事君，有可觀者矣。

吳用

吳用一味權謀，全身奸詐，佛性到此，漸滅殆盡。倘能置之帷幄之中，似亦可與陳平諸人對壘。

李逵

李逵者，梁山泊第一尊活佛也，爲善爲惡，彼俱無意。宋江用之，便只知有宋江而已，無成心也，無執念也。藉使道君皇帝能用之，我知其不爲蔡京、高俅、童貫、楊戩矣。

盧俊義

俊義，山東富室，人稱三絕，惟知丘園自貴，那肯淪落江湖。卻被大圓和尙一薦，吳用便平白賺人做賊，性命幾不能保。噫！吳用至此，計太毒矣，可恨，可恨。

魯智深

智深性急，頗像李逵，卻比李逵更有許多蘊藉處。觀其打死鄭屠，計退周通，乃粗之細，眞世上大有心人。或謂其收拾器皿一節，便非丈夫所爲。余謂率性所爲，不拘小節，此正是後來成佛作祖處。如今人假慈悲者，畢竟濟得甚事。摠之，周通東手劫來西手去，何妨之有，何妨之有。

林沖

林沖儀表逞異，膂力過人，實虎賁之斜斜者。際遇名世，可方彭季之儔，卒落權奸之穽，逃入水泊。當日倘用之禦金遼，焉知不為干城心腹乎！

扈三娘

扈三娘二八娉婷，巾幗丈夫，其英勇可比錦繖夫人，人共賞之。既字祝彪，可稱同調。祝彪之命薄，竟不能婦三娘，而為賊人所得，人共惜之。然紅顏薄命，自古有之。朱淑真才好而遇窮，李夫人被遇而短世界，真大缺陷也。

楊雄、石秀

石秀之遇楊雄，如波投水。楊雄之結石秀，如漆付膠。從來路見不平者多，拔刀相助者少。世人至親兄弟，至切交情，尚有反面無情者，怎似楊雄、石秀，萍水一逢，便成肝膽之交。楊雄畢竟得他之力。如楊雄者不難，如石秀者，世不易得。石秀不止一武夫，觀其委婉詳悉，的是智勇之士。

海闍黎、潘巧雲

闍黎色中餓鬼，巧雲花陣魔頭，兩下正逢敵手，極恣歡悅，孽報相隨，終遭慘禍。從來佛法淫戒最重，歷看僧道貪淫，皆收無上苦報，而僧人每每犯之，杳不知戒何也。今後僧家貪淫者，且勿看經，請看《水滸傳》。

附錄：評林本

題水滸傳敍

先儒謂盡心之謂忠，心制事宜之謂義。愚因曰：盡心於為國之謂忠，事宜在濟民之謂義。若宋江等其諸忠者乎？當是時，宋德衰微，乾綱

不攬，官箴失措，下民咨咨，山谷嗷嗷，英雄豪傑，憤國治之不平，
憫民庶之失所，乃崛起山東，烏合雲從，據水滸之險以為依，換汗大
號，其勢吞天浴日，奔鯨駭駕，可謂渙奔其杌，渙有丘矣。不知者
曰：此民之賊也，國之蠹也。噫！不然也，彼蓋強者鋤之，弱者扶
之，富者削之，貧者周之，寃屈者起而伸之，囚困者斧而出之。原其
心雖未必為仁者博施濟眾，按其行事之迹，可謂桓文仗義，並軌君
子。玩之者當略彼脫監之非，取其乎濟之是。則豪強者儦懼，貧困者
生全，而奸官斂手。百姓曰：有為國之忠！有濟民之義！昔人謂《春
秋》者，史外傳心之要典；愚則謂此傳者，紀外敍事之要覽也。豈可
曰此非聖經，此非賢傳，而可蔑之哉！謹序。
萬歷甲午歲臘月吉旦
序畢。

——《中國文藝思想史論叢》，3 期（1988年6月）

後記

　　此文因刊載的學報脫期殆甚，自寄稿至刊出逾四年，加上中國大
陸印售學報恆頗後於注明之日期，致使有未及徵引可用資料之嫌。其
中最明顯者為映雪草堂本的五湖老人序已見劉世德，〈談《水滸傳》
映雪草堂刊本的概況、序文和標目〉，《水滸爭鳴》，3 期（1984年
1 月），頁 140-141（全文頗長，頁 134-162）。其實此期因印刷問
題，不單嚴重脫期，且很少發售。待我看到時，此文已寄出。

　　劉世德發表上述一文後，另寫了兩文討論映雪草堂本，均紮實可
喜：〈《水滸傳》映雪草堂刊本：簡本和刪節本〉，《水滸爭鳴》，
4 期（1985 年 7 月），頁 154-175；〈談《水滸傳》映雪草堂刊本的
底本〉，《明清小說研究》，2 期（1985年12月），頁95-113。

　　劉世德另有一文，〈鍾批本《水滸傳》的刊行年代和版本問題〉，
《文獻》，1989 年 2 期（1989 年 4 月），頁32-49，同樣特見功力，

也論及不少與此文有關的問題。

　　此文所講之事還有一項可補充。 第二段提到的黃霖、 韓同文編
《中國歷代小說論著選》， 下册已於1985年刊行，出版者仍舊。

嵌圖本水滸傳四種簡介

　　民初《水滸》研究甫成專學，論者卽留意到數目繁雜的《水滸》版本有簡繁之別，並同意簡本繁本關係的探討可以幫助我們理解《水滸》的成長。其後數十年間，簡刪自繁，或繁增自簡的討論遂成爲研究《水滸》演易過程的重心。時至今日，這種討論基本上仍是各持所說，無法突破。主要原因可以歸納爲研究方法之誤陋和研究資料之貧乏。

　　爭辯簡本繁本之孰先孰後，等於說，若按文字之異同，《水滸》版本只有兩類，也等於說，《水滸》的演變僅經過一次單方向的改易（不管是增還是刪），實在過度把問題簡化了。繁本之間，分別不大，可勉強視爲一單位。簡本之間卻不同，僅就文字之別便至少可分爲四種，其間文字簡繁差異極大（換言之，有簡本的繁本，有簡本的簡本）。簡本之間既然文字如此分歧，各本的個別來歷和相互關係這種基本問題卻幾乎不曾有人問津，把研究焦點集中在簡增自繁或繁刪自簡，根本就發錯問題。這種方法上的錯誤使研究者忽略了簡繁諸本之間的關係可以是多元性的，循環交替的①。

　　研究方法上出這種毛病，部分是因爲簡本太罕見。繁本之間既然分別有限，只要不是用太差勁的坊本，影響不大。簡本種類多，卻存量少，有的更只有孤本，找來自是不易。因此以前討論簡本者，多數不過根據《漢宋奇書》之類的後期版本，以爲簡本就是如此，其以偏

---

① 　此段所說各事，參見馬幼垣，〈呼籲研究簡本《水滸》意見書〉，《水滸爭鳴》，3期（1984年1月），頁183-204（此文收入本集）。

概全，自是難免。

　　近年影印古籍之業昌盛，容與堂百回繁本就曾用不同形式複印過
好幾次（還有普及性的排印本）。簡本文辭拙陋，不是一般讀者所看
的書，也就沒有這樣幸運。民初以來，曾經以通行本形式刊行過的簡
本只有那本僅算是半本書的《征四寇》②。用影印方式複製發行的簡
本，除了評林本和《二刻英雄譜》③外，就僅得挿增甲本若干殘存部
分④，若不是印數少，便是定價昂，專家的需求尙未能滿足，現在才
加入研究行列的更不易有接觸的機會。至於其他種類繁多的簡本，用
者必需躬親逐款尋訪影副，捨此別無他途。種種複雜的原因使一般研
究者很難有機會引用多過兩三種簡本，資料貧乏，理解自然欠周。因
此，參考豐備，態度客觀的簡本研究，並不能說已經開始。

　　簡本研究旣得從頭做起（繁本研究紮實程度也有限），個別版本
的考察該是最基本的工作。本文介紹一組相當特別，較其他簡本尤爲
罕見的簡本，算是這種基本工作的一部分。

　　簡本可以用不同的尺度加以分類，版式是可用的尺度之一。明刻
簡本《水滸》不單幾盡爲閩刻，且多出自建陽一地。明代閩刻小說用
上圖下文的形式十分普遍。這種版式的主要特徵爲：半葉一圖，圖佔
版面上層約四分之一，圖左右兩旁有標題（一句分兩邊排），設計上
仍是圖的一部分，整個組合佔滿版框上層的位置，圖下爲文字，約佔
版面四分之三。個種版式很常見，例子不難找，以簡本《水滸》而
言，評林本和挿增甲本均屬此類。

---

②　《征四寇》截取百十五回簡本排座次以後章回，充作獨立書籍刊行。此
　　書之現代刊本以1924年亞東圖書館（上海）所刊內含陳忱（1614-1666以
　　後）《水滸後傳》之《水滸續集》爲最著。上海各地亦間有各種坊間排
　　印本，但五十年代以來曾經刊印過此書的恐怕僅得臺中瑞成書局一家，
　　而民初所印的至今多已紙質變脆，不易傳閱。

③　1980年同朋舍（京都）影印之《二刻英雄譜》爲該書局所刊行之《京都
　　大學漢籍善本叢書》的一部分。

④　挿增甲本一部分的影印刊行，見馬幼垣，〈影印兩種明代小說珍本序〉，
　　《水滸爭鳴》，2期（1983年8月），頁132-138（此文收入本集）。

　　上圖下文的變式不止一種。插增乙本雖然有圖的半葉和普通的上
圖下文一樣，但隔半葉始有一圖，相當不尋常⑤，便是上圖下文變式
的一例。

　　本文介紹的一組本子代表上圖下文的另一種變式。這些本子雖然
仍是半葉一圖，但圖並不佔盡上層橫面的全部位置，因圖的兩旁各有
兩三行和版框高度一樣的文字，圖下當然全是文字，而標題排在圖的
上面（版框之外）。這樣一來，圖的四周全是文字，如嵌其中，因此
杜撰「嵌圖本」這名詞來形容這些本子。

　　嵌圖本版式特別，然非《水滸》所專有，其他小說（如《三國演
義》⑥）以及非小說的通俗讀物⑦也有。就《水滸》而言，所見嵌圖
本有四種（不計複印本），有全本，有殘本，分藏日本和德國。雖然
多數有零星而為人忽略的紀錄，但離書誌學上的基本要求頗遠。本文
的目標就是在彌補這個空隙。

　　我們不妨從這些書籍如何登上紀錄說起。

　　1930年3月，神山閏次在《斯文》雜誌刊文記述知見《水滸》諸
本⑧，主要根據他剛購入之袁無涯本內所附一張題名為〈《水滸》刊
本品類隨見抄之〉的說明。這張說明不知為何人所作，但這是《水

---

⑤　見馬幼垣，〈現存最早的簡本《水滸傳》：插增本的發現及其概況〉，
　　《中華文史論叢》，1985年3期（1985年9月），頁73-122（此文收入
　　本集）。

⑥　如大英圖書館所藏之黎光堂刊《新刻按鑑演義全像三國志傳》，見劉修
　　業，《古典小說戲曲叢考》（1958年），頁70，及柳存仁，《倫敦所見
　　中國小說書目提要》（1967年），頁248。又如東德魏瑪（Weimar）
　　邦立吐靈森圖書館（Thüringische Landesbibliothek）所藏之《二刻按
　　鑑演義全像三國英雄志傳》殘本，行款與前書不同，見 Walter Fuchs,
　　Chinesische und mandjurische Handschriften und seltene Drucke
　　(1966), Nr. 95, pp. 52-53.

⑦　如通俗類書《天梯日記故事》，見周蕪，《徽派版畫史論集》（合肥:
　　安徽人民出版社，1983年），頁54，圖版頁3。

⑧　神山閏次，〈《水滸傳》諸本〉，《斯文》，12卷3期（1930年3月），
　　頁46-50。此文出版後，旋即有漢譯，張梓生譯文見《小說月報》，21卷
　　5期（1930年5月），頁848-850。

滸》版本第一次有系統的紀錄，當無問題⑨，而神山一文也因而成爲
近世學者研究《水滸》版本的基礎。不久，孫楷第刊行《中國通俗小
說書目》（1933年），這本小說研究者必備的參考書講孫氏未見《水
滸》諸本，庋藏歐洲者外，多自此出。

　　其中孫楷第通過神山文錄自〈隨見抄之〉者，有黎光堂本一種，
正是本文要講的四種嵌圖本之一。〈隨見抄之〉對此本的介紹爲:

　　　　黎光堂本: 百十五回。溫大郁序，首有〈梁山轅門圖〉。每

　　　　頁本文中嵌出像，卷端云清源姚宗鎭國藩父編。刻與前（指

　　　　評林本）皆不下明萬曆，餘大約同京本（指評林本）⑩。

孫氏書目初版（頁265）著錄其爲《溫陵鄭大郁本水滸傳》， 並沿神
山之說謂此書已佚，又誤記書肆爲黎光堂。其後孫書在五十年代中期
和八十年代初曾修訂過兩次，此條卻一字不易。

　　這證明孫楷第始終不知道神山文發表後不久，石崎又造復有長文
講《水滸》版本，比神山文精詳多矣⑪。孫書初版時當然未及徵引石
崎，以後兩次修改，事隔數十年，便不能這樣說了。

　　石崎又造指出黎光堂本不僅尚存，還是公藏之物，就在東京大學
（當時稱爲東京帝國大學）的總圖書館。 這本舊爲明治文豪森鷗外
（1862-1922）所藏之書，現仍在該圖書館內⑫。石崎所記諸本當中，

---

⑨　此書現藏東京大學總圖書館（1935年2月神山閏次所捐贈，此事承埼玉
　　大學教授大塚秀高代爲查明），白木直也曾據以考論，撰爲《江戶期佚
　　名氏水滸刊本品類隨見抄之研究》（1972年）一書。江戶時期相當於
　　我國明末至清末。在這漫長的時間內，白木以爲〈隨見抄之〉的作者是
　　享保十三年（即清雍正六年，公元1728）以前之人，爲時相當早。

⑩　據注⑨所引白木直也書所附〈隨見抄之〉書影。

⑪　石崎又造，〈《水滸傳》の異本と其の國譯本〉，《圖書館雜誌》，
　　27卷1期（1933年1月），頁7-12; 27卷2期（1933年2月），頁34-
　　38; 27卷3期（1933年3月），頁61-64。

⑫　森鷗外藏書於1926年1月由其後人贈送給東京大學，見柳生四郎，〈鷗
　　外文庫と《武鑑》〉，《日本古書通信》，31卷1期（1966年1月），
　　頁1。這就是說，黎光堂本之歸東京大學所有爲孫楷第東瀛訪書前差不
　　多五年半之事。

黎光堂本講得最詳細。還開列部分回目，與百二十回本者併排⑬。

石崎文發表逾半世紀，孫楷第從未參考過，最近編《水滸書錄》的馬蹄疾亦未用過，結果講黎光堂本，仍用孫楷第的陳年消息⑭。治中國小說（戲曲亦如此），地域及政治帶來的局限性實在大，以致常見這種白走冤枉路之事。

除黎光堂本外，東京大學另有劉興我本，也是嵌圖本，亦同樣爲存世孤本⑮。此書孫楷第書目各版均未收。書爲長澤規矩也舊物（前曾爲千葉文庫藏品），早在三十年代已上紀錄，當時長澤定其爲崇禎間黎光堂本之翻刻⑯。長澤藏書生前已多歸東京大學東洋文化研究所，並由其親自編目，此書卽包括在內⑰，今仍藏館中⑱。

---

⑬　研究伊始之際，任何角度的版本比較都有建設性。以我們今日已有的認識來說，則不必再作這類目標不明確的比較。百二十回本爲繁簡合併本，黎光堂本爲簡本，文字上已不相配，況且百二十回本的田虎、王慶故事，情節因改寫而大異於簡本的這兩部分，僅比較回目，徒增誤解的可能。

⑭　馬蹄疾，《水滸書錄》（1986年），頁19。在此以前沿用孫說者尙有嚴敦易，《水滸傳的演變》（1957年），頁194。卽使有人辯說，石崎文刊於非漢學界熟悉的期刊，故孫楷第、馬蹄疾等失落了幾十年，恐怕仍未能盡摒囿於見聞之譏。石崎文刊登後一年半，在中國亦享盛譽的長澤規矩也卽在其〈現存明代小說書刊行者表初稿（上）〉，《書誌學》，3卷3期（1934年9月），頁48，著錄黎光堂本。《書誌學》爲研究中國版本學者所不能不逐期檢閱的重要期刊，第二次世界大戰以前長澤規矩也的主要論文卽多發表在此，以研究古典小說者和版本學者對長澤之推崇，而孫楷第和長澤又私交甚篤，長澤早期講小說諸文，孫氏皆絕對有掌握的機會。再者，長澤此文早有署名儆欲鈔者之漢譯，見《中央軍校圖書月報》，18期（1935年3月），頁300-306。孫氏好像全部錯過了這些重重複複的資料，以致五十多年後，書數易其稿，仍說黎光堂本已佚。馬蹄疾等不追查下去，迻抄孫目，遂弄成現在的紛亂。

⑮　東京大學這兩個本子均承大塚秀高教授安排影攝，特此致感。

⑯　見長澤規矩也，〈現存明代小說書刊行者表初稿（下）〉，《書誌學》，3卷5期（1934年11月），頁4；長澤規矩也，〈家藏中國小說書目〉，《書誌學》，8卷5期（1937年5月），頁38。

⑰　長澤規矩也，《東京大學東洋文化研究所藏雙紅堂文庫分類目錄》（東京：東京大學東洋文化研究所，1961年），頁60，僅以其爲黎光堂本的翻刻，而不注明其爲崇禎時期的刊物。

⑱　《東京大學東洋文化研究所漢籍分類目錄》（東京：東京大學東洋文化研究所，1981年），下冊，頁868，僅以其爲崇禎書刊，而不講其與黎光堂本之關係。

　　以長澤規矩也研究版本的豐富經驗，他判斷劉興我本刊於崇禎自
然不乏信者。他還說劉興我本爲藜光堂本的翻刻，均有待解釋。兩本
固然近似（四種嵌圖本都近似），但行款有異，文字亦不盡同。如果
相信兩本確有直接關係的話，一本據另一本重刻（不是原版重印）的
可能性相當高⑲。

　　至於薄井恭一所說 劉興我本的產地富沙 在廣東， 則是揣度之語
⑳。富沙卽福建建陽，正是明代後半期大量刊行廉價通俗讀物之地，
本文所說的四種嵌圖本，以及它們的重印本，全部刊於建陽㉑。

　　其他兩種嵌圖本均在德國，東西德各一。東德者在東柏林的德國
國立圖書館(Deutche Staatsbibliothek)㉒，當爲昔日德國皇家圖書館
(Königlichen Bibliothek)之舊物㉓。 此書的特色是書首有寫刻李漁

----

⑲　研究版本全憑轉手資料， 紙上談兵， 是很危險 的事， 官桂銓 所作的
　　〈《水滸傳》的藜光堂本與劉興我本及其他〉，《文獻》，11期（1982
　　年 3 月），頁263-264，又見《文學遺產》，1984年 2 期（1984年 6 月），
　　頁64，便是這樣的例子。他利用劉修業所提供大英圖書館所藏藜光堂本
　　《三國志傳》的消息（見注⑥），並謂孫楷第書目說藜光堂本《水滸》
　　「其版式行款與劉興我本相同」（眞是無中生有，亂人耳目，孫氏那有
　　說過這句話？ 孫根本以爲藜光堂本已佚，亦不知道有劉興我本），因而
　　得到兩結論：㈠藜光堂東主爲劉榮吾，也就是劉興我（這可能性是存在
　　的），㈡藜光堂本等於劉興我本，因爲一個書商斷不會刻兩套同一本書
　　的版片。事實勝於雄辯，藜光堂本和劉興我本版面分別很大，分明是用
　　不同版片印的。
⑳　說見薄井恭一，《明清挿圖本目錄》（1947年），圖版 32，頁 8-9。不
　　論從地名紀錄， 還是從明代通俗小說刊行情形， 或是從該本的版式去
　　看，劉興我本均絕無可能爲明代刊於廣東之書。
㉑　富沙卽建陽，倒是給官桂銓考對，見注⑲所引文。
㉒　此書承西德杜平根大學教授傅克樂代爲訪得，並代向德國國立圖書館進
　　行要求複製事宜，茲特鳴謝。
㉓　昔日德國皇家圖書館 的漢滿等文 書籍有兩種目錄， 都是十九世紀編刊
　　的。Julius Klaproth, *Verzeichniss der Chinesischen und Mandshu-
　　ischen Bücher und Handschriften der Königlichen Bibliothek zu
　　Berlin* (Paris: Königlichen Druckerei, 1822), pp. 150-153, 記錄的
　　四種漢文通俗小說包括《水滸》在內， 但僅介紹《水滸》這本小說的性
　　質而不講館內藏的究竟是什麼版本。 Wilhelm Schott, *Verzeichniss
　　der Chinesischen und Mandschu-Tungusischen Bücher und Hand-
　　schriften der Königlichen Bibliothek zu Berlin: Eine fortsetzung
　　des im Jahre 1822 erschienenen Klaproth'schen verzeichnisses*
　　御書房滿漢書廣錄 (Berlin: Königlichen Akademie der Wissenschaf-
　　ten, 1840), pp. 88-94, 除略提《三國演義》外，不收 Klaproth 目已
　　列之小說，同樣無濟於事。雖然這本《水滸》和正文隨後提及的親賢堂
　　翻藜光堂本之入藏德國皇家圖書館大概不會晚過十九世紀中葉，目前還
　　是不能確定。

序一篇，故名之爲李漁序本㉔。

　　以上三者均爲全本。另外尙有一種僅得一零册存於西德慕尼黑的巴威略國家圖書館㉕。書前有巴勒天拿圖書館字樣，當舊爲該意大利圖書館所藏。此零册已爲福華德所著錄㉖，近陳兆南及我亦曾講及㉗。

　　如此說來，這些本子都不應該晚至今日仍未被列入《水滸》研究範圍之內，特別是東京大學的兩本，旣爲名學府公藏之物，不僅逃過專程去訪書的孫楷第、王古魯之耳目，還讓不少研究者相信大半世紀前孫氏所做的初步紀錄爲値得一再徵引的資料。正因這些本子爲給人忽略了的簡本系統中被遺忘的一部分，在這裏補充一份較完整的書誌學紀錄該不是浪費之舉。

　　按每種的行款和版式試歸納如下：

黎光堂本：八册，二十五卷，百十四回（後詳）。半葉十五行，圖兩
　　　　　旁各三行，行三十四字，圖下九行，行二十七字。四周單
　　　　　邊，白口，單魚尾。圖上(框外)八字標題(標題外有界)。
　　　　　扉頁題「全像忠義水滸傳，黎光堂藏板」，後卷一葉三、
　　　　　四、五、六，及卷二十葉十七，版心下端作黎光閣。書首
　　　　　有溫陵鄭大郁雲明〈《水滸忠義傳》敍〉，無日期㉘。目

㉔　按一般情形，在通俗讀物內出現這類名人序跋，除非來歷明確，難免教
　　人懷疑其眞僞。但這篇序文旣是寫刻，意圖使讀者相信爲李漁手筆，指
　　斥其爲贋品之前，應比對一下李漁的眞跡。這點我還未做到，自然不能
　　下結論。不管如何，序文旣在，用之識別版本，諒無不可。

㉕　此本承威斯康辛大學教授倪豪士及慕尼黑大學教授鮑吾剛代取得顯微膠
　　卷，書此致感。

㉖　見注⑥所引 Walter Fuch, *Chinesische und mandjurische*, pp. 53-
　　54.

㉗　陳兆南，〈德國所藏兩本《水滸傳》殘卷淺探〉，《木鐸》，10期（1984
　　年6月），頁317-328；馬幼垣，〈現存最早的簡本《水滸傳》〉，頁
　　118。

㉘　杜信孚《明代版刻綜錄》（1983年）記鄭大郁著有《篆林肆考》十五卷，
　　有崇禎五年黎光堂刊本（卷七葉二十二下），有崇禎十五年劉肇麟刊本
　　（卷六葉三十四上）。

　　錄首葉書名作《鼎鐫全像水滸忠義志傳》。首卷題署《新
　　刻全像忠義水滸誌傳》卷之一，清源姚宗鎮國藩父編，武
　　榮鄭國揚文甫父仝校，書林劉欽恩榮吾父梓行。以下各卷
　　之首，書名作《新刻全像水滸傳》十九次，《新刻全像水
　　滸忠義傳》三次，《新刻全像水滸志傳》兩次。全書版心
　　上端書《忠義水滸》簡名。目錄與首卷之間有〈忠義堂轅
　　門圖〉㉙，刻工爲劉俊明。另卷十八葉十、十一，卷十九
　　葉九、十，版心下端有「森」字，諒爲刻工簡署。

劉興我本：八册，二十五卷，百十四回。半葉十五行，圖兩旁各二
　　行，行三十五字，圖下十一行，行二十七字。四周單邊，
　　白口，單魚尾。圖上（框外）八字標題（標題外無界）。
　　無扉頁。書首有清源汪子深序文。目錄書名作《鼎鐫全像
　　水滸忠義志傳》。首卷題署《新刻全像水滸傳》卷之一，
　　錢塘施耐庵編輯，富沙劉興我梓行。以下各卷首葉所記書
　　名，除卷四、七、十三、二十、二十一作《新刻水滸志
　　傳》外，其餘與首卷同。全書版心上端書《全像水滸傳》
　　簡名。

李漁序本：合訂一册（原册數不詳），二十五卷，百十四回。半葉十
　　七行，圖兩旁各三行，行三十七字，圖下十一行，行三十
　　字。四周單邊，白口，單魚尾。圖上（框外）八字標題
　　（標題外有界）。無扉頁。書首有李漁〈《水滸傳》序〉
　　㉚，目錄書名作《全像水滸傳》。首卷題署《新刻全像忠
　　義水滸傳》一卷，元東原羅貫中編輯，閩書林鄭喬林梓
　　行。以下各卷首葉所書書名，除三卷有小異外，均與首卷

㉙　圖無標題，畫的是忠義堂和堂外的轅門。〈隨見抄之〉所擬的題目〈梁
　　山轅門圖〉可能使讀者誤以此爲全景圖之類的圖畫。
㉚　這篇李漁序文和黎光堂本、劉興我本的序文均已收入馬幼垣，〈《水
　　滸》書首資料六種（外一種）：兼論編輯資料集諸問題〉，《中國文藝
　　思想史論叢》，3期（1988年6月），頁366-381（此文收入本集）。

同。版心上端所書簡名或爲《新刻水滸全傳》或爲《新刻水滸傳》。版心下端每葉均有「喬」字。

慕尼黑本：僅存卷四葉八上至卷五葉十四上，共二十一葉半，即自第十七回後半至第二十四回前半。半葉十六行，圖旁各三行，行三十六字，圖下十行，行二十九字。四周單邊，白口，無魚尾。圖上（框外）八字標題（標題外無界）。第五卷首葉題署《新刻繪像忠義水滸全傳》。版心上端簡名作《新刻水滸全傳》。

此外，德國國立圖書館另有一套鄭大郁序本，除扉頁的「藜光堂藏板」改爲「親賢堂藏板」外，餘無分別，連版心注明藜光閣的幾葉，以及目錄後面的「藜光閣」刻章，均全保留下來。這本親賢堂本只是一部忠實的翻印書而已[31]，故不影響嵌圖本《水滸》現在所知僅得四種的數字。

從版式、行款，以及字體（見本集插圖 23-26）上的分別去看，這四種嵌圖本自然是用四套不同的版片印出來的。文字上的異同也可以把它們分辨開來。但四者之間關係密切，在《水滸》的演進過程當中代表同一階段，則是可以斷言的。

研究《水滸》對我來說是一項以故事演化和版本因承爲重心的長期性工作，而版本之間互相串聯（這種串聯還可以是多向性的），往往產生不先治甲，便不易談乙的困難。按我現在的認識，現存的簡本《水滸》以挿增本（甲乙兩種）爲最早，次爲評林本，再次爲嵌圖本系統各本（評林、嵌圖之間或者還有其他本子；簡本和繁本間的關係又是另外的問題）。研究工作若依此次序進行，各種資料當較易掌握。我目前還未有機會徹底清理挿增本和評林本，對於這四種嵌圖本就只有暫止於簡介的層次。

---

[31] 這套親賢堂本亦承傅克樂代爲取得。此書既用藜光堂本的版片翻印，遇到藜光堂本有殘缺之處（藜光堂本保存得很好，零星殘缺仍難免），可資補訂。杜信孚《明代版刻綜綠》並無親賢堂的紀錄。

　　目前我對這四種嵌圖本的觀察可以歸納爲以下幾點。

　　揷增本和評林本有一很大的分別，就是評林本的刊行者余象斗基於宗族觀念把那個平凡得很，份量有限的降將余呈誇大改寫，以致弄到幾乎收不了場㉜。各嵌圖本講余呈盡從評林本這一套（慕尼黑本沒有保存這部分，不算），當爲評林本以後之物，年代不能早過萬曆二十二年。

　　齊全的三種嵌圖本號稱爲百十五回本，其實都只有百十四回。各本的目錄均列有第九回〈豹子頭刺陸謙富安、林沖投五莊客向火〉，但這一回在正文都併入第八回之內。第八回也就不單特長，該回後半的情節更無法在回目中反映出來。第八回後，接着便是第十回。此外，書末各本均有第百十三回〈盧俊義大戰昱嶺關、宋公明智取清溪洞〉。目錄卻無此回，而列正文之第百十四回爲百十三回，第百十五回爲百十四回。三本的密切程度由此可見。

　　把一百十四回分配在二十五卷裏，怎樣也不可能每卷回數平均。卽使如此，若按葉數設法平均分配，每卷的長度還是可以相當整齊的。可是，不論用回數還是用葉數做標準，這些本子都毫無統一性可言。試看黎光堂本，卷回的分配爲：卷一（第一至第五回）、卷二（六至九回）、卷三（十至十四回）、卷四（十五至十九回）、卷五（二十至二十四回）、卷六（二十五至二十九回）、卷七（三十至三十三回）、卷八（三十四至三十七回）、卷九（三十八至四十二回）、卷十（四十三至四十六回）、卷十一（四十七至五十一回）、卷十二（五十二至五十五回）、卷十三（五十六至六十回）、卷十四（六十一至六十六回）、卷十五（六十七至七十三回）、卷十六（七十四至七十七回）、卷十七（七十八至八十回）、卷十八（八十一至八十四回）、卷十九（八十五至八十八回）、卷二十（八十九至九十四回）、

　　　㉜　見馬幼垣，〈牛津大學所藏明代簡本《水滸》殘葉書後〉，《中華文史論叢》，1981 年 4 期（1981年11月），頁 53-56（此文收入本集）；白木直也，《巴黎本水滸全傳の研究》（1965年），頁85-91。

卷二十一（九十五至九十九回）、卷二十二（一百至一〇三回）、卷
二十三（一〇四至一〇七回）、卷二十四（一〇八至百十回）、卷二
十五（百十一至百十五回）。換言之，回數最少的一卷（卷十七）只
有三回，最多的一卷（卷十五）竟達七回。算葉數的話，最短的一卷
（卷三）只有十二葉半，最長的一卷（卷十七）幾乎倍之而有二十二
葉。最荒謬的是，這最長的一卷卻同時是回數最少的一卷。

　　這樣毫無法則地安排出來的卷數和回數，劉興我本和李漁序本竟
然一模一樣㉝，完全吻合。慕尼黑本現存的二十一葉半爲卷四的最後
八葉和卷五開始的十三葉半，其中涉及的卷回分配和上述三本無絲毫
之別。因此，我們可以肯定這四個本子關係密切，同屬一系統。

　　這種密切程度還可以從另一角度去看。各本正文的回目和目錄的
回目常在字樣和回數上有別。這些分歧多數並不重要，如正文回目作
宋公明，　目錄作宋江。　各本之間這些分別也不盡相同。　但這種回目
的分歧有時相當荒謬，　而竟三本全同，　不妨舉一例來說明。　第一〇
二回，正文回目作〈燕青潛入越江城、李雄智取白牛鎮〉，後句目錄
作〈李戎智取白牛鎮〉。三本完全一樣。這個所謂李雄、李戎，原來
就是混江龍李俊! 錯得如此整齊，可能的解釋有三種：㈠三本同出一
源，㈡兩本分別出自其中一本，㈢三本直線因承。任何一種解釋均足
以說明這些本子的關係密切。

　　既然插圖的形式是這些本子最顯著的共通點，插圖的內容和附帶
的標題是值得注意的 。　插圖的作用當然在 配合情節以增加讀者 的興
趣。但插圖和情節有時並不相符，插圖和所附的標題也有不相稱的。
正因如此，本與本之間插圖和標題的異同便可以用來解釋本子之間的
關係。

　　慕尼黑本雖爲殘本，　四十二張連貫的插圖尚不算少，　該够代表

㉝　李漁序本正文和目錄有一小異。第十回在正文爲第三卷的首回（劉興我
　　本、黎光堂本一樣），　目錄卻列此回爲第二卷之末回 。　當然以正文爲
　　據。

性，利用這些插圖和標題去和其他三本比較，查檢的結果具有相當的顯示性（標題下列卷數葉數）：

慕尼黑本	李漁序本	劉興我本	黎光堂本
宋江到蓋家報情由 4.8a	同　左 4.7b	宋江飛馬報知晁蓋 4.9b	同　左 4.9b
宋江復回見何觀察 4.8b	同　左 4.8a	宋江領何濤見縣尹 4.10a	同　左 4.10a
雷橫朱仝分兵殺入 4.9a	同　左 4.8b	朱仝雷橫圍晁蓋莊 4.10b	同　左 4.10b
知府再差何濤捉賊 4.9b	同　左 4.9a	朱仝讓路放走晁蓋 4.11a	同　左 4.11a
何濤拏漁夫問路境 4.10a	同　左 4.9b	何濤解莊客見知府 4.11b	同　左 4.11b
何濤令眾捉阮小七 4.10b	同　左 4.10a	何濤問漁人賊消息 4.12a	同　左 4.12a
何濤奔走小岸被捉 4.11a		何濤駕舡見阮小五 4.12b	左 4.12b
晁蓋與吳用相計議 4.11b	同　左 4.10b	公孫勝祭風燒官舡 4.13a	同　左 4.13a
林沖大鬧梁山泊上 4.12a	同　左 4.11a	晁蓋等上山投王倫 4.13b	同　上 4.13b
林沖席上怒殺王倫 4.12b	同　左 4.11b	王倫置酒讓晁蓋等 4.14a	同　左 4.14a
眾人扶晁蓋為寨主 4.13a	同　左 4.12a	林沖殺王倫於亭上 4.14b	同　左 4.14b
眾將把戰船攏開殺 4.13b	同　左 4.12b	林沖殺王倫於亭上 4.15a（大誤）	林沖尊晁蓋為寨毛（主） 4.15a
黃安與眾軍兵對敵 4.14a	同　左 4.13a	三阮水戰殺敗官軍 4.15b	同　左 4.15b
太守坐堂知黃安敗 4.14b	同　左 4.13b	劉唐活捉黃安過舡 4.16a	同　左 4.16a
劉唐拜見押司宋江 4.15a	同　左 4.14a	晁蓋令劉唐謝宋江 4.16b	同　左 4.16b
（空白） 4.15b	（空白） 4.14b	（缺一葉）	劉唐鄆城縣見宋江 4.17a
			（僅正文一行，無圖） 4.17b
王婆來宋江家議親 5.1a	同　左 5.1a	王婆引閻婆求宋江 5.1a	同　左 5.1a
閻婆整酒同宋江飲 5.1b	同　左 5.1b	宋江邀文遠訪婆惜 5.1b	同　左 5.1b
宋江自睡婆惜冷笑 5.2a	同　左 5.2a	閻婆扯婆惜陪宋江 5.2a	同　左 5.2a
宋江回樓尋取鑾帶 5.2b	同　左 5.2b	閻婆打唐牛兒出門 5.2b	同　左 5.2b
宋江取袋怒殺婆惜 5.3a	同　左 5.3a	婆惜自睡不顧宋江 5.3a	同　左 5.3a
牛兒婆子扭見知縣 5.3b	同　左 5.3b	宋江回樓取招文袋 5.3b	同　左 5.3b
張三稟拿宋江父親 5.4a	同　左 5.4a	牛兒打閻婆救宋江 5.4a	同　左 5.4a
朱仝搜莊宋江絞話 5.4b	同　左 5.4b	閻婆扯牛兒見知縣 5.4b	同　左 5.4b
宋江逃難來投柴進 5.5a	同　左 5.5a	閻婆稟官提捉宋江 5.5a	同　左 5.5a
宋江被武松結扭住 5.5b		朱仝地窖尋出宋江 5.5b	同　左 5.5b
武松到陽谷店吃酒 5.6a	同　左 5.5b	宋江宋清投見柴進 5.6a	同　左 5.6a
武松崗上打死大蟲 5.6b	同　左 5.6a	武松嚮火怒打宋江 5.6b	同　左 5.6b
武松崗下又遇獵夫 5.7a	同　左 5.6b	武松辭別柴進宋江 5.7a	同　左 5.7a

慕　尼　黑　本		李　漁　序　本			劉　興　我　本		黎　光　堂　本		
知縣賜武松參都頭	5.7b	同	左	5.7a	武松入店痛飲美酒	5.7b	同	左	5.7b
武松縣前偶遇兄長	5.8a	同	左	5.7b	景陽岡武松打大蟲	5.8a	同	左	5.8a
武松同兄見嫂敘話	5.8b	同	左	5.8a	武松下崗遇着獵戶	5.8b	同	左	5.8b
婦人簾下迎接武松	5.9a	同	左	5.8b	知縣參武松爲都頭	5.9a	同	左	5.9a
嫂子調戲武松怒罵	5.9b	同	左	5.9a	武松途遇親兄武大	5.9b	同	左	5.9b
婦人失竿打西門慶	5.10a	同	左	5.9b	武大引武松見妻子	5.10a	同	左	5.10a
西門慶送銀賂王婆	5.10b	同	左	5.10a	武大設酒款待武大（誤）	5.10b	武大設酒款待武松		5.10b
王婆引西慶見潘氏	5.11a	王婆引西門見潘氏		5.10b	金蓮飲酒調戲武松	5.11a	同	左	5.11a
西門慶席上戲潘氏	5.11b	同	左	5.11a	知縣差武松往東京	5.11b	同	左	5.11b
西門慶與潘氏通姦	5.12a	同	左	5.11b	武松辭別哥嫂往京	5.12a	同	左	5.12a
鄆哥入王婆店尋慶	5.12b	同	左	5.12a	西門慶送銀賂王婆	5.12b	同	左	5.12b
武大氣昏叫妻囑付	5.13a	同	左	5.12b	王婆賺金蓮做衣服	5.13a	同	左	5.13a
潘氏用砒霜毒死夫	5.13b				王婆西門慶會潘氏	5.13b	同	左	5.13b
西門慶賄何九殮屍	5.14a	同	左	5.13a	西門慶與潘氏雲雨	5.14a	同	左	5.14a

　＊因選材決定於份量最少的慕尼黑本，四本在表中的排次僅求比較上的方便，非謂它們
　的先後次序果如此。

　這些標題的異同指出這四個本子可分爲兩組，兩組的插圖截然不同。
劉興我本和黎光堂本因每半葉字數差不多（劉興我本半葉全滿爲 367
字，黎光堂本 345 字），故二者各圖連在何葉出現也相同。圖中所畫
的亦差不多一樣（間有小別）。兩本的近似，這是很好的說明。因爲
劉興我本那兩條錯誤的標題，黎光堂本沒有錯，其中一條（林沖脅晁
蓋爲寨主）還有明顯挖改之跡（另外一條亦屬可疑），我懷疑劉興我
本早過黎光堂本（正和長澤規矩也的意見相反，如此長澤說劉興我本
爲崇禎時物也值得再考慮）。

　　慕尼黑本和李漁序本的情形更明確。慕尼黑本每半葉的字數比李
漁序本少多了（398 字對 441 字），因此前者每卷葉數較多，插圖也
較多。兩本共有的插圖，也和劉興我本、黎光堂本的情形一樣，相當
接近而間有小異。

　　這就是說，四個本子的兩組插圖，組內的兩本互較起來均近似而

能保持各自的統一性。慕尼黑本比李漁序本多出的幾張插圖，作風和
該本的其他插圖並無兩樣。李漁序本因葉數減少而刪去幾張插圖，和
黎光堂本因增加葉數而添上幾張插圖，雖然爭辯起來，可能性應是相
等的，我還是主張前者，因爲這些刊行者都有慳篇幅，省氣力的傾
向，增加插圖是相當費勁而無實際收益之事。況且，說李漁序本晚過
（甚至直接源出）黎光堂本，比反過來講，容易解釋一點。

　　綜合來說，我目前的看法是這四本後於評林本的簡本，自成系
列，分爲兩組，劉興我本或者早過黎光堂本，而慕尼黑本在李漁序本
之前的可能還要高些，兩組之間的先後則不易下斷語。這些只是初步
意見，待有機會整理完插增本和評林本，再回頭去詳細比勘這四種嵌
圖本的文字，結論很可能有不少分別。

—— 《漢學研究》，6 卷 1 期（1988年 6 月）

後記

　　此文原應 1987 年 8 月在臺北舉行的 明代小說戲曲國際 研討會而
作。遲至 1988 年初始見脫期而又得海運來美之 《中華文史論叢》，
1986年 4 期（1986年12月）。該期刊出劉世德〈談《水滸傳》劉興我
本〉一文，頁 255-271，論述劉興我本回目部分之各種情形頗詳，且
因與拙文重點不同，可以互補。該本的刊行年代，劉世德定爲崇禎。

補記

　　德國統一後，在前東柏林的德國國立圖書館已成爲德國國立普魯
士文化圖書館 (Staatsbibliothek Preussischer Kulturbesitz) 的一部
分。

從招安部分看水滸傳的成書過程

　　《水滸傳》的結構由兩個層次組織而成。各種不同複雜程度的故事串連，好比一條由長短大小不一的環節組成的纜索，其間雖偶有兩事平行處理（如楊志的遭遇和晁蓋等籌劫生辰綱），和一事分段敍述（如曾頭市之役，前後兩段，中隔七八回），基本上始終是按年代直線敍事。

　　從另一層次去看，所敍諸事很整齊地分爲七大部分：㈠由書首至排座次、㈡招安、㈢征遼、㈣征田虎、㈤征王慶、㈥征方臘、㈦覆滅。最後兩部分或者可視爲一單位。這幾大部分，情節隨梁山故事的發展而不同，自是意料中事，但佈局和細節的處理，風格和立場的表現，人物才能和性格的刻畫，甚至語言和辭彙的運用，迥異與矛盾疊見，都是有待解釋的。除非我們相信金聖嘆古本《水滸》僅有七十回的話①，根本否定排座次以後的情節，要說《水滸》爲一人一時（或

---

① 　時至今日，金聖嘆所說古本《水滸傳》僅得七十回（實爲七十一回）的謊話，本來不會有多少人相信的。早在二十年代，《水滸》之學才甫開始時，俞平伯已有否決之文，〈論《水滸傳》七十回古本之有無〉，《小說月報》，19卷4期（1928年4月），頁505-508；後收入其《雜拌儿之二》（上海：開明書店，1933年），頁110-122。但偶然還是有人支持七十回古本說的，如周邨，〈書元人所見羅貫中《水滸傳》與王實甫《西廂記》〉，《江海學刊》，1962年7期（1962年7月），頁35-40；羅爾綱（1903-），〈《水滸》眞義考〉，《文史》，15期（1982年9月），頁231-261；羅爾綱，〈從羅貫中《三遂平妖傳》看《水滸》著者和原本問題〉，《學術月刊》，1984年10期（1984年10月），頁22-32。研究者對這類文章，不是一笑置之，便是羣起圍攻，羅爾綱兩文卽頗爲人所駁擊。這裏不宜參加辯論，只求說明這種早該被否決的看法仍有其信徒而已。

者二人二時）之作，是不符合客觀條件的。

問題在《水滸》成書之初究竟包括那些部分。大半世紀以來，論者多從鄭振鐸之說，謂排座次以前故事之外，招安、征方臘、覆滅，悉爲原本所有②。

不計鄭振鐸已革除的征遼部分，這些正是百回繁本的全部內容。鄭氏相信嘉靖間武定侯郭勛所刻的百回繁本就是《水滸》最佳之本，故有是說。卻忽略了這些部分之間各種內在條件之懸殊，而且過份縮短了現存本子和原本間的距離，以爲只要證明現存諸本中何者最古，《水滸》的原貌便庶幾近矣。他認爲自藏的幾回嘉靖殘本代表現存最早之本（後來並沒有提出任何佐證，便說這就是鼎鼎大名的郭武定本），又認爲石渠閣補刊本在現存各本當中最接近這個本子③。

雖然嘉靖殘本是否郭勛所刻大有疑問④，鄭振鐸這兩點意見對的可能還是很大。然而一個本子刊行的早晚和它與原本距離的遠近，沒有理由一定成正比例的。如果成書年代和現存最早之本的刊刻時期有着一段不短的時差，兩本有顯著差異的可能性便隨着增加；而後刻之本，只要其因承的本子來自另一系統，其保持原貌（卽使是局部的）之可能也是不能否認的。研究通俗文學作品的傳承因遞尤應留心這種關鍵，蓋因俗文學作品在成書之初，狀況絕對不可能太固定（試看時至今日，有關包公的俗文學作品仍存着相當的地區性分歧），待其流通至正式刊行的階段，免不了經歷不少變化。這首尾兩點的時差愈大，經過的變化便愈多。況且原始諸本，失佚難免，要現存各本能充

---

② 鄭振鐸的說法，主要見其〈《水滸傳》的演化〉，《小說月報》，20卷 9 期（1929 年 9 月），頁 1399-1426；後收入其《中國文學論集》（上海：開明書店，1934年），頁176-251，及其《中國文學研究》（1957年），上册，頁1011-1157。

③ 說見鄭振鐸爲1954年人民文學出版社所刊《水滸全傳》所寫的序文。

④ 鄭振鐸判斷嘉靖殘本的馬虎失責，見馬幼垣，〈呼籲研究簡本《水滸》意見書〉，《水滸爭鳴》，3 期（1984 年 1 月），頁 194-195（此文收入本集）。最近易名（金德門）企圖從版本比勘去證實鄭說之正確，同樣是草草爲之，難滿人意，見其〈談《水滸》的武定板〉，《水滸爭鳴》，4 期（1985年 7 月），頁122-128。

分代表全部變化層次是絕對辦不到的事。因此研究《水滸》這一類書
的形成過程，過份簡化問題，過份誇張某些本子的權威性，都應力求
避免。

　　水滸故事的層層演易，以及《水滸傳》之爲這種演易的產品，近
人不乏根據歷史與文學資料的討論。發展的基本路線不成問題，要理
解這些發展是如何逐層進行的則不容易。起碼我們可以斷言，各進化
階段之間的關係並不是純粹積聚，照單全收的，而是有取有捨，有增
有減的。在約略相同的一個階段之內，不同地區也可以產生不同的水
滸故事和作品。早期的水滸資料，不論是歷史的還是文學的，分歧頗
不少，這種情形不是各階段緊密連接所應發生的。這些分歧也就該從
多元性發展的角度去理解。

　　遼國、田虎、王慶這三部分不可能爲原本《水滸》所有，這是不
必再費辭澄清的定論⑤。征方臘之爲續作，情形亦十分明顯⑥，餘下
來，排座次以後情節就只有招安這十一回故事（回數及內容均據百回
繁本的容與堂本）。前些時候，我提出原本《水滸》止於招安的意
見，主要從情節分佈的合理性立論⑦。現在看來，焦點還可以調整得

---

⑤　這並不是說含有這些部分的本子就必然代表演易過程中的較後階段。征
　　遼部分並見於簡本繁本兩系統；簡本的征遼是否脫胎於繁本的征遼，誰
　　也沒有做過研究。田虎、王慶之部雖然爲簡本所獨有（袁無涯的百二十
　　回本晚出，其田王部分大大改寫，不在討論之列），這兩部分之後出卻
　　不等於其他部分盡皆後出；各簡本之間差異極大，不似繁本的整齊，這
　　些版本分別都是在提出結論前應先解決的。在這過程當中，任何可能性
　　均應平等看待。這是客觀的研究步驟，因此以上所說的並不是在鼓吹簡
　　先繁後，而是闡明在未徹底分析所有存世主要簡本繁本以前，便斷言繁
　　必在先，或簡必在前，是不負責任，違反研究程序，自欺欺人之舉。
⑥　見馬幼垣，〈排座次以後《水滸傳》的情節和人物安排〉，《明報月
　　刊》，20卷6期（1985年6月），頁85-92；並見《古典文學》，7期（
　　1985年8月），頁857-876（此文收入本集）。征方臘和征遼一樣，並見
　　繁本和簡本，但簡本的征方臘（以評林本爲例）和繁本的征方臘（以容
　　與堂本爲例）頗有內容上的分別，那是因爲前者接連王慶之部，後者則
　　在征遼之後，故此簡本的征方臘部分當晚出於繁本的方臘之部。但這和
　　注⑤所說的情形一樣，並不足以支持繁先簡後說，這是要特別聲明的。
⑦　見馬幼垣，〈排座次以後《水滸傳》的情節和人物安排〉。

更清楚些。

目前我的看法是：今本《水滸》各部分，以排座次以後至招安爲止這一段最古，最接近成書之初的狀況。前七十回代表爲期較後的改寫。這兩部分的串連在一起可算是《水滸傳》的正式定型，以後文字可以有改動（不論是自簡變繁，還是自繁變簡），故事則不能再更易。換句話說，成書與定型可分爲不同的兩個階段。自征遼至征方臘這幾部分都是以後不同時期的附加物而已。至於覆滅這一段，內容上固然可以與方臘之部串連（我以前的看法），也可以把它與招安直接掛鈎，視之爲招安以後之必然發展，亦無不可。因此覆滅部分的底稿或爲《水滸》定型時（甚至成書時）所有。卽果如此，今本的覆滅之部因早與征方臘的內容統一（如梁山成員的陣亡），和招安部分所代表的演易階段自然有相當距離，仍不能說與招安部分性質相同。

討論招安部分在《水滸》演易過程中所代表的位置，可以先從本文開始時所說的環節組合說起。《水滸》前七十回通過環節的組合使故事像波浪般向前邁進，每一環節驟看起來相當獨立，其實互相串聯，無空隙，無重複，都在適當的位置完成上連下接的作用。如果不是把今本《水滸》徹底重寫，我們總不能移置魯智深的故事去武松出場之後。

前七十回各環節，位置較具伸縮性，稍作改變卽能移前拖後而不致影響大局的，或者僅得芒碭山一役。一般讀者卽使記得有此故事，也不容易指出在那裏。這段小插曲除了導致樊瑞、項充、李袞三人之來歸外，並無大作用。況且這三個不過是附庸人物，他們什麼時候入夥關係都不大。《水滸》雖然稍用接榫文字，如命剛加盟的史進等四人去大興問罪之師，把這故事安挿在華州和曾頭市兩件大事之間，技術上卽使無問題，突如其來與位置誤植之感仍是難免。就算我們不說把一件無上下承接關係的小情節橫加在兩回大事中間很容易爲讀者所遺忘，這個故事在此出現根本就產生可信性的疑問。破華州後，梁山的勢力已接近巔峯狀態，頭領八十三人，步軍馬軍數逾萬人，區區只

有三個頭目，又遠在徐州沛縣（今江蘇省沛縣）的小山寨，再狂妄和不自量力也難愚蠢到甘冒以卵擊石，自取滅亡之險。此故事如出現在梁山勢力尚未鞏固之時（如三打祝家莊之前），才較合情理。從它頗為孤立地給安排在華州事件之後可以看出原始水滸故事的片段性和獨立性。從這種例子之不多見可以看出《水滸》前七十回在達到現狀之前必定經過一番相當徹底的融會貫通。簡言之，這段小插曲為前七十回的演易過程保存了化石遺跡式的佐證。

從同樣角度去看，招安部分，短短十一回，保存的化石證據更多，更原始，和缺少雕琢。這十一回寫梁山領導階層如何渴望重歸趙宋的懷抱，中樞如何企圖簡簡單單以武力解決這股引為心腹大患的民間武裝勢力，結果雙方如何妥協，完成招安。整個過程仍是依靠變化多端，互相緊扣的環節去進行，性質上與前七十回無大別。

奇怪的是，在這不算長的篇幅之內，在這相當嚴密的結構當中，竟容許一口氣安插着四個比芒碭山更片段，更獨立，更可以隨意變換次序的故事。那就是分配在第七十三、七十四兩回的李逵喬捉鬼、李逵負荊請罪、燕青相撲奪魁、李逵壽張縣喬坐衙。這組故事處於大鬧東京和朝廷初試招安策兩大節目之間，前後接榫文字都簡單到最起碼的程度。四故事本身之間的連接處亦如此。

試看燕青在泰山相撲得勝後，大隊返梁山，李逵竟一個人摸入壽張縣衙門，縱情胡瘋一番才大搖大擺地回山。與相撲故事相連處，僅花一兩句話便從此事跳到彼事。且不說轉變得太過突兀，編書人還忽略了泰山在梁山之東北，路程不短，壽張在梁山西北，也有好一段路，李逵怎能從泰山一縷煙地溜到壽張衙門裏去？這裏的兩回分明是併合四個原來獨立的故事而成，這些故事所表現的化石狀態比芒碭山故事還要完整和顯著。

這四個故事另有一特殊之處，就是三個以李逵為主角，另一個以燕青為主角的，李逵亦以第一配角出現。這一點和這四個故事的其他情形都可以利用早期雜劇去理解。

成書以前的《水滸傳》主要通過雜劇和講唱文學這兩種形式發展而來。直接有關水滸故事的講唱文學資料很少，不妨稍後才說，先讓我們看看雜劇的情形。

水滸雜劇的研究是個舊課題，過去五十多年間，不乏討論文字，單劇考研，綜合探索都有。研究者的觀點和立場雖然有別，大家都很關心各劇是否元人所作的問題。這反映《水滸傳》爲施耐庵一人一時之作，施和元末張士誠有瓜葛，這類傳說所產生的魔障是多麼根深蔕固。事實上，除了《水滸傳》在嘉靖年間確已刊印流通外，我們尙未能把成書時期毫無疑問地定在一較早的年代。自元末至嘉靖，一百五六十年，嘉靖一朝又歷時四十五年，好一段漫長的歲月，籠統不得。換言之，我們僅有可靠的下限，沒有上限。《水滸》成書比我們想像爲晚的可能性絕對存在，與這本小說成書有關的雜劇同樣可以出現得很遲，考證某本水滸雜劇之是元非元遂變成無的放矢。該問的應是某劇是否作於《水滸》成書之前。

可資考察的水滸雜劇，不過十二本，全部收入傅惜華（1907-1970）、杜穎陶（1908-1963）編的《水滸戲曲集》（上海：古典文學出版社，1957年），上册（次序按該書）：

㈠《黑旋風雙獻功》（元、高文秀）

㈡《同樂院燕青搏魚》（元、李文蔚）

㈢《梁山泊黑旋風負荆》（元、康進之）

㈣《都孔目風雨還牢末》（元、李致遠）

㈤《爭報恩三虎下山》

㈥《魯智深喜賞黃花峪》

㈦《黑旋風仗義疎財》（明、朱有燉）

㈧《豹子和尙自還俗》（明、朱有燉）

㈨《梁山五虎大劫牢》

㈩《梁山七虎鬧銅臺》

⑪《王矮虎大鬧東平府》

（古）《宋公明排九宮八卦陣》

篇幅固然不容，這裏亦沒有全面討論這些雜劇的必要⑧，所以注意力集中在說明哪些雜劇出現在《水滸》成書之前，和它們如何幫助我們去判斷招安之部的原始性，去瞭解招安部分與前七十回之間各種不同的成書因素。

討論前，有三點基本觀念得先交代清楚：

這些劇本雖多見於臧懋循（1550-1620）編刊於萬曆四十三、四年的《元曲選》，元曲云云，充其量代表一家之言，不能引爲創作年代之證⑨。這是第一點。

因爲紀錄的參差簡缺，劇本原貌的含糊不淸，加上那些列名爲作者的元人，個人資料少之又少，這些名字往往僅能視爲一種記號而已，不能據以判定作者和該劇的寫作年代。這是第二點。

通過演出去完成其創作程序的文學作品，在其正式成立以前，很難有所謂定本的。創作時期愈長，參與的人愈多，情形尤爲如此

---

⑧ 朱有燉兩劇因無可能掛上元雜劇的招牌，自然沒有成爲考據的對象，其他十劇則不同，它們的年代問題經常爲人所討論。在這方面，嚴敦易力證依從傳統說法去承認這些爲元人之作是如何盲從附和之事，建功最偉，詳見所著《元劇斟疑》（北京：中華書局，1960年）書中的有關章節。馬泰來，〈元代水滸雜劇辨僞〉，《東方》（中國小說戲曲研究專號）（1968年3月），頁51-56，是本着嚴敦易的基礎再進一步討論。此外，康如（羅忼烈，1919-）於1976年2月7日至1977年1月5日之間在香港《大公報》的幾種副刊有八篇（另有兩篇未刊稿）成一系列的水滸雜劇的分劇考論（皆未收入他以後的幾種合集），雖然主要論點在鋪陳當時大陸流行的儒法鬬爭論，關於各劇年代的考證，還是時有可資參稽的意見。以上幾種論著對各劇年代的判斷，和我的看法有同有異，篇幅不容逐點評議，各種異同之處，讀者可自行併閱。

⑨ 臧懋循《元曲選》的價值當然不乏辯護者，但引用僅見於《元曲選》的劇本仍得特別小心，因其中文字與內容的時有改動是不容否認之事，參見吉川幸次郎，《元雜劇研究》（東京：岩波書店，1948年），頁47-70；鄭騫，〈從《元曲選》說到元刻《古今雜劇》〉，《大陸雜誌》，8卷8期（1954年4月），頁1-3，後收入其《景午叢編》（臺北：臺灣中華書局，1972年），上册，頁400-407；鄭騫，〈臧懋循改訂元雜劇平議〉，《文史哲學報》，10期（1961年8月），頁1-13，後收入《景午叢編》，上册，頁408-421；徐朔方，《元曲選家臧懋循》（北京：中國戲劇出版社，1985年），頁24-36。

（《水滸》正是這種過程的產物）。戲劇經常要靠演出來維持其生命和活力，成書後繼續變化的可能性比小說還要大。現存的水滸雜劇或爲刻本或爲鈔本，除了宣德八年（1433）明宗室周憲王朱有燉（1379-1439）自著自刊的兩劇外，其他諸劇沒有早過萬曆末年的本子，它們能保持原貌至何程度是不能忽略的問題。《黃花峪》的文不對題和正末隨折更易已足以提醒我們，劇本如有變化，可以達到很大的程度的。連朱有燉的《仗義疏財》旣是雜劇鼎盛以後之作，又是著者自刊，本該一下子便定型，仍是免不了在短期內給改動，而且改到面目全非的地步（曲文對白的增減比比皆是，燕青的戲由一丈青來演，原本後面征方臘整個段落被刪去），這改本就是今人推崇備至的萬曆脈望館內府鈔本雜劇的一部分⑩。兩本年代頗近，尚出現這種情形，可見創作愈早的劇本，愈難要求現存的本子能代表其原貌。如果現在見得到的水滸雜劇包括很早的作品，這種差距必不少，它們所代表的演化階段也就比想像中晚得多。這是第三點。

研究水滸雜劇的，除非企圖全部包羅，一向不重視朱有燉的兩劇。主要原因有二：

㈠朱有燉雖生於洪武初年，卻歷太祖、惠帝、成祖、仁宗、宣宗五朝，此二劇又爲其晚年之作，遂潛意識地覺得都是《水滸》出現以後之物，與《水滸》的成書過程無關，頂多可歸入李開先（1502-1568）《寶劍記》傳奇一類的組屬。又是中了施耐庵隻手單拳作《水滸》這魔障之害⑪。

---

⑩　脈望館本雜劇多爲趙琦美（1563-1624）萬曆末年校錄之本，說見孫楷第《也是園古今雜劇考》（上海：上雜出版社，1953年）有關各章節。至於《仗義疏財》原刻本和脈望館本的分別，以及脈望館本改動原本之嚴重程度，見周維培，〈評脈望館本《仗義疏財》〉，《南京大學學報》（哲學社會科學），1985年研究生專刊1期（1985年4月），頁50-54。

⑪　雖然何心不相信施耐庵創《水滸傳》這一套，他還是可以用來代表因覺得朱有燉雜劇時期太晚而認爲與《水滸》成書無涉這一派的。他先用相當寬的尺度去判斷元人水滸雜劇至少有三十二種，才附錄性地列出朱有燉兩劇，並謂「在朱有燉編劇的時候，《水滸傳》大概尚未流行，所以他的劇本並不根據《水滸傳》，而《水滸傳》也並未採取他的劇情」，見何心，《水滸研究》（1985年，增訂本），頁9-18。

　㈡朱有燉既爲宗室貴冑，怎有資格去明瞭「農民起義」的眞諦？怎會站在「革命」的立場？因此他筆下的梁山人物和事跡免不了蒙受歪曲和汚蔑⑫。傅惜華編《水滸戲曲集》，朱有燉的《豹子和尙》用原刻本，他的《仗義疏財》卻用脈望館的改寫本，這種矛盾的編輯立場當與企圖避開征方臘情節有關。通過這種心態去看，不僅朱有燉的水滸劇不値得研究，朱之作爲明初有數的戲曲家亦僅配扮演點綴昇平和宣揚封建道德的角色，在寫文學史時，不得已才提一下⑬。

　　這種誤解與歧視使大家忽略了朱有燉這兩齣水滸劇的考據功能⑭。既然上列十二本雜劇只有朱的兩本沒有作者、年代，和版本的疑問，不論它們作於《水滸》出現之前與否，總可給我們提供一確實不移的分水嶺。憑着這一立腳點，或者可以找出若干端倪，以便解決其他捉摸不定的劇本。

　　如果我們把注意力往下移，看看自萬曆以來的各種水滸戲，包括近世的各種地方戲，甚至話劇、電影、電視，便會發覺一幾近規律性的形式。這些在《水滸》流通以後才出現的劇作，根本上都是改編，

---

⑫　朱君毅、孔嘉，〈略談朱有燉雜劇的思想性〉，《光明日報》，1957年12月1日（〈文學遺產〉，185期），就是這種承認朱有燉水滸雜劇只有反面教材作用的論調。

⑬　這種遇到寫整部文學史時才勉強按教條框框來幾句套語式的話，可用下列兩例爲代表：劉大杰（1904-1977），《中國文學發展史》（北京：中華書局，1963年），下册，頁979（七十年代劉氏遵崇法反儒指示而作的改寫本，如有機會寫到明初，對朱有燉的惡詆還會更烈）；游國恩等，《中國文學史》（北京：人民文學出版社，1979年），册4，頁60。卽開明聰敏如嚴敦易仍不免爲此窠臼所困，對朱有燉的「反動立場」控訴一番，見其《水滸傳的演變》（1957年），頁142-146。嚴氏相信《水滸》在元末以前，不管有無刊本，已差不多成熟了，因此就算沒有受到政治需要的影響，他也不會太注重朱有燉兩劇的。

⑭　第一個用《水滸》成書前後爲準則去判斷水滸雜劇年代，且視朱有燉雜劇爲《水滸》成書以前之物的，當推 George A. Hayden 何喬治，"A Skeptical Note on the Early History of *Shui-hu chuan*," *Monumenta Serica*, 32 (1976), pp. 374-399. 此文精采，時發前人所未語，絕非時下陳陳相同之作可比（爲政治服務而作者，更不在話下）。本文受其啟發不少。惟見解與分析各有異同，除特別需要說明者外，不必逐一注出，讀者可自行檢對。

爲了戲劇效果，爲了滿足民眾天理昭彰，報應不爽的觀念和完美團圓的要求，爲了和同樣取材的劇作有別，枝葉的增減，情節的更換和舖衍，都是必然的、需要的，但故事主幹和模式以及人物性格則鮮與《水滸》大異⑮。這就是說，《水滸》的成書把演水滸故事的劇作很整齊地分爲性質不同的前後兩組。《水滸》成書以前的，猶如原始荒地的開拓，墾植者僅需依從根本自然定律，如何籌劃，如何施工，限制很少。成書以後的，好比購買一幢現成的房子，室內佈置，庭院設計，有相當的個別自由，但終免不了受原有建築模式的局限。

《水滸》成書以後產生一種以前所沒有的支配力，不僅影響戲劇，且影響其本身的繼續成長。殆因水滸故事的流傳起碼始於南宋，初期的發展既是通過不同文體、媒介、地域，和人手去進行，差異、重複、欠規律、不平均發展，甚至互相矛盾，絕對不能避免。《水滸》一旦成書，歸納融會，取捨創新，兼而有之，一蹴而結束了那段漫長的準備時期，如千里羣龍，齊歸大海，驟然而止，形成一股不可抗拒的氣勢。隨後招安以前情節的增添修訂，遂使《水滸》的撰述過程正式完成，繼而爭相刊行者絡繹不絕(萬曆間版本叠出可以爲證)。這種迅速傳播，無異使本事和人物旋卽定位。以後由不同負責人在不同時期續寫的征遼、田虎、王慶、方臘故事(一人負責多過一部分的可能性是有的)，始終是半獨立性的各成體系，互不相混(除了簡本的方臘部分要做起碼的照應功夫去上承田虎、王慶故事外)，與招安

---

⑮　《水滸》流行以後至民元以前的水滸戲劇，除《水滸戲曲集》所收的若
　　干例子外（特別是下冊），資料散見於《曲海總目提要》（各劇可按
　　1959年人民出版社所附索引查檢）；陶君起，《京劇劇目初探》（北
　　京：中國戲劇出版社，1963年，增訂本），頁250-271；陝西省藝術研
　　究所編，《秦腔劇目初考》（西安：陝西人民出版社，1984年），頁
　　349-367。此外莊一拂，《古典戲曲存目彙考》（上海：上海古籍出版
　　社，1982年），三冊，亦極有用，惟得逐條檢出。這裏有一事需特爲說
　　明。清中葉以後的水滸戲劇間有以梁山人物的後代爲要角的（如花榮子
　　逢春、石勇子化龍、秦明子仁、呼延灼子豹），驟看好似超過正文所說
　　對《水滸》的依榜，實則這些「脫軌」之作部分衍自《水滸後傳》、
　　《蕩寇志》之類作品，部分是受了《小五義》一類俠客傳子傳侄傳孫故
　　事的影響，不能混爲一談。

以前的情節更是涇渭分明，愈扯愈遠，只有靠梁山人馬的出現去維持必要的連接脈絡。這和《三俠五義》續至二十一集（逾千回）⑯，情形一樣，好事者可以漫無止境地續下去，一般讀者（甚至不少專家）所記得的仍然是原有的故事。從這角度去看，陳忱的《水滸後傳》接覆滅後寫起，如果有人除去作者名字，回數從覆滅接着數下去，把它放在百回繁本之後，作爲一書出版，未嘗不可視爲《水滸全傳》正正式式的一部分⑰。只是這樣的續寫，不管說的是北伐遼國，還是稱王海外，優劣上可以有分別，同爲原書的附庸，甚至爲煑鶴焚琴之物，則是一樣的。它們的存在更顯出原有情節的整體性。

說明了《水滸》原有情節的支配力後，我們便可以通過朱有燉的兩劇去考察水滸故事發展到宣德末年時的情況。

在《水滸傳》裏，梁山成員分爲天星三十六人和地星七十二人兩組。十二本早期水滸雜劇當中，有不少提到「大夥三十六，小夥七十二」的。三十六之數不足奇，宋代史料講歷史上的宋江卽有此記載⑱，很早便成爲水滸傳統不可分割的一部分，《宣和遺事》（內含最早見文字的水滸故事）和南宋遺民龔聖與（1222-1304以後）的《宋

---

⑯ 集數和卷數僅依鄭振鐸的私人藏品，見北京圖書館編，《西諦書目》（1963年）卷四葉七十六下一七十七下。但鄭藏最後一集之後還有續集也說不定。

⑰ 《水滸後傳》不提田虎、王慶，在內容上和在文字簡繁上均與百回繁本配合，只要不說關勝、呼延灼、戴宗等要角在百回本之末已死去，連貫爲一書，並無技術困難。用含有田王部分的百二十回繁簡合併本也可以。田王兩部分均截然獨立，把《水滸後傳》加在百二十回本之後，只需在必要之處稍爲調整，便很容易弄出一部長達一百六十回的全傳來。但若眞如此去做，誰都會譏爲無聊之舉。其實征遼、征方臘，以及覆滅各部分（田虎、王慶更不必說）正是這種過程的產品，分別僅在這些部分只是爲擴充《水滸》而寫，並不像《水滸後傳》的自始卽作爲獨立書刊發行而已。

⑱ 記載宋江事跡的最早原始資料爲北宋李若水的〈捕盜偶成〉詩，內卽有「三十六人同拜爵」句；參見馬泰來，〈從李若水的捕盜偶成詩論歷史上的宋江〉，《中華文史論叢》，1981年1期（1981年2月），頁263-268（此文收入本集）。

江三十六人贊》中的名單都用此數字⑲。那時的三十六人爲全夥的總
數（包不包括宋江在內，數字上差別不大），不光指上層頭目，更沒
有天地相對的觀念。這三十六人的名字和綽號儘管以後有改變（均不
難辨認），《水滸傳》的天星根本上卽自此而來，偶有分別，亦是可
以解釋的（如杜遷雖降爲地星，仍保留其爲山寨小數始創者的特殊身
份）。地星的觀念及七十二這數字都是後起的，是水滸傳統在複雜化
過程中，人與事並長且互爲因素的產品。要解決地星的觀念、數目，
和名單形成於何時，朱有燉二劇可以給我們不少幫助。

按此二劇的周藩原刻本，涉及的人名共有：

《仗義疎財》：

　　㈠出場人物——李逵（正末）、燕青（正末）、宋江（邦老）

　　㈡提名而未出場者——吳加亮、關勝、李海、朱仝、呼延綽、戴
　　　　宗、張順、劉唐、秦明

《豹子和尚》：

　　㈠主要出場人物——魯智深（正末）、李逵（副末）、宋江（外）

　　㈡開場時略出現的佈景板式人物（不一定全部上臺）——吳加
　　　　亮、晁蓋、李義、楊志、李海、李逵、史進、公孫勝、張順、
　　　　阮小七、秦明、阮小五、阮進、關必勝、林沖、柴俊、徐寧、
　　　　李應、劉唐、董平、雷橫、朱彤、戴宗、王雄、孫立、花榮、
　　　　張青、穆橫、燕青、呼延綽、索超、武松、石秀、張岑、杜千
　　　　（全部邦老）

關於這些人名，有幾件事值得注意：㈠兩劇名單長短有別，實則
統一，如《水滸》的李俊，兩劇均作李海。㈡全部人名不出《宣和遺
事》和《宋江三十六人贊》所舊有者，在《水滸》歸屬地星的，僅杜

---

⑲　這裏先舉《宣和遺事》，後列《宋江三十六人贊》，求其方便，免在行
　　文間產生龔聖與並撰二者之誤會而已，不是說它們之間的次序果如此。
　　這問題恐怕尚未到能够完滿解決的階段，惟鄧德佑，〈談《宣和遺事》
　　與《宋江三十六人贊》的時代先後問題〉，《明清小說研究》，3期（
　　1986年4月），頁415-420，則以爲《宣和遺事》居前，可參考。

千（遷）（《三十六人贊》無此人），其餘全部天星。㈢如《宣和遺事》和《三十六人贊》有分別（特別是綽號），兩劇名單接近《宣和遺事》。㈣《仗義疏財》中諸名盡見於《豹子和尚》，後者就是一張總單，聲明宋江帶領三十六人（宋不算在此數之內，《遺事》亦如此），每人按次第排列，並附綽號。單中除了晁蓋移前，和因劇情之需而摒魯智深於外，以及武松改後兩位外，各人先後與《遺事》同，而與《水滸》排座次後的次第大相逕庭。各人綽號與《水滸》有別者，亦從《遺事》。㈤《仗義疏財》前半講李逵鋤強扶弱，題材並不特別，後半講宋江受招安後征方臘，發展《遺事》早有的故事，也不算新鮮。特別的是《豹子和尚》，說魯智深有妻有兒有母，上梁山後又因犯錯，給逐出去，因而重為和尚，誠心修道，最後還是宋江用計誘他回山。㈥《豹子和尚》提到若干在此以前的水滸故事，其中「魯智深、李逵夜劫猱兒喪」和「魯智深、劉唐悄地金釵鈿」，雖未必一定見於戲劇，卻可以代表未為《水滸》所收的原始故事。

　　這些觀察可以作一簡單的歸納。晚至明宣宗宣德年間，我們現在所認識的《水滸傳》應尚未成書，地星的觀念就算已存在亦當僅具初型而已，否則以朱有燉之博學多聞，怎能對一切已有的發展視若無視，人名、綽號、名次全依《遺事》[20]。那時的水滸故事，用雜劇形

---

[20]　這論點必需朱有燉創作此兩劇始能成立。如果他僅修改前人之作，便不能這樣解釋。嚴敦易就曾提過這疑問，並以為可能性不低，何喬治也覺得不能排除這種可能性。討論朱有燉此兩劇，大家多數用收入《水滸戲曲集》者，其中《仗義疏財》之為張冠李戴貨色，上面正文已批評過。較慎重者，則用的《奢摩他室曲叢》一類本子，文字雖或無異，研究者始終未做過先用原刻本來澄清的功夫。集齊所有朱有燉劇本原刻的研究者，到目前為止恐僅伊維德（Wilt L. Idema, 1944-）一人。他發覺朱有燉此二水滸劇均有作者原序，為後來任何版本所未收。這些序文說明：㈠兩劇均為作者自撰，非改寫前人之作；㈡朱有燉僅知有《宣和遺事》，而不知有《水滸傳》；㈢他曾參考過以前的水滸劇。這樣一來，確是解決了不少問題。參見 W. L. Idema, "Zhu Youdon's Dramatic Prefaces and Traditional Fiction," *Ming Studies*, 10 (Spring 1980), pp. 17-22, and the addendum in 11 (Fall 1980), p. 45; Idema, *The Dramatic Oeuvre of Chu Yu-tun (1379-1439)* (Leiden: E. J. Brill, 1985), pp. 176-187. 《豹子和尚》原序，已為馬蹄疾收入其《水滸資料彙編》（1980年，增訂本），頁83。至於朱有燉之學藝兼精，稱得上讀萬卷書行萬里路，可參閱任遵時之專書《周憲王研究》（臺北；自印本，1974年）。

式也好，用話本形式也好，在處理情節和人物方面，必仍有很大的自由，因而蕪雜矛盾難免，與後世經過整理、增刪、重寫而成的《水滸傳》也就距離極大。近人批評早期水滸雜劇，遇到與《水滸傳》有顯著分別時，多譏爲荒誕無稽。這是基於先入爲主的觀念，又以爲《水滸》成於元末，最晚不過明初，遂視雜劇多自此出[21]，分析時便排除發展程序從另一方向開始的可能性。《水滸》與雜劇苟有殊異，正反映演易之歷程，論者無需用價值觀念去自囿。

　　因此我們可以得到兩個衡量的準則。雜劇的內容及所描寫人物的性格，與《水滸》有大異，甚至有衝突者，必出現於《水滸》成書之前。此其一。劇中讓地星人物扮演重要角色者，該爲《水滸》成書之後的作品。此其二。

　　歸入第一類的，計有《雙獻功》、《燕青搏魚》、《還牢末》、《爭報恩》、《黃花峪》、《大劫牢》六劇。其中不妨選談兩本以例其餘。《水滸傳》中的劉唐是一個特殊人物。他不單因爲參加行劫生辰綱而成爲梁山的基本人馬，行劫計劃根本就是他發起的，因爲他的往東頭村報信才促成梁山由一個普通小山寨發展到成爲威脅中央政府的龐大武裝勢力。上山後的劉唐雖缺乏獨當一面的表現，始終仍是一條剛直的好漢。《還牢末》中的劉唐簡直就是另外一個人，心胸狹窄，見識淺陋，公報私仇，毒陷同事，濫用私刑，收賄害命，不一而足。等到他最後上梁山，山寨關心的只是添個頭目，私人恩怨樂得一筆勾銷。《水滸傳》中被戮殺的貪官污吏、土豪惡霸，多少尚不够這個劉唐狠毒！劇中描寫此人，入木三分，令讀者（觀眾）髮指，要劊之而後快，這是劇作成功之處。它和《水滸》的極端差別正說明《水滸》的寫定是多艱鉅的工作，使成書以後的《水滸》和某些以前的故事產生似乎毫不相干的情形。如果說《水滸》成書以後始出現《還牢

---

[21]　這種顛倒觀念，涵芬樓1941年所刊王季烈《孤本元明雜劇提要》最爲代表。

末》這類劇本，無論如何是不合邏輯的㉒。

　　《大劫牢》講韓伯龍上梁山的經過，顯爲《水滸》中盧俊義故事的雛型，而《水滸》的改寫已到了脫胎換骨的程度，僅保留毛遂自薦的韓伯龍變成李逵斧下枉死鬼這點殘跡。這事大家已討論過好幾次，不必多贅㉓。

　　據此，這些劇本和《水滸傳》的關係可說有二：在《水滸》成書過程中，這些劇本不是乾脆被淘汰，便是被吸收，徹底改寫，僅留若干極不易察覺的痕跡。

　　如果我們只看止於排座次的《水滸傳》，早期雜劇的考察就僅能從異的角度去看，《黑旋風負荊》也就和上述六劇沒有分別，即使將此劇加入討論範圍，仍僅能達到上面的結論。

　　但要是我們從排座次繼續看下去，這本《黑旋風負荊》便顯得非常重要。它說的正是《水滸》第七十三回後半的故事，內容平行得很。這種情形，排座次以前稍近似的例連一個也沒有。征遼、田虎、王慶、方臘之類附庸部分更不用說了。因此，雜劇和《水滸》成書的關係並不限於上述的淘汰和融化，尚應加上因襲這一模式（嚴格言之，融化主要屬於成書後另一次相當徹底的改寫，詳後）。

　　既然《黑旋風負荊》和《水滸》的關係在同不在異，與上述六劇有別，爲什麼不說它沿襲《水滸》？這問題不難解答。《水滸》第七十三、四兩回整整齊齊地由四個獨立的故事組成，是硬生生併合的結果，反過來講，是很難自圓其說的。其實此劇和上述六劇確同屬一

㉒　《還牢末》因襲元劇《鄭孔目風雪酷寒亭》，見嚴敦易，《元劇斟疑》，上册，頁221-236；馬泰來，〈元代水滸雜劇辨僞〉，頁53-54。但因《酷寒亭》年代頗早，對判斷《還牢末》的創作時期起不了作用，所以劉唐角色的關鍵性也就特別值得注意。

㉓　馬泰來，〈元代水滸雜劇辨僞〉，頁55-56；胡竹安，〈《水滸》人物考〉，《河南師大學報》（社會科學），1983年5期（1983年9月），中〈盧俊義和韓伯龍〉條，頁98、78；馬幼垣，〈《水滸》劄記三題〉，《明報月刊》，20卷11期（1985年11月），中之第三題〈梁山好漢一百零九人〉，頁86-87（此文收入本集）。

組，只因它給完完整整地搬入《水滸》，其他的沒有這分殊榮，遂產
生這七劇和《水滸》的關係有異同之別。

　　這七本雜劇，固然各述各事，許多地方還是相當統一的，而與
《水滸》（特別是前七十回）有別：

　　㈠各劇講梁山好漢路見不平，拔刀相助，幾乎盡與性犯罪有關。
除《大劫牢》外，各劇均講通姦或強姦，《水滸》前七十回並不是如
此集中於這種情節。招安部分第七十三、七十四回的四個故事例有兩
個是講這一套的。

　　㈡通姦的女主角一定不是元配，甚至聲明本爲歡場中人，姦夫則
不出衙內、令史、都巡之流。《水滸》沒有這樣公式化。

　　㈢《燕青搏魚》、《黑旋風負荊》、《黃花峪》諸劇說三月三日
清明、九月九日重陽，梁山眾頭目照例放假下山，遊賞祭掃，何其寫
意！《水滸傳》中的梁山，務求自給自足，與外界的接觸主要在招
募、征戰，以及排座次以後的招安活動。自宋江正式加盟至排座次，
不足三年（何心的統計），一切都在遞變中進行，其緊張可想。到排
座次後分配工作，仍然充分表現出一股被圍心態 (siege mentality)。
偶有遊賞之趣，活動亦限於水泊範圍。各頭目多非本地人，且有家者
幾盡携眷而來，何需清明祭掃？故上山以後用私人理由請假者僅公孫
勝和李逵而已，都要先得到特別批准，嚴格得很。集體定期下山渡假
（三日不回卽斬，祇是故意把山寨的紀律說成特別嚴厲而已），這種
輕鬆生活，水滸故事在定型以前當是容許而不致產生太大矛盾的。

　　㈣宋江首次在各劇出場時的獨白主要在介紹他的背景和上山的歷
程，形式和內容可分爲三組，它們和《水滸》的分歧很值得詳細研
究，現僅由簡至繁舉其大略：（甲）宋江最簡單的自我介紹見《爭報
恩》，僅說：宋江誤殺閻婆惜，逃出鄆州城，佔了梁山泊。後來朱有
燉的《豹子和尚》亦與此同。（乙）《黑旋風負荊》中的介紹是：宋
江字公明，綽號順天呼保義，曾爲鄆州鄆城縣司吏，因帶酒殺了閻婆
惜，放配江州。過梁山時，遇晁蓋，獲救上山。後晁蓋三打祝家莊身

亡，宋江遂被推爲首領。《還牢末》中的文字有別而要點相同，只是不提閻婆惜名字，僅說是娼人，卻加上宋江又有及時雨的綽號（這點爲此劇所獨有）和上山後晁蓋死前坐第二把交椅。（丙）其餘各劇的這段獨白，文字上基本與《黑旋風負荊》相同而內容迭有增加。《燕青搏魚》說宋江殺閻婆惜後，腳踢翻燭臺，燒了官房，傷害了人命，爲官軍所獲，杖六十，始充軍，並注明宋江曾爲第二頭領。《黃花峪》則記火燒意外後宋江自首，餘同《燕青搏魚》。《雙獻功》這些細節都有，且謂宋江早爲晁蓋義弟，故晁蓋特率人下山營救，不是遇而救之那麼偶然。《大劫牢》雖不講宋江和晁蓋早已結義，但說晁蓋下書招宋入夥，書爲閻婆惜盜得，宋遂殺之，已與今本《水滸》近。但因仍保留誤燒官房，晁蓋死於三打祝家莊等情節，那時《水滸》卽使已成書亦該尙未達到今本定型的階段。以上的排列起碼可以反映宋江個人事蹟和好幾件有關山寨成長之大事是怎樣演進的。（這批雜劇固爲《水滸》成書以前之物，但因版本屢次更改，宋江的這些獨白，特別是那些詳加細節的，有可能是《水滸》成書以後，從這本原始的《水滸傳》倒流移進雜劇的，詳後）。

這四項考察自然未盡諸劇的共通性，也該足夠說明它們是相當統一的，和《黑旋風負荊》肯定該與其他六劇合爲一組。

這是利用雜劇去建立第一條判斷《水滸》成書過程的準則。上面約略提過的另一準則，就是利用這七劇和朱有燉兩劇以外的三劇，以及地星出現的時間問題，去做否定性的工作，從而更進一步確定雜劇在《水滸》成書以前所曾產生過的作用。

剩下來的三劇有兩個共通點：故事與《水滸》近似，以及地星人物之出現。

《鬧銅臺》所演盧俊義故事和見於《水滸》的十分平行。《東平府》講王英打擂臺，與燕青泰山相撲頗有類似之處。《九宮八卦陣》陳述宋江征遼時的決定性戰役，與《水滸》征遼故事相稱外，還和《水滸》招安部分宋江用九宮八卦陣去破童貫之來犯相同。由於這些

類似之處，也由於這些都是明人之作，說它們全部出現在《水滸》成
書以後已幾成定論。這樣說不一定錯，但我們現在既知道晚至宣德八
年《水滸傳》尚未成書，光是出於明人之手這一點是不足說明問題的。
根據內容相似去辨證，也是模稜兩可，很難不受假設所影響。依靠這
種資料為主要證據之難服人，從《水滸》繁本簡本孰先孰後說的各執
一辭，便可以明白。如果要說《水滸》吸收了這些劇本，論證也是可
以排出來的，這三劇和《水滸》的關係也就需要從別的途徑去探討。

　　這樣我們便回到上面所說，朱有燉作《豹子和尚》，盡舉梁山人
名，卻從沒提過三十六人以外者。那時就算有地星之說，充其量也僅
為很原始的觀念，雜劇如《東平府》之由地星（王英）當正末者只能
出現在《水滸》成書以後。

　　蕭讓在《鬧銅臺》雖不是要角，份量已比劇中不少天星（如朱
仝、雷橫）為重。除非蕭讓是在這劇本改編過程中很晚才加插進去的
（可能性不大，因為蕭讓在劇中的確扮演配他身份和本領的角色，和
後面要說那些隨意添改的情形不同），他的存在足以證明此劇出於
《水滸傳》成書之後。

　　《九宮八卦陣》的年代更明顯。這本四折加一楔子的戲擠進梁山
頭領二十三人，內包括地星十人（朱武、韓滔、彭玘、陳達、杜千、
宋萬、薛永、施恩、鄭天壽、王英）。這一大堆天星地星個個正式登
臺，全部有科有白，不像《豹子和尚》的雖然出動三十六名基本人馬
（也不能保證確是全體上臺），真正演出者不過宋江、李逵、魯智深
三人，其餘盡是跑龍套，曇花一現，科白俱無。《九宮八卦陣》這類
劇本怎有出現於《水滸》之前的可能？

　　這樣去處理此三劇牽涉到《雙獻功》等七劇的純真程度。稱宋江
三十六人（或者說他不包在此數之內）為天星（或大夥），卻是地星
（或小夥）這一套出現以後，才會有的相對性名詞。《雙獻功》、
《燕青搏魚》、《黑旋風負荊》、《黃花峪》、《大劫牢》五劇都說
梁山聚「三十六大夥、七十二小夥」，多半是宋江自我介紹的一部

分。這五劇有時也在別的場合提到三十六人，但沒有單講七十二人的。這兩個數字代表什麼，五劇均無銓釋。另外，《爭報恩》僅說三十六人，《還牢末》根本不提任何數字。宋江的介紹性獨白本身有變化，也有不少因承的成份在內，這標明大夥小夥的五劇就有四本在上面討論這些獨白時是歸入同組的，來源也就可能一樣。況且劇本苟有更易，介紹性獨白給改動的機會也比其他部分為大。試看在原刻本《仗義疏財》裏，宋江根本沒有自我介紹，到了脈望館本則多了一大段整齊的介紹，其中「三十六大夥、七十二小夥」字樣赫然在目。最值得注意的是，朱有燉兩劇的原刻本均只說宋江三十六人，絕不提大小夥之別，更沒有七十二人這個數字。由此可見，地星這觀念，七十二這數字，均出現頗晚。連《水滸》成書以前諸劇也竟有泰半滲入這些成份[24]，對於這些劇本的純真程度，我們是需要作若干（甚至相當）保留的（上列十二本劇本，只有朱有燉兩劇，因為有原刻本，是毫無疑問的原裝貨，其他都一定受過不同程度的改動）。

連三十六人這一套我們都要小心處理。他們的名字和綽號早見《宣和遺事》和《三十六人贊》，那是一回事，他們的故事如何在俗文學領域內發展，又是另一回事。如果說三十六人多數平均發展，那是絕不可能之事。他們在《水滸傳》裏，份量差別極大，該是可靠的反映。由於各種印象式的因素，大家對這些人物的個別事跡的發展都恐怕潛意識地作了偏高的估計。

發展不平衡到什麼程度？不妨看看梁山人物在《水滸》成書以前的七雜劇中的分佈。七劇中出場者共二十一人，看似不少，其實不然。主要是因為關勝在《黃花峪》第二折帶着十個跑龍套、無科白的兄弟（以後也不再在此劇出現），十人當中復有七人不見於其他各劇，其中還包括孤伶伶的地星王英，把總數弄大。這些雜劇之中，《黃花峪》很可能是版本純真度最成問題的，它的第二折尤為可疑。

---

[24] 這種倒流的現象，陳汝衡（1900-）也有同感，見其〈元明雜劇中的黑旋風李逵〉，《戲劇藝術》，1979年3、4合期（1979年10月），頁199。

除去此七人，各劇出場總人數便只有十四人，他們的分佈爲：

　　宋江：每劇均出場，但從未當過正末

　　吳學究：五劇，活佈景板而已，往往連開口的機會也沒有

　　李逵：四劇，正末三次

　　魯智深：三劇，正末一次

　　燕青：二劇，正末一次

　　楊雄：一劇，正末一次

　　李應：一劇，正末一次

　　關勝：二劇 ⎤

　　徐寧：二劇 ⎟

　　花榮：二劇 ⎟

　　劉唐：二劇 ⎬　淨、外之類，或不注明角色

　　阮小五：二劇 ⎟

　　武松：一劇 ⎟

　　史進：一劇 ⎦

　　李逵的獨當一面，佔盡鋒頭，不用多說。跟着下來的魯智深、燕青就差了一大截。從《錄鬼簿》、《太和正音譜》等資料所保存的水滸雜劇名目，我們可以知道李逵戲在已佚諸劇的比例絕不會小過上表所開列者。在這些佚劇名目內，燕青戲的數目可算排名第二，同樣是遠遠的跟在李逵後頭。按名目去判斷，這些佚劇的內容也是泰半不見於今本《水滸》。按此，現存的早期水滸雜劇應該很夠代表性，足以正確地反映出《水滸》成書以前這個傳統的發展狀況，大可彌補這些劇本佚多於存的缺憾。

　　早期水滸雜劇的集中在兩三個人身上表示其他早見於三十六人名單者很晚尚未有個人故事的發展。這些人給遺漏到令人相當吃驚的程度。《水滸》中的吳用何等重要，在雜劇裏不過是宋江的跟班，通常不注明他的角色，各劇加起來也不過說了幾句無關痛癢的話。晚至朱有燉的《仗義疏財》原刻本，吳用僅被間接提了一下，脈望館的改寫

本則爲他加上揷嘴的機會。到《鬧銅臺》的出現，他卻大大不同，儼然爲戲路十足的正末了。個人故事複雜性的發展，在《水滸》成書之前和成書以後分別實在太大。

神行太保戴宗的情形亦如此。《水滸》中的戴宗因本領特殊，通風報信，探訪偵查，他包辦了一大半。在早期七劇他連影子也沒有，遇到需要這種人材的場面，只有找別人（多數是武將）去充責，往往弄到乙找甲，丙找乙，山寨完全無法掌握消息。《元曲選》的《雙獻功》是改寫本，硬生生地通過宋江、吳用之口（脈望館本中的吳用根本不說話）把戴宗加揷進去，說派他去打聽李逵的消息，卻始終不讓戴宗露面。這代表開始感到需要戴宗這種人材的特別服務了。

吳用和戴宗的發展尙且如此晩，等而下者不難想像，往往與《水滸》中所見的同名人物無法認同。這些早期雜劇動輒說某人下山，隨隨便便和人結義，對象男女都有（宋江也有他的私人義兄），這種行動基本上違反《水滸》在諸人入夥後的忘我要求（起碼山寨希望如此）和不鼓勵個人活動的政策。這並不算太重要。麻煩的是，那些義兄義姊之流終俱加盟梁山，不就等於三十六人這個原始數字毫無意義？

《元曲選》所收《燕靑搏魚》的改寫人也察覺到這種毛病，遂把燕靑結義後帶上山的兩兄弟燕大、燕二改爲燕順、燕和。這種蛇足之舉當然不能解決問題，結果梁山無端端多了一個燕和，還因此告訴我們改動早期雜劇的工作並不因《水滸》成書而停止。

水滸傳統原始的三十六人，遲至朱有燉作二劇的時候，在出身、性格、體貌、本領各方面均已發展到有足夠特質可資辨認者，不過宋江、李逵、燕靑、魯智深等數人。地皇觀念晚出，地星諸人如王英、一丈靑之成爲個人資料齊全之人物尤應更晚。晚至何時？我以爲就算地星觀念在《水滸》成書時或者已有，地星七十二人總該有不少是成書時才首次加進去的，而且也不可能一下子便七十二人齊全。

上文爲了討論之便，《雙獻功》等七劇和朱有燉兩劇分開來處

理。它們既然都作於《水滸》成書之前，七劇共通之處，朱劇亦往往有之，如《仗義疏財》以李逵、燕青爲雙末，《豹子和尚》以魯智深爲正末，李逵爲副末，正符合上面表列的情形。這九劇因此當算爲一組。

　　除了以上的分析，我們還可以另加一條佐證來確定《水滸》的成書年代。宋江在鬧東京後撤退時，對燕青說：「你和黑厮最好，你可略等他一等，隨後與他同來」（第七十二回），下面的兩回便完全由李逵和燕青支配。宋江這兩句話從何說起？按《水滸》的情節，排座次以前，李逵和燕青毫無特別接觸，李逵接近的是戴宗，燕青親近的是盧俊義。況且燕青入夥遲，自他入夥到大聚義，和山寨有關的要事僅三件：破曾頭市，和攻東平、東昌兩府，時間短促，戰事頻仍，很難容許新舊兄弟間個別培養感情。在這段時期之內，燕青仍維持其忠僕的形象，在曾頭市和東昌府兩役均隨侍盧俊義之側，這都是與李逵無關的差事。李逵、燕青之間要發展親密的友誼，只可能和宣和二年四月大聚義至該年年底宋江等去東京，中間大家較清閒的八個月。時間上不是辦不到，背景卻不符。第七十三回開始處有這樣的解釋，說燕青善摔角，李逵不聽話時，燕青便露一手，李逵吃虧多了，因此怕他，這並不符合山寨上兄弟相處的日常生活情形，而是僅可能在出差時，怕誤了任務，才會發生的事（如找羅眞人時，戴宗施法去使李逵馴服）。去東京前，李逵、燕青何嘗結伴出過差？在這兩三回卻說他們早就異常親密。這起碼犯了前後不連貫之病。李逵和燕青雖然是早期雜劇中慣見的要角，但他們在知見的雜劇當中僅合作過一次，就是朱有燉的《仗義疏財》原刻本（改本讓一丈青代了燕青部分的戲——和《燕青搏魚》中的燕大給改爲燕順一樣，是《水滸》成書以後才動的手腳）。如果說《水滸》這幾回寫在朱劇之後，該不是憑空臆斷的。

　　以上的論證，分別言之，或間嫌不足；綜合來看，對《水滸》成書有影響的九本早期雜劇確清楚地畫出宣德八年這條分水嶺。《水

滸》的成書絕不可能早於這一年，而今本《水滸》當中僅招安部分，因爲包含了第七十三、四這特別的兩回，能反映出這些雜劇所代表的發展階段。前七十回沒有這種特質，年代自然更後。

有人或者會問，第七十三、四兩回旣共有四個性質相同的獨立故事，其中僅找到李逵負荆的來源，別的三個故事能否作同樣的處理？考據之事，資料多寡不能強求，更不能作出超過材料允許的結論。其他三個故事確是出處未詳，但《錄鬼簿》所記《黑旋風喬斷案》、《黑旋風喬教學》兩雜劇均可能與第七十四回所講李逵壽張縣喬坐衙有關。但這種捉摸不定的可能性，我們目前只能存疑，不宜過分推論。

另外，〈楊溫攔路虎傳〉話本（《六十家小說》）中泰山打擂臺的情節，在佈局上和燕青的比賽相撲確有近似之處。這是否就是直接史源，不易論定。若從《水滸》這兩回書中四個故事之間的種種平行成份去看，這個故事的依據就算不是雜劇而是話本或其他文體，所用的材料亦很可能比這篇話本在內容上更接近我們現在見到的燕青智撲擎天柱故事。

招安部分的年代和前七十回的年代是互相聯繫的。要證明前七十回比招安部分更晚出，主要仍靠雜劇。招安以外，《水滸》任何部分都沒有整篇雜劇的直接沿用，但在前七十回裏，我們還是可以找到和雜劇有關的蛛絲馬跡。茲舉幾例來說明：

㈠《水滸傳》中所見梁山諸人，好講名位，誰比誰高絲毫不含糊，不放鬆，大聚義時的排座次自然是最好的例子。其實自晁蓋等七人火併王倫起，每遇新人入夥到一定數字，早晚總要重整名次一番，多少兄弟都三番四次地昇降才到最後的大定位。《宣和遺事》和《三十六人贊》詳列各人名字及綽號，免不了有先後之分，但因爲名單短多了，旣沒有天星地星之別，也沒有同時決定各人的工作，高低之感並不強烈。朱有燉《豹子和尚》以前，諸劇並未列出山寨陣容的清單，但《爭報恩》說關勝排名第十一、徐寧十二、花榮十三；《雙獻

功》、《還牢末》、《黃花峪》謂李逵列名十三；《燕青搏魚》說燕
青爲第十五名好漢；《黃花峪》排楊雄第十七名。各劇之間相當整
齊，衝突僅花榮一處，這起碼說明各劇都意味着眾兄弟是井然排次
的。《水滸傳》斤斤計較誰先誰後，要排名能够經常反映山寨的最近
陣容，這種組織性的自我要求來自雜劇的成份比沿襲自《宣和遺事》
之類資料者爲重。

　　㈡《水滸》講出差任務，往往說山寨不放心，隨卽派人去接應，
這種情形屢見不鮮，不必細表。《水滸》成書以前諸劇有這種情節安
排的幾達半數:《爭報恩》、《黃花峪》、《還牢末》、《大劫牢》。
如果說《水滸》的重複使用這種技巧是得自雜劇，從年代先後去看，
是說得過去的。

　　㈢《水滸》講梁山對付被擒的敵人，手法按對方的背景和梁山的
立場而異。遇到可納爲己用者（多數是武將），對方曾經怎樣辱罵過
宋江諸人，怎樣威脅過梁山的安全，都無所謂，一旦擒獲，統統曉
以大義，歡迎入夥。碰上奸官惡霸、土匪劣僧，以及反對梁山的武裝
地方勢力，多賜以速死（如鎮關西、祝家莊和曾頭市諸子、鄧龍——
這些部分與梁山無關的例子說明上山前的個人行動和上山後的集體行
動，態度上並無分別）。梁山最恨的爲姦夫淫婦、刁鑽陰算之人，動
輒就是挖心、凌遲、烤肉、做醒酒湯（如黃文炳、潘巧雲、劉高、李
固、盧俊義妻）。甚至梁山人馬，在身份未被確認以前，也有被用來
製醒酒湯的可能（宋江在清風山便曾遇此險）。這種叫惡人慢慢受
罪，使其屍支離破碎，和啖其心食其肉而後快的心態表現，是《水滸
傳》一大特色。水滸雜劇的惡人種類簡單多了，就地斬殺者不算外，
捉上梁山才正法者，多數爲姦夫淫婦（《燕青搏魚》、《還牢末》、
《爭報恩》），僅一次爲兩個土混混（《黑旋風負荆》）。行刑之
法，有兩次聲明爲剜心配酒㉕。《水滸》與雜劇的關聯，由此可見。

　　　㉕　何喬治說早期水滸雜劇沒有《水滸》常見的殘暴行爲和厭惡女性的特徵
　　　　　是不正確的（"Early History of *Shui-hu chuan*," pp. 394-395）。

㈣以上各端均就大體而言。《水滸》個別故事之得自雜劇很難考認，但一經指辨，則特別顯得意義不凡，如韓伯龍之爲盧俊義，就幫助我們解決了《水滸》一大情節的來歷。這點上面說過了，現在不妨再舉一例。燕青在《燕青搏魚》裏告訴義兄燕大，大妻與人有染，大不信，遂給姦夫走了，其妻又抵賴，燕青要燕大殺妻，大猶豫不決，青乃要代他殺之，而姦夫已帶人來，燕青、燕大便雙雙入獄。這不就是楊雄、石秀故事的縮影嗎？

㈤這些雜劇對《水滸》的影響還可以追查到更細的層次——僅關係到一個故事的某部分。如《豹子和尙》講的魯智深故事分明比《水滸傳》原始，那些和尙有妻有兒有母的細節是難配合《水滸》所描寫的羣體生活的，它們之沒有被今本《水滸》所採用，不足爲奇。可是，劇中的張原亮顯然爲《水滸》裏趙員外的模特兒，而且因爲沒有歌女這種私人關係存介其間，張施主之助魯智深就覺得更眞誠可貴，但卻不及趙員外的入世，行動實際而可信。

這種局部的影響有時還會出現在不相干的故事裏。李逵在《雙獻功》裏譏諷宋江，說他「帽兒光光，今日做個新郎；袖兒窄窄，今日做個嬌客」。《水滸》第五回小嘍囉賀周通成親時，這些話變成「帽兒光光，今夜做個新郎；衣衫窄窄，今夜做個嬌客」，前後的因承很明顯㉖。

㈥雜劇和小說在細節上的要求分別很大，體裁又異，除了襲用通俗文學範圍內的套語外，涉及內容之文字雷同的機會不大。苟有內容不符而文字相似之處，便可以看得出因承的關係出來。在《水滸》第五十三回，戴宗向羅眞人報告晁蓋、宋江「仗義疎財，專只替天行道，誓不損害忠臣烈士、孝子賢孫、義夫節婦，許多好處」。所舉的例多與梁山無任何關係。《水滸》前七十回講山寨的行動，何嘗涉及忠臣烈士、孝子賢孫、義夫節婦？根本談不上害與不害。羅眞人既然能知過去未來，戴宗並沒有在他面前胡亂向自己臉上貼金的必要。原

㉖　此例得自馬泰來，〈元代水滸雜劇辨僞〉，頁52。

來這些不相稱的話是有來歷的：《爭報恩》楔子正旦李千嬌云：「我一向聞得宋江一夥，只殺濫官污吏，並不殺孝子節婦，以此天下馳名，都叫他做呼保義宋公明」；《大刼牢》第一折李應（正末）唱〈混江龍〉：「（我）愛的是忠臣孝子，敬的是德行賢良，害的是倚勢挾權豪貴客，救的是無挨困苦受孤孀。」

這樣去分析，不難得到如下的結論。招安部分十一回，最低限度有兩回依靠雜劇或類似的作品，比例相當高，故事相連之處，機械而突兀，素材因襲起來，顯露而直接，難免產生硬套之感。前七十回也採納這些資料，但篇幅比例低，且運用靈活，不拘形式，來源由是隱晦而間接，不易察覺其間因承的關係。這些強烈的對比當是工作程序前後有別的結果。

討論至此，焦點全在雜劇方面。按文獻紀錄，水滸話本、詞話之屬的曾經存在 過絕不成問題。 有些這類的作品還可能 年代相當久遠（特別是從宣德末年仍未有《水滸傳》這角度去看），如羅燁《醉翁談錄》書首所列的水滸話本名目。可惜這些故事沒有一篇傳世，連最簡單的提要也沒有，大家光談名目，談了四、五十年，除了說明很早便有水滸題材的通俗文學作品外，還能證實什麼[27]？

問題的癥結在今日能見到的早期話本雖為數不少，竟沒有一篇講水滸故事，根本無法和豐富的水滸雜劇比較。今本《水滸》含有一般

---

[27] 從名目去探討宋人話本（包括水滸話本），譚正璧用力最勤，鍥而不捨。他原先發表的〈《醉翁談錄》所錄宋人話本考〉，《萬象》，1卷12期（1942年6月），頁131-146，1955年補訂一次，收入其《話本與古劇》（上海：古典文學出版社，1956年），頁13-37。西方學者論話本文學，恆引捷克漢學家普實克（Jaroslav Průšek, 1906-1980）的著述；他在這方面的研究，當以其晚年之作 *The Origins and the Authors of the Hua-pen* (Prague: Publishing House of the Czechoslovak Academy of Sciences, 1967）為代表，其實此書對於《醉翁談錄》所錄話本名目的討論只是譚正璧此文的英文翻版而已。最近，譚正璧由其女譚尋幫助，重訂《話本與古劇》（上海：上海古籍出版社，1985年），此文又再增修一次，易名為〈宋人小說話本名目內容考〉（頁13-68），資料更富，其中有關水滸傳統者見文內51、64、68、71、78、79、83、85諸項。對水滸話本來說，這種資料以後當然還可以繼續增補下去，但在看不到故事原文的限制下，始終免不了只是推測。

性的話本故事㉘，書中辭彙和挿詞也時與話本小說共通㉙。這些只能
證明水滸傳統的收容性和通俗文學領域內遣詞用語的共通性，但解釋
不了水滸話本是怎樣一回事。有關水滸詞話內容的信息，最多能够稱
得上片段而已㉚。恒爲研究者所引用的《宣和遺事》也幫不上太大的
忙。書中講水滸故事的一段不算短，首尾俱全，且爲現存最早的水滸
文學作品，但畢竟只有幾千字，談不了多少件事，也照顧不到多少細
節。此書的用途基本上局限於和今本《水滸》作故事主線異同的比
較。結果，處理本文的探討，雜劇始終是最主要資料㉛。

㉘　王利器（1912-）曾考出《水滸》第十六回內有《寶文堂書目》所列〈吳
　　郡王夏納涼亭〉話本的痕跡，見其〈《水滸》中所採用的話本資料〉，
　　《光明日報》，1954年7月3日（〈文學遺產〉，10期）；此文後收入
　　作家出版社編，《水滸研究論文集》（北京：作家出版社，1957年），
　　頁312-313。其後嚴敦易等先後考得隨高俅征梁山的十節度中之徐京和
　　李從吉可能與《醉翁談錄》書首所列的〈徐京落草〉和〈李從吉〉話本
　　有關；見嚴敦易，《水滸傳的演變》，頁73；胡士瑩，《話本小說槪
　　論》（北京：中華書局，1980年），上册，頁252、255；馬蹄疾，〈宋
　　人話本徐京落草、李從吉本事考略〉，《文史》，12期（1981年9
　　月），頁282。這裏要強調的是，縱使《水滸》眞的採納過這些本來無
　　關的話本故事，只能證明《水滸》收容性之大，取材之廣，而不能用來
　　說明水滸話本的情形。
㉙　話本小說與早期章回小說都有辭彙和挿詞共通的現象，這是與講唱有關
　　的通俗文學的發展過程特徵，不能引爲作品之間血緣之證，羅爾綱企圖
　　利用這種共通之處去證明《平妖傳》及《水滸傳》同出羅貫中之手（見
　　注①所引羅文），弄了個大笑話。對這種誤解的反駁，見張國光，〈兩
　　截《水滸》之說豈能成立：評羅爾綱先生論《水滸》抄《平妖傳》一說
　　之誤〉，《湖北大學學報》（哲學社會科學），1985年3期（1985年6
　　月），頁33-38；商韜、陳年希，〈用《三遂平妖傳》不能說明《水滸
　　傳》的著者和原本問題〉，《學術月刊》，1986年2期（1986年2月），
　　頁55-59,47。
㉚　關於水滸詞話的片段信息，可參考葉德均，《宋元明講唱文學》（上
　　海：上雜出版社，1953年），頁48-49。
㉛　曲家源，〈元代水滸雜劇非《水滸傳》來源考辨〉，《山西師大學報》
　　（社會科學），1986年2期（1986年），頁60-67,104，寧可相信《水滸》
　　源出無法捉摸的水滸話本，而否認水滸雜劇與《水滸》之間有直接關係。
　　所以得此結論，因爲作者單看雜劇與《水滸》間之異而不留意彼此相同
　　之處，不講排座次以後情節，不考慮劇本的純眞問題，和不懷疑排座
　　次以前部分不可能與成書時之原貌近似。留意到早期雜劇和《水滸》間
　　之差異者尙有王永健，〈從明初水滸戲看《水滸傳》祖本的成書年代〉，
　　《水滸爭鳴》，3期（1984年1月），頁233-241。他的看法與曲家源
　　不同而與本文較近，即以爲這種分別尙可證明《水滸》之晚出，惟其討
　　論範圍殊窄，短短幾頁，復有把問題簡化之弊，還是不能證所欲言。

　　招安部分共十一回，按情節可分爲㈠鬧東京（第七十二回）、㈡
李逵、燕靑四小故事（第七十三、四回）、㈢梁山大敗童貫、高俅征
討軍（第七十五至八十回）、㈣完成招安（第八十一、二回）。目
前找到直接來源或能確信源出雜劇之類通俗文學作品的只有用四個李
逵、燕靑小故事倂湊而成的兩回，幾佔六分之一，比例不少。其他九
回的來源尙有賴以後的繼續探索㉜，但這並不妨礙我們看看這幾回是
否和上面所得的結論矛盾。

　　鬧東京和完成招安這兩段，環繞着李師師來寫，是一件事分兩次
講。戴宗、燕靑的前後出現也象徵兩者的貫串，手法和曾頭市事件的
處理相似。

　　李師師的故事早見於宋代稗官雜記，紀錄不算少，矛盾也不少
㉝。《宣和遺事》詳記宋江與李師師之事，卻是分述的，其間並無關
聯。把他們湊在一起決不可能太早。這裏講李師師，不僅加上宋江，
故事還變成梁山招安這個大情節的一部分，且讓在水滸雜劇佔盡鋒頭
的李逵、燕靑仍扮演夥伴（正如上述，李、燕的合作可能到朱有燉
《仗義疏財》才開始的），後者在招安成敗莫測之際還大顯身手，以
四兩撥千斤之姿獨力完成重務，可說是雜劇傳統的延續（《仗義疏
財》原刻本也講招安，或者不純屬偶合）。其間插入個人資料發展很
晚的柴進和戴宗，也說明《水滸》的李師師故事代表後期的發展（上
言《雙獻功》改寫本添加戴宗而尙未讓他出現代表同一發展路線）。
這些章回或者就是《水滸》成書時才加的。

　㉜　如果能够進一步證實注㉘所說的徐京、李從吉話本與《水滸》確有關
　　　係，便可以肯定高俅征梁山這段情節的若干史源。卽使如此，這也只是
　　　利用本無關係的素材爲寫作之資而已，並不等於演衍原有的水滸故事。
　㉝　考證李師師故事的演變，近來頗有佳作，如羅忼烈，〈談李師師〉，
　　　《海洋文藝》，4卷9期（1977年9月），頁14-25，後收入其《兩小
　　　山齋論文集》（北京：中華書局，1982年-），頁117-132；謝桃坊，〈李
　　　師師外傳考辨〉，《文獻》，20期（1985年2月），頁22-35；謝桃坊，
　　　〈李師師遺事考辨〉，《中華文史論叢》，1985年4期（1985年11月），
　　　頁233-245。惟意見並不統一，討論亦未及於《水滸》，大槪均視《水
　　　滸》中的李師師故事爲晚出之故。

　　《水滸》成書時包含的情節不可能盡為舊有，必定有相當創新的
成份在內。一部炒雜碎式的書是沒有多少生存機會的。如果李師師的
情節可以是《水滸》成書時新添的，兩賺童貫、三敗高俅的六回更有
屬於這段時期的可能。

　　這六回的五場水陸大戰幾乎全由天星人馬包辦，地星的偶然出現
多僅是滿足形式上的要求，如首戰童貫時因宋江排九宮八卦陣，每個
方位都由一個天星率領兩個地星去鎮守。不然就讓地星充任些沒有結
果的差事，如時遷、顧大嫂等六人被派去燒船廠，到交戰時，對方
仍有一大堆戰船要水師頭領去應付。在梁山好漢個人資料增長的過程
中，若干地星（如王英、一丈青、蕭讓）或許比次要的天星發展早，
總趨勢仍是先天星後地星，這五場大戰之由天星包辦可以用來證明這
幾回屬稿在地星陣容尚未固定（或初固定）之時。有人用這五場大戰
之不够前七十回的戰爭場面精采，且有違歷史背景之處，來作為招安
部分後出之證，這等於說後出必劣，而忽略了前七十回的高明可以是
修改的結果㉞。

　　故此，招安部分各回所反映的演化階段雖有先後之別，要說它們
在今本《水滸》各部分當中最接近成書時的狀況，該是可以成立的。
這是就比較而言，並不是說成書時的《水滸》就是如此。這裏所說的
成立僅指原先着重故事獨立發展的水滸傳統首次以一本有層次，有系
統的書出現而已。以後如何增修是另一回事。《水滸》成書以後的修
改該是多元、多次，和多方向性的，絕對不可能像大家爭論了數十
年，不是繁刪自簡，便是簡增自繁，單向發展那樣簡單。我們只要看
看田虎、王慶故事為簡本所獨有（百二十回本為後出改本，不算），
而各種版本講到柴進入禁苑，絕大多數都說屏風上御書四大寇之名為
山東宋江、淮西王慶、河北田虎、江南方臘，連沒有田虎、王慶之部

　㉞　周維衍，〈羅貫中《水滸傳》原本無招安等部分〉，《復旦學報》（社
　　　會科學），1985 年 6 期（1985年11月），頁 106-109，可代表這種欠缺
　　　邏輯的論調。

的百回繁本亦如此，便知道今本出現之前，各種不同內容的本子互相
影響至何程度，和今本應該是成書以後仍經過若干次修改才形成的。
換言之，招安之部和成書時這部分的原貌還是有一段距離的，只是較
別的部分接近原貌罷了。

除非我們發現成書時的本子，《水滸》成書之初究竟包括些什麼
故事恐永無完滿答案。雖則如此，我們還是可以作若干具保留性的推
測的。

成書時的本子與今本重心不同。早期雜劇（包括已佚而憑名目可
略推知內容者）有一特色，全部講宋江上了山好一段時間，兄弟都齊
集得差不多，甚至足夠三十六數字以後之事。各劇所說增添的新人僅
得劉唐和史進（《還牢末》），以及那個以後大變質的韓伯龍，其餘
就是那些莫名其妙的義兄、義姊。因此，各劇內容的時間背景剛配合
今本《水滸》排座次以後招安以前這一段。按雜劇在《水滸》成書過
程所產生的作用，成書之初的本子詳於排座次以後之事當不難理解。

根據現存雜劇的內容和已佚雜劇的名目所得知的水滸故事，與今
本《水滸》不符者，如魯智深有家室；李逵借屍還魂；李逵鬬鷄會；
李逵能詩（《仗義疏財》）；李逵曾斬蛇得寶劍而贈宋江（《黑旋風
負荊》），諸如此類，爲數不少㉟。這些難成系統的故事，成書時即
使會被淘汰得很厲害，必還有不少仍被保留下來，而終爲以後的修改
過程所刪除。

上舉諸例還包括兩條很顯要的線索，就是上面說到雜劇中宋江開
場獨白時提及的：（甲）宋江殺閻婆惜後，踢翻燭臺，燒了官房，誤
傷人命，或被擒或自首；（乙）晁蓋死於三打祝家莊。正因爲此等情
節出現在這些不斷變動且有漸進之跡的獨白內，再加上那些雜劇版本
不大可能保全原貌，上述兩事或者是從成書以後的《水滸》倒流入這
批雜劇的後期改寫本。誰影響誰都好，成書時的《水滸》很可能有這

_____

㉟　何心在《水滸研究》增訂本中添一新章，〈水滸雜劇中的梁山英雄〉，
　　頁168-178，來討論這些故事。

兩情節，這一點該是可以成立的。前一情節和今本《水滸》分別尚不
算大，後一情節的不同則足使兩本之間差得很遠。

以上兩項屬外證，招安部分另提供相似的內證。第七十八回的回
首題詞是一篇很長的賦，先講梁山地理，後逐一介紹天星諸人。梁山
集團至此早已大聚義，排座次，天星地星理應渾然一體，這題詞卻僅
列天星，仍說「去時三十六，回來十八雙」（源出《宣和遺事》）。
地星人馬的遲遲未發展，此又可爲一證。

這題詞記事每與今本《水滸》不符，計有：

李逵──善會偷營
張橫──偏能劫寨　　⎫
阮小五──焚燒屋宇　⎬　均與水戰無關
　　　　　　　　　　⎭
穆弘──官軍萬隊，出陣沒遮攔
董平──綽號董一撞
林沖──滿寨稱爲翼德
燕青──減竈屯兵
徐寧──會平川布陣
柴進──弓馬熟閑

三十六人之中有九人如此，成書之初的《水滸》和今本講排座次以前
的事，差別的程度可以想見。如果不是其中有不少人單列綽號，不談
事蹟（如可能出問題的李應），或者語焉不詳（如「迎雪浪」句不知
是否專講史進，阮小二的「殺戮生靈」不知何所指），不相符的比例
還要更高。

無可諱言，以上九條當中有若干是可以解釋爲與今本《水滸》無
異的。這些疑惑都不難排除，且可進而幫助我們去理解《水滸》成書
時的內容情形。譬如說，穆弘條或爲虛詞，不必作實。但穆弘在今本
《水滸》裏幾乎無事可述，份量還比不上一般的中等地星人馬。要說
某人能夠在官軍萬隊中隨意出沒，總得有若干故事上的根據，穆弘卻

是一個在讀者印象中差不多空白的人物，虛詞亦不能憑空揑造到這種
程度的。

　　同樣，張橫、林沖、柴進諸條也可勉強在今本《水滸》中找到支
持。但那些所謂佐證實在薄弱得很。如說柴進弓馬熟閑，唯一的關聯
就是他初出場時的騎馬行獵。

　　讚美張橫偏能劫寨，例子就在關勝用圍趙救魏法去攻梁山時，大
寨主力早在北宋三陪都之一的北京大名府（今河北省大名縣），留守
水泊的張橫建議去劫營。其弟張順勸阻不了，張橫遂單獨行事。要是
劫營成功，張橫這個水軍頭領當然值得誇獎一下爲「偏能劫寨」。可
是張橫此舉早給關勝看破，設伏以待，二三百人全部被擒，書中還
毫不客氣地點出張橫的濫竽充數，不自量力，說他「可憐會水張橫，
怎脫平川羅網」。這段題詞，專講眾兄弟的好處，如單單挖苦張橫一
人，是很難說得過去的，故這裏所說的劫寨必與今本第六十四回所述
者大異。

　　林沖首次出場時，今本《水滸》說他「豹頭環眼，燕頷虎鬚，八
尺長短身材」（第七回），這正是嘉靖本《三國演義》裏所寫張飛的
容貌（毛宗崗本亦同），卻從無人把他比作張飛（更不必說「滿寨稱
翼德」），當然也就沒有得到「小李廣」、「病關索」之類企圖建立
聯繫的綽號。

　　以上諸條雖未反映今本的內容，卻有相當的佐證價值。穆弘在成
書之初的《水滸》必比其在今本重要得多，所以能够置身天星之列，
這也配合穆弘在《宣和遺事》和《三十六人贊》所代表的早期水滸傳
統裏早已爲基本成員這一重要發展因素。今本極度縮減穆弘的出現機
會，到最後仍讓這個幾乎全無事功的人當天星。這種矛盾正是屬於上
文所說殘存在今本的化石遺跡。

　　其他像林沖之貌似張飛，原本一定明確點出，還讓大家作爲閑談
之資，絕不會像今本之止於簡述，而與情節毫不相干。張橫劫營在原

本也該是一個相當不同，對張橫的形象有肯定性作用的故事㊱。這些都是幫助我們明瞭《水滸》成書過程的化石資料。

　　此外，董平綽號董一撞這一條也有同樣的考證功能。董平出場得很晚，東平、東昌兩役後，這次和高俅率領的征討軍作戰，才是他的第三次露面（排座次這類集體行動的場面不算）。以前每次都說他的綽號是雙鎗將，現在這第七十六回，回首題詞和正文卻說他的綽號是董一撞。這和《宣和遺事》之作一撞直，《三十六人贊》之作一直撞是配合的㊲。招安部分之古於排座次以前諸回，由是復添一證㊳。

　　除了逐一介紹天星以外，這段題詞還描寫梁山地理，同樣有助考稽。雜劇中宋江的介紹性獨白每每講及梁山泊的地理環境，其中以《雙獻功》、《黃花峪》，和《仗義疏財》改寫本的最為詳細，文字分別均極少，而這些獨白本身都屬介紹宋江最詳盡，可信為發展較晚者。這篇題詞描寫梁山泊的一段和它們比較，文字亦雷同。這又可支持上面所說雜劇影響《水滸》成書，小說繼而回饋雜劇改寫的過程，這循廻複向的發展。

　　剛成書時的《水滸》與今本之所以在處理排座次以前情節有這樣的分別，可能的原因有好幾種。

　　成書之初，沿用雜劇傳統，排座次以後的情節敍述較詳，以前者則較略（情節的數目還是可以很多的）。其後增修者處理排座次以前諸事便自由多了，因而順利完成數目繁多的地星人物的增添，事件的

㊱　本文指出《水滸》從成書到今本的出現，變化很大，讀者或會以為這等於說今本為每況愈下之物。為防誤會，得特為聲明。本文討論的是演變過程，不是價值問題。若以價值為準，張橫劫營不遂，當較佳，更切合張橫平素的訓練，以及和《水滸》沒有誇耀梁山好漢為超人這一點基本特徵相配。

㊲　一撞直之較雙鎗將為古，見余嘉錫，《宋江三十六人考實》（1955年），頁47。

㊳　如果我們相信鄧之誠（1887-1960）所說的，繆荃孫（1844-1919）在光緒初年曾購得郭武定本《水滸》，內董平綽號作一直撞（見《骨董瑣記》〔1933年〕卷三葉二十二上），招安部分之較排座次以前諸回為早，便可以多一條證據。

數目和複雜性亦隨著人物而迭加。結果，地星之傑出者，如時遷、一丈青，可以在前七十回搶盡鏡頭，多少天星（如穆弘、李應）還望塵不及。連本領平平的地星，如周通、王英、朱貴，也可以在讀者心目中留下鮮明深刻的印象。反之，一過排座次，地星便幾乎全體消聲匿跡。不明白這部分代表較早的演化階段的還會以爲這就是招安之部爲贋作之證。

排座次以前的大幅度修改，要配合排座次以後僅作有限度改動，才會做成現在這種相對的局面。排座次前後修改工作的迥異，除了上述工作自由程度之別外，故事比較價值的認識也該是重要原因。談完大聚義和排座次，故事不能滯留不前。要寫下去，實在棘手，招安幾乎是唯一可行之路。寫這種令人洩氣又無法給個別好漢添新光彩的節目，怎能比得上描述排座次以前人與事處處互助並長的充滿活力和挑戰性。排座次以前講活的，奮鬥求存的故事，以梁山勢力鞏固，英雄大聚義爲宗旨。排座次以後講僵的，無可奈何的故事，以梁山合理解體，英雄歸正途爲目標。工作起來，兩者之間幾乎無需要抉擇。

《水滸》在成書以後經過一次規模相當大的修改，但主要工作止於排座次（以繁本而言，即止於今本第七十一回）。招安部分的修改不多，主要在平衡排座次以前新發展的人物和情節，因此保留不少可供考研演變原委的線索。這代表不同演易階段的前後兩部分合併起來，故事講到招安爲止，便標志着《水滸》的正式定型。但是今本《水滸》尙不能代表這個階段。我們現在看到的《水滸》（不算金聖嘆的腰斬本），不論簡繁，全部都有征遼和征方臘這兩條尾巴。這兩部分的加入使前七十回和招安之部均不得不添些照應文字㊴，所以今本《水滸》起碼是成書以後第二個階段的產物。

簡本繁本孰先孰後這老問題對本文的分析並無大影響。把《水

㊴　第四回末尾說魯智深將來「名馳寨北三千里，證果江南第一州」，正是這種加插入遼國和方臘事件後才添改的照應文字。當然，對認爲征遼、征方臘都是《水滸》原有部分者來說，這樣的兩句話反會變成爲這兩部分眞材實料的明證。

滸》的演變看成不是由簡至繁， 便是由繁至簡， 未免把問題過份簡化，加上大家主要是從不同角度去處理類似的資料，結果僅能達到說服與自己意見相同的人的僵局。本文並不打算去解決簡本繁本的先後次序，因爲基於本文的立論，這祇是演變過程中的旁支問題。簡本在先也好， 繁本在先也好， 同樣可以從上述三部曲的程序去解釋今本《水滸》的出現。本文稱排座次以前部分爲前七十回，求行文之便而已（簡本諸本回數太不統一），並不是說繁本一定早於簡本。再者，按本文的考釋，成書之初的《水滸》（實可稱之爲祖本），情節與今本大異，且前略後詳，這在一定程度之下已使慣用的簡本繁本涵義失卻其意義。

　　從《水滸》成書到今本的出現，這三部曲還可以用年代表示出來。《水滸》成書的上限爲宣德八年，上已言之，而現存最早的本子爲嘉靖之物。這下限另還有高儒《百川書志》（嘉靖十九年〔1540〕序）的紀錄可用作支持。 高儒所記爲 《水滸傳》 的首次正式紀錄， 那是一本百回繁本，包含了征遼、征方臘這些附加物⑩。這就是說，《水滸》演變的三部曲發生在十五世紀中葉至十六世紀中葉之間的一百年左右。如果說成書不可能太接近朱有燉作雜劇的時間，高儒著錄時又必後於該本之出版一段時期，我們不妨把年代縮短爲十五世紀末葉至十六世紀初年，卽約略爲弘治、正德兩朝。這在中國長篇章回說部的發展來說，已經是很早的了，但遠不如依附施耐庵、羅貫中傳說的把《水滸》定爲元末明初之物。至於三部曲之間的時間距離，目前還不易決定。

　　　　　　　　　　　　　　——《中央研究院第二屆國際漢學會議論文集》
　　　　　　　　　　　　　　　（臺北: 中央研究院，1989年），文學，下冊

---

⑩　見高儒、周弘祖，《百川書志、古今書刻》（上海: 古典文學出版社，1957年合刊本），頁82。

後記

　　此文爲應1986年12月底在臺北召開的第二屆國際漢學會議而作。文中所論，原以爲獨得。後喜見李偉實精采之作，〈從水滸戲和水滸葉子看《水滸傳》的成書年代〉，《社會科學戰線》，1988 年 1 期（1988 年元月），頁 282-287，始知眞理可以異途同歸。兩人獨立研究，而得到相同結論之處（如遲至朱有燉作水滸劇時仍未有《水滸傳》這本小說，也沒有地星七十二人之觀念），不必費詞。應特別指出者爲李君最重要的發現。他根據陸容（1436-1496）《菽園雜記》所載水滸葉子（葉子爲博戲用之紙牌）的情形，推斷晚至成化初期《水滸》尚未面世。對我所創《水滸》自成書至今本的出現均發生在弘治、正德兩朝之說，李文提供了很有力的佐證。

混沌乾坤：從氣象看水滸傳的作者問題

　　作者問題的糾纏不清是中國早期長篇章回小說的特色，晚至萬曆末年才定型的小說幾乎都有多種簡繁分歧、長短不一的本子，這是經過長期演易始定型的小說之共同情形。這種情形令慣常使用的著作權的涵義變得含糊。如果說某書為某人所作，究竟指的是那一個本子？要是把著作權歸於該書的始創者，現存諸本當中那一本為祖本或最接近祖本，又是極為棘手的難題。

　　上面所說的，正可用來形容《水滸傳》。施耐庵、羅貫中云云，傳說而已，記號而已，並無實質的證據可以證明他們個別的或合作的著作權。解決這類問題，方法不少，分別進行，結論未必一致。這並不妨礙目前我們應多從各種角度去看，而不必顧慮將來結論之間是否統一。

　　《水滸》成書時的內容，我們知道得很少，最接近這個階段的只有招安部分的十一回（用繁本計算），不足解決作者問題。由書首至排座次的七十一回（亦按繁本）代表成書以後一次規模很大的改寫（今本其實包含更後的改動，幸而牽涉不大，不致影響現在要做的工作），回數及情節數目均不少，有足夠資料可以幫助我們從一特別角度去探討作者的問題。

　　何心《水滸研究》（1985年，增訂本）書中有一章很別緻（以前兩版也有這一章），把《水滸》的情節按年月日編次，使這本小說到排座次為止各項大小事件的時間先後一目瞭然。除洪太尉誤走妖魔的序幕外，《水滸》前七十回的故事始自徽宗政和二年（1112）正月，

王進母子逃出東京起，迄宣和二年（1120）四月，梁山頭目大聚義爲
止，共八年多一點。雖然何心的編年表沒有記排座次以後之事，招安
部分的十一回述事整齊有序，頗易繼續編排入表，全書故事的時間也
就延至宣和四年（1122）四月，梁山受招安後全體入京，前後稍逾十
年。換言之，《水滸》情節起碼跨越八個多天，加上招安部分的話，
還得再添兩個多天。

　　很少人會像何心那樣逐事分繫年月地去讀《水滸》的，單憑得自
書中描寫的印象，誰也辨認不出十個八個多天來。事實上，《水滸》
標明講多天時，天氣與敍事配合的只有兩處，卽林教頭風雪山神廟、
陸虞侯火燒草料場（第十回），和宋公明雪天擒索超（第六十四回），
其他大部分時間都好像在講發生在夏天的事。

　　風雪山神廟和火燒草料場描寫得逼眞細膩，扣人心絃，早已有口
皆碑，但繼續讀下一回，林沖雪夜上梁山，便出了漏洞。

　　林沖充軍滄州，所有事故，包括柴進的收容庇護，全部發生在滄
州地面。 此地在今河北省東南， 自此西南下梁山泊二百八十餘公里
（約一百八十英里）， 路程不算長， 作者讓林沖走了十數日， 慢得
很。這點並不重要，用不着僅憑此便判斷作者不熟悉這一帶的地理。
或者也可以用這點來解釋天氣實在壞，比風雪山神廟時好不了多少，
林沖故此在路上多耽擱了時間（書中沒有這樣說）。

　　火燒草料場是政和三年（1113）十一月上旬的事（日子均按何心
的計算，下同），投靠梁山在十二月初，書中注明是暮多。林沖剛到
梁山界時，「彤雲密布，朔風緊起，又早紛紛揚下着滿天大雪。行不
到二十餘里，只見滿地如銀。」基本上仍是林沖在滄州時的天氣。歲
末時分，在河北、山東交界處有這樣的天氣並不奇，奇的是朱貴安排
林沖坐船渡過水泊上山寨，小嘍囉一下子便送他過去金沙灘，林沖眼
底下的梁山水泊，「山排巨浪，水接遙天。」哪是北國嚴多的景象？
梁山泊爲大湖澤區，以橫貫北部而過的黃河爲主要水源，嚴多時間難
免有好幾個月的結冰期。試看《老殘遊記》第十二回形容初多山東齊

河縣（在濟南以西）一段黃河的情形：

> 河面不甚寬，兩岸相距不到二里，。若以此刻河水而論，也
> 不過百把丈的光景，只是前面的冰，挿的重重疊疊的，高出
> 水面有七八寸厚。再望上游走了一兩百步，只見那上流的冰
> 還一塊一塊的漫漫價來，到此地，被前頭的攔住，走不動，
> 就站住了。那後來的冰趕上它，只擠得嗤嗤價響。後冰被這
> 流水逼緊了，就竄到前冰上頭去；前冰被壓，就漸漸低下去
> 了。看那河身不過百十丈寬，當中大溜約莫不過二三十丈，
> 兩邊俱是平水。這平水之上，早已有冰結滿，冰面卻是平
> 的，被吹來的塵土蓋住，卻像沙灘一般。中間的一道大溜，
> 卻仍然奔騰澎湃，有聲有勢，將那走不過的冰擠得兩邊亂
> 竄。那兩邊平水上的冰，被當中亂冰擠破了，往岸上跑，那
> 冰能擠到岸上五六尺遠。………（老殘）只見有兩隻船，船
> 上有十來個人，都拿着木杵打冰，望前打些時，又望後打。
> 河的對岸也有兩隻船，也是這們打。

滔滔黃河尚且如此，更何況旁支的湖泊？農曆十二月初，比老殘所說
的時間還晚，梁山泊水面即使尚未凍成厚厚的整塊冰，亦該在半凍結
階段。況且，《水滸》說這一帶颳風下雪已經大半個月，就算不是連
續不斷，起碼足夠維持冰凍狀態。林沖怎能這樣輕快地坐小船直去金
沙灘？怎能看見「山排巨浪」？

　　梁山山寨的所在地叫做宛子城。按《水滸》所載，這是水泊當中
一個島（或島的一部分），登岸處爲金沙灘和鴨嘴灘，跟大陸的交通
一定要靠水路。《水滸》講單人入夥，集體投靠，結伴出差，整師遠
征，因而在這水面往來的，總有數十次，再加上幾場在水泊範圍內打
的水戰，這些活動四季都有。但書中所寫的水泊環境毫無季節之別，
不僅是林沖雪夜上梁山那一次環境與情節不符而已。《水滸傳》中的
梁山泊，簡直就是終年不凍港！

　　招安以前，梁山故事既然經歷十個年頭，而明寫寒冬者只有兩

處，其他遂成多景夏描。初打祝家莊便有這種毛病。

石秀殺裴如海是政和七年（1117）十一月下旬的事，至楊雄殺妻已是十二月上旬， 石楊二人隨即和時遷結隊往梁山。 他們自薊州出發， 即今北京市東北的薊縣，該地接近長城，距離梁山頗遠，差不多倍出於由滄州至梁山的路程，所以在他們抵達祝家莊一帶時， 總要到十二月底，甚至下年正月初，又是天寒地凍的季節。

時遷偷雞， 店小二追究時， 石秀等惱羞成怒， 鬧起來， 小二即喊數名脫得一絲不掛的大漢出來幫手，但他們全部給石秀打得往後門跑。後來石秀、楊雄上山，宋江出師，旋即派楊林和石秀去探路。楊林一下子便給對方逮住，當街被剝得赤條條。隨後宋江以爲陷了兩個兄弟，便向祝家莊發動攻擊，先鋒李逵赤裸，揮動雙板斧衝過去。這三件都是小事，聯起來看則奇哉怪哉。即使祝家莊諸人和李逵鼓吹天體運動，不是自己脫個精光，便是把人家剝得一乾二淨，也要顧及天氣，否則必然個個變成冰棒。

林沖雪夜上梁山之 變了仲夏夜泛舟， 祝家莊戰役雙方之多行夏令， 只是影響個別情節的完整而已， 並不涉及這些情節本身的可信性。 但《水滸》 確有些重要故事因爲類似的矛盾而使其基礎發生動搖。不妨舉一例來說明。

梁山勢力日增，征戰頻繁，和朝廷的直接衝突只是早晚的事，等到他們在高唐州之 役殺了高俅的堂兄弟， 朝廷之派軍勦 伐遂成不可免。這次出征由呼延灼爲主將，韓滔、彭玘爲先鋒，後來又加上砲手凌振，意義特殊。此役象徵梁山之正式昇級到成爲國家當前急務的境界。梁山由開始時和民間武裝莊園（如祝家莊）的對壘，發展到遠攻州府（如高唐州），終而勢力擴張至與中央政府火併，層次分明，行動始終如一。再者，這次梁山和朝廷的正面接觸只是一個開始，以後同樣的衝突還有四次，朝廷總是折兵損將，弄到幾乎無法收拾。但從大局來看，朝廷這些波浪式的進軍卻導致梁山一步步走向招安之途，終於全體歸降。

　　處理這樣的轉捩點自然不簡單，作者也確實頗費心思去使這場戰役異於其他，這可以從兩點去說明。

　　梁山眾兄弟不乏英武神勇之士，卻很少說他們為名將之後。呼延灼出現之前，注明與歷史名將有關的僅楊志一人（三代將門之後，楊業之孫）。這次介紹呼延灼，說得清楚，他為趙宋開國元勳呼延贊的玄孫，善家傳鞭法。副手之一的彭玘，雖然沒有明確交代他的家世，也說他是累代將門之子。以後有類似背景的，只有和其祖上關羽長得相像，又是用青龍偃月刀的關勝，但年代久遠而體貌酷肖（連面也如重棗），反有故意做作之感，加上關勝的副手宣贊、郝思文家世並不異常，還是不如呼延灼一隊的突出和可信。

　　中樞遣兵調將，一般器械齊全不用說，作者還搬出奇門法寶，各式威猛火砲之外，還有那些重甲裝備，排山倒海而來的連環馬。不管這些是否夠新鮮，夠可靠（作者對火砲談不上認識，所謂連環馬就是拐子馬的翻版），場面實在熱鬧，視聽效果確佳，梁山人馬手足無措的反應也恰到好處。比之以後的大場戰役，不是靠雙方將領的個人表現，便是靠擺出莫測高深的陣法來支撐局面，優勝多了。

　　可惜這裏竟有智者千慮之弊。簡言之，又是因為不明白北國多天情況而安排出種種與環境不配合的情節。

　　呼延灼初攻梁山為重和元年（1118）十一月中旬之事，至宋江得徐寧之助，大破連環馬，已是來年(宣和元年，1119)的正月上旬，日子全在歲季年頭這段作者處理起來屢犯氣象知識不足這毛病的時期。

　　農曆十一月中旬以前，山東西部（近山東、河北、河南三省交界處）早已下過雪，由此至一月初，更是隨時可以風雪交加。下雪和下雨分別很大。雨水滲透入地和流入河溝，停滯在地面的時間短。雪則不同，溫度如果不昇高過結冰點一段時間，化不了，下次雪來又加在上面。如此幾次，下層的會變成很堅硬，非風和日麗好幾天更是不能化淨。為了解決交通困難，處理積雪只有鏟向道路兩旁。郊野的更是順其自然。《水滸》作者不是不知道他正在講歲尾年初之事，但由於

沒有在北方冬天生活過的經驗，照顧不到這些意想不到的枝節，僅若不經意地說：「此時雖是冬天，卻喜和暖。」那想到天氣暖和更糟糕！氣溫轉高，積雪稍溶，冷風一吹（夜裏總有冷風），結成薄冰，走起路來很容易四腳朝天。冬天在戶外走動要穿上雪靴，除了保溫外，還有幫助保持平衡的作用，就是為了防範路上那些不一定留意得到的小冰塊。

在這種環境搞連環馬，不等於自殺？人和馬都披上重甲，靈活性大減，三十四馬用鐵環連鎖成一隊，共一百隊，波浪般直衝過去。這樣的部署，本來就是不通（詳後），要其成功只能在良好的天氣下用在一目無際的平原上。現在所講的環境卻截然不同。每隊共有馬腳一百二十隻，任何一隻踢着積雪或薄冰，都可以牽一髮動全身，盡數人翻馬仰。隨後來的，煞止不了，便一隊隊碰上去。現代高速公路上突如其來的車禍，刹那間一兩百部汽車可以碰成一團，正是這樣情形。孔明借東風，利用對氣候的認識來扭轉戰局。呼延灼在雪花亂飛的季節擺佈連環馬，剛剛相反，分明是逆天行事。宋江僅需晚上在戰場多澆點水，根本用不着跑一個大圈去騙徐寧上山，趕製鈎鎌鎗，和匆匆訓練士卒新鎗法。對壘時，只要宋江保持足夠距離，讓對方的連環馬多跑一段路，早晚會變成裝上鐵甲的滾地葫蘆。

或者會有人替《水滸》辯，說天氣可以保持和暖至積雪全清，地面積水不結冰的。這種可能性當然存在。可是《水滸》說的不是十日八日之事。呼延灼出動連環馬前後兩次，相隔差不多兩個月。深冬時分，山東、河北、河南交界一帶近兩個月無大雪，或者雖有大雪而無積雪，氣溫又通常保持在結冰點以上而使地面無冰塊，可能性究竟有多少？不妨由讀者自己決定。

卽使呼延灼果眞幸運，兩次用連環馬時地面都是乾乾淨淨的，出發時他能否作在隨時遇到大風雪的季節使用連環馬的打算？會肯消耗大量人力物力去運送那些足夠裝備數千騎兵和馬匹的鐵甲輜重以博取渺茫得很的使用機會嗎？這些矛盾不是由於作者構思不夠周詳，而是

由於他不明瞭在北國過冬是怎樣一回事。

連環馬就是變本加厲的拐子馬。史籍和傳說中所記岳飛於紹興十年（1140）七月在郾城縣（今屬河南）大敗金兀朮的拐子馬，據鄧廣銘的考證，實爲岳飛之孫岳珂竊集前一個月劉錡、陳規在順昌（安徽阜陽）大破金兀朮的紀錄中有關鐵浮圖的一部分而成，而原來「重鎧全裝」的四千單騎鐵浮圖很快便變成「皆重鎧，貫以韋索，凡三人爲聯」的拐子馬，轉爲《宋史》等史書所收。這種裝備的不合邏輯，乾隆御批《通鑑輯覽》時早已察覺，駁云：

> 北人使馬，惟以控縱便捷爲主。若三馬聯絡，馬力旣有參差，勢必此前彼卻；而三人相連，或勇怯不齊，勇者且爲怯者所累，此理之易明者。………況兀朮戰陣素嫻，必知得進則進，得退則退之道，豈肯羈絆己馬以受制於人？

三馬串聯，乾隆已譏爲不可能（彼以爲出於南人的幻覺），呼延灼用鐵索連繫三十四馬爲一隊（每隊也就佔地七八十公尺寬），馬匹還能動彈嗎？更不要說一百隊連續向前衝殺！順昌、郾城兩役都是盛暑之事，故增加拐子馬傳說的可信性。《水滸》作者踵事增華，卻想不到這玩意愈弄愈兒戲了，更料不到很難要求天氣的合作。

連環馬的無稽以外，深冬時湖泊之水與仲夏時無異仍和上述兩例一樣揭露作者沒有在寒冷時在北方生活過。

梁山集團的抗拒呼延灼，相當倚賴水泊的特殊環境和利用對方的不善水戰。呼延灼的初攻梁山，時間和當年林沖上山差不多，湖水上層或僅半凍結，對山寨仍有若干保護作用。但到最後那場決戰時，新年已過，湖上早該是厚厚的冰層。湖水一旦結冰，天氣轉和一段日子也沒有多大影響的，總要到春暖才溶化。這樣的冰層雖然不一定能支持連環馬的衝殺，普通騎兵當可以在冰上走動。退一步說，起碼步兵總可以水陸無別地走過去，把戰場伸展到宛子城邊緣；凌振也可以把他的砲移到冰上施放，大大增加射程，而不會像《水滸》所說的，射程不足，砲石不是掉在水裏，便是僅打到鴨嘴灘邊。總而言之，怎樣

也不可能如書中講的梁山水陸兩師處處合作，和水泊在結冰期間仍賦給山寨一層天然的屏障。

上面講過，《水滸》詳寫多景，除林沖的一段外，就只有宋江雪天擒索超這半回書。索超跌落陷坑的時地爲宣和元年十一月中（前後幾例都涉及這月份的中旬）的北京大名府郊外。書中說：「其時正是仲冬天氣，時候正冷。………當晚彤雲四合，紛紛雪下。………是夜雪急風嚴，平明看時，約有二尺深雪。」（用詞頗近林沖剛到梁山境界時雪景的形容）。大名今屬河北，很近河北、河南、山東三省交界處，離梁山約一百公里（六十餘英里）。可見作者知道這一帶歲末期間風緊雪密是正常的氣候，憑着這點認識，他寫出山神廟、草料場的精采節目（雪天擒索超也够逼眞）。只是他不明白大雪過後地面的積雪會怎樣變化，湖泊之水在多天會凍結到什麼程度，因而再三出現同樣的不協調場面。

這樣去分析上舉諸例，並不是要吹毛求疵地去找《水滸傳》的漏洞，而是希望通過這特殊角度的考察，去增加我們對此書作者的認識。結論是他爲南方人，一個未曾在北方度過寒冬的南方人。

傳說中的施耐庵爲蘇北興化人，這個南人不是他；蘇北人也不該對北國冬境所知那麼有限。如果眞有施耐庵其人的話，他活在元末明初，比《水滸》最早可能的成書時期早了起碼百年。《水滸》成書絕不會早過明宣宗宣德八年（1433），實際的可能成書年代的上限還要再後數十年，而且我們現在看到的《水滸》（至招安部分爲止）又是成書以後經過至少一次大改、一次小改的產物。成書時的《水滸》與大改動以後者，內容上差異得很厲害，大改和小改之間分別雖然不大，時差則仍存在。縱使撇開那次小改不談，今本《水滸》亦可以肯定與施耐庵無關。

因爲施作羅續一類的傳說，《水滸傳》的著作權也和那個捉摸不定的箭靶式人物羅貫中搭上關係。有關羅貫中生平的資料很少，唯一可用者爲《錄鬼簿續編》中的紀錄，說他是太原人（今屬山西），元

順帝至正二十四年（1364；後三年元亡）存世，年紀已不輕。他的年代和籍貫均與今本《水滸》作者的不符。

　　由於《水滸》成書時的內容與今本者大異，卻無法知其詳，現在講《水滸》，只能就今本而言。卽使不贊成我對《水滸》演變過程的看法的，大家就書論書，負責今本《水滸》（特別是前七十回）者亦僅可能爲明代中葉一南人。

　　　　　　　　　　——《聯合報》，1987年12月20-22日（〈聯合副刊〉）

後記

　　本文爲了行文之便，稱負責今本《水滸》者爲作者。嚴格來說，他只是個編書人。

　　最近才見到與本文約略同時刊出的馬成生，〈論《水滸》征方臘的地理描述：兼論其作者及其成書年代〉，《明清小說研究》，5 期（1987年 6 月），頁 79-96；並見江蘇省社會研學院文學研究所、大豐縣《耐庵學刊》編輯部編，《施耐庵研究（續集）》（大豐：自印本，1990年），頁 406-426（有嚴重刪節）。該文謂征方臘部分把杭州、睦州、青溪等地的地理形容得很準確，絕不類前七十回處理北方地理之糊塗，遂以爲作者「也許就是南方人」。看法正與本文者合。

水滸傳與中國武俠小說的傳統

　　中國長篇古典小說的發展有一特殊現象，看似毫不相干，甚至性質迥異的作品，竟會存着連鎖式的密切關係。《水滸》之於《金瓶梅》無需多說，《金瓶梅》和《紅樓夢》的關係近來亦頗受人注意①。至於白先勇（1937-　）作品之備受《紅樓》影響，如果不是白先勇自己說出來，後世學者不知要花多少時間去辯論，也未必能達到公認的結論②。這樣的一脈相承卻不可以說成是沒有《水滸傳》就沒有白先勇。

　　從因承的角度去看，《水滸》作為第一部擺脫正史束縛，自由創造人物和情節的長篇說部③，自然不難與各種不同類別的小說搭上關係。但如果因此而向《水滸》追尋明中葉以來各類小說的根，這種研究不單無意義，還會製造出似是而非的假象。

　　雖然如此，《水滸》至少對一類小說確實起過承先啟後的作用，那就是武俠小說。

---

① 這種討論，以下一文可為代表：孫遜，〈從《金瓶梅》到《紅樓夢》：兼論我國小說創作的現實主義傳統〉，《紅樓夢研究集刊》，9期（1981年10月），頁151-162；後收入孫遜、陳詔，《紅樓夢與金瓶梅》（銀川：寧夏人民出版社，1982年），頁1-24。

② 白先勇，〈《紅樓夢》對《遊園驚夢》的影響〉，見周策縱編，《首屆國際紅樓夢研討會論文集》（香港：香港中文大學出版社，1983年），頁251-252。

③ 這樣講，要稍作解釋。《三國演義》早於《水滸》的證據不少，反過來說的證據則尚未見。這並不妨礙我們說《水滸》為創作性長篇說部之始。《三國演義》沿襲史書之處甚多，限制遂不可免，遠不如《水滸》之自由發揮。這當然不是說《三國演義》沒有創作性，而是說，就比較而言，和《水滸》差了一大截。

　　這裏顯然涉及正名的問題。如果僅解釋武俠小說爲講述武俠故事
的小說，說了等於不說。何謂俠，意義本已够含糊。近代鴻儒，如章
炳麟、梁啟超、顧頡剛、錢穆、勞榦、薩孟武、劉若愚等，早屢試詮
釋，答案總有顧此失彼之感④。除了各人舉例的不盡同，以及政見、
學派，和所處時代之有別外，皆過份求證於史，當是意見難於統一的
主因。蓋因俠之指認，應是憑主觀的意念，而不是靠客觀的定義。
這種意念出於歷史與想像的結合，表現出來而成爲特具正義感的神話
⑤。不管俠該作何解，武俠只可能是俠的一種，涵義較窄，更是想像
多於歷史。討論武俠文學要是處處從歷史着眼，毛病顯而易見。專憑
歷史去衡量武俠小說，問題尤其嚴重⑥。

　　嚴格地說，武俠小說是五四前後才有的名詞⑦，它所代表的小說亦
是二十世紀特有的產品。不單如此，六十多年來在這名義上出版的小說
本身復有顯著的分別。從始創期的平江不肖生（向愷然，1890-1957）、
還珠樓主（李壽民，1902-1961），到革新期的金庸（查良鏞，1924-　　）、
梁羽生（陳文統，1926-　　），至近年的古龍（熊耀華，1938-1986）、

---

④　各家的意見，多見崔奉源，《中國古典短篇俠義小說研究》（臺北：聯
　　經出版事業公司，1986年）書中的第一章。

⑤　說見龔鵬程，〈論俠客崇拜〉，《中國學術年刊》，8 期（1986年6
　　月），頁271-328。

⑥　視《水滸》爲昔日宋江「農民起義」眞人眞事的紀錄，因而信口雌黃，
　　自欺欺人者，近來竟在有司只求熱鬧，不計效果的鼓勵下成爲《水滸》
　　研究的一大特色。

⑦　清末民初的期刊，不論性質，多收小說作品以醒篇幅，並每注明所收小
　　說的類別。爲數不少的小說期刊，更是如此。在這些早期期刊裏，現在
　　會被稱爲武俠小說的作品，當日恆歸類爲「義俠」、「俠義」、「武
　　事」、「俠情」、「勇義」、「技擊」、「尚武」等名目。我所知第
　　一次標明爲「武俠小說」者爲林紓（1852-1924）的短篇小說〈傅眉
　　史〉，在《小說大觀》，3 期（1915年12月），一次登完。惟注⑧所
　　引葉洪生《聯合文學》文，謂首張武俠小說之目者爲海上漱石生（孫家
　　振，1863-1939），第不知林紓此篇與孫氏諸作先後如何矣。然而林氏此
　　篇，內容筆法悉無異於傳統俠義傳奇，可見「武俠小說」這名詞不獨誕
　　生晚，初用時還是和「義俠」一類標記沒有分別的。現在大家對武俠小
　　說的觀念，以及因而所下的定義都是依隨二十年代以來流行的作品而來
　　的。大有舊名詞新涵義的意味。

溫瑞安（1954-　），風格的更迭轉易相當清楚⑧。這是文學演進的必
然現象。武俠小說這名詞既可串聯這些分別很大的作品，用這名詞去
反映以前類似之作，未嘗不可以幫助我們理解這傳統的始末源流。

　　如果我們談的是近代武俠小說最常見的共通點——講述精武者利
用武力去維護人的尊嚴的故事（不管讀者是否贊成其立場與手段），
就可以看出這傳統自唐代俠義傳奇以來是連綿不斷的⑨。只因歷代沿
革，積聚既久，加上五十年代以來盛行港臺數以百計的長篇章回武俠
小說復別具特色，驟然看去，不易和初期的短製串聯起來。其間的演
易，通過《水滸》的分析，是可以找出端倪的。

　　《水滸》的性質，分析起來角度容有很大分別，答案也就無需強
求統一。話雖如此，我們至少不該視之爲歷史小說，更無理由把它看
成是眞人眞事的紀錄⑩。《水滸》是一本在最起碼的歷史構架下充份

---

⑧　關於民初以來武俠小說之演變，以及名家之作品與風格，葉洪生有三篇
　　重要的文章可供參考：〈磨劍十月試金石：《近代中國武俠小說名著大
　　系》總編序〉、〈論革命與武俠創作：磨劍十月試金石外一章〉，兩文
　　分見其編校《近代中國武俠小說名著大系》（臺北：聯經出版事業公
　　司，1984-85年）所收二十五種小說每種之首冊；另一篇爲其〈觀千劍
　　而後識器：淺談近代武俠小說之流變〉，《聯合文學》，23期（1989年
　　9月），頁7-17。

⑨　崔奉源，《中國古典短篇俠義小說研究》，頁63，綜合諸家之說，謂俠
　　義小說正式始自唐傳奇。俠義一詞的運用往往決定於當事者的立場和態
　　度，不必非涉及武技不可。武俠則不然，無異常的武功爲行事的後盾便
　　不配此稱謂。因此，俠義小說範圍廣，武俠小說範圍狹，而後者包在前
　　者之內。俠義小說始於唐，也就等於說唐以前沒有武俠小說。

⑩　有關宋室南渡前後這一段時期的史料保存不少可與《水滸》諸人搭鈎的
　　資料，參見余嘉錫，《宋江三十六人考實》（1955年）；孫楷第，〈《水
　　滸傳》人物考〉，《文學研究集刊》，新1期（1964年6月），頁281-
　　310，並收入所著《滄州後集》（北京：中華書局，1985年），頁1-33；孫
　　述宇，〈南宋民眾抗敵與梁山英雄報國〉，《中國古典小說研究專集》，
　　3期（1981年6月），頁103-190，並收入其《水滸傳的來歷心態與藝
　　術》（臺北：時報文化出版事業有限公司，1981年），頁47-140；王利器，
　　〈《水滸》的眞人眞事〉，《水滸爭鳴》，1期（1982年4月），頁
　　1-18，2期（1983年8月），頁13-19，並收入其《耐雪堂集》（北京：中
　　國社會科學出版社，1986年），頁163-218；何心，《水滸研究》（1985
　　年，增訂本），添一新章〈《水滸傳》人物與歷史人物〉，頁147-167。
　　材料如此集中，涉及《水滸》人物又超過三分之一，其他小說也沒有這
　　種情形，自然不能視爲巧合。但這些關聯基本上是抽象的、綜合性的、
　　影子式的，不能用來證明《水滸》講的是眞人眞事，卻足以說明《水
　　滸》傳統的形成是如何依賴民間藝人的想像力和融會貫通的本領。

發揮自由創作的書。宋徽宗、蔡京諸人的穿挿其間，汴梁城的景物描寫⑪，爲書中的人、時、地定位，適可而止。遇到歷史人物的作用超過此程度，而實際支配情節時，《水滸》寧可讓高俅、李師師這類事跡模糊的邊緣人物去扮演誇大的角色，甚至杜撰蔡京第九子蔡得章、徽宗寵妃慕容氏等虛構人物去擔當這任務，也設法迴避大可照史直書的歷史要角。譬如說，《水滸》要是眞的描寫貪官汚吏如何逼害好漢上梁山，童貫、朱勔之流，劣跡昭著，就多的是現成題材⑫。歷史眞相顯然不是《水滸》作者着眼之處。

　　這樣的以虛爲實，和一般中國歷史小說的以實爲虛，用歷史要人爲主角，隨意在他們身上加添枝葉，甚至歪曲主幹亦在所不惜，確是大相逕庭。然而，《水滸》這一點和後世的公案俠義小說往往相通。《三俠五義》（原名《忠烈俠義傳》）、《施公案》、《彭公案》等清人作品，不正是只求讀者明白故事的假設年代，還同樣地把一個在歷史上次要得很的人物誇張爲經國棟樑，篇幅卻儘量用來講述俠士的行徑。分別作爲上舉三書名義上的中心人物的包拯(999-1062)、施世綸（?-1722)、彭明（彭鵬的化身，1639-1704)都是這樣既被渲染，又給掩蓋的。卽使遇到這些大員確是顯赫一時的歷史人物，如《七劍十三俠》中的王陽明和《林公案》中的林則徐，書中眞正的要角仍是那批替他們打天下的俠客。

　　首先我們可以試圖理解《水滸》這種重虛輕實的處理手法與唐代傳奇的關係。如果我們把唐人傳奇分爲武俠與非武俠的兩類⑬，便不

---

⑪　《水滸》描寫汴梁景物，大致合乎史實，見胡竹安，〈《水滸傳》所寫北宋東京和《東京夢華錄》〉，《文史》，22 期（1984 年 6 月），頁249-252。

⑫　有關這方面的討論，見馬幼垣，〈《水滸傳》中的蔡京〉，《聯合報》，1986年12月2 日（〈聯合副刊〉）（此文收入本集）。

⑬　與人交，講義氣，推心置腹，雖危及個人生命、財產、名位亦在所不惜者，倘行事不涉及武藝（雖未動武，而藉武功爲行事之後盾者，如穿挿於〈霍小玉傳〉的黃衫豪士，仍可謂涉及武藝之事），如〈吳保安〉、〈上淸傳〉之類，可稱爲俠義，而不可以說是武俠。

難看出，非武俠者在增加讀者認同感的大前提下，角色大率務求普遍代表性，張生、盧生、鄭六、崔書生之屬，因而比比皆是。

　　唐人傳奇的情節苟涉及以武力匡正不平之事，儘管全篇重心並不在講武藝，利用史事去確定時空地因素者，並不算少。〈無雙傳〉用建中四年(783)涇原節度使姚令言兵叛，推太尉朱泚爲帝，德宗倉皇出狩，這一連串的史事來點明背景，便是一例⑭。

　　換上專談以武藝爲行事基礎的故事，這種情形就更明顯。安史亂後，藩鎮跋扈，既相勾結，又互謀算的情況，〈紅線傳〉所講潞州（昭義）節度使薛嵩、魏博節度使田承嗣、滑臺（義成）節度使令狐彰三家兒女姻親之緊張關係，可說表露無遺，給故事背景以穩固的歷史支持⑮。

　　〈聶隱娘〉篇中的陳許（忠武）節度使劉昌裔及其子縱⑯，〈虬髯客傳〉裏的楊素、李世民、李靖，均屬此類。不論僅點出姓名，連一次出場機會都沒有（令狐彰），或只稍露面（李世民），或充當配角而已（薛嵩、李靖），這些歷史人物的作用都在爲故事的時空地因素做注腳。眞正的要角，如紅線、聶隱娘、虬髯客、紅拂，或明爲虛構，或起碼難證明不是杜撰的。在這些唐代傳奇裏，歷史人物出場機會雖多寡不同，作用卻劃一。在《水滸》中亦可以見到類似的例子。從點到卽止的童貫、朱勔，至偶爾出現的徽宗、蔡京，到份量不輕而仍爲配角的高俅，不正都在不同的程度下爲《水滸》故事做歷史背景

---

⑭　兩唐書有姚令言、朱泚傳，易檢，不細列。

⑮　這三節度使所涉及的時地都正確，見王壽南，《唐代藩鎮與中央關係之研究》（臺北：嘉新水泥公司文化基金會，1969年），頁 54, 69, 114, 141-143, 353, 606, 685, 712, 962 等。至於他們有沒有互結兒女姻親，那屬小說家自由創作的領域，不用追究，不必拘泥。

⑯　劉昌裔事跡略見注⑮所引王壽南書，頁 623。昌裔子劉縱，王夢鷗曾考之，謂傳奇所述與史合，見其《唐人小說校釋》（臺北：正中書局，1983年），上冊，頁301。

定位的工作⑰？

　　唐代小說講武藝，重點在奇，常人不能領略的奇。武功之所以如此，很少解釋。卽有說明，亦不過是異人秘授（〈聶隱娘〉）、源出番域（〈崑崙奴〉）之類，請讀者不要追究之辭，未免苟且。至於交手時的細節描寫更是找不到例子。

　　篇幅有限，武林門戶派系尙未繁雜蔓衍⑱，這些容易想得到的原因之外，作者務求神化武者之技，以致造成起碼在故事中不許有對手的局面，也該是一重要原因。試看嬾殘（《甘澤謠》）的滾巨石，驅虎豹，簡直就是 Superman 的祖師爺，又怎容有人能和他公平地過幾招⑲？談武藝而不講細節自然免不了有後遺症，自唐迄淸季，短篇文言小說講及武術技擊，細節的付諸闕如，幾乎成了定規。

　　武藝本身的受到注意，始自話本小說。篇幅的增加，口語的運用，都有助於細節的處理。但是，話本小說中對武藝的正面描寫仍不算多⑳，甚至可以說遇到這類敍述時，每有刻畫不够具體和缺乏個別

----

⑰　非歷史性的唐傳奇，情節又與武俠行爲無關者，能像《水滸》那樣利用歷史人物和事件去給故事定位者，並不多見。例外可用〈枕中記〉爲代表，有關解釋見 Y. W. Ma馬幼垣，"Fact and Fantasy in T'ang Tales," *Chinese Literature: Essays, Articles, Reviews*, 2: 2 (July 1980), 167-181，姜臺芬譯文，〈唐人小說中的實事與幻設〉，見侯健編，《國外學者看中國文學》（臺北：中央文物供應社，1982 年），頁73-97；卞孝萱，〈中唐政治鬥爭在小說中的反映〉，《中華文史論叢》，1986年2 期（1986年6 月），頁39-65，文中有關〈枕中記〉各部分。

⑱　現有的武術派別多半明淸時才有，見松田隆智（呂彥、閻海譯），《中國武術史略》（成都：四川科學技術出版社，1984年）。

⑲　這裏可以看出唐傳奇作者創作技巧的局限性。在一篇故事之內把武者形容得神乎其技，天下無雙，並非難事。遇到以此矛攻彼盾時又怎麼辦？譬如說，紅線、聶隱娘輩都是忠僕，各爲其主，而其主不過是各據一方，互相謀算的軍閥罷了。碰上利益衝突，大家的忠僕給拉進火併，可能性絕對存在。神化個別武者之後，傳奇作者如果不是缺乏想像力，便是沒有勇氣去面對處理這種課題的挑戰。

⑳　有些故事，如〈楊謙之客舫遇俠僧〉（《古今小說》第十九卷），還是走聶隱娘式以法術取勝的途徑。至於話本小說中俠的一般情形，見 Y. W. Ma, "The Knight-Errant in *Hua-pen* Stories," *T'oung Pao*, NS 61 (1975), 266-300，宋秀雯譯文，〈話本小說裏的俠〉，收入馬幼垣，《中國小說史集稿》（臺北：時報文化出版企業有限公司，1987年修訂本），頁105-145。

性的毛病，如〈史弘肇龍虎君臣會〉（《古今小說》第十五卷）中講
郭威（未來的後周太祖）與李霸遇交手，不過是：

> 二人拳手厮打，四下都觀看，一肘二拳，三翻四合，打到分
> 際，眾人齊喊一聲，一個漢子在血濼裏臥地。

草草幾句，還把精神花在玩文字遊戲。

　　精采的描寫還是有的，〈楊溫攔路虎傳〉（《六十家小說》）的
幾段棍棒比劃就很特別，其中兩段可說別出心裁：

> 馬都頭棒打楊官人（楊溫），就倖則一步，攔腰便打。那馬
> 都頭使棒，則半步一隔，楊官人便走。都頭趕上使一棒，匹
> 頭打下來。楊官人把腳側一步，棒過和身也過，落夾背一
> 棒，把都頭打一下伏地，看見脊背上腫起來。
>
> 楊三官把一條棒，李貴把一條棒，兩個放對使一合。楊三是
> 行家，使棒的叫做騰倒，見了冷破，再使一合。那楊承局
> （楊溫）一棒，劈頭便打下來，喚做大捷。李貴使一扛隔，
> 楊官人棒待落，卻不打頭，入一步則半步一棒，望小腿上打
> 着，李貴叫一聲，辟然倒地。

雖然話本小說的年代很難詳細考定，這篇之屬最早期之作（南宋？）
該無疑問[21]。武技較量，逐招交代，並採用行內術語，這在中國小說
史上恐還是第一次。

　　自此至明人作〈趙太祖千里送京娘〉（《警世通言》第二十一
卷），對趙匡胤的解決敵手，有如下的敍述：

> 公子一條鐵棒，如金龍單體，玉蟒纏身，迎着棒，似秋葉翻
> 風，近着身，如秋花墜地。打得三分四散，七零八落。周進
> 膽寒起來，鎗法亂了，被公子一棒打倒，眾嘍囉發聲喊，都
> 落荒亂跑。公子再復一棒，結果了周進。

---

[21]　關於〈楊溫攔路虎傳〉的年代問題，參看Patrick Hanan, *The Chinese
Short Story: Studies in Dating, Authorship, and Composition*
(Cambridge, Mass: Harvard University Press, 1973), pp. 40, 109-
110, 154-160, 171, 235.

拿這段和上舉的例比較，可以歸納出泛寫（郭威）、虛描（趙匡胤）、
實繪（楊溫）三種模式。《水滸傳》中所見的個人廝殺場合，因兩軍
對壘時，馬將的交鋒泰半亦屬此類，數目相當[22]，但處理之法大致亦
不超過這三種模式。《水滸傳》中所見的個人廝殺場合，因兩軍對壘
時馬將的交鋒泰半亦屬此類，數目相當[23]，但處理之法大致亦不超過
這三種模式。

《水滸》描寫武打，經常附帶另行低格排印的插詞。這類武打插
詞多屬泛寫和虛描，或兩者綜合，而正文的敍述則主要爲虛描及偶然
一見的實繪，或者兩者合用。《水滸》的武打場合既不少，各歟之
例，俯拾卽是，下面列舉的均很易歸類，本不必多贅，但有幾件事還
是需要加以說明。

梁山各人雖然本領參差，武藝多少總懂一點，書中復實事求是，
少作誇張語。這在傳奇和話本極力描寫主角絕步武林之後，自然是一
大創新。話雖如此，《水滸》成書以前流行已久的傳統還是有相當影
響的，加上《水滸》喜用襯託手法，難免有時使讀者產生錯覺。其中
李逵的武功就很成問題，不可能像大家心目中的精練[23]。

《水滸》武打場合雖多，交手時雙方招數逐一說明的，卻很少。
在這些少數的例子裏，林沖和洪教頭較量（第九回），也只不過作如
下的簡單描寫：

> 洪教頭……把棒來盡心使個旗鼓，吐個門戶，喚做把火燒天
> 勢。林沖……也橫着棒，使個門戶，吐個勢，喚做撥草尋
> 蛇。洪教頭……便使棒蓋將入來。林沖望後一退，洪教頭趕
> 入一步，提起棒，又復一棒下來。林沖看他步已亂了，被林

---

[22] 《水滸》武打場合的次數，按王貴鑫，《水滸與武打藝術》（徐州：江
蘇古籍出版社，1986年），頁7，依據容與堂百回本的統計，約爲二百
五十次。除去征遼和征方臘兩部分（因原本《水滸》止於招安），以及
宋江殺閻婆惜，楊雄殺妻，這類對方完全無抵抗能力的例子，眞正的武
打場合料不會到兩百次，數目仍是相當多。

[23] 李逵武功的實質，可參看馬幼垣，〈李逵的武功〉，《中國時報》，
1987年4月25日（〈人間〉）（此文收入本集）。

沖把棒從地下一跳，洪教頭措手不及，就那一跳裏，和身一

轉，那棒直掃着洪教頭臁兒骨上，撇了棒，撲地倒了。

在《水滸》裏，這樣的每一回合依次交代，例子實在太少，而且
這些少數的例多半集中在武松一人身上。譬如說，武松殺西門慶和醉
打蔣門神，一拳一腳，慢慢解說，都是難得一見的；後者更標明武松
用了玉環步、鴛鴦腳的絕招，恐怕還是書中唯一點明招數的地方。可
是，這些寥寥無幾之例的詳細程度均仍超不過〈楊溫攔路虎傳〉中那
幾段棍棒的比劃。至於旗鼓這名詞楊溫故事也重複使用過這一點，固
然不必作爲直接因承的證據，上述兩段引文的近似還是够明顯的。

本來長篇說部應比話本短製篇幅充裕，少受牽制的。因此，論武
藝細節的處理，《水滸》並不能說有大進步。

《水滸》書中武打場合的安排，形式主要有二。一是先來一段，
甚至不止一段，可能相當長而注意力集中在形容背景、服飾、裝備，
以及引用有關典故的插詞，然後簡短地說交手若干回合，或不分勝
負，或某人敗退、負傷、被擒之類，就算完結。究竟如何厮殺，讀者
僅能憑想像力去思索。林沖被逼拚楊志（第十二回）、楊志與索超比
武（第十三回）、劉唐追擊雷橫（第十四回）、楊志與魯智深交手
（第十七回）、秦明博花榮（第三十四回）、呂方鬥郭盛（第三十五
回）、索超力戰秦明（第六十三回），全是這類重虛輕實，白白浪費
絕好機會的例子。

另外一形式，插詞減到只有寥寥三數句，或者根本不用插詞，打
鬥的經過仍是一樣草草了事。李應鬥祝彪（第四十七回）、扈三娘擒
王英（第四十八回）、呼延灼前後和林沖（第五十五回）、魯智深
（第五十七回）、楊志（第五十七回）三人過招、林沖與秦明合戰關
勝（第六十四回）、秦明拚史文恭（第六十八回），諸如此類糟蹋機
會的例子，多不勝舉。

這種局限，或者該說是比重失宜，當然與《水滸》之爲在說話與
話本文學引導下發展成書這事實有關。插詞在早期話本裏和在《水

滸》書中，作用與分佈的密度是大致相等的㉔。正如上述，話本直接
描述武打的地方本來就極有限，要在《水滸》中找到相同的段落（上
舉林沖鬥洪教頭一段與楊溫故事中的幾段棍棒比劃，固然神似，但文
字不同），以少對稀，本該不大可能。幸而，我們還是可以找到一條
相當明確的資料。〈史弘肇龍虎君臣會〉講郭盛與李霸道比棒時，那
一段「山東大攄，河北夾鎗⋯⋯」的插詞，在林沖和洪教頭比武時，
竟再度出現，而文理較佳，當是後出轉精的結果㉕。

　　以上所說，為《水滸》在武俠小說這傳統上的承前，至於啟後，
也可分幾方面來講。

　　古典長篇小說，一旦流行，讀者對情節難免有希望知道後事如何
的奢念，續集便隨着出現來滿足這要求，甚至有續上再續，幾乎永無
止境似的㉖。

　　《水滸》不是按照歷史寫的，誰也不知道歷史上的宋江任何一點
細節，更不用說他手下諸人，而且成書又早，小說盛行續書這回事，
可說風氣由此展開。無論像俞萬春（1794-1849）《蕩寇志》（七十一
回）的自盧俊義驚惡夢寫下去，還是如陳忱《水滸後傳》（四十回）
的接續於梁山覆滅之後，不管立場是否極端似《蕩寇志》之視梁山人
馬全不容逃斧鉞，抑或時地人大易若青蓮室主人《後水滸傳》（四十
五回）之講宋江等三十七人在南宋初年轉世換名，這些續書終得沿襲
《水滸》本傳，依從原有規製去寫。《水滸》既講俠，這些續書也只

㉔　關於這問題，最近有一佳作可資參考：陳炳良，〈話本套語的藝術〉，
　　《小說戲曲研究》，1期（1988年5月），頁145-183。
㉕　〈史弘肇龍虎君臣會〉既為早期話本（見注㉑所引 Hanan 書，pp. 41,
　　51, 117, 121, 155-156, 160, 162-164, 173, 199-203, 207-208, 237），它的
　　那段插詞又較《水滸》者粗拙（其實都不好，只是比較上說而已），當
　　為《水滸》以前之作。
㉖　續書為研究中國古典小說的一大課題，可惜迄今尚無綜合性的討論，以
　　下一文權作參考：Lucien Miller, "Sequels to the *Red Chamber
　　Dream*: Observations on Plagiarism, Imitation, and Originality
　　in Chinese Vernacular Literature," *Tamkang Review*, 5:2 (Oct.
　　1974), 187-215.

得講俠。所謂俠，卻並無公認的定義。雖然讀者以爲梁山諸人代表正
義，他們的行徑，個別也好，集體也好，一經客觀分析，卻往往無法
稱之爲俠義之舉。續書對俠的詮釋同樣含糊不清。《蕩寇志》就是例
證，書中講的俠正是與梁山對敵的一夥，因而產生一無法避免的問題
——誰對俠的理解最正確？從內容的企求一貫去看（成功與否是另一
回事），從對俠的觀念之模稜兩可去看，在後世講俠的小說當中，這
組傳統續書所受《水滸》的影響是相當明顯的。

　　這類作品本應隨着傳統章回小說的沒落和《水滸》故事的定型而
終結。事實卻不然。民元以來，《水滸》續書有增無減。其中且不乏
佳品，如均自盧俊義驚惡夢續寫下去的程喜之（程慶餘，1880-1942）
《殘水滸》，十六回，和張恨水（張心遠，1895-1967）《水滸新傳》，
六十八回。前者洞悉梁山集團人際關係之絕不可能長期和睦共處，後
者藉新增情節在抗戰期間發揚民族大義，便是不可多得之作。

　　正式續書外，還有託古之作。三十年代初梅寄鶴（梅祖善，1891-
1969）搬出來，自第七十一回講起（共五十回），說與金聖嘆七十回
本合爲施耐庵原著，遲至1985年又由河北人民出版社極事吹噓，用《
古本水滸傳》書名大量重印的一百二十回本（包括金聖嘆本），便是
一例。其實金本以外的五十回只是另外一種續書罷了㉗。

　　這幾本三、四十年代的作品，全自金聖嘆腰斬處續起，要角仍是
梁山集團的主要人物，活動亦不出已有的模式，卽使是張恨水寫的抗
金，好像不同，實則和金聖嘆刪掉的征遼部分性質頗可比擬㉘，因而

　㉗　此書原版發行時，毫無影響可言。事隔數十載，重新發行者大吹大擂，
　　　希望讀者信以爲全書果眞出於施耐庵之手。出版後，《水滸》研究者羣
　　　起攻之，斥爲贗品。辨僞自有所需，但在力指其爲僞作之餘，大家似乎
　　　忘記了這種作品的最終評價應從續作是否成功這角度去看。
　㉘　《水滸傳》加挿征遼部分的時間和時代背景，見孔羅邨，〈《水滸》中
　　　破遼故事是怎樣形成的〉，《文學遺產增刊》，1期（1955年9月），
　　　頁394-397。

大異於傳統的《水滸》續書㉙。講投胎易名的《後水滸傳》，可不必
多說。《蕩寇志》視梁山人物悉爲反角，並不眞的與《水滸》連貫。
連今人極賞識其愛國情操的陳忱《水滸後傳》也有過份自限和看不出
《水滸》原書不可能包括招安以後情節之弊㉚，以致弄出蜀中無大
將，廖化作先鋒的困局，杜興輩大派用場外，還得硬說百回本《水
滸》臨結束時死去的關勝、呼延灼、戴宗等人仍活着，以便利用他們
去支撐局面。談到《水滸》啟導的長篇章回武俠小說，三、四十年代
的新續書比這些傳統續書要直接多了。

　　這是就理論而言。按實際情形來說，這些三、四十年代之作，印
數少，銷售時間短㉛，對《水滸》傳統的演進，對武俠小說的發展，
都談不上影響。在《十二金錢鏢》（見後）式武俠小說雄霸天下之
際，它們根本不會被人和當時的流行作品連在一起，正如談武俠小說
者不易會想到《水滸》一樣。

　　拿《水滸》和這些三、四十年代的《水滸》續書去和五十年代以
來盛行港臺的武俠小說比較，分別自然很大。這是因爲近年暢銷的武
俠小說是這個傳統自《水滸》以來變更不知多少次以後的產品，以河

㉙　最近還有一奇特的發展，有人從紅外線這名詞引伸而稱之爲「水外線」，
　　相關的書數目甚多，類別可分爲二。有些如褚同慶，《水滸新傳》（廣
　　州：花城出版社，1985年），百七十回；山東《牡丹》編輯部編，《水
　　滸外傳》（濟南：山東人民出版社，1983年），二十二回；朱希江，《
　　水滸外傳續集》（南寧：廣西人民出版社，1986年），二十八回，重寫
　　原有故事，即使添枝插葉，基本上和以前常見的改編之作性質並無多大
　　分別，不能算是眞正的新發展。另一類則牽涉頗大，留待在正文討論。
㉚　《水滸》原書不獨止於招安，大聚義後到招安這幾回還是今本《水滸》
　　書中最能代表原書舊貌的部分，說見1986年12月30日馬幼垣在中央研究
　　院主辦的第二屆國際漢學會議上宣讀的〈從招安部分看《水滸傳》的成
　　書過程〉（此文收入本集）。
㉛　程善之的《殘水滸》在1933年由鎮江的新江蘇日報館刊行，其極爲罕
　　見，不言自明。如果不是十多年前香港不具名的某書商影印若干，以供
　　流通，雖然數目不多，我們尚可用來再複製，現在要找一册來看，恐難
　　比登天。張恨水的《水滸新傳》情形亦一樣。這本抗戰時大後方所印的
　　書（重慶：建中出版社，1943年），在1986年中國民間文藝出版社（北
　　京）重排再發行以前（這當與張恨水的聲名再度得到肯定有關），中國
　　大陸以外能找到的原書恐怕僅得美國國會圖書館的一部。

源及其直接支流與寬濶漫衍的下游相較，理當大異，我們不能據後者
的狀況去否定它們是不斷的整個河流系統的不同部分而已。

　　這樣講難免涉及明代中葉以後各種和俠客有關的小說的演進過程
㉜。有關的小說多如牛毛， 讀不勝讀， 這類小說的歷史又向乏人問
津，現在僅能約略談談。

　　正如本文開始時所說的，明清章回小說受《水滸》的影響不宜過
份強調。從《水滸》作爲長篇武俠小說之始這角度去看，眞正受其影
響的作品要到淸中葉以後才大量出現。這些長篇說部有一般的俠義小
說，如《兒女英雄傳》（四十回）；有譴責小說，如《蜃樓志》（二
十四回）；有公案俠義小說，如《三俠五義》（百二十回）、《施公
案》（九十七回）、《彭公案》（百回）、《李公案》（僅見初集三
十四回）、《林公案》（六十回，或出民初人之手）。最後一組尤爲
重要， 這類書雖然講些偵查案件， 書首一過， 話題便集中在技擊攻
戰，顯然這才是書中的主要部分㉝。

　　要在這幾類小說當中找出它們受《水滸》影響的例，小如情節之
相若，大如主線的仿照，都並不難。譬如，《蜃樓志》書中佔了近半
篇幅的羊蹄嶺風雲，便是刻意而又失敗的《水滸》翻版㉞。又例如，
《三俠五義》中不少要角，如翻江鼠蔣平、黑妖狐智化、小諸葛沈仲
元，身上都帶着梁山人物的影子㉟。

　　這些明顯的例子外，還有幾點觀察得在此闡明。

_____

㉜　自《水滸》成書至今本的出現，約略爲弘治、正德兩朝之事，見注㉚所
　　引馬幼垣文。
㉝　有關淸代公案俠義小說種種，可參看 Y. W. Ma, *"Kung-an* Fiction:
　　A Historical and Critical Introduction," *T'oung Pao*, NS 65
　　（1979）, 200-259, 一文之後半；杜穎陶，〈近代武俠小說的起源〉，
　　《華北日報》，1948年8月6日（〈俗文學〉， 58期）
㉞　參考王孝廉，〈《蜃樓志》： 淸代譴責小說的先驅〉，《聯合報》，
　　1983年8月14-17日（〈聯合副刊〉），後收入其《神話與小說》（臺
　　北：時報文化出版企業有限公司，1986年），頁269-303。
㉟　其他的各種例子，參閱劉雁聲，〈受《水滸傳》影響之淸人俠義小說〉，
　　《朔風》， 12期（1939年10月），頁552-556。

近代武俠小說的讀者很少會直覺地聯想到《水滸》。無可諱言，如果說《水滸》和古龍的小說代表這傳統的兩端，它們之間近似的地方實在不多。上述的清人作品是可以幫助我們去縮窄這條鴻溝的。

《水滸》和長篇講史小說，受歷史束縛與否，其間的一項重要分別就是綽號。梁山頭目一百零八人全部有綽號，兼分配星辰，而少覺得有牽強與堆砌。這不單是劃時代的發展㊱，為以前的長篇小說（如《三國演義》）和中篇說部（如幾種元刻平話）所沒有，且支配以後各種類型的武俠小說，更由想像文學推展及於實際生活。明末民變領袖不僅多數有綽號，綽號的形式還經常仿照梁山諸人所有者；他們甚至以梁山諸人自況㊲。一直到近世的秘密會社和今日的黑道組織，綽號仍是幾乎不可或缺㊳。

不僅如此，清代和民初文士尤好湊足一百零八人來排次第，並套用梁山人物姓名和綽號強行分別指配。這事雖與武俠小說無關，亦足見《水滸》鼓吹用綽號之影響深遠㊴。

《水滸》重武重文，前一點不必解釋，後一點則有待說明。在建立水泊大寨的過程當中，梁山吸收了不少由兩三個頭目帶領的小山寨。除非頭目全是武夫，內有文人或法師型人物的話，如朱武、裴宣、蔣敬、樊瑞，第一把交椅幾盡由他們囊括㊵。其中，裴宣還是後

㊱　綽號在小說中的運用自然不始於《水滸》，楊溫故事中便正反角色都有統一性的綽號。但論規模和整齊程度，《水滸》的運用綽號，無論如何是創舉。

㊲　水滸在這方面的影響力和這些明末綽號的複雜性，可參看王綱，《明末農民軍名號考錄》（成都：四川省社會科學院出版社，1983年）。

㊳　參見羅爾綱，〈《水滸傳》與天地會〉，《大公報》（天津），1934年11月16日（〈史地週刊〉，9期）。

㊴　這種文壇玩意的無聊程度不難從沈德潛、王闓運、李慈銘的悉被指為托塔天王晁蓋，袁枚、陳三立、黃遵憲的皆給認作及時雨（或呼保義）宋江，可以看得出來。這種名單編集起來竟可成近五百頁的現代排印本，見程千帆等整理之《三百年詩壇人物評點小傳匯錄》（鄭州：中州古籍出版社，1986年）。

㊵　蔣敬在黃門山四人當中為老二，地位不算差，也不能說是例外，因為在這小山寨裏，他基本上充當戰將，他的會計本領要到了梁山大寨才真有派用場的機會。

入夥而居首位的。梁山大寨更是如此，以前的王倫，後來的宋江、吳
用，和公孫勝，他們地位之高，行動之支配大局，都足以說明《水
滸》相信武力需要智慧去領導，並且由此觀念而形成一種頗爲近人詬
病的情況，就是勇士忠於文士首領，首領忠於皇帝。

　　由於故事主幹的難容，《水滸後傳》和《後水滸傳》兩續書都沒
有繼續發展這一點。但是，到了清代長篇公案小說之大量出現，這種
文領武隨的組合竟變本加厲。那些什麼公，多數如宋江一樣有謀無
勇，幾度出場，引出各路英雄，鞏固以他爲首的組織後，便漸漸（甚
至迅速）退出舞臺，讓那些英雄去擔當要角，去做殺賊戡亂，鞏衛皇
室的勳功大業。有人罵這些忠心耿耿之士爲鷹犬走狗，那就要看讀者
的立場了。近代武俠小說講私人恩怨、派系糾紛，或談民族戰爭、革
命事業，很少再來這一套，當是進步的一面。

　　《水滸》和清人公案俠義小說這一特色雖沒有繼續下去，它們的
另一特色對近人的武俠小說影響還是很大。那就是九尾龜式的漫無止
境地往下寫。

　　《水滸》故事本身涉及的時期不長。按何心的統計，自政和二年
正月王進出場至宣和二年四月大聚義，不過八年多一點[41]。延長至招
安（宣和四年二月），亦僅多增兩年而已。《水滸》人物又多在壯盛
之年，且山寨始終無長久發展之計劃，後繼人選的問題從未存在過。

　　不搞投胎這玩意，續寫下去就只有兩條路，不是自大聚義或招安
續起（立場有別，人物無殊），便是從覆滅處再出發。就算不計裛鶴
焚琴的《蕩寇志》，前一法還是比較合理，上述幾種三、四十年代的
續書均採此法。採後一法會帶來許多嚴重的技術問題，大概只有陳忱
的《水滸後傳》是這樣寫的。梁山集團覆滅以後，殘餘的原班人馬大
不敷用（找幾個已死的復活過來也幫不了大忙），加上物換星移，由
下一代接班邃成理所當然。花榮之子逢春、呼延灼之子鈺、徐寧之子
晟、宋清之子安平、李俊之子高，由是應運而生。這樣一來，也爲中

────────────

　　[41]　何心，《水滸研究》（1985年，增訂本），頁188-205。

國小說的寫作技巧開了歷史性的一頁㊷。

　　這卻不見得是值得恭維的一頁。幸好，《水滸後傳》結局時內容沒有多大伸縮性。殘餘的梁山人物在暹羅終老，最後雖然集體結婚以傳香火，還是改變不了流落蕃邦，早晚和中原脫節的命運。以後再沒有續集，毫不意外。

　　然而，《三俠五義》一旦流行，書商唯恐吊讀者的口胃，於是英雄傳子傳孫，故事一本本續下去，《小五義》（百二十四回）和《續小五義》（百二十四回）後，再來起碼十九套續集，連上本傳，超過一千回！另外，《兒女英雄傳》有九套續集；《彭公案》也有續集至少二十套㊸。其他如《施公案》、《永慶昇平》、《七劍十三俠》、《英雄八大義》、《五俠十八義》、《九義十八俠》等等，續集數目可能少些，正續集加起來過二百回的，還是平常得很。影響所及，若非連篇鉅製就好像不能顯得作品受歡迎似的。

　　上舉諸書有一特徵，就是往往用英雄的數目來作書名。英雄點明數目，自然也是《水滸》影響之一斑。

　　風氣旣如此，民國以來的武俠小說又多為稻粱謀之作，往往先在報章雜誌連載，經年累月地下去，待合刊為書，動輒數十册。還珠樓主的《蜀山劍俠傳》便是一例。該書前後撰寫二十年，到了1949年，新政權封殺所有武俠小說時，雖已長達四百五十萬言，猶未終卷！別的小說卽使未及這規製，百回以上者還是相當尋常。職是之故，終不能完成之作，比起近人所寫的其他類別小說，比起民國以前任何性質的長篇說部，也就比例上多了不少。

　　從另一角度去看，浩繁的程度尚不止此。《蜀山劍俠傳》本身還

　　㊷　《三國演義》的撰寫雖然深受史實的規限，但講述的時間究竟比《水
　　　　滸》長多了，難免有由下代接班的情節。但劉阿斗之流的出現並不足以
　　　　促成風氣。零星故事，如在某些版本中關索的若隱若現，更不易為讀者
　　　　所留意。
　　㊸　這類書籍鄭振鐸收集得很齊，但仍不全，見北京圖書館編，《西諦書
　　　　目》（1963年）卷四葉七十四上下、七十六下——七十八下。

是一本連鎖式的書，內容前後和另外二十六部還珠樓主的小說串聯成
一龐大的組合㊹。這情形其實甚為普遍。白羽（宮竹心， 1899-1966）
的《十二金錢鏢》和王度廬（王葆祥， 1909-1977）的《鶴驚崑崙》
都是擴展成繁雜體系的核心小說的例子，分別繫上這兩作家的其他六
種和四種作品㊺。

　　這類卷帙浩繁之作固不必都靠傳子傳孫去維持局面，作者還是儘
量保持故事的連續性和擴充性，避免殺雞取卵㊻。偽託之作、未經原
作者同意之續作，或雖作者倩人代筆而未滿其意之作的出現，在這情
形之下，自屬意料之事㊼。

　　這種風氣，《水滸》正是始作俑者。《水滸》成書之初，止於招
安。儘管從梁山人物個別闖盪江湖，到山寨集體行動，再發展至大聚
義，排座次，然後全夥受招安，《水滸》可說層次分明，進度適當，
到了該結束的時候就該結束，實在沒有再寫下去的必要，但讀者欲知
後事如何的心理所產生的壓力實在不能漠視。征討遼國、田虎、王
慶、方臘的情節遂應運而生，架床疊屋地狗尾一條接一條的續下去。
這就是《水滸全傳》的由來。其中部分還有繁本、簡本、改併本之別
㊽。整個歷程經過多少人手，多少變化，多少時間，恐怕永無圓滿答

㊹　見葉洪生，〈平江不肖生小傳及分卷說明〉，分附於《近代中國武俠小
　　說名著大系》所收四種平江不肖生小說每種第一冊之首。
㊺　見葉洪生，〈白羽小傳及分卷說明〉，分附於《近代中國武俠小說名著
　　大系》所收三種白羽小說（內一種為兩書合併）每種第一冊之首；葉洪
　　生，〈王度廬作品分卷說明〉，分附於《近代中國武俠小說名著大系》
　　所收七種王度廬小說每種第一冊之首；徐斯年，〈孤劍下崑崙：鮮為人
　　知的通俗小說名家王度廬〉，《中國時報》， 1988 年 9 月 22 日（〈人
　　間〉）。
㊻　這種市場支配大眾文學的情形，不難使人想到好像永無結局的美國電視
　　連續劇。其中歷史最久的 *Guiding Light* (CBS)，自1952年 6 月開市
　　以來，每週五次，四十年而未衰，人物和情節主線當然早已不知更換了
　　多少次。
㊼　例子散見於《近代中國武俠小說名著大系》的各種書首說明，不必細
　　舉。
㊽　在這種目迷五色的情況下，不少現代學者竟相信這些狗尾續貂之作確有
　　些部分是貨真價實，必屬於原本《水滸》的。

案。這還未把《水滸》成書以前的各種改併過程算在內。如果不是因爲年代近，文獻可徵，換上創作後數百年始有人把他們的作品看成是一回事的話，多少近代武俠小說作家都會遭遇到《水滸》作者羣的同樣命運㊾。

到陳忱《水滸後傳》以《水滸》最早兼最重要的續書的姿態出來以後，它的以下一代爲主要角色便給寫續書之人開了一條，只要有讀者支持，就可以永不愁結局的途徑。其後《三俠五義》的流行更促成這風氣的形成。

清代長篇公案小說以《三俠五義》最著名，讀者最多，它對近代武俠小說的影響，比《水滸》更直接，比其他清代公案小說更深切。自石派書《龍圖公案》唱本至俞樾（1821-1906）本《七俠五義》的成長經過㊿，好多地方都可以說是《水滸》演變史的寫照。等到此書的各種續作寫下代的少年英雄，以及老少兩代如何携手合作，基本手法仍是《水滸後傳》的一套。除非我們漠視近代武俠小說所受《三俠五義》和其他清人公案小說的影響，自《水滸》以來，擴延情節風氣的脈絡相承應够明顯。

這種風氣一經形成，《水滸》難免反受影響。前曾見續了十餘集的《水滸》零本，講梁山後代大戰金人的故事，諒是清末或民初文人所爲。最近在「水外線」熱下出版的作品，雖然多是添油加醋的重編本，也有名副其實的續書。其中王中文的《水滸別傳》（長春：吉林文史出版社，1986-87年）可爲代表。此書分《方臘反》、《忠義夢》、《將軍舞》、《英雄淚》、《少水滸》五部，都三千七百頁，眞是皇皇鉅製。最後的一部《少水滸》講紹興年間王定六（又是另一個廖

㊾　就算只管自書首至招安的部分，今本《水滸》亦絕不可能爲一人一時之作，把整本書的著作權送給那空中樓閣的施耐庵是神話式的寄託。

㊿　《三俠五義》的成書經過，迄今尙無徹底的綜合研究，暫可參考 Susan Blader, "A Critical Study of *San-hsia wu-i* and Its Relationship to the *Lung-t'u kung-an* Song Book" (Unpublished Ph. D. dissertation, University of Pennsylvania, 1977).

化）率梁山所餘少數尚存者，絕合其他新血，在梁山泊另起爐灶，攻
金伐宋。立場固與以前諸作有別，同屬這個依本傳去繼續發揮的傳統
則是一樣的。

此外，近代武俠小說不時使用的化裝技巧，在《三俠五義》一類
小說中固已是慣技，它的起源還起碼可以追溯到《水滸傳》。晁蓋之
率眾遠赴江州刼法場，基本上是打遊擊戰，和日後梁山勢力雄厚時之
明目張膽地出師不同，行動自然要出奇制勝，避免打草驚蛇，因此頭
目們打扮成乞丐、賣藥的、腳夫、客商之類前往。他們需要化裝一
番，不待說明。其他如晁蓋等人假裝販棗客人去刼奪生辰綱；吳用和
李逵去北京大名府計陷盧俊義時的江湖相士和啞道童打扮；去打聽祝
家莊設防情形時，石秀扮成賣柴的，楊林充作法師，這類例子在《水
滸》書中確實不少，性質也同，都離不了化裝技巧的運用。其實《水
滸》中的最佳化裝獎應頒給張青、孫二娘夫婦。他們利用整套道具把
從來和佛門沾不上半點關係的武松（這點魯智深比他還夠資格些），
打扮成一個徹頭徹尾的行者。最難得的，這一下子就成了永久性的改
變。自此武松安於換上這個突如其來的身份，後來雖落草，大有回復
原來面目的自由，還是覺得沒有此必要，始終保持其行者的樣相[51]。
從化裝的重要性，我們也可以看出《水滸》、清人公案俠義小說，和
近代武俠小說三者之間的相連程度。

雖然有這些關係存在，一般讀者還是不易察覺《水滸》和近代武
俠小說是連在一起的，原因有數。

《水滸》談武功而不講細節，更鮮及善武之由來。讀者除了親覩
史進向王進逐件學習十八般武藝外，其他各人之何以精武，往往是個
謎。解釋不外是，關勝、花榮、呼延灼、楊志等為將門之後，林沖、

---

[51] 在二龍山時的武松，或者因環境的過渡性質，不打算改來改去，故仍充
行者。上梁山後，情形該不同了，不獨改變帶着永遠的意味，還有神醫
安道全在，可以替他除去兩頰的充軍金印。安道全入夥後，給宋江拿掉
面上的金印。只要武松提出要求，安道全一定肯幫忙的（雖然其他面帶
金印的兄弟，如楊志、朱仝，都不管這些外貌之事）。

顧大嫂等出身武術之家，秦明、魯智深、索超等爲職業軍人，朱仝、雷橫等負責地方治安，曹正、黃信、孔氏兄弟等向其他梁山人物學藝，甚至兼備不同因素（如林沖、索超旣具特殊家庭背景，復爲職業軍人）。嚴格來說，均不足爲說明。至於武松、石秀、劉唐、李逵之類，除了走慣江湖之外，還有什麼好解釋？這與近代武俠小說之嚴分武術派系，強調尋師苦鍊的過程（甚至如何發揚光大），交代各人絕招的內容，絞盡腦汁地去說明武藝由來，分別自然很大。但如果我們注意到，晚至清人公案之作，這種問題仍是經常用理所當然的辦法，輕輕帶過便算，便可知《水滸》和近代武俠小說在這方面的分別是重點漸次轉移的結果罷了。

跟這點相輔的是武器的簡繁之異。梁山各人慣常使用的朴刀、棍棒、鋼鎗、蛇矛，都普通得很。卽使是呂方、郭盛的畫戟、秦明的狼牙棒、呼延灼的雙鞭、李逵的板斧、彭玘的三尖兩叉刀、樊瑞的流星鎚、陶宗旺的鐵鍬、鄧飛的鐵鏈、解氏兄弟的鋼叉，只是少人用罷了，並不是奇異的兵器。魯智深的禪杖，固然是訂製，特點僅在重量，隨便在小村落找個鐵匠就能做妥，不是精製品，根本談不上特殊設計。《水滸》很少講精製兵器，卽使凌振製造的所謂火砲也簡直一塌糊塗。關勝的青龍偃月刀，連同他本人的容貌、品性全是抄自《三國演義》的。眞正稱得上珍貴的，大槪只有武松那對會半夜嘯響的雪花鑌鐵戒刀。或者可以說，高俅用來設陷阱的寶刀，以及楊志原有的家傳寶刀，也該歸入珍品之列。這兩把寶刀可惜在書中並無派用場的機會㉒。這幾把寶刀之足珍，在於精製，與設計無關。如果要在《水滸》中找特種兵器，恐怕僅得項充、李袞插上二十多把飛刀飛鏢的團牌（丁得孫、龔旺的飛叉飛鎗只是把手上用的兵器摽過去而已，擊不中，自己連兵器也沒有了），把它們放在近代武俠小說裏，很難說得

㉒　楊志在梁山腳下力戰林沖數十回合時，按時間計，用的應是這口家傳寶刀。當時林沖用的是把普通朴刀。這把價值三千貫，「砍銅剁鐵，刀口不捲」的寶刀並未使楊志佔了什麼便宜。這小漏洞的存在，大槪是因爲作者忘記了楊志當時用的是寶刀。

上特別。《水滸》重故事實質，不必靠奇異的兵器去標榜某人的偉大。近代武俠小說作者面對嚴重的商業競爭，深怕落於同行之後，竭力謀奇求異，兵器之每需精工特製，獨一無二，也就幾乎成爲寫作成功的先決條件了。

近代武俠小說裏角色用的奇特兵器，當然包括五花八門，意想不到的暗器在內。這點《水滸》顯得很原始，如張清用飛石，要掛着一個錦袋的石子，暗不到那裏去；倒是扈三娘用過一次的那條帶有二十四金鈎的紅錦套索，還算別出心裁，可說是開後世之先河。連後來的清人公案，亦不過常用些飛鏢、彈弓、袖箭之類，都遠不能和近代武俠小說中光怪陸離的暗器比擬。但如把三者連貫起來，就不難看出這是在讀者的好奇心理愈來愈難滿足的情況下所必然產生的歷程。

近代武俠小說在奇中求生存，武術之奇和兵器之奇外，人也非奇不可。這大有重返唐傳奇境界的意味。可是，身體四肢能做到的事，受自然規律的管制，是有限度的。以有限度的體格，求無限度的奇能，結果就是競相製造超人，傳統的口吐飛劍，刀鎗不入，呼風喚雨，早已毫不爲奇，代之而興者爲移脈換穴，吸取宇宙精靈之氣，無師自悟而爲天下第一人，這類超乎物理原則和邏輯規範的成就。《水滸》人物不能用這種尺度去衡量。梁山中人稱得上奇的自是不少，他們多數是合乎世間法度之奇(53)。書中還不時提醒讀者，不要把那些英雄看作超人。魯智深少吃一頓飯，便手軟腳浮，禪杖也舞不動，險些兒給兩個野和尚道士斃了。武松多喝幾碗酒，刀掉入只有二尺深的小溪，不獨撿不起來，還在那裏栽筋斗。這種常人之態，近代的武俠小說家很少敢加在他們苦心創造的英雄身上。

這樣說來，《水滸》與近代武俠小說不是無分別，而是它們之間的分別可以從演變歷程和市場要求等角度去理解。假如沒有《水滸》的上承下導，而僅有《三國演義》、《隋唐演義》、《英烈傳》，這

---

(53) 有例外，如張順能在水中潛伏數晝夜。這例外可能是由於編書人不懂水性之故。

類戰爭講史小說，近代的武俠小說必然不會是現在的樣子的。

交代完這些，不妨附帶談談最近的新發展。五十年代以來港臺新
派武俠小說之盛行是和中國大陸文壇與社會無關的獨立發展，和新舊
武俠小說絕緣了幾十年的大陸讀者，近因迭次開放，接觸增加，在驚
異外界有這種享受之餘，大量翻印港臺名家之作（其間翻上再翻，改
頭換面，在所難免），還開始試寫新派武俠小說。這種嘗試迅即和正
在流行的「水外線」連貫起來。其中一顯例就是家文、蕭宇合著的
《獨臂武松》（合肥：安徽文藝出版社，1986年）。

此書講平方臘時失去一臂的武松在杭州六和塔隱居，除了苦練原
來擅長的三十六式天罡拳、七十二式地煞掌，和四十九式連環鴛鴦腳
外，還練成內家真氣，並悉心教導石秀的孤兒石化龍成為青出於藍的
高手。待宋江、李逵等遇害，武松率領阮小七、燕青、石化龍入京報
仇，始知蔡京輩一面勾結金人，賣國求榮，一面收賣武林高手去滅絕
梁山餘將及其後代。武松師徒於是和丐幫女幫主、嶺南鐵獅山總舵主
等武林名宿聯合起來，與金邦武士和江湖敗類展開殊死戰。到最後，
還鄭重聲明：「本書到此，暫時告一段落」。換言之，只要有足夠的
讀者支持，保證還有下文。

很明顯，此書既是《水滸》續作，也是新派武俠小說，主道原有
之水與支流匯集下游之水已不可復分。

──劉紹銘、陳永明編，《武俠小說論卷》（香港：明河社，印刷中）

後記

五四以來，經過大家不斷的努力，小說研究已成為不必為其價值
找藉口（如梁啟超的新民說）的學術活動。但武俠小說在一般人（甚
至學界人士）心目中仍是不入流之物，不能和其他類型的小說相提並
論。推動小說研究不遺餘力的鄭振鐸昔年就有痛斥武俠小說的紀錄。
這種情形最近已有相當的改變。武俠小說在中國大陸終於解禁固是好

事，港臺學界接二連三地爲其爭取嚴正的地位始眞令人鼓舞。

此文各注恆引的《近代中國武俠小說名著大系》，收二、三、四十年代七名家二十五種作品，都一百零五冊，自是難得一見的創舉。

注⑧引《聯合文學》第23期葉洪生文。此期收論武俠小說文章四篇，可說是專號。1990 年 5 月出版的《國文天地》第 60 期（5 卷 12 期）也是武俠小說專號，收討論文字達八篇之多。這兩種期刊，雅俗共賞，印刷精美，正與武俠小說的性質和讀者背景相配。

1987年12月28至30日香港中文大學得金庸的贊助，舉辦了一次武俠小說國際研討會，當屬首創。會後，主辦人陳永明兄約同劉紹銘兄就宣讀諸文選精去蕪，配上特約稿件，共收文二十篇（且多長稿），編爲《武俠小說論卷》。此集編印多時，計出版在卽。

出版不久的梁守中《武俠小說話古今》（香港：中華書局，1990 年）（另有臺灣遠流授權版），用隨筆的方式談論各種與武俠及武俠小說有關的問題，雖重今略古，涉及的範圍卻很廣，別緻可喜，值得一讀。

比較之下，大陸方面尚在嘗試階段。王海林（1942-　）薄薄的一冊《中國武俠小說史略》（太原：北岳文藝出版社，1988年）和羅立群（1957-　）稍厚一點的《中國武俠小說史》（瀋陽：遼寧人民出版社，1990年）可代表這種情形。前者傳統部分的成績如何，只要和注④所引的崔奉源書比較，便知究竟，不用多說；全書最弱的還是港臺部分，說來說去，僅介紹了金庸、梁羽生二人。後者在分期、內容比重，以及傳統部分的處理都較前者優勝，但講到民元以來諸作卻捉襟見肘，只好用抄湊之法去塡塞篇幅。葉洪生近有長文，〈爲大陸史學界盲俠看病開方（上）：論王海林《中國武俠小說史略》之五短〉，《國文天地》，74期（1991年7月），頁 74-78；〈爲大陸史學界盲俠看病開方（下）：論羅立群《中國武俠小說史》之得失〉，《國文天地》，75期（1991年8月），頁 76-77，藉檢討此二書去批判大陸學界對武俠小說的普遍缺乏認識，正是彼岸學者寫不出來的文章。期

望他們能够對古今武俠小說提出資料充足，分析不按指定論說教條依
樣畫葫蘆的研究報告，恐怕還要等一段不短的時日。

流行中國大陸的水滸傳說

自北宋宣和初年宋江三十六人橫行齊魏，這細節失考的史實，至《水滸傳》的成書，短者二百五十年（從元末明初人施耐庵撰著說），長則最少三百三十餘年①。現存作品，確屬這段漫長準備時期的，恐不過九本存真程度參差不齊的雜劇和《宣和遺事》的一部分②。早期資料的失佚並不妨礙我們相信《水滸》的成書起碼在若干程度下是基於對零散的水滸傳說的融會和整理。這也不妨礙我們相信，要求在成書程序中用過或未用過的傳說，經過六百多年 無文字承傳的 真空狀態，又因與《水滸》內容矛盾疊出，缺乏傳播之所賴，時至今日仍在民間口語相傳，半浮半沉地等待發掘，且一經發掘，復能像雨後春筍一樣，洶湧而出，多至讀不勝讀，可能性該是微乎其微的。

自《水滸》之流行暢銷，至五四運動以後成為古典小說研究不可或缺的一部分，《水滸》的加工文學基本上做的是延續時間的功夫，很少肆意改動大聚義以前的情節，各種續書均如此③，主要的戲劇也

---

① 止於招安的《水滸》原書約成書於明弘治、正德兩朝，說見1986年12月30日馬幼垣在中央研究院主辦的第二屆國際漢學會議上宣讀的〈從招安部分看《水滸傳》的成書過程〉（此文收入本集）。

② 馬幼垣，〈從招安部分看《水滸傳》的成書過程〉。

③ 按撰寫時間，《水滸》續書可分為三類：㈠五四運動以前的傳統續書，如陳忱《水滸後傳》、青蓮室主人《後水滸傳》、俞萬春《蕩寇志》；㈡五四至文革以前的續作，如程善之《殘水滸》、張恨水《水滸新傳》；㈢文革以後的新作，如王文中以《水滸別傳》為總名的五部連鎖作品。無論那一類，也不管立場和手法如何不尋常，肆意更動大聚義以前情節，見聞所及，是從未有過之事。

如此④，二三十年代在幾次大規模網羅民間文學作品中所得的少許水滸故事亦復如此⑤。

由五十年代初至七十年代中期，政治因素使《水滸》在中國大陸享有天之驕子的地位。在這只許讚不容彈的環境裏，與上述情形不同的水滸傳說還是鮮有所聞⑥。

傳說之為物，對所講的人和事，不一定是襃揚的，也可以採取攻擊態度的⑦。七十年代末期，當批孔評林弄得天昏地暗之際，《水滸》慘遭歷時一年多的蹂躪，宋江、柴進等首腦人物更是受盡唾罵⑧。大可以用來證明宋江輩始終為「人民」所不齒的傳說卻未曾出現。

這些背景都足以否定大量與《水滸》內容不相符的傳說在民間廣泛流傳卻歷久未上紀錄的可能性。

毛澤東一死，四人幫迅即落臺，鞭撻《水滸》者既去，喝采之聲隨着復出。這次對《水滸》的再度好評，不同以前的盲吹瞎捧其為農民起義教科書那樣單調狹窄（雖然仍主張它講的是農民起義），唯我獨尊，討論範圍得到擴展，立場態度也出現較大的伸縮性，處理方式尤見突破，堪稱多采多姿。在這情形之下，八十年代初期水滸傳說之

---

④ 《水滸》流行以後的水滸戲是怎樣一回事，可查檢陶君起，《京劇劇目初探》（1963年，增訂本）、陝西省藝術研究所編，《秦腔劇目初考》（1984年）等帶本事提要的目錄。

⑤ 廣州中山大學語言歷史研究所在顧頡剛（1893-1980）等主持下自1927年至1942年所出版的《民間文藝》週刊和《民俗》雙月刊為昔日這類刊物當中採集範圍最廣和歷史最長者，其中也沒有收入多少與《水滸》和施耐庵有關的傳說。

⑥ 在《民間文學》、《民間文學集刊》等五六十年代大陸刊行的有關期刊內就不易找到施耐庵或水滸傳說的影子。

⑦ 關於秦檜、李蓮英等人的傳說即可為例。

⑧ 自1975年8月至其逝世，毛澤東因政治所需，督策整個大陸毒咒《水滸》以及宋江等梁山領導人物。這場在他死後仍維持一段日子的活劇製造出數目難以計算，內容卻貧乏得只有三幾個話題的文章。如要找這些代表現代中國悲鳴的「傑作」來看看，可檢閱《開展對水滸的評論》（香港：三聯書店，1975年），和北京大學中文系聞眾，《反面教材水滸》（北京：人民出版社，1975年）。

爭相出籠，本不屬意外事。作爲茶餘飯後助談之資，這些傳說不管與
《水滸》分家至何程度，無傷大雅，是不必追究來源的。問題在它們
以出土文物，貨眞價實的姿態出現，還往往明示其淵源不晚於《水
滸》本身，甚至還更歷史悠久。旣有此聲稱，自然不能等閒視之。

這些傳說分爲講梁山人物與講施耐庵兩大類，涇渭分明，交流點
少到可說不存在。傳播的地域，負責整理的人士，亦同樣儼分畛域。
梁山人物故事差不多是山東（特別是魯西）的專利品，而施耐庵故事
之集中在蘇北，比例還要更高，這種分割地盤式的情況不該沒有包涵
什麼特別信息。

讓我們先看看有關梁山人物的傳說吧。

八十年代上半，《水滸》加工文學大量面世。這些「水外線」書
籍，除了類別分明的改編和續作外，還有梁山人物傳說。此等傳說，
有在地方性期刊出現的，有被輯爲專書的。前者如荷澤出版的《牡
丹》雙月刊，發行量很小，銷路有限，卽在大陸亦不易一見，在海外
更難問津。幸而，輯刊出來的書籍，不少根據這些期刊，或來源相近
的資料，性質應無大別，可爲代表⑨。

按數目來看，這些故事集中講兩類情節。數目最多的一類講梁山
物在上山以前如何正義凜然，鋤強扶弱，奮不顧身，遇到土豪惡霸、
貪官汚吏、奸商無賴，不是毫不留情地斬殺，便是用巧計弄到他們損
失慘重。在數目上居其次者，講梁山諸人如何練就武功（一面練武，
一面除害者也有，可按重點歸類，不必嚴格細分）。至於講梁山日常
生活者，以及如傳統讀書之講大聚義以後，或招安以後，甚至征方臘
以後事情者，數目就少多了。奇怪的是，沿傳統說書的路線，擴充大

⑨　撰寫此文參考的傳說集計爲王太捷、朱希江編，《水泊梁山的傳說》
　　（北京：中國民間文藝出版社，1985年）；徐華龍編，《水滸英雄外
　　傳》（杭州：浙江文藝出版社，1985年）；王成君編，《水滸人物傳
　　說》（上海：上海文藝出版社，1986年）；華積慶編，《水滸英雄外
　　傳》（北京：寶文堂書店，1986年）；張振和、蔡如慶編，《水泊梁山
　　民間故事》（濟南：山東友誼書社，1987年）。

聚義以前《水滸》已有之故事者，數目竟然最少。單從這點去看，就很難說這些故事是傳統口承文學的一部分。

故事集中在什麼情節，代表興趣的傾向，原不必深究。然而，這裏所表現的傾向太現代化了。事情非黑卽白，人物非善卽惡。在大陸評價文學和歷史，二元相對論向來是放諸四海而準的法門。五六十年代當然早有這一套，但走極端還是七十年代以後的事⑩。據此，這些美其名爲歷久相傳的故事就有一明顯的年代上限。

這上限還可說得清楚些。七十年代中期爲《水滸》的厄運期。在寡頭政治明令之下，只有李逵、阮氏兄弟等數人有資格當永遠革命者，山寨的眞正領導人物，除了早死的晁蓋，統統被罵得狗血噴頭，貶爲十死不赦的惡毒反革命份子。把梁山人物悉數擡捧爲光明磊落，大公無私，敢作敢爲的典範的故事是沒有機會在這種環境下產生的。這些所謂民間傳說的出現，要等到四人幫下了臺，《水滸》本身恢復了聲譽，才有可能的。

說這些故事之過度現代化，並不單依據它們的黑白衛立場和極端描述，它們專講那些人物，迴避那些人物，也具備相當顯示性。

故事總數雖多，梁山一百零八人在此出現的不過三分之一。數目本身不是問題，誰會希望讀到誇耀宋清、白勝、孔亮之類酒囊飯袋的故事？成問題的倒是入選的標準，在《水滸》裏，梁山人物出場的次數和時間的長短，和他們對山寨組織的重要性成正比例。這是任何讀《水滸》者所共有的印象。如何僅挑二三十人來講，個別讀者或會包括若干自己特別愛好的冷門人物，大部分中選者，任何人去挑，都差不了太遠。可是，在這些給說成是來源廣泛，歷時久遠的故事裏，數目有限得很的入選人物卻出現極不合邏輯的情形。李逵、武松、吳用、朱仝、魯智深、石秀、三阮、張順、公孫勝、劉唐、時遷、花

---

⑩ 七十年代初中期，上自知識份子，下至工農兵階層，整個大陸盲從執政者的呼籲，強分歷代人物爲正面的法家和反面的儒家，以求證明儒法之爭貫徹整個中國歷史，只謀達到政治目的，不理歪曲眞相至何程度，可作爲極端二元相對論的好例子。

榮、朱貴、燕青等要角經常在這些故事中出現，理所當然。至於安道
全、樂和、白勝、蕭讓、王安六、杜與輩之偶爾充當要角，目的顯然
在試圖強調下層成員的重要性。 這樣的安排固然與梁山集團在 《 水
滸》書中之上下階層嚴分等級，不相協調有關⑪，因而反映出其順應
時代要求的現代化本質，說來還不夠隨後說明的幾點來得顯露。

故事要講的人物，數目本已有限，故事又再集中在少數人身上，
以致重要人物如林沖、史進、柴進、張清、呼延灼、戴宗，雖然入選
了，卻只有內容貧乏，胡亂湊合，甚至毫無辨識特徵的故事三兩個。
其他在《水滸》書中份量相當者有如秦明、關勝、楊志、楊雄、董
平、李應，連影子也沒有。這樣一來，大聚義排座次時的馬軍五虎將
就缺席了三人，而在梁山坐第二把交椅的盧俊義僅在燕青的故事裏扮
演過一次愚昧頑固，利慾薰心的配角。

如果把盧俊義的負面形像，和那個給弄得像個莫名其妙的小土霸
的柴進， 以及根本沒有出場機會的李應合起來看， 就不難悟出道理
來。梁山一百零八人，只有三個財主。盧俊義是員外，李應是莊主，
柴進是貴冑（晁蓋雖然也是員外，但早死，沒有機會參加大聚義）。
在梁山這個靠封建思想去維持體系的組織，排起名次來，三人都位崇
權重（名次最低的李應也排名第十一，和排名第十的柴進共掌山寨錢
糧）。對把《水滸》看成是一次轟轟烈烈的農民大起義的小說化紀錄
的中共政權來說，這三個出身「不清白」者的高高在上眞是尷尬。在
「民間傳說」裏處理起來，只有能避就避，不能免時，便好話少說，
壞話則不妨說些。所不能避免的，就是因此而給這些故事蓋上鮮明的
現代性烙印。

楊志、關勝等雖然被遺忘得一乾二淨，扈三娘、顧大嫂、孫二娘
這在《水滸》裏基本上僅各得一兩次配角式出場機會的三女將卻在這

---

⑪　愈是下層的梁山人物， 上山前， 入夥後， 出場機會愈少， 出場時間愈
　　短，上山後卻愈要擔承維持山寨日常運行，無時或息的基本工作。高高
　　在上的領導人物，如果不是征戰，平常確是清閒得很。

些故事內給大書特書。其中有些故事還把顧大嫂和孫二娘這兩個本領平平的母夜叉式人物寫成嬌俏艷麗，人見人愛，兼且武藝高強（扈三娘是武功超羣的美人兒，這點不成問題）。在這個提倡男女平等的時代裏，無論大陸的婦運成績如何，表面功夫仍得照做。但《水滸》是一部男性中心的書，潘金蓮、潘巧雲的蕩婦形象且不說，梁山陣容就僅得三個點綴式的女將而已，連條件極佳的扈三娘在大聚義前也沒有一次開口說話的機會，還得背負在殺父滅族仇人蔭庇下獻出肉體，忍辱偷生的黑鍋。怎樣才能使這本書追得上時代，不無問題。結果採用的法子，就是把《水滸》所說的全拋諸腦後，儘量在體貌、武藝、膽識、智慧上給此三位女將胡吹一番。要說這些是歷久相傳的民間故事，豈非掩耳盜鈴!

三女將需要昇級，宋江卻有降級的必要。毛澤東死前總動員去清算宋江，罵得不留餘地，現在沒有人再附和是一回事，但紀錄全在，要推翻它又是另一回事。在大陸這種朝令夕改的社會，凡是有後遺病可能的話還是少說為宜，何必自種禍根？因此，宋江的故事在這些水滸傳說集子裏少之又少，有的乾脆一篇也不收。編集者這種現實得很的態度又是替這些故事的年代加一注腳。時間不必說得太早，只要這些故事寫成於1975年初秋毛澤東發動批判《水滸》以前，它們在數量上，在吹捧的程度上，必定合乎宋江在梁山坐第一把交椅，在《水滸》書中佔篇幅最多，以及受中共推譽二十多年為標準農民起義領袖這些多重特別身份的。現在他卻給冷落蔑棄到連顧大嫂、白勝之流還不如! 這些所謂民間文學作品，究竟能有多久的歷史，不問而知。

與宋江關聯的還有一件見微思著之事。毛澤東晚年鞭撻宋江時，他特別強調晁蓋一死，宋江便立刻改聚義廳為忠義堂，把忠君之忠看得比兄弟義氣之義更重要，因而指斥這表露出宋江反革命的陰謀。這是一廂情願，不可理喻的說法，一則晁蓋時期的聚義廳只是普通名詞，不是專稱，一則明版《水滸》絕大多數都標榜忠義二字作為書名的一部分，而明人評《水滸》更經常把注意力放在**忠義**的觀念上。無

論今人喜惡如何，忠義的觀念和忠義堂名稱的使用與《水滸》的成長過程是不可分割的。歷史悠久的水滸傳說總該有不少用忠義堂的名稱才對。可是在這批爲數不少的故事裏，忠義堂之名僅一見，其他場合，不管晁蓋是否已死，全用聚義廳。經毛澤東指出「忠義」的不妥後，明哲保身者當然可避則避。不然來源不同的民間傳說，僅經今人整理（而且還是好一大堆屬於不同單位的整理人），絕不可能過濾得如此乾淨的。

上面說過，打抱不平的黑白衛故事爲數最多，其次就是講苦練武功的。專講練武也現代化得很，《水滸》並不注意這一套。梁山諸人如何練武，過程讓讀者看得到的，僅史進一人，講得也平實無華。對其他人物武功來源的交代，往往只是出身將門，身爲職業軍人，當教練，任都頭，走慣江湖之類，不能確算是解釋的解釋。眞正給描述得武藝超卓的，數目實在不多（林沖、楊志、秦明、董平、索超、武松、呼延灼、魯智深、扈三娘等屬於這一組）。別的即使重要如李逵、劉唐、朱仝、雷橫、李應、徐寧等等，其中不少還有個別武打情節的，《水滸》根本沒有把他們形容成武功上乘⑫。至於幫襯式的武將，有的僅靠奇門武器或戰術來標榜（如龔旺、丁得孫、韓滔、彭玘），有的書中還特別聲明他們技藝平庸（如陳達、楊春、周通、王英）。不以武藝見稱者，如杜興、宋萬、張青、樂和輩，更不必說了。

《水滸》處理武藝之事，務實求眞，不重誇張。《水滸》成書以前的雜劇和《宣和遺事》也沒有在武藝上花精神。現在這些傳說卻大大不同。梁山人物凡有機會露面的，個個武藝精湛，身手不凡。專講練武過程的故事更是說得天花亂墜，什麼異人秘傳、萬里求師、妙法苦練、無師自通、奇門武器、超人功力，現代武俠小說的法寶，應有

⑫ 見馬幼垣，〈李逵的武功〉，《中國時報》，1987年4月25日（〈人間〉）（此文收入本集），及馬幼垣，〈《水滸傳》與中國武俠小說的傳統〉，收入劉紹銘、陳永明編，《武俠小說論卷》（香港：明河社，印刷中），頁204-230（此文收入本集）。

盡有，悉數落齊。談起武術，猴拳、八卦拳、八級神拳、螳螂拳、鐵
沙掌之類，信口雌黃。講到招式，猛虎掏心、銀龍探月、老君封門、
白猿登枝、鐵僧拜佛之屬，隨意添插。內容與手法完全違反文學發展
的紀錄和規律。

　　與此相應的，就是大減《水滸》中非凡本領與宗教的連繫。職是
之故，公孫勝苦練的是紮紮實實，如假包換的武功，不是道家法寶，
而戴宗之所以健步如飛（不是日行八百里）， 是因為他歷年四出訪
師，路走多了，因而「神行」，與道家扯不上半點關係。這種矯揉造
作，削足適履的寫法正好反映大陸政權對宗教不友善的實況。

　　既然如此，期望這些故事與《水滸》相配是萬無可能之事。現在
我們看到的是：孫二娘練成順風耳和千里眼；戴宗善長三節鋼鞭；白
勝會飛簷走壁；菜園子張青的武功幾乎和武松一樣好。胡說八道，比
比皆是。

　　大陸嚴禁武俠小說三十餘年，向港臺作品學習是最近幾年才慢慢
由暗至明之事。這些武俠小說化的故事的寫作年代，不待辨明。

　　上述種種自然影響到可讀性。這些故事大率情節重複，人與事之
間缺乏關聯，往往只需改易人名，故事即可隨意對換。

　　想突破的，就走捷徑，企圖用添油加醋，甚至瞞天過海的技倆去
輕易達到目的。於是乎：宋江為解旱黑龍的化身，因此叫做及時雨；
宋江有妻名鳳凰女，善使大刀，原在江州附近據山為王，李逵把他們
撮合起來；魯智深三月初八生，屬馬；魯達原娶妻趙氏。岳父為江湖
賣藝人，教二人武功，暗留一手給女兒，魯怒而外出訪師學藝三年。
待返家，妻已病重，僅怒魯太逞強便死去。魯痛悔之餘，出家為僧，
易名魯智深； 魯智深帶同文武全雙的嫂嫂張氏， 沿途保護充軍的林
沖。赤松林之役後，張氏隨林沖去滄州，還留下來照料他的起居。及
至火燒草料場，林沖夫婦大戰陸謙帶來的百餘人，張氏右手給斬斷，
但仍終用套狗繩把陸之頭切下來。夫婦二人殺出重圍後，直奔梁山入
夥。一百零八人的名單沒有張氏， 因為她失了右手， 僅能在幕後獻

計；武松打虎以前，先跟瘸拐李苦練了一年「醉八仙」功夫；武松征方臘斷臂後，開裁縫舖爲生；武松、魯智深先後出身少林寺；未發跡以前的高俅曾和潘金蓮打過官司，爲智勇雙全的潘金蓮所敗；潘金蓮和武大郎是患難夫妻，互敬互愛；武大郎身高丈餘，腰圍逾三尺，相貌堂堂，聰明過人，讀書過目不忘；呼延灼的雙鞭，一根是鎮山老人（什麼山卻不說）千年前奉玉皇大帝旨意盜走過路的二郎眞君的神鞭，另一根則變自老人手執的八節竹手杖，因此左右兩根重量有別；劉唐之父三十七歲才娶得年輕寡婦，遂生劉唐；劉唐的全身赤毛是染的，也僅染過一次，隔日便洗去；王定六爲安道全徒弟，上山前，師徒借周遊行醫去劫富濟貧；李逵十七八歲時在鄉里殺人後，直奔梁山；顧大嫂、孫二娘、扈三娘在沂蒙山隨白雲聖母習藝十餘年，顧爲逃出來的童養媳，孫爲給人遺棄路旁的小閨女，扈則爲救自虎口的女孩，按年紀排次爲大、二、三；朱貴、朱富兄弟爲烹調名師；朱貴鬥妖道，跟吃了大力丸的「何仙姑」苦拚三夜；阮氏三兄弟一胎同生，父四十出頭始結婚，母比父大五歲，母短命早死；阮家兄弟所以稱小二、小五、小七，因爲老父隆多患病，命他們破冰釣鮎魚去調治，三子回來，分別得二斤、五斤、七斤魚各一尾，因以爲名；時遷本名李遷，發明曹州名菜鳳凰宿窩（多瓜塡雞）；時遷遠赴交趾國淨水湖盜鷄頭米（芡實），回來在梁山泊種植⑬。諸如此類，幼稚無聊，畫蛇添足至難以令人容忍的程度，而且不時暴露出急於創作者連《水滸》本身都不肯多讀兩遍的窘相。例如《水滸》僅說劉唐「鬢邊一搭硃砂記，上面生一片黑黃毛」，那裏說過他是全身赤毛?!

　　以上所舉，或嫌簡略，不妨提要兩篇有連貫性的扈三娘故事來說明這些傑作究竟胡鬧至何程度。其中一篇說：

　　　　遼將阿里奇犯中原，強奪腹大便便的漢人美婦而歸（先殺其
　　　　夫）。婦爲扈太公妹。三月後，婦生一女，交漢人奶娘照

────────────

⑬　這些「民間傳說」悉見注⑨所引各集，旣全屬荒誕不經之物，沒有理由
　　浪費筆墨去逐一交代出處。

　　料，告以真相，即自盡。阿里奇早有二女，故稱此女為三
　　娘。三娘既長，阿里奇待之甚薄，命其牧羊，而奶娘終告三
　　娘真相，三娘便在牧羊時，無師自通，練成繩索絕技。其後
　　阿里奇讓三娘學使雙刀，技益進。三娘終斬殺阿里奇，迢返
　　中原，投靠扈太公。

　　這樣的故事固然離譜，至少和前段所引大多數的例子一樣，講的
僅是當事人在《水滸》書中未露面以前之事，蛇足難免，但仍未算真
的與《水滸》的內容有嚴重衝突。下面的一個故事卻截然不同：

　　扈太公為扈三娘安排比武招親。王英與呂方獲得晁蓋的准
　　許，下山應招。因扈三娘三年前殺了遼將後歸宋，遼國恨之
　　入骨，遂派完顏毒託名祝朝奉，帶同三個易名為祝龍、祝
　　虎、祝彪的兒子，混入中原，在扈家莊附近築起莊園。既逢
　　招親，祝家兄弟準備其中一人賺得三娘後，便在洞房時斬其
　　首級，回遼邀功。豈料比武時，祝龍給三娘斬去一耳，祝虎
　　又被她削去鼻子，而王英的品格高逸則令三娘肅然起敬。待
　　酒色之徒祝彪和三娘交手，他卑鄙到暗放袖箭，幸好王英眼
　　明手快，用銀鏢擊落。其後祝氏兄弟施夜襲，碰上不帶兵器
　　散步的三娘，幾遭毒手，又幸遇王英，一下子就用飛鏢把他
　　們三個都打傷。三娘在感激佩服之餘，遂隨王英、呂方上梁
　　山。這就引出宋江三打祝家莊。

　　《水滸》和這類故事之間，相同的不過幾個人名而已，其他全部
給顛倒乾坤。負責這些故事者的荒謬絕倫，極胡鬧之能事，任何人均
無法代辯。為何大陸當局不單容忍此等勾當，還廣事發行？這是一個
很值得討論的問題。

　　答案並不難找。好一羣武林高手，每遇不平，個個怒目橫眉，咬
牙切齒，活像大陸革命樣板戲的主角一樣，先除民害然後快，而地方
上具權勢財勢者又非是壞蛋不可，豈不是階級鬥爭的最佳例證？無聊
文人看到此登龍捷徑（起碼是謀生之道），於是競相「搜集」、「整

理」，很快就滿足了執政者的要求。

這些掛名民間傳說的內容，如何胡鬧不經尙不是它們最大毛病之所在，最嚴重的錯失還是在它們設法迴避許多與《水滸》不可分割的話題。

梁山聚義，環境使然，前無計劃，後無步驟，個人行動與集體行動全是因應性的，見一步，走一步，那裏稱得上是義軍？那裏是搞革命？《水滸》敍事，也不明善惡之別，行動往往決定於一己之需要或己方的利益。前者可用林沖爲例。林沖明知不該因自己的生存去殺害無辜，爲了要王倫收容他，還是挺刀去斬殺毫無瓜葛的過路人楊志。林沖爲人正直，尙且先己後人，等而下者如燕順、王英之流，過境陌路人不過配作醒酒湯的材料而已。後者可以用宋江的行動爲代表。爲了逼使秦明入夥，宋江不惜設計害得秦明全家被殺，附近村莊給焚毀。試圖辯說目的可以是正手段的亦不能否認這是很極端的行動。

何況上舉兩事並不算例外，《水滸》中多的是開黑店（張青、孫二娘）、打家刧舍（所有小山寨均賴以維持）、詐取犯人財物（戴宗、施恩）、魚肉鄉民（穆弘、穆春）、劫殺行旅（李俊、童氏兄弟）、包賭包娼（施恩）、好色劫色（王英、周通）、出賣同門（孫立）、凌辱弱小（李逵覺得歌女妨礙他們談話，毫不警告，重重兩根指頭就向女的額上點過去，當場把歌女打昏）、乘人之危（閻婆惜靠宋江生活，宋則寫好同居文件要她簽約，文件由宋收存）、吝嗇小器（李忠、周通）、不忠職守（董平、關勝、韓滔等武將一旦爲梁山擄獲，立刻投降，調轉鎗頭），每一件均足令這些「民間」故事的主角怒髮衝冠，不殺不快的例子。說來豈非欠解之極？難道是《水滸》中的梁山人物比傳說中的梁山人物大大退步了？

這些「民間」故事的作者根本不明白《水滸》的主旨在闡明人性，特別是只知有己不知有別人的人性弱點。梁山諸人的行徑，值得褒揚，足爲典範的，《水滸》固然講得清楚，自私自利，蠻橫奪理的亦坦然直書。這種善惡並陳的寫法同樣用在非梁山人物的身上。官府

中人，以及在地方上有權有勢者，《水滸》就很明確地說，不少是善
良的，正義的，例如：維護魯智深的趙員外，愛屋及烏，誠厚感人；
處理宋江、林沖、武松案件的幾個地方官，明理體恤，在有限的權力
範圍內做到公私兩全；朱仝充軍滄州，收容他的知府絕對稱得上仁厚
爽直（梁山集團卻教朱仝以怨報德）；孟州衙門的葉孔目和康節級皆
光明磊落，正直仗義，給落難的武松不少幫忙和保護。就事論事，直
述不諱的公平態度正是《水滸》可貴之處。那像這些所謂民間傳說的
一竹竿打盡一船人，凡當官職的，凡有財勢的，必然惡毒滔天，永無
例外。至於孫二娘輩之惡行，若非絕口不提，便辯說是傳聞失實（這
等於相信《水滸》中人多是如假包換的歷史人物）。如此是非顛倒是
犯了嚴重左派幼稚病的結果。在這些作者的世界裏，只容許有黑白兩
色，但他們連辨認何者爲黑，何者爲白的本領也沒有，遂致爭相炮製
出一大堆令人嘔心的假古董來。

這些故事與《水滸》之不協調，以上所講固已很嚴重，在程度上
還遠不及它們漠視晁蓋、宋江間的矛盾，以致失之毫釐，謬以千里，
完全無法掌握《水滸》的要旨。

《水滸》的片段性結構需要一條脈絡來聯繫前後情節，來表達其
剖析人性的宗旨。在大聚義以前，這條貫徹性的脈絡就是架空晁蓋。
通過這脈絡去看，晁宋兩人之由恩轉怨，推私及公，終至互不相容，
陰謀詭算，種種變化以及梁山命運如何受其影響，均層次分明，誠然
爲瞭解《水滸》實質的關鍵⑭。這批故事絕口不談這些，講到晁宋兩
人，總說是難兄難弟，親密戰友，有始有終的革命好夥伴。

這樣去處理他們的關係，依據傳統，誇張梁山領袖階層的團結和
革命精神，以及不明白《水滸》的本質，兼而有之。此外，還得加上
一個很現實的因素。

架空晁蓋的觀察是毛澤東首先提出來的。卽使他搞項莊舞劍意在

_____

⑭　見馬幼垣，〈架空晁蓋〉，《聯合報》，1989 年 8 月 25 日─9 月 2、
　　4、5 日（〈聯合副刊〉）（此文收入本集）。

沛公的把戲，借古喻今去清除異己，僅講對自己形勢有利的話，大大
歪曲真相，晁宋間的勾心鬥角嚴重地削弱梁山組織的團結，和擾亂領
導階層的視線，致使他們做出不少蠢事（如浪費大量精力去誘逼可有
可無的盧俊義上山），還是不爭的事實。本來按上面所說，這些「民
間」故事大率產生在四人幫下臺之後，那時講架空晁蓋的文章早已億
萬字計（雖然都是重重複複的），但在「後四人幫時代」，任何與毛
澤東有關之事，還是少沾染為宜。漠視梁山高層的內鬨和矛盾，道理
和極力少提宋江是完全一樣的。

　　既然這些該說者不說，不該說者又絮絮不休的故事只是近年製造
出來的假古董，那麼真的水滸傳說該是怎樣子的？

　　金聖嘆腰斬本《水滸》面世以後，那些暢銷一時，包括招安及以
後情節的各種本子，在中土旋即泰半絕跡，現在所見的孤本多是十七
世紀流落異域，幸得保存之物。發行數目相當多的正式出版物尚且如
此，原來的水滸傳說，缺文字依賴，在《水滸》成書以後很快便煙飛
灰滅，該可斷言。招安以後的情節，全是狗尾續貂，遼國、田虎、王
慶三部分固不消提，連征方臘之部，偶得今人好評⑮，也是如此。它
們續寫起來，公式化得很，不是遇敵殺敵，殺得斬瓜切菜，便是收了
一批又一批莫名其妙的降將去充下次戰役的犧牲品，要不然就是反過
來，在方臘部分讓那些面目模糊，無法記憶的傢伙把推重已久的梁山
人物斬殺得如切豆腐。招安以後的幾十回書（實際數目按版本而定），
就是這樣重複地折騰下去。

　　所以如此，除了續作者的低能外，還有一關鍵性的因素。《水
滸》的成書，基於兩三百年水滸傳統的因承。民間資料的運用是選擇
性的，是融會性的，成書後的《水滸》對這些傳說反成了威脅，減弱
它們繼續流傳的機會。招安以後情節的續寫墜入機械化的形式框框，
多少總與作者們之不能利用民間傳說有關。最遲到了萬曆中年，這些

---

⑮　如張淑香，〈從驚天動地到寂天寞地：《水滸全傳》結局之詮釋〉，
　　《中外文學》，12卷11期（1984年4月），頁138-157。

傳說故事已日益稀少，這說法應可成立。

雖然如此，這些傳說的內容還是可略窺端倪。

《水滸》成書前的水滸故事，以見於《宣和遺事》者爲最完整。其間所述，與《水滸》固然有不少細節上的不同，性質和故事主線則沒有太大分別。《宣和遺事》一書內容蕪雜，水滸部分的來歷雖不可考，其源出民間當無問題。《水滸》成書所賴的民間故事不應和《宣和遺事》所講的出現南轅北轍，互不相干的情形。現在那一大批希望大家信以爲歷久相傳的故事與《宣和遺事》的關係正是方枘圓鑿，格格不入。

這些故事與《水滸》成書以前的雜劇同樣談不上任何關聯。

早期雜劇與《宣和遺事》有一顯著的共通點：所講梁山人物數目很有限，眞正有故事可述者更少。這些人物不外乎宋江、李逵、魯智深、武松、楊志、晁蓋、燕青、董平、呼延灼等。水滸傳說與雜劇及《宣和遺事》年代雖難盡同，性質及對《水滸》成書的影響則該無大異，所講的人物也就僅可能限於一個相當少的數目。在連林冲、吳用、三阮、戴宗等在《水滸》書中扮演重要角色者都不可能在早期傳說中有獨當一面的機會之情況下，把楊春、金大堅、白勝、孫二娘之類極可能到了《水滸》最後成書才製造出來滿足數字需求的幫襯人物說成是早就有不少獨立故事的要角，是不合邏輯，違反文學發展常規的事[16]。

從另一角度去看，水滸傳統大有可能起源於南北宋之際華北義軍的抗金活動[17]，而與所謂宋江梁山聚義關係極微。見於這段時期文獻的忠義軍人物，名字與梁山諸人相同或近似的多達二十餘人，梁山集團以外的水滸人物復有數人是這樣子的。其他小說並沒有類似的情形（歷史小說講歷史人物，那是另一回事），所以不能用偶合去解釋。

---

[16]　有關的討論，見馬幼垣，〈從招安部分看《水滸傳》的成書過程〉。

[17]　參考孫述宇，《水滸傳的來歷心態與藝術》（1981年），頁47-140；王利器，〈《水滸傳》與忠義軍〉，收入所著《耐雪堂集》（1986年），頁219-234。

但忠義軍人物的經歷與梁山諸人的事跡，鮮有雷同之處，要找尋演變
的橋樑，民間傳說應是合理的答案。

這樣說來，我們縱使看不到眞正的水滸傳說，認識還是有的，而
且還足够作爲辨僞的準則。用這些準則去衡量那批集體出現的新資
料，眞相立現。那些作者既不明白《水滸》的本質，更沒有水滸傳統
演變過程的知識。

如果說這批「民間傳說」爲不折不扣的冒充貨，近年環繞着施耐
庵的一套則是轉眞爲假的糊塗帳。

最晚到了嘉靖後期施耐庵之名已成爲水滸傳統的一部分。但除了
在本子上塡報「施耐庵集撰」字樣外，對於施耐庵本人的認識始終是
一片空白。這長久的空白容許遲至三四十年代才出現墓誌銘、小史之
類的文獻以及施耐庵爲蘇北興化施族祖先的說法。這些資料五十年度
雖曾有人用求證其爲眞確的態度去調查過，在《水滸》研究領域裏並
沒有引起多大的反應。

孰料1981-82年間有關興化施彥端（父）、施讓（子）、施廷佐
（曾孫）幾代的文物紛紛出現，族譜、地券、殘碑、墓誌銘等等不一
而足（有些早幾年出土），而族譜上附筆旁注彥端「字耐庵」，於是
一切都給連串起來，加上施耐庵種種傳說、遺作之類隨後爭相出籠，
好事者遂眞假混集，一爐共治⑱。他們努力的結果可以分兩段提要如
下：

> 施彥端，字耐庵，原籍蘇州閶門外施家巷，爲孔子七十二弟
> 子施之常後人。父名元德，爲舟人。母姓卞氏。弟彥明、彥
> 才二人。元配李氏，續娶申氏，生子讓，字以謙。彥端晚年
> 率家遷興化，今傳至二十六世孫。
> 施耐庵生於元元貞二年(1296)，十三歲入私塾，十九歲中秀
> 才，二十九或三十歲中舉，三十五歲與劉基同榜中進士，成

---

⑱　有關背景，可參閱張國光，〈1982年的施耐庵熱從何而來？〉，《江漢
　　論壇》，1983年3期（1983年3月），頁41-45。

莫逆之交。中舉前（泰定年間，二十多歲），任鄆城訓導，廣
集梁山傳說。三十五至四十歲之間官錢塘二載，秉公斷案，
教民種花生、茨菰、荸薺，後與當道不合，復返蘇州。與張
士誠部將卞元亨善（或云爲表兄弟）。至正十六年（1356），
張士誠於稱滅王後兩年定都蘇州，時施六十歲，不應張之聘
（或謂曾入士誠幕，諫阻其降元不納而辭去）。後流寓江
陰，曾在祝塘徐麒家坐館。七十一或七十二歲，避戰亂，遷
興化，定居白駒鎮施家橋。朱元璋興起，禮聘再三，終不
應。旋《水滸》書成，朱元璋斥爲倡亂之書，逮入天牢，幸
獲劉基保釋，始免於難。洪武三年（1370）卒於淮安，享壽
七十五歲。

首段是從文物中得知施彥端的基本大綱，除了字耐庵一點外，並
無問題（孔門之後，顯屬攀附，可以不理）。

次段是利用這大綱去串連各種施耐庵傳說和雜聞，在件件合用，
任何矛盾均可以解釋過去的立場下炒成一碟的李公雜碎[19]。二十世紀
以前全無所聞的施耐庵三兩個回合就主要資料、基本數字，樣樣俱
備。歷代多少名人都沒有這樣齊全的檔案。這不是刻意配製出來的神
話是甚麼?!信者卻大不乏人。

環繞着這套神話的還有一塊任君發揮，用之不竭的園地。在民間
承傳或得自施家後人的保護色下，各種見怪不怪的故事遂應運而生：
施幼家貧好學，過目成誦，喜讀《宣和遺事》等平話；精通技擊，經
常打抱不平，結識不少江湖好漢；施設館蘇州時，太原商人携次子羅
貫中至，成爲施之得意門生，羅後隨施遊歷；爲了免張士誠眷戀女
色，施和卞元亨用迷魂香薰倒張的愛妃香香和珍珍，把她們送回民

---

⑲　上述兩段施耐庵事跡提要，根據以下諸書的結論綜合而成（出處無需逐
　　一注明）：江蘇省社會科學院文學研究所編，《施耐庵研究》（南京：
　　江蘇古籍出版社，1984年）；曹晉傑、朱步樓，《施耐庵新證》（上
　　海：學林出版社，1986年）；張惠仁，《水滸與施耐庵研究》（延吉：
　　延邊大學出版社，1988年）。

間；施最恨姓潘的女人，因爲張士誠的妻舅潘元紹聳惠張向朱元璋投降；施教人種童子糯，解救了朱元璋部隊的馬瘟病，劉基知有能人在，訪得爲己死之師兄，遂往憑弔，見墳在龍脈上，異而掘之，始知師兄故佈疑陣，隱居別處；施善堪輿，常替人看地理；施家貧，遂送女《水滸》書稿以爲嫁妝，後女急款用，求書坊出版，惡商副錄後退稿，施知之，卽對女說，不妨事，稿僅講三十六天罡，不算完整，遂增七十二地煞，乃成現今之《水滸》⑳。

如此荒唐語，竟能廣事傳播，除了擾亂視聽，愚己愚人，浪費出版物資外，還有什麼話好說。

評價施耐庵種種，最重要應認識到，有關興化施家數代的文物都是眞的，但卻與施耐庵毫無關係。以施家諸人之平凡，如果不是和施耐庵拉在一起，這類文物在中國大陸恒河沙數。奈何一旦把施彥端說成是施耐庵，就演出這場援眞證假，假又充眞的活劇。其實所有文物沒有提供任何一點實證能把施彥端和施耐庵相等起來㉑。把他們撮合者，只知在外圍兜圈子，自圓其說，《水滸》的內證，《水滸》成書的過程，一概不管。簡單地說，《水滸》旣不可能成書於元末明初，也無可能是一人一時之作。治《水滸》版本和研究《水滸》演變原委的很少相信施耐庵隻手單拳著書這一套，不是沒有道理的。

把向來一無所知的施耐庵和歷史小人物施彥端畫上等號，熱鬧起來，等於給攀附依託者，捕風捉影者開張空白支票，讓他們肆無忌憚地打着民間傳說的幌子去炮製出一大堆無聊透頂，讀之令人啼笑皆非的東西來。

---

⑳ 這些不必逐一注明出處的所謂傳說，除散見注⑲所引各書外，主要根據馬春陽編，《施耐庵的傳說》（南京：江蘇人民出版社，1984年），以及注⑨所引徐華龍和華積慶編之兩種《水滸英雄外傳》中的施耐庵部分。

㉑ 否定興化施家文物與施耐庵 有關的學術報告，最詳盡者當推劉世德，〈施耐庵文物史料辨析〉，《中國社會科學》，1982年6期（1982年11月），頁171-199. 此文發表以後，贊成施耐庵著《水滸》者自然有反駁之作，其實盡是連研究法和邏輯都無法掌握的強辯之詞。

　　還有一點，《水滸》一書以冀東魯西為主要地理背景，魯西以南就是蘇北。如果蘇北人作《水滸》，為何流行山東的梁山人物傳說和盛傳蘇北的施耐庵故事竟是井水河水不相交通呢？這種我行我素的情形最少可以表示這兩批各在鄰近流通的故事都嶄新得很，還沒有時間讓它們融會溝通。

　　道破了這些勾當的眞相，還得解答一附帶的問題。這樣大規模的說謊做假怎能公開進行呢？解釋可從好幾方面去看。

　　在大陸上治通俗文學有一奇怪的觀念，以為愈多愈好，愈熱鬧愈妙。寫作題目重重複複，爭論纏繞不清，甚至容許一稿兩投，登過的稿件開會時照樣亮相，都反映大陸文化界只管眼前，專求數量的怪現象。活動因此是一窩蜂的，風尙一過就顯得異常冷落。梁山人物故事短期內推出一大堆，基本題材只有幾個，正是這原因（施耐庵故事數量少多了，反而顯得沒有那麼重複）。五六年前，大陸各地一口氣出了幾十本歇後語詞典，正代表這種情形。施耐庵和梁山人物傳說裏隨處都是歇後語，亦步亦趨得離譜，這點也可用來補充證明上面所講這些故事的眞正寫作時期。

　　惟恐後人地爭相出版，背後便是一下子就會趨飽和，最熱鬧的題目轉眼便乏人問津。交上1987年，有關施耐庵生平和傳說以及梁山人物故事的刊佈就數目大減（實際的討論結束得還要早些）。這情形在大陸旣屬尋常，人們早養成敏銳的感覺，一有應時題目出現，立刻集體響應，打鐵趁熱，儘量把握短暫的機會。

　　四人幫垮臺後，大陸上又重新聲明《水滸》讚揚農民起義的正面意義。梁山人物故事之與這一套表裏相應，上面已說明。強調施耐庵的著作權，性質亦相同。如果說《水滸》在兩三百年的多元性發展上增刪融會，始成雛型，而成書後復經過徹底的改寫，才是我們今日看到的本子，總不比說《水滸》是一人一時之後，今本就是成書時的原貌，又有個具名具姓的作者去增加觸覺感之易於強調其革命意義，和容易叫普羅大眾明白。熱烈討論施耐庵生平那一兩年間，無論贊成者

是如何強詞奪理，無論他們的辨證法是如何無稽，他們在人數上，在出版數目上，始終佔上風。在政治要求重於一切的社會裏，現實就是如此㉒。

　　近年在中國大陸流行的水滸傳說是應一個歪異社會的畸形要求之產品，絕對不是民間文學。

——《漢學研究》，8卷1期（1990年6月）

㉒　這種無聊文人趕搭公車的現象不限於《水滸》，五十年代以來的紅學就
　　免不了這種污染。如找些老人來問問曹雪芹逸事和曹家掌故，然後配合
　　史料，大做文章。不少堂堂正正的紅學家尚來這一套，下焉者更不知所
　　止。以紅學的聲勢，這種行徑之產生火車頭作用毫不足奇。那些掛名水
　　滸（以及施耐庵）傳說已够烏煙瘴氣，影響所及，更每况愈下。近見劉
　　巽達、馮沛齡編的《金瓶梅外傳》（上海：上海文藝出版社，1988年），
　　簡直是橫衝直撞的脫軌火車，還借用最新學術成果，胡湊一頓，來壓陣
　　腳，對讀者的智慧作最大的侮辱。《金瓶梅》研究是近年的顯學，雖然
　　聚訟難免，前所未聞的發現實在不少，其中謝肇淛（1567-1634）、劉承
　　禧、丘志充等人對《金瓶梅》成書及其早期傳播之深具關係是舍弟泰來
　　公佈新得的謝肇淛〈《金瓶梅》跋〉後，大家始知之事。現在此兩特具
　　顛倒乾坤本領的編者卻硬說這數人與《金瓶梅》的關係在民間傳說中早
　　有詳細說明，一經搜集整理，便紀錄完備。但是他們娓娓道來者，講的
　　不論是書中角色，還是與成書過程有關的人物，全部生吞活剝，令人噴
　　飯。這班無聊分子的信口雌黃，單看他們介紹丘志充的話就够了——
　　「丘志充這人當過太監，是劉承禧的一個遠房親戚」。太監是年少閹割
　　後的終生職，怎樣「當過」？妖言惑眾者原來連文史常識也沒有！其實
　　丘志充走的是一般性的科舉仕途，萬曆四十一年（1613）成進士，崇禎
　　間官至布政，其子石常（那些荒謬之輩難道要我們相信太監生子）且有
　　詩文集傳世。這種無中生有的所謂民間傳說集爲了虛張聲勢，每於篇後
　　列出流傳地區、何人口述（有時還記講述人年歲，以示傳說之古舊）、
　　何人搜集整理等等，煞有介事，企圖證實來源可靠，方法正確。在這方
　　面，這本《金瓶梅外傳》不單非例外，其中所列的整理人還有不少正是
　　搜集施耐庵傳說者，難怪其胡說八道如出一轍！因爲此集給西門慶、潘
　　金蓮、武大郎等《水滸》人物不少篇幅，性質又與正文所說的假古董沒
　　有兩樣，故在此多講幾句，以說明這種勾當危害之烈。究心民間傳說者
　　若疏於辨識，引用此等贗品，必導致錯誤百出的結論。大陸當局如不肯
　　及早遏止這些不法之徒蓄意破壞文化之舉，日後的惡果是不易收拾的。

附錄：

從李若水的捕盜偶成詩論歷史上的宋江

馬泰來

　　根據《宋史》，歷史上的宋江是投降了的。《宋史》三次提及宋江。卷二十二〈徽宗紀〉：「（宣和三年二月），淮南盜宋江等犯淮陽軍，遣將討捕。又犯京東、江北，入楚、海州界，命知州張叔夜（1065-1127）招降之。」卷三五一〈侯蒙傳〉：「宋江寇京東，蒙上書言：『江以三十六橫行齊、魏，官軍數萬無敢抗者，其才必過人。今青溪盜起，不若赦江，使討方臘(?-1121)以自贖。』帝曰：『蒙居外不忘君，忠臣也。』命知東平府，未赴而卒。」卷三五三〈張叔夜傳〉：「以徽猷閣待制再知海州。宋江起河朔，轉略十郡，官軍莫敢嬰其鋒。聲言將至。叔夜使間者覘所向。賊徑趨海濱，劫鉅舟十餘，載擄獲。於是募死士得千人，設伏近城，而出輕兵距海，誘之戰。先匿壯卒海旁，伺兵合，舉火焚其舟。賊聞之，皆無鬬志。伏兵乘之，擒其副賊，江乃降。」宋江投降後，曾否如侯蒙的建議，「討方臘以自贖」，《宋史》無明文。

　　以往對歷史上的宋江的考證，一般皆環繞宋江曾否征方臘這一問題，而並未對宋江投降一事置疑。肯定宋江投降後征方臘的，包括余

嘉錫、牟潤孫(1908-)、鄭偍等①。張政烺(1912-　)則認爲宋江「曾
一度詐降張叔夜，但是沒參加征方臘，後來又反正了。」②嚴敦易始
以爲「他的投降及平方臘二點，是否事實，俱成問題。後者時間上是
衝突的」，「在海州被張叔夜擒降的……也許只是宋江手下的一員頭
領」③。又因爲諸書有關宋江的記載，多抵牾不合，頗難統一，日本
的宋史專家宮崎市定(1901-　)乾脆就說北宋末有兩個宋江，從征方
臘的將官宋江，與「淮南盜」投降的宋江非一人④。

　　1978年，鄧廣銘(1907-　)、李培浩提出宋江沒有投降的說法。
「北宋期內的記載全無宋江受招安之說，此說是南宋期內編造出來
的。」「宋江在舉行起義的全過程中並無詐降之事，更絕對沒有參加
鎮壓方臘起義軍的罪惡活動」⑤，頗引起一番討論。大抵多不同意

①　余嘉錫，〈宋江三十六人考實〉，《輔仁學志》，8卷2期(1939年12
　　月)，頁15-83，後增訂爲單行本《宋江三十六人考實》(1955年)，
　　又收入《余嘉錫論學雜著》(北京：中華書局，1963年)，下冊，頁
　　325-416；牟潤孫，〈折可存墓誌銘考證兼論宋江之結局〉，《文史哲
　　學報》，2期(1951年2月)，頁139-158，又收入所著《注史齋叢稿》
　　(香港：新亞研究所，1959年)，頁197-220；鄭偍〈歷史上的叛徒宋
　　江〉，《文史哲》，1976年1期(1976年5月)，頁58-65。
②　張政烺，〈宋江考〉，《歷史教學》，1953年1期(1953年1月)，頁
　　14-19，又收入作家出版社編，《水滸研究論文集》(1958年)頁207-
　　223，歷史月刊社編，《中國農史起義論集》(北京：五十年代出版社，
　　1954年)，頁85-100，李光璧等編，《中國農民起義論集》(北京：三
　　聯書店，1958年)，頁167-185。
③　嚴敦易，《水滸傳的演變》(1957年)，頁269、18。
④　宮崎市定，〈宋江は二人いたが〉，《東方學》，34期(1967年六月)，
　　頁1-2；法文譯本，略有修訂：Miyazaki Ichisada, "Ya-t-il eu deux
　　Sung Chiang?", en Françoise Aubin, ed., *Études Song in memo-
　　riam Étienne Balazs*, Serie I, Vol. 2 (Paris: Mouton & Co.,
　　1971), pp. 171-178. 另有通俗改寫本，見所著《水滸傳：虛構のなか
　　の史實》(東京：中央公論社，1973年)，頁24-46。
⑤　鄧廣銘、李培浩，〈歷史上的宋江不是投降派〉，《社會科學戰線》，
　　1978年2期(1978年7月)，頁137-146；〈再論歷史上的宋江不是投
　　降派〉，《光明日報》，1978年8月1日(〈史學〉，114期)。

鄧、李的說法⑥。但各人所引用史料，陳陳相因，只是解釋各異，所以無法說服對方而解決問題。

最近翻閱北宋末李若水（1092-1126）的《忠愍集》（影印文淵閣《四庫全書》鈔本），發現了一首記載宋江受招安的詩，未曾為前人所引用。茲先抄錄於下，再加說明：

> 去年宋江起山東，　白晝橫戈犯城郭。
>
> 殺人紛紛翦草如，　九重聞之慘不樂。
>
> 大書黃紙飛敕來，　三十六人同拜爵。
>
> 獰卒肥驂意氣驕，　士女駢觀猶駭愕。
>
> 仍年楊江起河北，　戰陣規繩視前作。
>
> 嗷嗷赤子陰有言，　又願官家早招卻。
>
> 我聞官職要與賢，　輒陷此曹無乃錯。
>
> 招降況亦非上策，　政誘潛兇嗣為虐。
>
> 不如下詔省科繇，　彼自歸來守條約。
>
> 小臣無路捫高天，　安得狂詞稗廟略。

（《忠愍集》卷二〈捕盜偶成〉）

---

⑥　支持鄧、李說法的有戴應新，〈從折可存墓誌銘論宋江不是投降派〉，《光明日報》，1978 年 12 月 5 日（〈史學〉，122 期）。認為宋江曾投降的有：吳泰，〈歷史上的宋江是不是投降派〉，《光明日報》，1978 年 6 月 8 日（〈史學〉，108 期）；吳泰，〈再論宋江的幾個問題〉，《中國史研究》，1979 年第 2 期（1979 年 7 月），頁88-98；葉玉華，〈《水滸》寫宋江打方臘非出虛構〉，《中華文史論叢》，8 期（1978 年 10 月），頁71-78；張國光，〈歷史上的宋江不是投降派一文質疑〉，《社會科學戰線》，1978 年 4 期（1978 年12月），頁146-151；張國光，〈歷史上的宋江有兩個人〉，《光明日報》，1978年12月5日（〈史學〉，122期）；萬繩楠，〈宋江打方臘是難否定的〉，《光明日報》，1978年12月5日（〈史學〉，122 期）；裴汝誠、許沛藻，〈宋江招安資料辨正〉，《中華文史論叢》，1979 年 2 期（1979 年 4 月），頁 391-399；陸樹侖，〈關於歷史上宋江的兩三事〉，《遼寧大學學報》（哲學社會科學），1979 年 2 期（1979 年），頁56-60，1979 年 3 期（1979 年），頁61-67；北郭，〈歷史上的宋江是投降派〉，《北方論叢》，1979 年 4 期（1979 年 7 月），頁 101-105。其中張國光以為北宋末有兩個宋江，其一投降後征方臘，另一則冒名起事，為折可存所擒。陸樹侖則以為宋江向張叔夜投降後，旋降旋叛，復被擒獲，既未征方臘，亦未嘗為折可存所獲。

　　李若水生平，見《宋史》卷四四六（來源似爲王偁〔?-1200〕《東都事略》卷一一一），記靖康前事甚爲簡略：「上舍登第，調元城尉、平陽府司錄。試學官第一，濟南教授，除太學博士……靖康元年（1126），爲太學博士。」李若水作〈捕盜偶成〉時所任「小臣」爲何官職，尙無法考知。唯一可肯定的是此詩作於宋江投降後一年。

　　《水滸傳》第八十二回，記宋江受招安後，「帶領眾多軍馬，大小約有五七百人，逕投東京來……軍士各懸刀劍弓矢，眾人各各都穿本身披掛，戎裝袍甲，擺成隊伍，從東郭門而入。只見東京百姓軍民，扶老挈幼，迫路觀看，如覩天神。」雖爲小說家言，仍可作本詩「獰卒肥驂意氣驕，士女駢觀猶駭愕」二句注腳。

　　根據李若水詩，宋江在山東起事，後來三十六人並受招安。李若水是反對招安政策的，可以推想，假如宋江旋降旋叛，李若水必然會在詩中提及。因此，在宋江投降後一年，李若水應沒有聽到宋江復叛的消息。

　　李若水的〈捕盜偶成〉是目前所知提到宋江的最早記載。其次爲庚戌年（宋建炎四年，金天會八年，1130）范圭爲折可存（1096-1126）撰的墓誌銘。後者提到：「方臘之叛，用第四將從軍……臘賊就擒，遷武節大夫。班師過國門，奉御筆：捕草寇宋江。不逾月，繼獲，遷武功大夫」[7]，二者並無衝突之處。

　　方臘被擒在宣和三年（1121）四月，但餘眾繼續抗拒幾達一年。《宋史》卷四四六〈楊震傳〉：「從折可存討方臘，自浙東轉擊至三界鎮，斬首八千級。追襲至黃巖，賊帥呂師囊扼斷頭之險拒守，下石肆擊，累日不得進。可存問計，震請以輕兵緣山背上，憑高鼓噪發矢石。賊驚走，已復縱火自衞。震身被重鎧，與麾下履火突入，生得師囊及殺首領三十人，進秩五等。」嘉靖《永嘉縣志》卷九〈雜志〉：

---

　　⑦　見注①牟潤孫，〈折可存墓誌銘考證兼論宋江之結局〉文，及宋士彥，〈宋故武功大夫河東第二將折公（可存）墓誌銘〉，《北京大學學報》（哲學社會科學），1978年2期（1978年8月），頁68、97。

「（宣和三年）十月，大兵四合，殺兪道安於永康山谷中，擒呂師囊，羣盜悉平。」方勺（1066-1141以後）《泊宅編》卷五：「越州剡縣魔賊仇道人、臺州仙居人呂師囊、方巖山賊陳十四公等皆起兵，略溫、臺諸縣。四年三月討平之。」又李埴（1161-1238）《十朝綱要》卷十八、陳均（1174-1244）《九朝編年綱目備要》卷二十九、《宋史》卷四六八，及《泊宅編》卷五，皆謂宋師自出至凱旋凡四百五十日。童貫（1054-1126）於宣和二年十二月二十一日始受命爲宣撫使，越四百五十日，應爲宣和四年（1122）三月二十六日⑧。折可存「班師過國門」，不可能早過宣和三年十月，而極有可能是宣和四年三月。根據《宋史》卷二十二和《十朝綱要》卷十八，宋江是在宣和三年二月向張叔夜投降，到了宣和四年三月已過了一年多。宋江之復叛（？）及被折可存擒獲，當在李若水撰寫〈捕盜偶成〉之後。

　　本文沒有討論到宋江曾否征方臘的問題。我個人是傾向宋江曾征方臘的，雖然今日所見南宋有關宋江征方臘的記載——李埴的《十朝綱要》、楊仲良（1241-1271）的《續資治通鑑長編紀事本末》、秦湛的《中興姓氏奸邪錄》和《林泉野記》——皆有明顯的錯誤。宋江在宣和三年二月向張叔夜投降，方臘在同年四月被擒，宋江可能趕不及赴浙；但方臘餘眾至次年三月始次第被鎮壓，宋江參與宋師軍事行動的可能性還是存在的⑨。

1979年10月2日初稿
1980年6月3日改訂
——《中華文史論叢》，1981年1期（1981年2月）

---

⑧　據薛仲三、歐陽頤，《兩千年中西曆對照表》（香港：商務印書館，1956年），頁225。
⑨　本文主要介紹李若水的〈捕盜偶成〉詩，關於宋江的其他史料，可參看蘇金源、李春圃，《宋代三次農民起義史料彙編》（北京：中華書局，1963年），及馬蹄疾，《水滸資料彙編》（1977年）。

後記

　　此文撰就後，陸續看到一些有關歷史上宋江的論文。宋江投降這一史實可說已爲史學界所公認。關於這問題的綜合敍述，可參看謝保成、賴長揚，〈建國以來中國古代史問題討論簡介（上）〉，《中國歷史學年鑑》，1986年版，頁498-499；陳高華，〈宋史〉，收入《中國史研究》編輯部編，《中國古代史研究概述》（南京：江蘇古籍出版社，1987年），頁254。論文細目就不詳列了。

　　注①所列牟潤孫文爲早期研究折可存碑的重要之作，原先在《文史哲學報》發表時，附碑文拓本大型照片，相當清晰。以後討論折碑的研究文字，多抄錄碑文，但複製拓本可能僅此一次。待該文收入牟氏的《注史齋叢稿》，拓本照片已被刪去。北京中華書局1987年重印《注史齋叢稿》，篇幅增加幾乎爲港版的一倍；該文收入頁196-220，則無修改。牟氏逝世後，李學銘、佘汝豐代其編輯《海遺雜著》（香港：香港中文大學出版社，1990年），該文不復收錄。

　　注⑨提到的蘇李書已爲資料極豐的何竹淇編，《兩宋農民戰爭史料彙編》（北京：中華書局，1976年），所取代。

論析篇

排座次以後水滸傳的情節和人物安排

　　研究中國長篇古典小說，很少能够完全避開版本不談。《水滸》在這方面最嚴重；若不從版本入手，《水滸》的演易原委恐永難求得合理解釋。這對稍爲留心文學史的讀者來說，並不陌生，但究竟《水滸》的版本問題嚴重至何程度，專家也沒有現成答案。

　　困難在《水滸》版本繁雜，本與本之間分別很大，可以差上幾十回，同樣的情節又有各種不同的簡繁程度，加上多數主要本子往往僅存一兩套，且每有缺佚，復分散中土、東瀛、西歐各地，以致許多本來翻查一下卽可解決的問題，結果也成了懸案。前賢如鄭振鐸、孫楷第雖所見版本不少，仍難免受時地之囿，若求彙集各本於一處，按行比讀，則彼等亦無此機緣。這幾年幸幾盡影副存世各《水滸》珍本，可資詳勘，以便逐一清理此書的基本問題。其中梁山一百零八名頭目排座次後的故事究竟應是怎樣子的，除了問題本身的意義外，還關係到《水滸》演易的過程。

　　《水滸》各本，不論簡繁，排座次以前僅有字數多寡之別而沒有節目有無之異。排座次後則不然，可分爲三組：

　　（甲）簡本：招安、征遼、征田虎、征王慶、征方臘、覆滅——現存回數、卷數相差很遠的各種簡本悉屬此組，如揷增甲本、揷增乙本、評林本、劉興我本、黎光堂本、映雪草堂本、出像本、李漁序本、《英雄譜》、《漢宋奇書》、百二十四回本。這些林林總總的簡本，雖彼此互有文字簡繁之別，上述六大部分，不計若干情節的偶有

小異①，基本上是一致的。

（乙）繁簡合併本：招安、征遼、征田虎、征王慶、征方臘、覆滅——嚴格來說，此組僅得百二十回的袁無涯本，但因爲鄭振鐸、王利器等在五十年代編校的《水滸全傳》所用的正是袁無涯本繁簡合併的模式，而鄭校本早已被視爲定本，影響至大。其實不論是袁無涯本，還是鄭校本，驟看與上組各本除文字簡繁外無大別，實則不然，它們採自簡本的田虎、王慶部分，因爲要遷就和繁本的併合，改動得很厲害，不能代表這些部分的原貌，涉連繁本與簡本接筍的前後兩處也免不了更改②。要談排座次以後的情節，此組的本子顯然僅足在旁備考，不能作爲主要依據。

（丙）繁本：招安、征遼、征方臘、覆滅——繁本各本，文字分別有限，且均爲百回本，相當統一，選用起來，抉擇性並不大。嘉靖殘本僅存八回又一葉，不敷用，另外主要有石渠閣補刊本和容與堂本。金聖嘆本止於排座次，更不必說。

乙組既不足據，而甲丙二組在方臘以前的相應部分情節無大別，僅字數多寡不同，這裏便產生了一個奇特的現象。在甲組各本，征遼、征田虎、征王慶、征方臘四部分串連不斷，丙組則征遼後便是征方臘。各組各本接上方臘之部時，竟能無嚴重分歧，何故使然？版本比勘當可提供答案。

解決這問題，我選用兩個本子。甲組用評林本，因爲在現存完整無缺的簡本當中，它刊行最早（萬曆二十二年）。兩種插增本雖比它早，殘缺卻不少，不足解決這個問題。丙組用容與堂本，因爲一則此

---

① 這些小異有時還是有特殊因素在後面的，如余象斗在評林本內改動余呈故事，見馬幼垣，〈牛津大學所藏明代簡本《水滸》殘葉書後〉，《中華文史論叢》，1981年4期(1981年11月)，頁47-66（此文收入本集）。

② 這些話胡適在大半世紀以前已說過，見其〈《水滸傳》新考：百二十回本《忠義水滸全書》序〉。這是胡適爲1929年商務印書館版《一百二十回的水滸》所寫的序文，後收入《胡適文存》三集（上海：亞東圖書館，1930年），册3，頁607-657，和那本日治時期書商在東北編刊的《中國章回小說考證》（大連；實業印書館，1942年），頁101-149。

本近有各種影印本行世，讀者參考較易，二則我懷疑此本在版本因承的次第上(不是刊行年代)可能比久享盛譽的石渠閣補刊本還要早③。

　　在未進行分析以前，有一事要先附帶說明。《水滸》的演易過程，可能性固然不少，目前為止，主要仍不過簡本刪自繁本(繁先簡後)、繁本擴自簡本(簡先繁後)二說，而以前說為主④。以為繁先簡後者有一條主要論證：招安以後，征遼、田虎、王慶三次出師，梁山人馬不損一名，待征方臘，便十去七八，看似結局早已安排在此，但前此諸戰役又不能無損失，故讓投誠者去擔承戰事的代價，而田虎、王慶兩部分僅簡本才有(繁簡合併本晚出，不算)，因此便說簡本必在繁本之後。這論證好像道理十足，其實並不完滿。弱點在那裏，因為與招安以後情節和人物的安排息息相關，不妨隨着後面的討論慢慢說。

　　招安以及跟着下來的征遼，和最後的征方臘、覆滅，前後幾個部分，評林本 (簡本) 和容與堂本 (繁本) 內容大體一致。因為容與堂本述事詳細多了，還有可能在版本演易上比評林本代表更早的階段⑤，遇到兩本共有的部分，討論也就以容與堂本為主。說明了工作程序，討論便可以從排座次這個承先啟後的關鍵開始。

　　排座次象徵上應天文一百零八名頭目聚義的完成，變成了只可損不可增的局面。既已達到此顛峯狀態，梁山集團的抉擇不外三條路：

③　首先提出這個意見的是王古魯，見其〈讀《水滸全傳》鄭序及談《水滸傳》〉，《北京師範大學學報》(社會科學)，1957年1期(1957年5月)，頁145-174。此文主要在批評鄭校本《水滸全傳》各種不妥之處，對支持容與堂本早於石渠閣補刊本的看法，並沒有提出強力證據。這可能因為王氏沒有直接利用石渠閣補刊本的機會，僅能轉引鄭校本內做得相當差勁的校記。
④　關於此主要二說以及其他的可能性，可參考馬幼垣，〈呼籲研究簡本《水滸》意見書〉，《水滸爭鳴》3期(1984年1月)，頁183-204(此文收入本集)。
⑤　容與堂本早於評林本的可能性相當高，但卽使如此，也不等於簡本出於繁本，因為評林本僅是多種差別很多的簡本之一而已。嚴格言之，只有殘存的插增甲本和插增乙本能反映早期簡本的面貌。說見馬幼垣，〈現存最早的簡本《水滸傳》：插增本的發現及其概況〉，將刊於《中華文史論叢》，1985年3期(1985年8月)(此文收入本集)。

㈠保持現狀不變： 梁山不能遺世獨立與環境隔絕， 長期不變自難辦得到。 ㈡公然與趙宋爭天下： 雖然兄弟當中打此主意者不少（如李逵、阮小七），但領導階層如宋江、柴進等施發號令，部署一切的，根本沒有這種想法，那有成事之可能。㈢招安：梁山人馬背景複雜，人際關係不同，上山原因各異⑥，在這種環境當首領，能服人，能用人者，僅宋江一人。宋江最着意的事正是招安，由此建功立業，光宗耀祖。排座次，分配崗位後，旋即以招安為急務，甚至想到走李師師後門這條捷徑。如果不是兄弟們不服氣，單憑宋江作主的話，說不定朝廷第一次侮辱性的招降早就成功了。

招安一事，宋江不能獨斷獨行，而朝廷又不可能一下子便答應優厚的條件（或者說，梁山人馬誤以為優厚的條件），故屢敗童貫，活捉高俅的情節是必要的。這使雙方明白招安的必要性和可行性，更使主招安和反招安的兄弟能夠在同舟共濟、協力以赴的情況下達到對招安的妥協。大聚義排座次以後，水滸故事既不能停滯不前，除非用盧俊義驚惡夢這一套，遽然而止，不了了之，招安總算是順應梁山領導階層的思維去求梁山局面的不得不變謀一出路⑦。因此，招安是《水滸》故事不可分割的一環。

金聖嘆腰斬《水滸》，止於排座次，僅增驚惡夢，草草收筆，不管其主意如何⑧，因而產生的藝術效果如何⑨，梁山大夥人馬總是給

---

⑥　三十年代，南杜小說家程善之續作金聖嘆本後十六回，刊為《殘水滸》（1933年），把重點放在梁山人馬的派系衝突，私人恩怨，和其他內部矛盾，確有獨特的見地。

⑦　從這角度去看，自然不能承認《水滸傳》原僅有七十回(或七十一回)，和金聖嘆並沒有撒謊，這類說法。

⑧　研究金聖嘆為何要腰斬《水滸傳》的論著不勝枚舉，不妨選列何滿子，《論金聖嘆評改水滸傳》（上海：上海出版公司，1954年）、張國光，《水滸與金聖嘆研究》（鄭州：中州書畫社，1981年）二書去代表正反兩極端，以見此問題很難避免政治的干擾，涉及的觀點也免不了受時代和環境變遷的影響。

⑨　讚美金聖嘆的刪改提高了《水滸》的藝術性和可讀性的論著亦復不少，僅舉一較近期者以例其餘：葛楚英、金家興，〈金聖嘆腰斬《水滸》的藝術構思〉，《江漢論壇》，1983年4期（1983年4月），頁50-54。

帶入進退維谷的眞空地域。故事如此終結，自難免有神龍見首不見尾
的感覺。

　　幼時讀《水滸》，固只知有金聖嘆本。自三打祝家莊以後，個人描
寫雖減少，卻盡是大場面，動作快，氣勢足，接二連三，構成一股澎
湃的衝力，陣陣逼來。孰料董平、張清一旦入夥，大家各就各位，立刻
急劇轉變，一場惡夢盡歸煙滅，何去何從，漫無啟示，怎不教人氣結？

　　這樣的腰斬，人物自然受影響。董平、張清入夥最晚，所受影響
也最深。他們加盟後，董平立即被列爲馬軍五虎將，與關勝、林沖、
秦明、呼延灼平起平坐，張清亦與花榮、楊志、索超、史進等別爲
馬軍八驃騎。這是梁山此後應付正規大型戰役的十三名主將，草率不
得。可是董平、張清出場時間旣短，在這段時間內還是以敵對姿勢出
現，甫入夥卽居高位，諸兄弟如何心折？讀者如何接受？若說他們本
領高強，也需功過分明，先給他們立功的機會。讓董、張二人證明他
們對梁山組織有實質貢獻，不光是湊足一百零八人的數字而已，這機
會不必等多久。招安前的幾場大戰就有。單從故事平衡這一點看，招
安這一部分的作用也很明顯。

　　不單如此，招安這幾回本身還是寫得相當成功的。那幾場大戰
役，雖然梁山人馬佔盡天時地利人和，官軍老是挨打，將領總是不
濟，處理起來始終淸楚明快，與排座次前的大戰場面，多可比擬。幾
次由李逵、燕青擔當的場面，更是活潑眞切，奇峯叠現，其中還有不
少情節來自元劇和早期話本，別具歷史意義。這幾回的李逵，與他在
排座次前的形象，前後響應，相得益彰；在燕青而言，角色的份量，
性格的深度，都超過排座次以前的表現。至於前後兩段的李師師故事
尤爲突出，不僅寫活這個傾國名花，還賦她以文采風流和深明大義的
氣質。這在《水滸》來說，是很特別的事。《水滸》對女性的輕蔑幾
乎是論者異口同聲的判斷⑩。試看梁山雖然有幾名英雌，除了一丈青

---

⑩　這類評述不算少，够深度，够敏銳，當推 C.T. Hsia 夏志淸，"The
　　Water Margin" in his *The Classic Chinese Novel: A Critical
　　Introduction* (New York: Columbia University Press, 1968), pp.
　　75-114, 337-346，一章中有關的討論。

扈三娘以外（其他多是母夜叉型），有誰能够給讀者留下深刻而好感的印象？卽使是一丈青，出場頗早，在故事發展中起過相當作用，可是在偌大一部《水滸》內竟沒有一次開口說話的機會⑪，比起李師師的談笑風生，知情識趣，關係招安計劃的成敗，不可同日而語⑫。

原本《水滸》這一觀念如能成立，在百回繁本（容與堂本）來說，這原本起碼當包括自始至第八十二回招安的情節。各種簡本，分回很不統一，也可各按受招安爲分水嶺。至於以繁本爲準，還是以簡本爲準，則要看簡繁孰先的問題如何解決⑬。

和招安之部比較起來，跟着下來的征遼部分就差多了。在那些爲數不少的戰役裏，遼方坐以待斃，鮮採攻勢，讓梁山人馬從容進軍，隨意選擇攻擊的對象，過關斬將，勢如破竹。書中分明說，遼方開釁在先，按理沿邊早駐重兵，其他部署亦該已有相當準備。這是兩國公然開戰，不是剿土匪，遼方旣以逸待勞，怎會不主動採取包圍追截，斷後援，鎖邊境，這一類行動，而放宋江孤軍直入，等宋兵臨城各處始狼狽應付。加上地理顚倒⑭，方位距離變易無常，人馬分配調動不

---

⑪ 孫述宇這一獨得的見解，見其《水滸傳的來歷心態與藝術》（1981年），頁307。這觀察對理解一丈青扈三娘的形象很重要。可是孫氏用的是鄭校本，該書頁1542（第九十八回），瓊英刺倒王英時，有如下的描述：「扈三娘看見傷了丈夫，大罵：『賊潑賤小淫婦兒，焉敢無禮？』」雖然這只是一句閒話，並不大影響孫氏所要介紹一丈青的特別形象，又是出現在袁無涯本改寫得相當厲害的田虎部分（鄭校本卽據此），作不得準，一丈青在這本子裏曾經開過口終是事實，孫氏的失檢也就需要說明。不過，評林本和挿增乙本（挿增甲本這部分存佚未詳）都沒有這段瓊英、王英、扈三娘交戰的情節。扈三娘在書中不發一言這觀察，按比袁無涯本更早的版本來說，基本上還是對的。

⑫ 有關李師師在《水滸傳》裏所代表的正面政治意義，見王齊洲，〈李師師形象的塑造與《水滸傳》的創作思想〉，《天津社會科學》，1984年5期（1984年10月），頁73-77, 33。

⑬ 視招安部分爲原本所有也符合宋江的史實。多少年來大家爭辯歷史上的宋江是否歸降宋朝，因北宋原始紀錄的發現，已告一段落，宋江確是投降了；見馬泰來，〈從李若水的〈捕盜偶成〉詩論歷史上的宋江〉，《中華中文論叢》，1981年1期（1981年2月），頁263-268（此文收入本集）。

⑭ 樊棟卿，〈《水滸》在地理敍述方面錯誤的又一例〉，《水滸爭鳴》，1期（1982年4月），頁218-221，指出征遼部分地理失實的嚴重程度，卻又代辯，謂書中想寫宋江用迂迴戰術，只是技巧不佳以致混淆。問題想不是如此簡單，待以後再考釋。

顧及時空因素，征遼部分的紊亂不必代辯。

這還不算，要想在征遼部分挑選若干值得回味的段落，也非易事。整體也好，片段也好，故事實在平庸。遼方自上至下固然幾盡是有名字無面貌的人，梁山人馬也不過充斥場面，隨意應酬穿挿一下。最糟糕的是不管邏輯，宋江的詐降計已是兒戲之極，在薊州戰役之後他還按兵不動，等天氣轉凉，隨後帶領眾兄弟跟公孫勝上二仙山去參拜羅眞人。不管他是自負，還是輕敵，宋江簡直視行軍爲渡假，荒唐得可以。

這樣的大規模戰事，雙方不可能無損失。遼方屢次全軍盡沒，將領不是戰歿，便是被俘。宋方也有給捉過去的（如李逵），交換回來，有受傷的（如張淸、孔亮、李雲、朱富、石勇、杜遷、宋萬——只有張淸是主力人馬），旣然有安道全在，一切無恙。最絕的是張淸，咽喉中箭，換上別人必立斃無疑，他卻可以給送到別城去讓安道全治療。征遼的最後一場大戰他還復出參加呢，與關勝、李應、柴進等爲一隊（宋江愛護兄弟之情如何交代？人手旣足，何必要剛拾回性命的張淸上馬提鎗）。待征方臘時，梁山好漢不獨沒有這份運氣，也沒有這種異常的體質[15]。

征遼前後，梁山兄弟數目不變。宋江爲何不採取以後征田虎時的技倆，招降將入伍，增強陣容，好讓在下次搏殺時多幾個幫手（或者該說替死鬼）？這可能與民族意識有關。遼方有點份量的將領絕大多數爲遼人（那些遼人姓名，除了幾個耶律某某，兀顏某某，別的都不像個樣子，與遼國地理的錯亂，同樣稱絕），偶有幾個漢人（藉姓名作準），點名卽止，全無斤兩可言。要在梁山人馬當中增添幾個遼將，以後還看着他們去打漢人（河北田虎、淮西王慶、江南方臘），太不成體統了，乾脆把俘擄來的悉數送回去。梁山兄弟班師回朝後，朝廷的賞賜全無實質可言，連虛銜都無增加。換言之，整個征遼部分

---

⑮　評論之事，有時確是人言各殊。李永先，〈如何評價《水滸傳》的征遼部分〉，《水滸爭鳴》，2 期（1983 年 8 月），頁 212-224，就以爲征遼寫得相當成功。這裏不擬分析他的說法，僅注明此文以便讀者參考。

完全獨立，和上面的招安以及下面的征田虎實際並不連貫。只要在招
安部分結束處稍改幾句，便跳到田虎故事，毫無困難。

　　田虎、王慶故事僅見簡本（繁簡合併本者，自簡本改寫而來，變
本加厲，不足爲據）。主繁先簡後的，多以爲田王皆後加；主簡先繁
後的，立場卻沒有這樣明確。我不相信現有的知識能夠解決簡繁孰先
的問題⑯，但是我相信田虎、王慶部分是後加的，意指不論簡繁之間
的關係如何，這兩部分應比簡本中招安以前任何故事爲晚⑰。田虎、
王慶這兩部分，也該是寫於不同時候，有先後之別的。這些都可以從
情節和人物的安排找到證明。

　　田虎故事的不比征遼部分高明，不單是因爲字數不多，描述簡
略，而且是因爲所犯的毛病性質類似。征遼時，地理方位雖然顚次，
主要戰役的所在地還是確實存在的。征田虎時，主要的戰事多發生在
一連串子虛烏有的某某關、某某嶺、某某寨，讀者只要知道宋江人馬
一步步逼近田虎的巢穴就夠了，其他別管。

　　外在層次或者可以順從作者創造的世界，不必追究，但這創造世
界內在層次的混淆又是另一回事。白虎嶺在瓊英郡主投誠後該已入宋
軍手，何以降將孫安回去處理家眷時會給田豹（田虎弟）捉獲？獅子
嶺既破，城內何彥呈（田虎妻舅）的私宅竟要宋軍動牛刀，配齊五路
大軍，二十六名主將去圍攻！

　　這些比起人物處理上的錯亂，還是小巫見大巫。先說田虎本人
吧，他的名字雖早見柴進混入禁宮時所毀的屏風上⑱，眞正的介紹要

────────

⑯　見馬幼垣，〈呼籲研究簡本《水滸》意見書〉。

⑰　這是指挿增甲本或更早的簡本而言。以後的簡本，品類繁雜，其間相互
　　的關係不是短時期之內能夠找出明確答案的。田王部分在這些本子之間
　　的關係，在研究層次上，還要更後一步。

⑱　百回繁本無田虎、王慶故事，屏風上卻逕書他們爲四大寇之二（換言
　　之，除金聖嘆本止於驚惡夢外，任何本子書於屏風的四大寇，名字均一
　　樣），這表示研究《水滸》版本要避免把各本視爲純粹代表某階段的演
　　變，而應考慮各種不同次第的增刪，可能同時存於一個本子之內。因此
　　抽出書中屢見不鮮的預言偈語和涉及前後情節的挿詞，以證明某段故事
　　之爲原有或後增，雖爲常見的考據法，實有把問題看得過簡的危險。這
　　類挿詞和偈語是最易改動而不影響上下文理的。

遲到征遼以後，作者得找藉口去安頓梁山人馬，才略道出來。文內說
田虎是河北沁州安原人，家有漆園（這是盜用方臘的史實），百姓因
稅重相聚爲盜，田虎兄弟乘之而起，據沁州、凌州、逐州等處，改制
稱王。地名、出身，全是信口雌黃，至繁簡合併本已大有改變，可暫
不管。田虎之背景其實沒有太大的特色，描述也難以再簡單。他是漢
人這一點該可以確定，起碼書中無異詞。

　　待看下去，田虎部分寫得較爲突出的瓊英郡主，是國舅鳥利得安
之女，和田虎的關係是「姊妹」，稱田虎之弟田豹爲哥哥，如此鳥利
得安當爲田虎之母舅（他的妻舅姓何，見前），難道田虎爲混血兒？
書中卻毫無交代。加上田虎手下諸將姓名多怪異，如乜恭、乜昌、昌
化、快恭、通巴榮、脫招、太淑等等，不倫不類之極，難道是征遼部
分那些強湊而來的所謂遼將姓名的後遺症？

　　征遼時，梁山人馬在陣上對待遼將自是手下不留情，捉過來的則
最後全部送還，乾淨俐落。總括地說，只要分記清楚，出場的遼將多
能追索其始終。這也增加上面所講征遼部分的獨立性。

　　待征田虎時，作風一變，敵方將領如果不是在陣上給擊斃，宋江
的政策是盡納爲己用。起初是三幾個過來，讀者還易弄清楚。後來凡
是攻破一處，該地的田幫將領，沒有戰歿的，即算作全部投誠論。問
題是，愈是往後的戰役，田虎守將人數愈多，陣亡者總是少數，降將
數目也就直線上昇。由於這種滾雪球的作用，到田虎滅亡，投過來究
有幾人，幾乎是個天曉得的數字[19]。

　　當然，這些降將都是即收即用。譬如說，破白虎嶺時收的十七
人，泰半在接着下來攻魏州城時，一出馬就集體跌落陷井而死。招降
將的作用很簡單。梁山原班人馬在整個戰事過程僅有若干微不足道的
輕傷，爲了取信讀者，平衡場面，和強調對方的實力，必要的陣亡數

---

⑲　若眞要弄清楚這些降將的數目和來龍去脈，需先詳勘各種簡本的異同。
　　評林本刊誤太多，光靠它是很難保證準確的，正文以後根據此本提供的
　　數字也都是約數。

字只有找降將去擔承。

降將的一般作用既如此，難怪作者掉以輕心。例如攻白虎嶺時上陣的降將包括方順， 此人其實早就給董平刺死！ 整場征田虎戰事當中，降將陣亡者總有幾十人，班師回朝後， 徽宗問及傷亡情形，宋江竟說：「大小兄弟人各無恙」， 在他心目中降將那算是一回事。

降將當中自然也有產生過真正作用的，如孫安、瓊英、馬靈、喬道清皆是。其中瓊英尤為突出，飛石打得好，比武招親，與張清的夫婦搭檔，比王英、扈三娘的一對，強勝多了。可惜這裏也免不了荒唐的一面。張清知道自己最合瓊英的理想條件，比武招親只是乘虛而入罷了，機會到來即毒死瓊英之父（國舅鳥利得安）， 然後勸妻歸正，始終保持身份秘密。等大局已定，才由宋江向瓊英揭露真相，她竟高興得不得了，誠心誠意地為宋江服務。大義滅親也該有痛苦的一面，何況夫婿竟是殺父仇人！

征王慶之役開始後不久，朝廷賜紅錦袍五十、綠錦袍一百二十，每人一件。除去梁山原有一百零八人，可以說河北戰事結束時， 所收降將尚健在者約為七十六人，比起梁山班底的規模，這是相當可觀的數字。 其後之征方臘， 基本上與河北降將關係不大（詳後）。 換言之，這一大批降將泰半都得在王慶部分的篇幅內解決。這是很不容易辦得成功的事。田虎部分讓宋江極度擴充陣容，王慶部分則設法把非梁山人馬遣散。這種增減對比情形的解釋是，王慶故事的寫作年代比田虎要晚。

處理河北降將之法有二。一是讓他們打頭陣，接硬仗。孫安的異常活躍，雖不致戰歿，終亦得病逝沙場，自單上除名，便是一例。另一法子是調遣梁山成員遠離戰圈。光復一處後，大軍向前邁進，佔領區自然成了後方，竟往往留下相當的梁山主力份子如董平、楊志、徐寧、孫立、黃信等去鎮守。這種不合軍事邏輯的部署卻有一石二鳥之功，給降將出鋒頭的機會（也就是犧牲的機會），做成他們受重用的假象， 和減少梁山科班人馬蒙受損失的可能性。 以前的征遼， 征田

虎，以後的征方臘均沒有這種浪費人力的舉動，自是因爲環境和需要
的不同。結果在整個征王慶過程中，除了李逵誤困駱谷外，梁山頭目
很少遭遇到眞正的危險。最後大圍剿，擒元魁，又回復到以水泊成員
爲主力，由盧俊義把王慶活捉過來，理所當然也。

要這種安排生效，還得照顧到另一方面，就是切勿再增加降將的
數目，征王慶時對待敵方的將領也就簡單得很。兩軍交鋒時給殺了的
自然乾乾淨淨，生擒的隨卽斬首[20]，毫不姑息，宋江再不來親解繩
索，蜜語勸降那老套（征田虎時還是不斷運用這套法寶，故與文字簡
繁無關）。卽有合作充內應的，功勞本不少，亦必難逃橫死，不會給
編書者帶來又多了若干降將得以處理的麻煩。

只是河北降將委實太多，光靠與王慶集團的幾場接戰是很難排除
盡淨的。與王慶交戰開始後的各回，在版本上有一特色，回後獨立注明
回內折了幾個兄弟和其名字，大概編書人也明白讀者沒有可能追記清
楚那些人名亂七八糟，個人資料稀少的降將。利用這些資料去統計，
再加上回後間有漏列的人名，單就評林本而論，前後損失河北降將三
十一人左右，還不到戰役開始時宋江手下降將數目的一半。其餘的怎
樣辦？只好在征方臘時應付下去，故在整個方臘部分，河北降將所
演的角色雖然沒有太大的份量，出場的機會則始終都有，回後的陣亡
名單也每分別注明何者爲梁山成員，何者爲河北降將。一直到最末一
回，在交代最後幾個梁山人馬的終結時，仍抽暇照料那時尚在的河北
降將，眞是費煞苦心。

這樣的處理，難免流於形式化，集中注意力去多除掉幾人，事前
又乏周詳計劃，出毛病自是意料中事。最大的毛病就在田虎部分裏出
盡鋒頭，屢建殊功的張淸、瓊英夫婦。河北降將數目雖龐大，在讀者
心目中能留下鮮明印象的不過瓊英和喬道淸等三幾人，都是無可能忽

---

[20] 例外爲龔端、龔正兄弟，他們爲宋江俘獲後便沒了下文。龔氏兄弟爲正
面人物，仗義疎財，除了隨王慶落草外（這種行徑多少梁山人馬都經歷
過），沒有嚴重可非議之處，編書人大概也就算了。

略不顧的。征田虎成功後，徽宗問及招降情形，宋江特別提出孫安、
瓊英、喬道清、卞祥四人，以爲不可多得。征王慶時，起作用的僅孫
安一人，不過喬道清和卞祥還是有露面的機會，張清夫婦竟隻字不
提，難道是爲了避免張清有暴露危險的可能，愛屋及烏，其妻雖屬降
將也蒙受免戰的優待？儘管如此，提提名字，留守後方，總該無妨。
這段長期空白是難說得過去的。等到征方臘的時候，張清夫婦再度出
現，擔承他們本位的工作，已是日落西山，排隊似的和其他好漢逐一
走上陣亡之路。

　　田虎、王慶部分人物消長的對比，梁山人馬與降將功能的對換，
瓊英故事的有無，都說明田虎、王慶兩部分爲不同作者所寫，而王慶
之部後出，只得處處謀求消弭前手製造降將冗多的後遺症，以至其他
方面的表現打了折扣。

　　說到這裏，不妨檢討一下大半世紀以來主繁先簡後者以爲是鐵證
的一條資料究竟能說明些什麼。

　　梁山征遼，兄弟不失一名，征田虎、王慶後仍然個個健在，這一
現象成爲指簡本出於繁本者的主證。以理論而言，這樣的說法不妥之
處頗多。征遼和後來的征方臘是金聖歎腰斬本外，任何本子，不論簡
繁，都有的故事，征田虎、王慶則僅見於各種簡本和晚出的繁簡合併
本。旣有此別，便有寫作年代不同的可能，不該一併論列。此其一。

　　征遼時梁山好漢無一人陣亡，可以說是誇張，但與征田虎、王慶
時死亡的必定爲降將那種巧合，性質不同，論述時處理應有別，不可
視爲屬於同一層次。此其二。

　　征遼之不收降將，除了上述民族意識的可能性，此部分可能比田
虎故事晚出，因此新出場的人物全部得和這部分同始終。這也是應該
列入考慮範圍的。此其三。

　　縱然田虎、王慶部分晚於包括前七十回、招安、征遼、征方臘的
百回繁本，也不等於簡本中與繁本相應的各部分盡皆後於繁本。只要
看繁本中征遼故事和前此各回的大相逕庭（方臘故事亦如此，詳後），

便不難明白現存的百回本繁本是不可能整體性同時成立的，也就該非是一人一時之作。簡本的情形亦當如此，故證明若干部分晚出，並不等於其他部分非晚出不可。此其四。

繁本與繁本之間，分別不大，勉強可視爲一單元；簡本與簡本之間，分別太大，大部分可以視爲個別單元，在未詳考各簡本的性質和異同以前，應各自處理。因此說簡本刪自繁本也好，說繁本增自簡本也好，同樣是不切實際情形，不明白各種簡本的複雜性，和太過把問題簡化了㉑。此其五。

如果僅注意到梁山頭目何時始有陣亡和離隊的事情發生，只是看到關鍵的一面。和繁簡孰先懸案有密切關係者，尚有前述降將增消的現象。容與堂本（繁本）旣無田虎、王慶情節，其方臘故事緊接征遼，自然無河北降將的分兒，與評林本（簡本）之梁山、河北兩組將領混着來處理不同。可能的解釋有二：㈠簡本方臘之部一方面刪自繁本，一方面增挿未完成的排遣降將工作，故起碼就方臘部分而言，簡本和繁本的關係是刪爲主，增爲副。㈡繁本因不管田虎、王慶，故擴自簡本時方臘部分有關河北降將的字句均清除盡淨。

按常理，第一個解釋的可能性高多了。用此去求證簡繁先後的眞相也該比依靠若干詩句和挿詞或某些此版有那版無的片段文字去推敲穩健點和較能顧及全局。但這項論據還是不足確定《水滸》一書是從繁演爲簡的，因爲這論據僅涉及方臘部分之先繁後簡，而繁本方臘之部之與繁本其他部分，簡本方臘之部之與簡本其他部分，關係如何，尚是一連串的問號，需要詳勘諸本，逐層解決，才能從積聚中求答案，孤文寡證經常只能導致似是而非的結論。況且評林本以前的簡本原有多種，今僅見殘本二種（挿增本兩種），方臘的章回仍尚待發現，未知數太多，遽下斷語，並無此必要。

王慶部分之晚於田虎旣可成立，王慶與簡本方臘之部先後又如何？主繁先簡後者屢引梁山好漢的結局悉數限於方臘部分以爲證。此

㉑　見馬幼垣，〈呼籲研究簡本《水滸》意見書〉。

證據可以用來判斷方臘之部的早於征遼、田虎、王慶各部（不論簡
繁）， 卻不足以整體證明繁先簡後。 就簡本而言， 不論方臘部分是
直書而來，還是刪自繁本復添入河北降將之枝節，只有其早於其他部
分才能解釋爲何梁山班底的結局不能用較充裕的空間去處理。如果征
遼、田虎、王慶任何一部分寫在方臘之前，大可輕而易舉地先解決了
若干無關痛癢的次要人物 （連梁山基本陣容也不乏這類人物， 如侯
健、王定六、白勝等），使最後處置主要人物的終結時有足夠空間去
處理得比較詳細和緩慢。這就是說，雖然現存簡本方臘之部有往後加
工的跡象，王慶故事應是簡本各部分中寫得最晚的。唯一可能比它更
後的，只有征遼之部㉒。

　　王慶部分成立雖晚，卻有其特早的一面。遼國、田虎、方臘所以
成爲宋朝之患，簡本繁本的交代均公式化和極略。起兵犯邊，割據稱
王， 幾句便敷衍過去。 方臘的介紹本可援引現成史書， 也沒有這樣
做；卽使是繁本，講方臘出身亦短得很。唯一的例外就是王慶。評林
本講王慶的九回當中，差不多用了三回去敍述王慶的出身（別的簡本
王慶之部回數還要多點，比例一樣）。若從簡本文字省約的本質看，
更易看出這種比例的不尋常。在繁本《水滸》前七十回裏，各主要人
物出場時，除宋江、武松等數人外，個人事跡的處理佔這樣重比例的
實在不多。不僅如此，此段出身介紹還有可能和《水滸傳》的雛型頗
有關係。這點胡適早已看出來。他以爲王慶就是書首曇花一現的八十
萬禁軍教頭王進的化身，王慶故事爲原有情節的舊貌㉓。

　　這看法很有道理。直至招安爲止，《水滸》裏的正面人物無一人

㉒　招安以前，故事一脈相承，征遼之不可能在此以前寫定自不必說。招安
　　以後各部分的寫作次序，我們僅可以說，征田虎早於王慶和方臘。征遼
　　旣完全獨立，上下不連貫，其寫作時期固然可以早於田虎，也可以後於
　　王慶。以上僅就簡本而言。繁本沒有田虎、王慶，征遼又前後不串聯，
　　亦足見其寫於方臘部分已出現之後。

㉓　主要見注⑧所引胡氏長序。寫此序文以前，這意見亦曾在〈《水滸傳》
　　考證〉、〈《水滸傳》後考〉兩文（均收入《胡適文存》一集〔上海：
　　亞東圖書館，1921年〕）內講過。

如王進的有始無終，一去不返。況且這兩個故事顯明相類之處甚多。如果我們試試比對，史進、林沖、武松、楊雄、石秀、柴進等人上梁山前的經歷，在王慶出身的章回裏都可以找到平行的情節。還有，王慶這幾回固然是幼稚無華，在細節轉承的笨拙當中，在零言碎語的蕪雜之間，自有一股早期話本（如〈楊溫攔路虎傳〉、〈宋四公大鬧禁魂張〉）所特具的自然純樸與活潑靈巧。及至宋江出征，文筆文意遽變，其庸俗乏味，平板呆滯，與征遼、征田虎同屬極為公式化的敗筆。甚至連本來任勞任怨、樂觀自足的王慶，也變成懦弱無能，荒淫畏縮，簡直就是另外一個人㉔。總之，王慶故事前後兩截，來源不同，性質迥異，年代自然也有分別，合編成現在這個樣子是很晚的事㉕。

王慶部分之後，又回復到簡本繁本均有的故事，也就是《水滸》最後的情節——征方臘和覆滅。討方臘後，梁山班底實際上所餘無幾，幸存的復四散，這是自繁本征遼以後（簡本征王慶以後）公孫勝功成身退，蕭讓、金大堅、樂和為徽宗及權貴留用，梁山基本成員數目開始直線銳減後的必然結果，所以征方臘和覆滅可視為一單元。

本來簡本和繁本共有的情節，分別主要在字數，不在內容。到了這全書最後一單元，因為簡本要繼續清除河北降將，和繁本的分別也就比其他部分較大。不過，這些分別固然可資考研各本的相互關係和演變原委，內容上的實質意義並不大。

這一單元，即使談的是繁本，讀者仍不免覺得作者承受了無比的壓力，不僅要為大批梁山人馬謀解脫，還好像逼不及待，一切都要在極短暫的時空內完成。神交已久，過去百戰百勝的英雄，現在竟給對

㉔ 以上數端，自非三言兩語能交代清楚，容後另文闡發。

㉕ 近來已頗有人注意到王慶的特別性，如藍翎（楊建中），〈話說王慶〉，《社會科學戰線》，1980年 2 期（1980 年 4 月），頁 284-287；歐陽健，〈王慶論〉，見歐陽健、蕭相愷，《水滸新議》（重慶：重慶出版社，1983年），頁 180-192。可惜他們用的是百二十回繁簡合併本，那裏的王慶故事（特別是出身部分）已給改得面目大異。比起胡適早說過的（他們都不提胡適），無疑是開倒車。

方殺得落花流水。可是，對方的實力和遼國、田虎、王慶並無太大分
別，將領多而雜，泰半爲有名字而無面貌之輩，確稱得上驍勇善戰者
究有幾人？假如讓他們去征遼、田虎、王慶，就不見得能佔什麼便
宜，現在由他們去幾乎滅絕宋江集團（在簡本來說，還加上尙存的河
北降將），怎不寃枉？

　　既然在短短八九回（容與堂本）完成一切，其倉促可想，每一交
戰總要報銷幾人，刻不容緩，梁山好漢不論是超級高手（如秦明、董
平、武松、張淸），還是武功高於一般水準的（如雷橫、索超、宣
贊、項充），到大限來臨，總是在以往不成問題的情況下給殺害。取
信程度成了嚴重問題。這不是說死神碰不了他們。早已花了這麼多篇
幅（縱然不算遼國、田虎、王慶這些附庸情節）去製造他們神勇靈活
的形象，去培養他們豐富的作戰經驗，怎能在讀者並不深信爲不可克
服的情況下讓他們給面貌模糊、並不是前所未見的強敵所集體殺戮？
至於武技不算特別的，解決起來更是不費吹灰之力，給馬踏斃者有
之，中亂箭者有之，淹沒者有之，墜陷坑者有之，籠統地死於亂軍之
中者有之（如陶宗旺、曹正、施恩、侯健、張青、單延珪、丁得孫）。
戰事甫始，徽宗卽召回安道全爲御醫，不過解除梁山一度保護網而已
（編書人方便自己多過企圖通過這情節去點明徽宗夠陰險的可能性）。
因此遇疾的必死無疑，沒有復原的機會（如楊志、楊雄、林沖）。
把這些合起來，左可以死，右可以亡，短短方臘之役一過，便僅剩下
三十六人而已。覆滅之路卻並未因此而止，接着下來，橫死單上還要
添上盧俊義、李逵、宋江、吳用、花榮諸人。

　　幾回書內擠進這許多節目，紛亂難免，但紛亂並不止於此。自盧
俊義上梁山後，因爲名位的問題，宋江、盧俊義分別領兵去攻打東平
府和東昌府，遂形成以後大規模出征時，宋盧先分兵，然後合師作最
後圍剿，這種基本戰略。招安過程諸戰，是水泊基地的保衛戰，無需
遠道出兵，用不着這種長程戰略。征遼時，這種先分後合的策略很明
顯。田虎之役所用方策亦如此。討王慶時因主要用降將，眉目較欠分

明，基本上仍是這個法子。征方臘所用戰略則不同，宋盧兩路外，還
有其他各自行動的小組，分散很大的地域，獨立性極強。一軍開二，
敍事雖有先後，並未產生太大的技術困難。再分叉下去，便難操縱
了，變成經常事後始能追記某路戰果如何，傷亡如何，重重叠叠，
把本來已經够亂的情勢弄得更糟⑳。這是順著現有各組故事的次第去
看，但這幾部分的寫作先後絕不可能是這樣子的。

　　分合戰略的演變與這幾部分的成立次序相聯，然而這並不是一個
可以獨立解決的問題，應和梁山成員在各役中所扮演角色的變化相輔
來看。其間還得照顧到版本的異同，不是一時間能全部解決的，待以
後再說。

　　綜合上面的觀察，可暫歸納如下：排座次以後的情節可劃分爲五
大部分，各有不同的性質和成立背景。排座次以後原有故事的範圍可
以延續至梁山受招安。遼國、田虎、王慶、方臘（包括覆滅）各部分
出於不同作者及年代，其中成立最晚的可能爲王慶之部。因爲各問題
很少能够孤立地去處理，以上各點，僅能視爲便於目前工作的假設，
全部保留修訂權。

　　　　　　　　　　　　── 《明報月刊》20卷 6 期（1985年 6 月）；

　　　　　　　　　　　　　　　《古典文學》，7 期（1985年 8 月）

---

⑳　方臘與覆滅這一單元雖有種種嚴重的毛病，仍是瑕不掩瑜。張淑香，
　　〈從驚天動地到寂天寞地：《水滸全傳》結局之詮釋〉，《中外文學》，
　　12卷11期（1984 年 4 月）頁 138-157，很巧妙地道出書後處理魯智深、
　　李俊、燕青的結局與宋江、李逵、盧俊義的悲劇之兩種不同層次，把這
　　本來極混亂的部分寫得充滿了詩意和韻味。

水滸傳戰爭場面的類別和內涵

　　《水滸傳》雖然不是歷史小說，大型的戰爭場面卻不少。就包括征田虎和征王慶的繁簡合併本（如坊間流行的鄭振鐸校本《水滸全傳》）和簡本來說，這些情節多數集中在排座次以後。但如果說的是代表性，而不是數量，還是以排座次以前的例子為重要。一打祝家莊以前，故事環繞着若干主要人物發展，有個人搏殺（如魯智深拳打鎮關西），有正規決鬥（如楊志、索超比武），有地方性攻戰（如官兵圍攻史家莊）。雙方作大規模的戰鬥，始自秦明領兵攻打窩藏宋江、花榮等人犯的清風山，自此以後，個人行動減少，集體行動和戰役的規模相應增加。祝家莊戰役開始以後，這種比例的轉變就更明顯。

　　這些大型戰事的性質可分五類來講。

　　第一類為支流匯海式的插曲。呂方、郭盛的地盤爭奪戰，樊瑞等自不量力地向梁山挑釁，都是直接導致投歸水泊大寨，輕易穩捷地增加梁山實力。這種插曲是片段性的，意外性的，移前數回，拖後數回，一樣可以。這種戰役順勢而來，迎刄而解，談不上戰略方策。

　　第二類是梁山陣容擴充過程中所採取的主要行動。為了大寨的聲勢、威信，和實力的增進，梁山領導階層往往不惜藉故啟釁。三打祝家莊和出征曾頭市便是很好的例子。

　　在官兵不能確保地方安全的情況下，莊主有自衛的必要，更有保護替他們工作的農民勞工的責任，武裝聯防有何不妥？梁山人馬與祝家莊的糾纏歷時約一月有半（何心的統計），官兵始終連影子也沒有，莊園設防的需要不用多說。《水滸》並沒有否決莊主維護自己產

業的權利和保障僱員安全的義務，立場卻是從敵我對立的觀點出發，
正確與否因人而異，視與梁山的利害關係而異。因此《水滸》開始時
的史家莊可以屢延教頭指導小主和莊客，作萬一的準備，而沒有被形
容爲反動的勢力。柴進憑其財雄勢大，更是幹得有聲有色，連莊裏的
教頭在主人面前也神氣活現，不可一世。在梁山方面看來，柴大官人
卻是何等正直，義薄雲天。反過來說，假如安分守己的桃花莊劉太公
有足夠的防禦力量，色膽包天的周通也不敢輕舉莽動。然而，武裝起
來的祝家莊則是務必清除的阻力。

　　史柴祝三莊的設防，其實只有規模之別，沒有性質之異。這種黑
白分明的處理，以及與祝家莊聯盟的扈家莊和李家莊之定爲一明一
暗，基本上決定於梁山順我者昌，逆我者亡的心理，和非友卽敵的態
度①。

　　不說別的，書中（任何現存版本）就沒有指責祝家莊爲非作歹，
欺壓弱小，刼掠行旅，侵擾鄰莊的字句。在時遷偷雞以前，祝家莊雖
與梁山泊接近，始終河水井水互不相犯。偷雞事件如果發生在李家莊
的店舖而不在祝家莊的產業內，誰敢說祝李二莊所扮演的角色不可能
倒換過來。

　　時遷等尚未入夥，便打響梁山招牌去騷擾村民，梁山竟大興問罪
之師，向被干犯者討公道。這和三十年代日軍駐華部隊隨時找小事件
爲藉口以謀擴張勢力範圍，有何分別？晁蓋的明令處決楊雄、石秀，
旣反映他的正氣磅礴，也反映出他沒有大肆伸展地盤的意圖。宋江則
不同，他那套昭視天下，廣開賢路，以武力解決糾紛的論調，和第一
次世界大戰前夕歐洲列強那種候機動武的態度，差不了多遠。

　　帶給祝家莊麻煩的，不是偷雞事件，而是它的地理位置。祝扈李
三莊正對着梁山水泊，以往涇渭分明，那是因爲王倫時期的山寨規模

① 研究《水滸傳》裏的私家莊園，有一篇很詳盡的報告，分析莊園在這部
　小說裏和歷史上的種種形態，見李挺，〈《水滸傳》中所反映的莊園和
　矛盾〉，《雲南大學學報》（人文科學），1958年1期（1958年3月），
　頁37-65，可惜文內沒有提及書中處理莊園時所採明暗對立的態度。

極小，晁蓋當家初期也沒有蓄意擴張的打算，尚未促成雙方正面的接觸。一旦梁山擴展勢力，這些莊園所產生的地理阻礙是不能漠視的，難道每次出兵都要繞道而行？三打祝家莊也就難免有候機而動，清除門前障礙的意味。待摧毀祝扈二莊後，剩下來半中立的李家莊何嘗不是同樣命運，務必讓路，投入大寨。宋江根本不問無端端被捲入漩渦的李應有無入夥意，乾脆先用不光明磊落的計謀使其走投無路，遂「逼上梁山」。結果山寨陣容大大充實，橫在門前幾個絆腳石似的私家莊園也悉數鏟除。

　　對宋江來說，祝家莊之役關係重大。這是他正式加盟以後首次領兵出征，更是公開駁倒名義寨主晁蓋後所採取的行動。只許成功，不許失敗。成功不單鞏固了梁山地盤，增加這個集團對其附近環境的操縱力，和改變其對外政策的趨向主動化，也穩定了宋江在這個組織內的地位和權勢。

　　基於這種山頭主義和霸權主義隨便輕啟的戰事，曾頭市之役比祝家莊事件來得明目張膽。宋江單憑段景住一面之辭，說人家奪去原要留給他的良駒，並出言汙辱，便出兵征討遠在凌州（何心以為是博州之誤，今山東省高唐縣）的曾頭市。

　　這種輕易訴諸武力的立場與行動，和梁山擴展的模式與過程極為相配。從三打祝家莊至此，短短十回（繁本），梁山已經攻破高唐州，大敗高俅所遣軍隊的來犯，更匯集魯智深、陳達、項充等好幾處小山寨的人馬和資源，可謂士氣愈戰愈盛，勢力愈擴愈廣。這些收穫不是因為宋江親征，便是通過他的號召力而成功的。難怪宋江氣焰萬丈，受不了間接聽來的閒氣。段景住原先是否真要送名馬給他，段與曾頭市有無別的瓜葛？段是否不甘蒙受損失故借梁山代其洩憤？這些宋江全不細慮。雖然他和任何頭目均不認識段景住，段的話全信了，僅差戴宗去一探虛實，證明他們確是瞧梁山不起，便貿然點兵討伐。害得早已形同虛設的寨主晁蓋搶着領兵出征而白送了性命，坐收其利者終是宋江。凡是有利可圖的戰爭，宋江不特不設法避免，還善於抓

住那些鷄毛蒜皮的藉口去達到用兵的目的。

第三類爲後發制人的反應性行動。梁山勢力日隆後，接觸面更廣，意外的痲煩自然有。如柴進身陷高唐州，事出突然，梁山只有出師拯救，別無他途。雖然這是被動性之擧，但戰爭旣爲梁山生存之所繫，主動與否，一旦動干戈，必全力以赴，不勝無歸②。

利益關係和慣常性行動外，人際關係也很重要。宋江、林沖、武松等主要梁山頭目早欠了柴進的人情，這次柴進蒙難還多少與山寨把李逵寄住其家有關，梁山自不能等閒視之。被動的應變很快便和一般主動出擊無異。

可是，換上另一個事主，反應就不一定如此敏捷。以盧俊義爲例，他的上山是因爲中了梁山所設的圈套，所以他回北京（大名府）後的遭遇全是意料中事，處境也頗似宋江和戴宗的在江州上法場，爲何要待盧俊義挨盡折磨，和差點犧牲了孤立無援的石秀，戴宗用計拖延幾日，急回山報告後，宋江才猛然驚覺地說，怎教盧員外受此大抝？至此始決定出兵攻打北京。

問題不在梁山有無攻北京的力量和興趣，而在宋江、吳用等當權派頭目如何看待盧俊義。以前梁山之誘逼金大堅、蕭讓、徐寧入夥，不過爲了解一時之急，並非爲長久計。徐寧還好，武功在水準以上，可借重爲山寨的基本戰將。金、蕭二人的本領太專業化，待何時才能再派用場？爲了刻一枚圖章，寫一封信，擧家給逼上梁山，眞是寃枉。這些梁山不管。只要對山寨有利，一切手段都是正確的。被徵召者，毫無自主權可言。

對人材濟濟的梁山而言，盧俊義可有可無，用計弄他過來，作用僅在讓宋江逃過晁蓋臨終時聲明親擒曾頭市教頭史文恭者繼任其缺，

---

② 整部《水滸傳》，包括招安以後的四出征伐，僅有一次出師受挫後，在還沒有擬好具體計劃何時再作接觸之下，便全軍撤返。那就是第一次曾頭市之役。晁蓋中箭，命在旦夕，只好匆匆退兵。宋江接掌後諸役中，暫時性的挫折免不了，這種突如其來，失卻操制，領袖生命亦難保的場面則再沒有出現過。

那句毒咒式的遺言，以便解決繼任的正名問題③。萬一盧俊義給害死，上不了山，也無所謂。大可再找一個，反正攻曾頭市已拖了好久，並無期限。這種態度正可用來解釋，爲何蠢蠢欲動的梁山集團竟自我約束，幾乎放過因救盧俊義而擴展勢力範圍、增加威信的機會。等到眞正的出師，則仍是一貫作業，毫不馬虎，不攻破北京城不罷休，和主動者沒有兩樣。

第四類爲藉以解決內部問題的對外尋釁。發動祝家莊和曾頭市的戰事，梁山總算找到點藉口，讓其皇然掛起正義之師的招牌去出兵。排座次前夕，東平、東昌之役連這點門面功夫也懶得去做，說打就打。盧俊義擒獲史文恭後，按理便當接掌山寨，但這是絕對辦不到的事。宋江若要名正言順地坐上第一把交椅，還得多做一次化解晁蓋遺言的伎倆，遂不管三七二十一搬出宋盧分攻東平、東昌，誰先成功便當寨主這套瞞天過海之法。表面上，兩隊人馬分配平均，公道得很。盧俊義再笨也知道該怎樣做，何況身旁還有顯具監察作用的吳用在。

雖然東平、東昌之役招納了董平、張清兩員猛將和他們的副手，勝利地在排座次前夕完成了一百零八名頭目的預期數字，啟釁的理由卻是憑空捏造，視兩座城池的生命財產爲兒戲，目的僅在解決宋江的政治難題罷了。用對外行動來處理內部問題，宋江、吳用輩之深思遠慮可見一斑。

以上第二、三、四類有一共同之處（第一類僅屬小插曲），作戰與否往往憑宋江作主，甚至純從其個人利益出發。梁山的對外政策也就因宋江的入夥而更改，從晁蓋的據寨自足，樂守目前，至宋江的抓緊機會，以戰爭爲推拓梁山勢力，培植個人力量的工具，作風之改變十分明顯。梁山大小頭目數雖逾百，眞正操制山寨所走的路線者，不過宋江一人。吳用之時出計謀，助其成而已。梁山人物多有勇無

---

③ 討論誘逼盧俊義入夥的政治意味，有一篇寫得很精采的文字，其論點不必在此逐一重複，讀者可參考何思樵，〈盧俊義爲什麼被誘逼上梁山〉，《東南風》，1卷6期（1974年7月），頁8-10。

謀，自然跟隨領導走，偶有不贊成的（如李逵等反對招安），只是稍作拖延，事情終是按宋江的意旨進行。加上宋江乏容人之量，睚眥必報，小小事情也可以演爲一觸卽發的大戰。假如山寨名副其實地由晁蓋當家到底，祝家莊、曾頭市、東平、東昌等戰役均不難避免，《水滸傳》也就變成截然不同的另一本書了。

第五類爲反守爲攻的大會戰。梁山旣坐大，不再是地方性的勢力，高唐州之戰復殺了殿帥府太尉高俅的從兄弟高廉，已到朝廷不能再漠視的地步，便在高俅力奏用兵之下，選將調兵去圍勦。主將爲開國元勳呼延贊之後呼延灼，配上副將韓滔、彭玘，後來又加上砲手凌振，聲勢浩大，直逼水泊。梁山與朝廷的正面衝突，這是破題兒第一遭，意義自是重大。

回溯晁蓋等人因生辰綱事件進佔梁山泊之時，充其量只能算是大型的地方性組織。往江州刼法場是何等戰戰兢兢，僅挑十七名頭目（已是當時的大部分人馬），化裝爲不同行業，帶着起碼的百餘嘍囉，分批混入城中。如果不是和宋江沿途所結交的朋友匯合，刼了法場也不容易安返山寨，更不要說在那裏流連，好整以暇地過江去捉黃文炳。這是梁山第一離寨遠征，也是最後一次採取軍事行動時不是公然進發的。以後所採的行動，頗有規律，地區上是自近而遠，對手的背景是自民間武裝勢力至州府的地方防衛軍。如此節節晉昇，和中央政府正面衝突是早晚的事（雖然朝廷連續幾次所遺的征討軍仍靠地方兵力，任命、召集、裝備都是由中央政府策劃，與純地方性行動不同，詳後）。

呼延灼的攻梁山，不單意義特別，慣見之戰術也因而一變，裝甲騎兵、連環馬、各式火砲都是前所未見的，大大增加了這次戰役的分水嶺作用。梁山自然吃驚一陣。但他們人材足、資源夠、適應力強，加上水泊的特別地理環境，吃了點虧後，旋卽轉敗爲勝，反守爲攻，不獨解了圍，更因呼延灼奔往青州，也就把戰事漫延過去，一直到原先佔據桃花、二龍、白虎、少華諸山的頭目悉數來歸，呼延灼也降

順，才暫告一段落。朝廷本來要收拾梁山，反給他們送上名將、士卒，和裝備。

這種政府津貼還要繼續下去。梁山既因營救盧俊義而圍攻北京，北京留守梁中書便向岳父太師蔡京求援，從前生辰綱、江州刼法場（江州知府爲蔡京第九子）的恩怨不免算在一起，朝廷再度出兵勢成定局。

這次的主將爲關雲長之後關勝，與前次的呼延灼同出通俗文學內的名將世家。副將和前次征討軍一樣爲兩名（宣贊、郝思文）。呼延灼以奇門裝備見稱，視野爲之一變；關勝採圍魏救趙之策，戰略爲之一新。結果同樣帶來爲梁山增兵添將補軍需的效能。這兩次先後爲不同權臣力奏出師而促成的大會戰顯具相當的平衡性。

與官軍作戰對梁山的重要性，還可以從一項小統計得知。排座次以後，山寨的主要將領作如下的分組：首爲馬軍（三組），次爲步軍（兩組），再次爲水軍（一組）。水軍性質特別，自有其獨立性，不必與馬軍步軍作比較，馬軍則顯然比步軍重要。馬軍的首兩組，成員背景相當統一。第一組馬軍五虎將內，僅林冲原爲直屬中央武官，其餘四人（關勝、秦明、呼延灼、董平）本來都是都統制、都監、巡檢之類地方武官，而且除林冲窮途末路，眞的是逼上梁山外，其餘盡是降順的戰俘，有的還因爲宋江的擺佈而沒有任何選擇餘地(如秦明)。第二組馬軍驃騎八名，雖然變化較大，軍官仍佔大多數，其中戰俘歸降者（索超、張清）和因戰事所需而誘逼大夥者（徐寧），數目還是不少。因爲這些戰俘的被重用，自動投效的弟兄難免無形中給壓下來。

關勝投靠梁山後，蔡京因有切身之痛，自然不甘休，再推薦兩個凌州團練使單廷珪、魏定國去勦捕。此二人不過是副將級的才能，僅憑火攻水攻這些玩意兒，對梁山威脅有限，一下子就讓剛入夥的關勝立首功，把他們降服過來，多多少少又爲山寨壯了些許聲勢。

連續吸收了幾次朝廷征討軍以後，梁山的威勢自不在話下，但

書中還是鄭重強調其盛大的程度。強調之法就在這三次征討軍的處理上。呼延灼和關勝雖原為地方武官，到底系出名門，武功確是非凡，梁山五虎將中佔了兩席位，並非倖致。單廷珪和魏定國雖然也是勅定主將，根本無法和他們比擬，所以投效梁山以後，和呼延灼、關勝以前的副將同編入馬軍的第三組（馬軍小彪將），相連排在一起，名次還在他們之後（六人在排座次單上的名次亦一樣）。這種蜀中無大將，廖化作先鋒的情形，正說明關勝投靠梁山後，山寨和朝廷間勢力消長的對比已使朝廷呈現人才枯竭之態。

　　按名義，呼延灼和關勝所率征討軍，只是地方部隊，並非直屬中央。呼延灼原為汝寧郡都統制，兩名副將分別為陳州及潁州團練使，地均屬京西北路④。朝廷委任他們以後，即令各回本職，徵集軍隊，再回京配齊軍需、兵器、馬匹，和糧草。關勝僅為蒲東巡檢（河東路），位卑勢微，沒有自己的勢力可言，其副將一人（宣贊）在京師當個微不足道的衙門防禦使（書中又作兵馬保義使），並無兵權，另一人（郝思文）可能連官職也沒有，所以部隊的組合由樞密院調撥山東、河北精兵一萬五千人，再配全裝備。至於第三次征討軍，因韓、魏二人同為凌州團練使，匯集和裝配軍隊的過程與第一次出征同。但因限於本州人馬，數目不可能大。況且以前梁山攻凌州所屬的曾頭市，打了兩次大仗，第一次凌州官兵不知躲到那裏去了，第二次和青州合派救兵，一接觸便給梁山人馬擊敗（第六十八回）。這支地方軍的實力本來就很成問題，這次領旨出征，尚未離開州境，關勝已趕至，先下手為強了。

　　這三次行動表示朝廷如果不是缺乏可用之兵，便是吝惜於動用真本錢，甚至兩者兼而有之。這種臨時湊合的雜牌軍，各單位間欠合作的操練，成敗主要靠將領的個別本領。然而彼之所短，正是梁山之所長。自江州刼法場後，梁山長期積將聚兵，訓練足，經驗富，應付政

_____

④　按何心所考，宋無汝寧州（郡），其地望則當今河南汝南縣，與陳州、潁州同屬京西北路；見其《水滸研究》（1957年，修訂本），頁143。

府軍之來攻，屢戰屢勝，不是偶然的。

　　吸收官軍將領雖然大大促進梁山的成長，卻不是不加挑選和漫無止境的。梁中書手下兩名都監，天王李成和大刀聞達，第一次出場時，書中說他們「皆有萬夫不當之勇」（第十二回），未嘗不是增強梁山陣容的人選。梁山圍攻北京時，李、聞二人雖遭挫折，實與形勢及眾寡懸殊有關；於城破時，不僅能自保，且力護主人突圍，以梁山水準而言，也該是上級貨色。但梁山對他們並無興趣，從未設法納為己用，也就讓他們突圍而去。這究竟是梁山的錯失機會，還是李、聞二人的幸運，很難說。反之，梁山卻招納了他們的部屬急先鋒索超。

　　梁山在組織上的擴展也不是沒有止境的，而是由一預期的數字所限制，就是上應天文的頭目不能超過一百零八名。董平、張清的入夥完成了這個目標，隨着下來便是要建立一持久性的秩序。排座次，名位井然；分工作，各盡其能，達成了一個烏托邦式的社會。

　　從梁山的立場去看，發展至此，完滿得很。朝廷的看法自然不同，對付這股龐大而隨時動武的非政府武裝力量，只有招撫和消滅兩途。先試招撫，沒有成功，便立卽興兵作第四次征討。雖然基本上梁山仍是反守為攻，穩操勝算，這次戰役的性質和規模都大異於前。

　　前次朝廷派遣淩州一地之兵去攻梁山，窮相已露，現在再出兵，本應更窘迫。表面卻相當雄壯，並不狼狽，一下子便徵召了東京管下八路軍州（睢州、鄭州、陳州、唐州、許州、鄧州、洳州、嵩州）各一萬人，由本州兵馬都監率領，都是近畿的壓軸兵力，另加御林軍二萬，由御前大將軍二人為中軍，自是皇室的底牌實力。復由樞密使童貫為主帥，務求必勝的決心顯然更明顯了。以前三次征討的適得其反，梁山人馬尋且入宮禁，毀屏風，大鬧京師，城外且有接應，做成朝廷再不能輕視的直接性威脅，所以才肯投重資，出眞本，動員比以

前三次征討軍總和超過三倍的重兵⑤。

可是排座次以後的梁山，用不着增添將領。嚴格言之，誰也沒有再入夥的資格⑥。那十二個將領全部以酒囊飯袋的姿態出現，給梁山隨意玩弄掌上，遂演出兩贏童貫，三敗高俅的活劇。最後還活捉高俅，請他上山寨玩玩。

梁山與高俅的公仇私恨，不待細表。宋江一見高俅，卻納頭便拜，口稱死罪。宋江刻意務求招安，高俅正是招安的橋樑，開罪不得。高俅回京後，雖沒有實踐諾言，宋江通過李師師等關係和安排，仍是終償所願，梁山全夥受招安。原本的《水滸傳》就以此終結⑦。

---

⑤ 朝廷前後所遣四次梁山征討軍，處處表示編寫是書者並不熟悉宋代軍事情況和官制。北宋以強幹弱枝爲國策，地方兵力質量均不足述。據《宋史》卷一八九，整個京西路廂軍凡四十五指揮，才一萬五千一百五十人，呼延灼及其副將如何能集三州之兵而得八千人？魏定國等僅集一州之兵，能得幾人？不必多說。朝廷召山東、河北一萬五千人給關勝用，眞實感同樣成問題。卽使是禁軍，數目亦有限。按王曾瑜《宋朝兵制初探》（北京：中華書局，1983年）的統計，鄭州禁軍五千五百人（十一指揮，每個指揮最多領兵五百）、陳州一萬五百人、許州一萬六千五百人、鄧州二千人、汝州（《水滸》作洳州）五千人，人數少且極懸殊，怎麼組成那浩浩蕩蕩的第四次征討軍？至於官制之錯亂，可從視不帶兵的團練使爲武職，且給凌州一地兩個團練使，以乃使用南宋始有的都統制，看得出來。編書者刻意描寫朝廷依賴地方兵力去對付梁山，自有其諷刺意義在，但因不明白北宋景況而使眞實感大打折扣，則是應指出來的。這認識對考定《水滸》何時成書當有幫助。

⑥ 征河北田虎時大納降將，那是另一回事。一則那些絕大多數面目模糊，僅靠姓名爲記號的陪襯人物，連看一眼梁山水泊這個創業聖地的資格也沒有，那能稱得上是梁山人馬。二則征田虎戰爭結束時所收河北降將尙健在者（有不少已爲宋江報效了性命），雖達到與梁山原班人馬幾乎二對三的比例，卻從來無人提出重排座次，或給他們天某星、地某星的名號。無論他們如何賣力和犧牲，陪襯者始終是外人。三則招安以後，征遼、征王慶、征方臘均沒有收降將（不計合作充內應，未正式歸降卽戰歿者，或雖正式歸降而未爲宋江收用者），單獨在征田虎時不管優劣，一口氣收納降將近百人（連同正式歸降後旋卽陣亡者），這顯然是故事演易和版本因承的問題，而不是排座次以前習慣卻不失挑選性的招納降將。有關招納河北降將的種種背景，可參看馬幼垣，〈排座次以後《水滸傳》的情節和人物安排〉，《明報月刊》，20卷6期（1985年6月），頁85-92；並見《古典文學》，7期（此文收入本集）。

⑦ 我目前的理解是，《水滸傳》成書之初，故事至招安而止，其後征遼、征田虎、征王慶、征方臘的情節都是以後附庸上去的，說見注⑥所引馬幼垣文。

　　總結地說，戰爭是梁山樂而爲之的事，不管是主動還是被動，差不多從不放過機會。這些爲數不小的戰事把全書劃爲三部分：㈠自始至一打祝家莊前夕，個人的故事把《水滸》分成一連串的小環節，只有少數片段性的大型戰爭場面；這是梁山日後成爲大寨的紮根時期。㈡從祝家莊諸役至攻破高唐州，是在宋江領導下，以戰爭爲擴充手腕的成長期。㈢自呼延灼奉旨征討至十萬大軍之圍勦，繼而招安，梁山由正面和中央政府衝突發展到終在無實際有利條件的情形下全體降順朝廷，山寨遂由成熟轉歸沉寂。

　　這樣的三部曲發展路線，和宋江個人的意圖以及他對梁山集團的操制力是分不開的。這也說明宋江在《水滸傳》中的特別重要性。

——《聯合文學》，9 期（1985年 7 月）

梁山復仇觀念辨

　　梁山人馬恩怨分明，何謂恩怨則是憑個人或山寨的利益與立場而定。宋江義釋晁蓋，遂有劉唐月夜走鄆城的差事，以示感激也。武松大鬧快活林，自己也該明白是替施恩搶地盤而已。施恩對他的禮遇是有目標的，不純出於仰慕，所以一開始便試他的本領，以免託錯人，誤了大事。武松還是受惠圖報，盡力以赴。破祝家莊後，宋江厚賞通知石秀逢白楊樹轉彎的鍾離老人。這種報恩的例子，書中不少，都不難理解。

　　但報恩並不是絕對的事。宋江殺閻婆惜後所以能够逃離現場，全仗唐牛兒纏着閻婆。這小夥子卻留下來頂罪，吃了幾十棍，還要坐牢。宋江加盟大寨後，要報答朱仝解教之恩，犧牲別人的小兒子去逼他上山。在宋江看來，賺朱仝上山享福就是最好的報恩方式。然而，唐牛兒則從未有被請上山的機會。朱仝是將材，唐牛兒頂多添一個小嘍囉，利用價值懸殊，又沒有賞賜鍾離老人的獎勵作用，宋江怎會費神去管這種閒事。

　　報恩雖偶有遺漏，總是好事，以牙還牙，就麻煩多了。够徹底、够血腥的例子，以武松鴛鴦樓戳滅張都監一家爲最顯著。他殺張都監、蔣門神、張團練以後，好像僅是前奏曲似的，續找人斬下去，刀口砍缺了，換一把，一直至再無人可殺方止。我們覺得武松殘忍好殺，那是因爲這段描述寫得太詳細了。其實自晁蓋入主梁山以後，凡攻破一處莊園或城鎮，對方的首領，不管是莊主還是太守，以及他們的將佐，照例是滿門盡滅。試看清風寨、扈家莊、祝家莊、高唐州、

青州、華州、北京、曾頭市、東平府，都是老少悉數不留。前後能逃
脫者，不過扈成、梁中書、梁夫人等三數人。每次大屠殺僅是輕輕幾
筆帶過，不講細節，那種不分青紅皂白亂斬一頓的極端性，還是不難
想見。大概從梁山集團的角度去看，對手家中的小孩是孽種，老弱亦
罪惡滔天，皆寸草不能容。

　　唯一例外爲東昌府之役，說太守清廉，免其一死。這個連姓氏都
懶得讓讀者知道的太守或者眞的清廉，宋江怎會關心。梁山之攻東
平、東昌完全是爲了解決宋江的政治難題，以便名正言順地當寨主。
如果好官眞的難求，宋江如此私心自用，毫不經意地毀了這個清廉太
守的前途，罪實難饒。

　　東平府程萬里太守也不見得不清廉，書中就沒有講他任何劣行。
宋江使郁保四、王定六前來借糧，答案當然是個不字。董平要推郁、
王二人出去斬首，程太守說不可，兩國交戰，不殺來使，董平仍是把
他們打得皮開肉綻（郁保四還是他的舊交）。程太守與董平之間，誰
比較正直，不用多說。正直的官吏若不清廉，恐不多見吧。

　　到頭來，太守全家被殺，女兒被奪；調轉鎗頭，攻其原有職守的
董平則列名梁山五虎將，大概是造物弄人之一例。所以如此，不過二
事。第一、董平早看中太守之女，太守不肯，及至兵臨城下，董平要
脅性地取得程之口頭答允，心中躊躇，仍是不快。第二，郁保四、王
定六哭訴回來時，宋江盛怒，眾兄弟有目共覩，讀者可能以爲擒獲董
平時起碼也該責備一頓，對郁王，對眾兄弟始有交代。但宋江是見了
良將，卽想納爲己用之人，那會開罪這個左右雙鎗的超級好手，自然
甜言蜜語，惟恐逆董平意（郁王二人在眾兄弟中，地位低微，他們的
傷口還在痛，有誰管）。正直的程太守也就變成反動人物，城陷之
日，董平親入其家，殺得一乾二淨，僅留程女以快其獸慾。這一切，
在梁山看來，竟是冠冕堂皇，光明磊落。

　　既然本與梁山毫無瓜葛的東平、東昌太守尚且如此下場，與他們
確有仇恨者，何能倖免？史進斬莊客王四（遺失信件而不報，雖然事

情弄大了，究竟是無心之失，不該是死罪）和獵戶李吉、林沖殺陸虞
侯、宋江殺閻婆惜、武松殺西門慶和潘金蓮、李逵殺李鬼、石秀殺裴
如海、楊雄殺潘巧雲、解珍兄弟等誅毛太公一家、雷橫枷打白秀英、
盧俊義宰姦夫淫婦、史進把李瑞蘭全家「碎屍萬段」，一類事件雖或
手段過激，均可解釋為冤有頭，債有主，討公道而已。至於爭地盤，
火併殺人（如林沖殺王倫，魯智深和楊志殺鄧龍），為地方除害殺人
（如魯智深和史進殺瓦罐寺兩道人，武松蜈蚣嶺殺探花道士），甚至
盛怒誤殺（如楊志殺潑皮牛二），個人仇恨的成份不重，起碼也可以
證明殺人對梁山人馬來說並不是值得深思細慮的。

　　基於這種情作，對梁山人物作了虧心事要安然無恙，幾乎是不可
思議的事。縱然當事者不動手，早晚給兄弟們碰上，仍是血債血償。
魯智深在野豬林對董超、薛霸網開一面，二人回京後竟不放過魯智
深。幾十回書後，這兩公差在押解盧俊義時又重施故技，搬出對付林
沖的一套，結果雙雙死在燕青的短箭之下。

　　要說明這一點，宋江的情形更明顯。宋江僅有殺妓女的本領，涉
及武力之事只好靠別人。新任鄆城都頭趙能、趙得屢想捕得宋江以立
功，窮追不息，宋江最後雖在九天玄女廟得到庇護，仍脫不了險，還
是賴梁山大隊人馬趕至，盡殲官軍，始算了事。

　　趙能、趙得之欲擒宋江，固然是過份熱心，惟恐錯過這個進階的
機會。不應忽視的是他們的職責問題。他們和宋江無友誼，又不欣賞
宋江的一套，對逃犯屢次潛返又怎能視若無視？梁山這種非友卽敵的
態度，僅知有自己的立場，不尊重別人的觀點，那個倒楣的何濤可為
例證。

　　晁蓋七人劫生辰綱既成功，管轄案發地的濟州府尹只有責成緝捕
何濤。這是自太師蔡京一層層壓下來的公差，毫無商量的餘地，何濤
唯有硬着頭皮找線索，一步步追到梁山去。到最後水戰失利被擒，梁
山人馬還怪他多事，怪他帶來麻煩，割去他的兩耳（這已是幸運的
了，其他官兵均已殺盡）。由此可見梁山諸人既乏容人之量，復不明

事理，是他們先給何濤麻煩，何濤只是不得不盡其職守的低層衙史罷
了。

　　爲了復仇，本身安全也可以不顧。晁蓋等在山寨規模尚小之際，
潛入江州去救宋江和戴宗，打游擊戰而已，與聲勢長成後之浩浩蕩蕩
去攻州掠府不同。卽使與宋江的新交朋友們匯同，亦不過二十九名好
漢，百餘嘍囉，江州城有駐軍五七千人，附近州府也可以派來援軍，
劫法場後自該速去，這正是晁蓋的意思。宋江卻不以爲然，要過江去
捉黃文炳，才能「消了這口無窮之恨」。晁蓋建議先回山寨，配齊人
馬再來報仇不晚，宋江怎肯甘休，其他兄弟一插嘴，宋江便贏了。這
樣一待就是差不多半個月。結果雖然捉了黃文炳，慢慢凌遲炙肉，取
心肝做醒酒湯，大快宋江之意，其間卻置兄弟之安全於度外，也不防
範官軍的來攻。這不是大意（晁蓋早看出其危險性），而是宋江私心
之重和眾兄弟專講報仇的最好說明。

　　儘管如此，《水滸》書中還是有人在開罪梁山人馬後可以免於後
患的。一類爲侍君側的大臣。太尉高俅是梁山諸人的天字第一號公
敵，待後來捉得高俅（第八十回），宋江竟慌忙下堂扶住，給高俅換上
羅衣，請其正面而坐，然後納頭便拜，口稱死罪，設宴爲高俅壓驚，
留他在山上享玩幾日（不知林沖心中當時是怎樣一番滋味）！

　　另外一次，雖與仇恨無關，也可揭示宋江的態度。宋江鬧華山
時，借用宿太尉的服飾儀從，雖然擺出威脅性的格局，對宿太尉及其
隨員則始終恭敬溫厚，小心翼翼，惟恐有失，連「隨從人等，不分高
低，都與了金銀」（第五十九回）。難道這就是劫富濟貧？無他，一
意招安的宋江那敢冒犯天子前近幸大臣。換上是東昌太守那階層的地
方官，宋江那有這份閒情逸緻去照料各種細節，確保大員前途不受影
響和肯跟自己交個朋友。

　　梁山攻掠州府，沒有幾個地方官能倖免一死。那些少數幸運者當
中竟包括蔡京的第九子、蔡京之女，和蔡京之婿。假如有人辯說這是
偶然之事，也和上述跟天子寵臣接觸時儘量保留餘地的情形一致。

　　另一類與梁山諸人結怨而沒有被他們記恨的例和他們的覺得（多半僅是潛意識的）理虧有關。宋江殺閻婆惜後，閻婆騙他向衙門走，然後大鬧起來。到宋江潛逃後，衙門上下都想算了，閻婆卻不放鬆，和張文遠堅持立案，逼得縣內非採取行動不可，以後宋江多少麻煩，如趙能、趙得的窮追，都是從此而來。雷橫枷打白秀英，其父白玉喬一定要問成死罪，情形是一樣的（《水滸》書中各種小母題的重複使用很普遍）。以後宋江、雷橫入夥梁山，都沒有提報復的事，諒與理虧有關。

　　閻婆惜爲宋江情斷而心不息的外遇（否則何必長久執着那張賣身契似的文書），殺她是糾纏不清而激怒所至，事後不無悔意，故保證閻婆以後豐衣足食。雷橫殺白秀英，理由還要弱，起碼這個負責當地治安的都頭竟先當眾動手打人。閻婆和白玉喬均是靠女兒賣色賣藝爲生，女兒被殺，年老無依，宋江等縱然不尋仇，也夠可憐的了。雷橫上山後，並非發號施令的當權派，梁山諸人也沒有自動找閻婆（或張文遠）替宋江洩憤，事情遂不了了之。待宋江在江湖上打了一個大圈，得石勇傳書，回家被捕時，閻婆已去世半載（按何心的統計，自宋江殺閻婆惜至其爲趙能、趙得所獲，剛一年半。要是梁山決意找閻婆麻煩，時間還是夠的）。這樣講不過輕而易舉地免除宋江處理他那個露水丈母娘的煩惱。

　　宋江眞正既往不咎的是他那個花花公子同事張文遠。宋江和閻婆惜的感情難以繼續時，他便介紹張去和她打得火熱，自己遠遠避開，卻不時支付這個藏嬌處的費用。宋張二人既是同事，張之好此道，宋當然知道，介紹他給閻婆惜，以後的發展自是意料中事。簡單地說，宋江引狼（名副其實的色狼）入室，而張給宋戴上綠帽子，還要請他結帳，宋江也乖乖照辦，弄到城內都知道這個奇特的三角關係。宋竟讓事情如此拖下去，那有男人氣概可言。及至殺人事發，張文遠憑職務之便，硬要依法處理，宋江遂致文面充軍。

　　以宋江的度量而言，按梁山的慣例來說，張文遠之所爲豈不是罪

無可恕。爲何宋江以破釜沉舟、不顧一切的態度去對付黃文炳，對張
文遠竟從不追究？宋江不是儍瓜，這種由他自己一手撮合的不名譽之
事，讓它悄悄過去，對他有利無害。試想兄弟之間，如武松、楊雄、
石秀，以及後來加盟的盧俊義，對付綠帽子事件是怎樣乾脆明快，他
則拖泥帶水，賠了夫人又折兵。這種從前當小吏時在家鄉的尷尬事，
兄弟們知道就算了，何必多提。現在既是大寨之主（卽晁蓋未死，他
早已是如假包換的寨主），在這個大男人沙文主義的社會裏、最不必
要之事正是讓兄弟們懷疑自己的男人氣概。

　　還有一件不見得是巧合之事。閻婆、張文遠、白玉喬三人均在鄆
城，就在梁山旁邊。以山寨的力量，要教訓他們，易如反掌，但難免
洗劫城池一番。鄆城是宋江、晁蓋、朱仝、雷橫和吳用這一大堆主要
頭目的故鄉，阮氏兄弟的石碣村也在附近，親友不少，一旦有事，殃
及池魚，可免則免。宋江入夥梁山，開始主政以後，用借糧、討公
道等藉口四出征戰，牽涉不少遠近村莊城鎮，近在咫尺的鄆城卻始終
秋毫不犯（卽使在玄女廟救宋江上山，亦僅限於郊外的局部行動）。
早死的閻婆固然僥倖，張文遠和白玉喬二人也受到這種地緣因素的保
護。

　　因爲梁山諸人的嗜殺、有仇必報，和敵我分明的態度，再加上宋
江狹窄的器量，閻婆三人，特別是佔盡宋江便宜還要用法律制裁他的
張文遠，確是《水滸》書中少見的幸運兒。

　　　　　　　　　　　——《明報月刊》，20卷9期（1985年9月）

魯智深亡命的時空問題

魯智深（姑用其法號，那時他尚未出家）在酒樓資助金氏父女，次晨親送他們安然離境後，便一口氣跑去鎮關西鄭屠的肉店，挑釁滋事，三拳打死鄭屠。事後回住處收拾些衣物盤纏，即匆匆離開渭州（今甘肅省隴西縣西南）。書中（第三回）說他「行過了幾處州府，……一迷地行了半月以上」，來到代州雁門縣（今山西省代縣）。因不識字，看到捉拿自己的告示而不知，幸金老經過，把他從人堆中拉出來。

金老和他說，父女離開渭州後，遇一故舊，隨之來到雁門縣做買賣，並由此人作媒，結交大財主趙員外，養女兒為外室。解釋完了，金老即帶魯智深回去和女兒聚聚。三人正在宴飲之間，趙員外帶同二三十人氣沖沖趕來捉姦。經金老說明，皆大歡喜。

這裏出現了嚴重的時空關係問題。自渭州至代州雁門縣，用現代地理來說，是自甘肅省東南部，橫跨整個陝西省，至山西省北部，路程委實不短，儘管魯智深是走直線，沒有兜圈子，半月以上（頂多二十多日）到達，還是步行的，已是相當快。金氏父女不過早幾個時辰出發，且不說父老女弱，行動不便，抵此地究竟能比魯智深早多少？在新環境安頓下來，為女兒計劃前途，要一段不短的時間的。再看金老甫帶魯智深回去，員外便立刻得到消息，可見這外遇已不是秘密。達要到這客觀情況，沒有幾個月怎能辦得到？魯智深的經歷，金氏父女的經歷，顯然通過兩個不同的時空層次去進行。

這故事的演進雖有分合，始終渾然如一，看不出有強湊不同來源

的痕跡。如果編書人不是對時空因素不够敏銳，便是疏於細節調和的
處理。假若說魯智深漫無目標地穿州過府，轉眼半載，時差便迎刃而
解。可是，這樣的改動卻又帶來另一問題。要是過了好幾個月，懸賞
告示早已是明日黃花，雖仍張貼，那會有一大羣人圍着來看，議論紛
紛？看來不單要安排魯智深在路上消磨一段相當時間（或者加添若干
小插曲），還得除去看告示的情節，讓他和金老在另一場合碰頭，才
能使魯智深和金氏父女的經歷平衡發展而無衝突。

　　——《明報月刊》，20卷11期（1985年11月）（〈《水滸》
　　　　劄記三題〉一部分）；《中國時報》，1987年2月28日
　　　　（〈人間〉）（〈《水滸》劄記二題〉一部分）

魯智深的語文程度

　　因不識字，　湊熱鬧去看懸賞逮捕自己的告示，　幾乎惹禍的魯智深，到了圓寂前竟能寫出韻律殊工的頌文來（容與堂本第九十九回；袁無涯本第一百十九回）。他究竟識不識字？澎湃（彭品光）以前已看出這矛盾來（見其〈魯智深究竟識不識字？〉，收入1977年5月出版之《華副文粹》第一集〔臺北：中華日報社〕），但他沒有解決這矛盾的由來。

　　這點不難處理。魯智深圓寂在征方臘部分的末尾，原本《水滸》止於招安，方臘之部僅為衍續之作，簡本繁本均如此。不管方臘之部是繁本在先，還是簡本在前，最早負責這部分的沒有照顧到魯智深從前無看告示的本領，致產生此矛盾。

　　這樣去解釋，問題依舊存在，因為書中還有其他情節反映出同樣的矛盾。

　　魯智深在桃花山不滿李忠、周通的小家相，不辭而別後，過了幾個山坂，見一所破落寺院，「看那山門時，上有一面舊朱紅牌額，內有四個金字，都昏了，寫着『瓦罐之寺』」（第六回）。這真奇怪，目不識丁之人那會費神去留意脫了色的字本來是什麼顏色？又那有本領知道寺院的名稱？金聖嘆早看出這矛盾，但其評語：「魯達本不識字，今忽敍出四字，乃眼有四字之形，非口出四字之文也」，卻是不通。甚麼是眼有字形？寺名瓦罐（有些本子，如貫華堂本，作瓦官），已是不尋常（瓦官寺典故見《世說新語》〈文學〉篇「北宋道人」條、《宋書》卷七七〈柳元景傳〉），罐字又繁，那是一個連看到自

己姓名都無法引起反應者所能達到眼有字形的境界？如可單憑這段作
準，魯智深該有起碼的認字能力。

　　魯智深在五臺山時，有一次溜到山下去，眼前一亮，原來那裏有
一頗具規模的市鎭，有賣肉的、有賣菜的、有酒店、有麵店，還有打
鐵的，「間壁一家，門上寫着『父子客店』」（第四回），然後跑進
打鐵舖去訂製禪杖和戒刀。魯智深因被打鐵的聲音所吸引，一眼望過
去，留意到隔壁客店的名字。以後魯智深被逐下山，禪杖戒刀尚未做
好，便在那家客店住了幾日，前後串聯，正是金聖嘆常說的灰蛇草
線。當初看到店名，難道也是眼有字形，非口出之文？

　　魯智深離開五臺山時，智眞長老贈以偈語四句：「遇林而起，遇
山而富，遇水而興，遇江而止」，準備他終身受用（第五回）。雖然
是口授，也得有把握魯智深能記下來（且不要說領悟）才會說。和白
丁之人來這一套，豈不是對牛彈琴？

　　征遼後，宋江和魯智深往五臺山參禮智眞長老。臨別時，長老寫
了四句偈給宋江，也給魯智深四句：「逢夏而擒，遇臘而執，聽潮而
圓，見信而寂」，亦是寫的。「魯智深拜受偈語，讀了幾遍，藏於身
邊」（第九十回），分明寫出他有不錯的閱讀能力。

　　這裏有一點待解釋。參禪在容與堂本（百回繁本）爲征方臘故事
之首，在袁無涯本（百二十回繁簡合併本，此處回數與百回繁本同）
和各種款式甚多的簡本來說，則是征田虎部分的開始。以容與堂本而
言，這段故事和圓寂同在征方臘部分，並出一人之手的可能性相當
高，起碼這兩個故事對魯智深的語文程度均有同等的肯定性描述。因
此就不能斷言續作者忘記了懸賞告示的情節以致造成魯智深一下子爲
文盲，一下子能讀能寫的前後矛盾。續作者故意如此安排是大有可能
之事。

　　儘管不算招安以後的兩例，招安以前的四例，僅懸賞告示一例可
以證明魯智深爲白丁，其他三例倒指出他是識字的。問題是看告示這
節情佔了先入爲主的便宜，使大家深信魯智深目不識丁，其實這情節

本身掛着一大問號。魯智深亡命的經歷，和金氏父女的經歷，分別通過兩個不同的時空層次去進行，二者銜接之處正是看告示。但一大羣人圍着看告示只可能出現在事發後不久，所以看告示配合魯智深逃亡的時空因素，卻與金氏父女經歷的時空因素不符，用此去連貫二者不無方枘圓鑿之感。招安以前的其他三例都沒有這種毛病。故若順從多數，就書論書，起碼也得承認魯智深是識字的。續作方臘之部者，或者看出這一點，乾脆通過參禪和圓寂兩情節去提高魯智深的語文程度。

　　　　　　——《明報月刊》，20卷11期（1985年11月）（〈《水滸》劄記三題〉一部分）；《中國時報》，1987年 2 月28日（〈人間〉）（〈《水滸》劄記二題〉一部分）

梁山好漢一百零九人

如果不是李逵冒失，梁山頭目應共一百零九人。

自晁蓋入主大寨以後，眾頭目之來歸，基本模式不過兩種。一是自動投靠，不管是避難而來（雷橫、柴進），還是慕名參加（楊林、焦挺），或者兩者兼而有之（楊雄、解珍），梁山從來沒有拒絕過一人。二是被逼加盟，不管是降將歸順（秦明、關勝、呼延灼），還是誘逼入夥（盧俊義、蕭讓、徐寧），只要山寨有所需，誰也沒有不落草的自由（誰不立刻入夥，卻相信宋江所說，以為稍事休息，即可隨便歸去，必更深陷圈套，給家人帶來更大的禍害，秦明、盧俊義便是例證；乖乖速順者，山寨則設法保其家小，從不出意外）。

如此說來，各頭目的加盟，不外乎來者不拒，多多益善，全無選擇性，和招者必留，不容有異，由山寨挑選操制這兩種模式。

唯一例外為韓伯龍（第六十七回）。關勝歸降後，朝廷續派魏定國、單廷珪兩凌州團練使作第三次征討。宋江使剛入夥的關勝、宣贊、郝思文去應付，後又遣林沖、楊志、孫立等去接應。

李逵以為小題大做，潛下山，抄小路去凌州，不久發覺忘記帶盤纏，便想在路傍的小酒店白吃。店家自然不肯，由一彪形大漢和他交涉。那人名韓伯龍，自稱是梁山好漢，「本錢都是宋江哥哥的」。李逵暗笑，山寨那有「這個鳥人」，便拿一把板斧充抵押，等韓伸手來接，照面門一斧把他斫死。

韓伯龍的話，原來一句不假，他幹了半世強人，打家劫舍，想投靠梁山，跑到朱貴處，要求引見宋江。正值宋江犯背疽，又要照料北

京大名府的戰事和關勝的來攻，一時分身不暇，朱貴遂權教他在村中
賣酒，結果卻進了枉死城。李逵甚至用對付黑店的辦法，把店子也燒
了。

　　按上所說梁山招添頭目的模式，宋江是不會拒絕遠道來奔的韓伯
龍的。不幸時間不湊巧，以致適得其反。如果說韓沒有接李逵一斧的
本領，等於不夠入夥資格，並不切實情。李逵是偷襲，不是明鎗明
刀。韓伯龍爲職業強人，若公平較量，總可接得上李逵兩三招，起碼
不會差於周通、鮑旭、孔亮、施恩等次第較低的武將。

　　這種人材，本來梁山少一個不爲少。但他遠道投効，誠意可嘉，
起碼比扭扭揑揑、要宋江設圈套燒了他的莊園始上山的李應，要張順
借他名義殺了姸婦一家才肯前來的安道全，眞率多了。那些數目眾
多，山寨倚靠爲作戰主力的降將，那一個不是在企圖掃蕩梁山失敗被
擒後，在欣賞完宋江表演那套親解繩索、假罵部下、蜜語招降、愈練
愈熟的權術法寶後（先投降的，以後眼巴巴看着宋江不斷如法炮製，
心中也該夠好受），才肯調轉鎗頭？比起誠意投靠的韓伯龍，他們都
該有愧色。可是，梁山講究的是實質貢獻，並不在乎眞心來歸，否則
也不會屢次逼人入夥。讓韓伯龍進山寨，不過多增一個本領不可能太
高強的頭目。既然他倒楣，碰上冒失的李逵，祭了板斧，也就算了，
不必惋惜，無需追究。或者可以這樣說，他連綽號也沒有，基本格式
已不合，怎有資格入地煞之列（天罡自然不必說）。

　　事後李逵沒有報告此事，說得過去，因爲他根本不知道眞相。朱
貴不向上級條陳，則是漏筆（李逵不說，他怎會知道是誰幹的，故不
能說因保護李逵而緘口）。書中沒有說朱貴究竟有無機會和宋江講有
這樣一個人來投効，他暫安置其在分店（旣是臨時性的安排，當不
致出資讓他另起爐灶），店子給燒了，在帳目上總得有交代，否則鐵
面孔目裴宣要追究了。李逵不認得自家的店舖，可以說是他粗心大意
（其實李逵也有精細的一面，放火燒店前，先拿夠路費），但以李逵
外形的獨一無二、還帶着那對註册商標式的板斧，店中小嘍囉怎會認

不出來？這些都是編書人照顧不週的小毛病。

　　這件小插曲還有很強烈的反諷性。楊雄、石秀、時遷上山前的偷雞，亮出梁山幌子，放火燒店，正是這件事情的反面觀。楊雄等的梁山關係，名實俱無，且幹出越軌之事；韓伯龍起碼可說有實無名，並無過失。編書人處理這兩情節，卻是正負不同，傳統評論亦隨之欠允。以金聖嘆爲例，他評韓伯龍爲「未列門牆，先使勢要，其死於斧，不亦宜乎？」。說句簡單的，就是該死。韓伯龍眞誠投靠的可貴，金聖嘆看不出來。朱貴自始就是負責接待來歸之士，由他按當時環境作出的安排，已是正式的公事，韓所管理的又是梁山產業，怎能說是未列門牆？應該說是已列門牆，未登堂奧，僅差會見宋江和介紹給眾兄弟的形式而已，這點金聖嘆也搞不清楚。以前楊雄三人的所爲，才眞正是「未列門牆，先使勢要」！可是金聖嘆及其他主要評者均無責備之辭，悉依《水滸》書中的實用主義立論。

　　倒楣的韓伯龍，就是過不了李逵一關，不然石碣題名當共有一百零九人。

　　說完這些，還得附一條尾注，因爲韓伯龍故事尚有一很特別的變式。韓伯龍在雜劇《梁山五虎大劫牢》（元明間作品？）裏的遭遇，正是盧俊義在《水滸》書中上山的歷程，難道盧俊義的故事竟是由此而來？在成書之初的《水滸》裏，韓伯龍頗佔篇幅，有一番作爲，是相當可能的事。

　　　　　　　　　　　　——《明報月刊》，20卷11期（1985年11月），
　　　　　　　　　　　　〈《水滸》劄記三題〉一部分）

水滸傳中的蔡京

　　蔡京在《水滸傳》裏是個篇幅和重要性不成比例的角色。梁山大聚義以前，他是宣和六賊當中唯一在情節上起作用的，眞正的出場時間卻少得很。蔡京以外，這批互相勾結，專權用事的奸臣，僅童貫有露面的機會。童貫旣爲管軍機的樞密使，遇到中樞要採取軍事行動，要完全避開他不提是不可能的，故在醜郡馬宣贊保舉大刀關勝時，讓他出現一下（其他幾次中央出兵，僅籠統地說樞密院官員參與其事）。餘下來的四賊，朱勔、梁師成、王黼、李彥，連點名的機會都沒有。

　　這件事不能不說奇怪。讀者普遍的印象，《水滸》人物之上梁山，往往由於官逼民反。徽宗朝後期好比日落前燦爛的黃昏，表面富裕安逸的社會（正如《東京夢華錄》、《清明上河圖》等文獻所印證的），隱蓋不了貧富懸殊、豪勢跋扈、權臣營私、民變頻仍、國庫羸虛、兵力衰微、強敵壓境，種種劇禍卽臨的跡象。北宋之亡，原因很多，蔡京等人的竊國殃民至少是重要的近因。靖康之變前夕，太學生陳東伏闕上書，數蔡京等人爲六賊，乞誅之以謝天下，不是沒有道理的。《水滸》旣是寫這段時期聚嘯梁山水泊的民變，宣和六賊的劣跡卽使不大事渲染，總不能視若無視，編書人確大有廻避之嫌。朱勔便是一例。

　　徽宗的窮奢極侈，花石綱最爲代表。促成此事，乘機自肥的正是朱勔。《水滸》沒有描寫採集和運送這些奇形怪狀的石頭所導致的民困，還是寫了楊志因押運失事，終至鋌而走險，這是大家熟悉的故事。其後戴宗招募入夥的玉幡竿孟康也是因殺了催逼他建造花石綱專

船的提調官而亡命江湖的。在這些場合略略交代一下朱勔所應負的責任，對佈局與氣氛並不會產生反效果，編書人還是讓朱勔逃過責難。從水滸故事的演變過程去看，這也是值得詮釋的。我們知道水滸故事之以小說形式出現，現存資料以《宣和遺事》爲最早。書中講花石綱，明明白白的說：「先是朱勔運花石綱時分，差着楊志、李進義、林沖、王雄、花榮、柴進、張靑、徐寧、李應、穆橫、關勝、孫立十二人爲指使，前往太湖等處，押人夫搬運花石。」負責今本《水滸》者之企圖避開朱勔不提，十分明顯。因此，蔡京雖爲六賊之首，他出場的有限，看來是有意的安排。

　　蔡京在《水滸》前七十回露面有限。第一次在生辰綱被劫後，說了幾句話（第十七回）。第二次是宋江圍攻北京大名府，女婿梁中書求援，蔡京從宣贊之議，舉關勝爲征討元帥（第六十三回）。第三次在北京城破後，蔡京再薦水火二將單廷珪、魏定國去圍勦梁山。三次均是輕描淡寫，蔡京的貪婪和仇視梁山集團自然不成問題，其他個人特色的表現則談不上。但蔡京的重要性並不在這些短暫兼公式化的場面，而在他支配的組織所採取的行動上。生辰綱事件是大家很容易想得到的例子。

　　簡單地說，沒有生辰綱就沒有一百零八個頭目配上千軍萬馬聲勢浩蕩的大聚義。《水滸傳》描寫不少由兩個至四個頭目帶領三五百嘍囉去佔據的小山頭。王倫時期的梁山正是這樣的規模，使它和別的山寨有異的主要在水泊地理環境的特殊而已。生辰綱使晁蓋等七個原本多不認識的好漢走上梁山，帶出宋江、朱仝、雷橫等中心人物，通過林沖和晁蓋等的結合把前後各別發展的故事脈絡連貫起來。梁山聚義之成爲一與眾不同的民變，迨自生辰綱始。

　　蔡京當國，內舉不避親，讓女婿梁中書任北京留守。梁中書在感激之餘，加上妻子在旁毫不含混的叮嚀，便搜括民膏民脂，按年進奉一筆價值連城的生日禮物。梁中書看來是虛構人物，生辰綱亦不必有類似的事。在沒有歪曲蔡京的歷史形象的大前提下，小說家對史事和

人物大可酌量增減（《三國演義》中的貂嬋亦出於虛構）。

　　《水滸》說蔡京生日爲六月十五日，楊志押送生辰綱要爭取時間，又要避開危險地帶，盛暑趕路，上下怨尤。這種情形全在吳用預算當中，於是巧設妙計，楊志全夥中藥翻倒（卽使吳用之計不售，晁蓋等也會用武力解決的，這樣卻免不了傷亡）。

　　二十多回以後，宋江在江州因醉後題反詩，鋃鐺入獄。通判黃文炳慫恿蔡知府（蔡京九子）報上京師，知府遂命戴宗捎信和携帶禮物去賀蔡京生日。按何心的統計，此事發生在生辰綱後兩年。在梁山大聚義以前，蔡京的生日前後和兩件重要情節搭上關係，他對故事佈局的影響相當明顯。

　　其實歷史上的蔡京並不是生於六月十五日，《水滸》所說的足足差了半年。據蔡京季子蔡絛的《鐵圍山叢談》卷二，蔡京生於仁宗慶曆七年正月五日。楊志等要是嚴冬趕路，問題自是難免，但困難的性質不同，換上寒冷的背景，晁蓋等七人在松林裏赤條條乘涼，與公差又倦又渴的狼狽情形所成的強烈對比，便安排不出來。白勝挑酒上崗時唱的那首今人以爲圈點階級矛盾恰到好處的短歌──「赤日炎炎似火燒，野田禾稻半枯焦。農夫心內如湯煑，樓上王孫把扇搖」，也派不了用場。前此劉唐醉卧靈官殿的粗豪野莽，吳用和阮氏兄弟漫遊湖泊的怡然自得，胸有成竹，也只有另謀配合季節的部署了。兩年後，江州劫法場是蔡京生日後一月之事，若非炎夏，李逵光着身子橫衝直撞，水軍兄弟儘數出動，等等情節都變成不可能。編書人不論知道蔡京的眞正生日與否，把他的生日安排在六月十五日，在情節佈局上方便多了。

　　蔡京在《水滸》前七十回出現的次數雖然有限，他的影子通過女婿、女兒，和兒子，卻貫徹好幾條主要脈絡。

　　先說蔡九知府，因爲江州事件在《水滸》書中顯然有分水嶺的作用。如果沒有蔡知府的受黃文炳所愚，宋江題反詩也可以在戴宗掩飾下大事化小，小事化無。結果卻是事情急邊轉變，終於以劫法場，大

開殺戒結局，三番四次不肯落草的宋江也就乖乖全家上山了，從此晁
蓋的首領頭銜，形同虛設，梁山的組織重心漸爲宋江所取代，這是第
一點。

　　梁山諸人入夥，有的單人來歸，有的結伴而至，但沒有一次在
人數上能比得上這回宋江通過江州事件一下子便使山寨頭領數目大增
（連同宋江自己，帶來十七人，另加上拐來幫忙的蕭讓和金大堅，共
十九人，佔一百零八名全盛時期總數的 17.59%），這是第二點。

　　水泊地理環境給山寨一層特殊的保護網，要善用這天然屏障，優
良的水師人材不可或缺。梁山水軍頭目共八名，不計阮氏兄弟爲生辰
綱班底外，其他五人盡來自江州之役，一下子就全部滿足梁山在這方
面的需求，其意義自與別的投效招募過程不同，這是第三點。

　　這次營救宋江爲山寨有史以來第一次離巢出征，以後用兵膽識愈
來愈壯，皆由此出，這是第四點。

　　從這幾個角度去看，江州之役顯然是全書結構的一個特別大關
鍵，蔡九知府（以及他背後的蔡京）的重要性自不能和其他類似的配
角同日而語。

　　蔡京這個排行第九的兒子，《水滸》說他「雙名得章」（後又作
德章，恐怕德彰才是對的），一連犯了兩失。第一，蔡京只有八個兒
子（見《宋史》本傳）。第二，蔡京諸子，悉單字爲名，如攸（長
子）、儵、儵、絛、絛，都很整齊，且自次子起，名字均由長子的
「攸」字衍變出來。

　　北宋時期，興化軍（在今福建）仙遊蔡氏一族幾乎全用單字爲
名。以蔡京一家爲例，其父名準，其弟名卞，卞子修、仍，京孫行
（攸子）、衢（儵子；孫兒爲行字輩），四代如此，規則井然。

　　這樣說來，《水滸》形容蔡京的個人情形既少，所謂京之九子又
是憑空捏造，編書人對蔡京的認識似乎膚淺得很。事實不見得一定如
此。京有八子，這裏偏說蔡得章爲其九子，在數字上剛剛接上，頗似
故弄玄虛。至於不取個與「攸」字成一系列的名字，當與選用這類僻

字的困難有關。這些字都屬不同部首，蔡京已用了八個，再找一個，談何容易，就算勉強找到，這種寫讀皆難的怪字，對小說效果又有何增益？何況蔡京八個兒子的命名系統雖無問題，有好幾個的名字卻無紀錄，如果給這個烏有的九子來個類似的名字，大有重複的可能，又何必多此一舉？乾脆取個得章這類通俗的名字，反易爲讀者所接受。

蔡九以外，蔡京之女及女婿梁中書也值得特別注意。《水滸傳》隨着情節的進展寫了不少非梁山集團的人物。他們在形象上可以有正邪之分，在份量上可以有輕重之異，在篇幅上可以有長短之別，除了蔡京、高俅等中樞大臣，因爲他們的行動操制梁山諸人的命運，出場可以不只一次，這些配角的活動基本上都限於一次事件。例外可說有四。

押送林沖去滄州的公差董超、薛霸後來又押盧俊義，這是小小的照應，使他們死在燕青箭下，用來表示天網恢恢，疏而不漏的因果觀念，不過是個小插曲。曾頭市史文恭諸人均前後出現兩次，那是因爲初攻曾頭市失利，晁蓋且戰歿。梁山領導階層爲了替宋江的政治難題求解決，注意力轉移到如何誘逼盧俊義上山，因而攻打北京城，導至關勝、單廷珪等兩次政府大軍之來攻，等到這些枝節一一化解，始再回頭去了結曾頭市的公案。此役中間隔了八回，是一件事分兩截處理罷了。

配角在兩件不關連的事件中出現，還在兩處均有支配性作用的，除了下面要談的青州知府慕容彥達，就是梁中書夫婦。生辰綱被劫後，隔了四年多（何心的統計），梁中書又因盧俊義之事，惹來梁山人馬數度攻城。城破之日，梁氏夫婦有驚無險，待梁山隊伍撤退後，梁某仍做他的北京留守。蔡京有幾個女兒，不見紀錄，梁中書這個女婿則是虛構人物無疑。

梁氏夫婦的倖免，與江州之役，軍民傷亡慘重，黃文炳且受凌遲極刑，蔡九卻絲毫無損，情形是一樣的。這和梁山每於攻破城池後斬殺地方首長的一貫作風不同。這不能不說是小說作者給蔡京面子，和

梁中書、蔡女、蔡九受了蔡京無形的蔭護。

另外，華州的賀太守掛上蔡太師門人的招牌（第五十八回），魚肉鄉民綽綽有餘，企求蔭庇則不足，被宋江誘上華山後，便立刻給置諸死地。太師的直系親屬和那些數目可能數不勝數的門生故舊，在編寫《水滸》者的眼中自然有天淵之別。

要說明這一點，可看看梁山應付政府官員，態度和手法是如何按地位的高低而不同。他們碰上知府、知縣、知寨、都監之類地方官，以及敵對的鄉紳，經常滿門斬盡，手下不留情；遇到中樞重臣和他們的親屬時，除非是爲了自身安全，不得不採取凌酷手段（如殺高俅的堂兄弟高廉），到了最後，往往仍是保留餘地，網開一面的。蔡京這個幕後人物對情節的影響力由是可見。

有特別後臺背景而梁山沒有給其後臺留面子的，正是上面所提及的慕容彥達。這個青州知府在清風寨之役首次出現，他的妹妹爲徽宗的寵妃，來頭眞不小（徽宗的后妃，可考者共十九人，其中並沒有姓慕容的①）。二十多回以後（何心說隔了兩年），因爲呼延灼戰敗來依附他，遂引起桃花山、白虎山、二龍山三小寨併合梁山的大會師，結果城破時死在秦明的狼牙棒之下。宋江、吳用等梁山頭頭一意招安，以後還要鑽徽宗黑市情婦李師師的門路去達到歸順朝廷的目標，又何必和皇帝的寵妃結上不解之怨。關鍵在血債血償這個根本江湖觀念。慕容彥達殺了秦明一家，把他妻子的頭挑在鎗上，這是不容置辯的血海深仇。報仇與爲大夥前程舖路孰重，本不易說，這裏讓秦明殺慕容卻有替宋江掩飾的作用。不管慕容本身如何罪孽滔天，萬死不赦，其殺害秦明一家不過是中了宋江借刀殺人去逼使秦明入夥之計罷了。眞正的劊子手無論如何是宋江（其間宋江還下令殺傷城外多少無辜百姓，燒毀他們的產業），這種血債不是隨便替秦明另找個現成的老婆（花榮之妹）所可以輕易彌補的。安排慕容死在秦明之手，只

---

① 見千葉煥，〈徽宗の后妃たち〉，《中嶋敏先生古稀記念論集》（東京：汲古書院，1981年），下册，頁143-172。

是企圖轉移注意力而已。到頭來，貴妃尚不能保其兄，蔡京的幾個親屬卻可以在不同事件當中全部毫無損傷，職位不失，蔡京操制梁山行動的力量是不容低估的。

　　《水滸傳》雖然給蔡京這樣的形象，卻不注重他的史實，隨意給他杜撰一個兒子和一個女婿，大書特書。《水滸》中的蔡京是權臣的綜合性形象，僅謀神似，不講細節之是否切合。寫了蔡京，其他五賊既然沒有直接和他們有關的情節，也就算了。但始終得有個奸臣充當較實質的角色，和梁山人物作正面的衝突。這個責任就落在高俅身上。歷史上雖然有高俅其人，卻只是宣和時代的小配角而已，有關他的紀錄很少，主要還是南宋時人王明清《揮塵後錄》卷七的一條記事，說他曾當蘇軾的書僮，後歸駙馬王詵（字晉卿，尚英宗女），因而邂逅潛邸時的徽宗（時為端王），以善蹴踘見幸，以次遷拜云云。這一段，《水滸》書首幾乎照單全收，變更不多。高俅的其他事跡，史不具書，《宋史》、《東都事略》等書高俅均無傳，僅在《宋會要輯稿》之類原始檔案資料有若干零星紀錄。這樣的空白，對編寫《水滸》者來說，正是莫大的方便，有關高俅種種，可以隨意添易，比套用宣和六賊的史實入小說靈活多了。不談六賊，專講高俅，原因很可能即在此。

　　大前題雖然如此，《水滸》中的蔡京仍然有一點與史實相符，那就是他的書法艷絕一時。為了營救困在江州的宋江，吳用計劃找人摹仿蔡京的書法時，向眾兄弟解釋說：「如今天下盛行四家字體，是蘇東坡、黃魯直、米元章、蔡太師四家字體。蘇、黃、米、蔡、宋朝四絕」（第三十九回）。這裏說的句句實話。《宣和書譜》卷十二謂蔡京「得羲之筆意」，正楷、行書、大字均妙，以後明人陶宗儀《書史會要》亦採此說。但後人惡京之品行，偏要說四絕的蔡是京之鄉先輩蔡襄（字君謨）。此事明人張丑在《清河書畫舫》（午集〈蔡襄〉條）曾力為辨釋，並謂「京筆法姿媚，非君謨可比也。」然因人廢書，世人常情，京之墨跡（見本集插圖27）今存無幾，和蘇黃米三家遠遠不

成比例。《水滸》強調蔡京書法的特爲時尙，雖然是因爲情節上的需要，倒是依從公允之論。

　　不管原因何在，《水滸》之厚待蔡京是不爭的事。這也不是孤立的例。明初話本小說〈勘皮靴單證二郎神〉（《醒世恆言》第十三卷）也有幾處講到蔡京，雖然沒有公然嘉獎，但京的爽朗愼重，對下屬處理可能帶給自己麻煩的案件並不採取高壓迴避的自衛態度，處處合作，力求眞相大白，都有很正面性的描寫。甚至說因程門立雪而爲後世所推重的大儒楊時（學者稱龜山先生），不得志時亦受到京的激賞和照顧，給蔡京似尙賢舉能的鮮明形象。這種情節是否有事實根據，暫不必深究（可能性不會太大，蔡京僅比楊時大五六歲，並不是楊的前輩）。小說作者的傾向保守，揚善掩惡，看來不是偶然一見的事。在《水滸傳》中看到的蔡京，正代表這種傾向。

　　　　　　　　　　──《聯合報》，1986年12月2日（〈聯合副刊〉）

李逵的武功

　　李逵在《水滸》中很遲才露面。宋江充軍江州，認識了戴宗，再通過戴宗始和李逵結交（第三十八回）。就大聚義以前的情節來說，這裏已過了中間點，書的組織也漸由用個人事跡轉至用集體行動去作爲故事環節的基礎。但這並不影響李逵的重要性。由此至大聚義，甚至延至梁山全夥受招安，李逵出場次數之多，扮演份量之重，和宋江比起來，不過伯仲之別。其間幾十次的大小戰鬥，和李逵有關者差不多達半數。

　　在這些事件當中，李逵幾乎無往而不利。大家清清楚楚記得他吃虧的，不過開頭的一次，給張順按住灌了滿肚子潯陽江水。李逵僅略會游泳，和張順的善水性相比，何止天淵之別，不能因此說他不行。另一次，李逵挨了相撲好手焦挺幾下拳腳（第六十七回）。這既不是讀者留心的小節目，卽注意及此，也不難解釋說，相撲是特別的玩意，正規武林之士不易防範。李逵很容易便在這種情形之下留給讀者驍勇善戰的鮮明印象。

　　李逵的驍勇不成問題，氣力過人亦不成問題，善戰卻不見得。《水滸》處理梁山的主要戰將，本來就有重馬將而輕步將的表現（看排座次的先後便知），介紹農民出身的李逵時，還有意無意地避開交代他所以懂武功的由來。他剛出場時，僅通過戴宗向宋江的解釋，說李逵在家鄉殺人逃命，遇赦而流落江州，現在他屬下當個小牢子，又說他酒性不好，能使兩把板斧，及會拳棒。這樣的背景，很難稱得上特別，更不足說明他因何懂武功。

這種含糊介紹本來並不限於李逵。天星步將，僅魯智深一人原為職業軍人，不必特別解釋外，其他《水滸》明明白白地交代他們為何精通武藝者實在沒有幾人。但是，李逵動武的場合比任何人都要多，他更不像別人投靠梁山後便退縮為集體行動的一份子而已，而能始終保持其獨來獨往的特徵，他的武功的值得懷疑也就較別人明顯。

李逵率直粗莽，苟不合意，即對最敬佩的宋江亦辭鋒相向，絕不迴避。一旦動武，更是先板斧，後理論，殺完再說，殺錯了不用解釋，不必示歉。宋江亦隨便由他開殺戒。扈家莊調轉鎗頭，向梁山靠邊，結果卻給李逵殺得一乾二淨，宋江只是擺出一副無可奈何的樣子，旋即和眾人把盞慶賀。首領這種態度自然養成李逵的更任性，甚至可說到了欺善怕惡的地步。試看他和戴宗往薊州去尋公孫勝時，吃了戴宗和羅眞人法術的虧，變得如何俯首帖耳，唯命是從。等到他隨吳用去北京騙盧俊義上山，這個不懂法術，沒有本領駕馭他的書生卻在路上不斷給他嘔得要命。

李逵嗜殺這一點，亦給宋江看破。宋命李逵去殺滄州小衙內以逼朱仝入夥便是明證。從前王倫強林沖殺人作為收容的條件，林是如何的反感，如何的不忍，因而成為日後火併的伏線。小衙內年方四歲，天眞活潑，一斧把他的頭劈做兩半，這不是任何梁山人馬都能毫不抗議便盲目執行的差事。談及招安，講到讓盧俊義坐第一把交椅，李逵敢和宋江當眾大吵大鬧；斬殺無辜小孩，這種喪盡天良的勾當他卻樂以為之。事後還嘻皮笑臉地去逗朱仝。李逵嗜殺的程度由是可見。

任性與嗜殺使李逵動起武來一往直前，毫不顧慮對方功力的深淺和人數的多寡。但是單靠分析李逵的態度仍不足說明他的所向披靡，還得另從兩個角度去理解。

第一是對手的功力問題。雖然李逵和人交戰的次數很多，對方的背景和各種客觀情形也都很有分別，可是跟他搏鬥者卻全無高手可言。

除了一出場便走上投靠梁山之路者外（如林沖、楊志），《水

滸》中的善戰之士大致分爲兩類：㈠梁山的死對頭，如祝家三虎和教師欒廷玉、曾家五子和教師史文恭；㈡初與梁山對敵，被擒後迅卽加盟的政府武將（如關勝、呼延灼，以至次一級的韓滔、魏定國輩），他們入夥以後便成爲梁山第一、二流的主力戰將。這兩類性質迥異的高手和梁山對壘時，從無人和李逵交過手。他們都是馬將，梁山自然派馬將去應付，犯不着讓步將李逵去上陣。但在這些戰役當中，往往有李逵的份兒，只是他的責任多半限於在旁廝殺而已。這不僅規劃了李逵的活動範圍，也減去了他和眞正高手對招的機會。如果讀者確實認爲李逵武功有限，這樣的安排倒幫他建立一超乎實質的形象。起碼我們可以說，李逵沒有經過眞正的考驗，他的武功最多只能算是個未知數。

　　或者有人會問，祝龍（祝廟奉長子）不是被李逵劈死的嗎？但那是在祝家莊給攻破後，祝龍慌忙欲逃，李逵剛剛撞上，斬斷其馬腳，祝龍跌落馬，而被殺的。這是偸襲，不是公平的交鋒。這和李逵到韓伯龍管的酒店白吃時，假裝用板斧抵押，等韓伸手來接，一斧照面把他劈死，同樣寫出李逵的兇狠和敏捷，亦都沒有點明他的武功究竟斤兩如何。

　　第二是李逵外貌帶給對方的心理威脅。《水滸》描寫李逵的詩詞，比喻他爲道教財神趙元帥（張道陵徒趙玄壇）所騎的黑虎投胎。書中又形容他爲「不搽煤墨渾身黑，似着朱砂兩眼紅」的「黑煞天神」。初次見面，每每教人大吃一驚。這樣的一個黑凜凜彪形大漢，作戰時橫衝直撞，還習慣脫得赤條條，很容易使人措手不及，隨他殺戮。何況他那對夾鋼板斧又大又重，加上他的蠻力，一般刀劍也抵擋不了。他這種作風，混戰和乘勝追擊最易見效，所以這類場面（特別是攻破城池後的屠殺）經常有他的一份，讓他殺個痛快，出盡鋒頭。（他上陣時不穿衣甲，只顧衝殺，有時也就成了箭靶，連環馬之役和最後攻曾頭市之戰，李逵都曾中箭，「身如泰山，倒在地上」）。這些鮮明奪目的鏡頭不難使讀者覺得李逵驍勇善戰。

　　其實《水滸》書中確有一段情節可以用來說明李逵的武功。我們
不妨稍加分析。

　　李逵返鄉接母上山，遇事被捕，朱貴、朱富兄弟用藥迷倒都頭李
雲和押送的士兵。李逵獲救，即殺盡所有仇人，並把三十個士兵統統
捌死。李雲醒後（李逵本來也要殺李雲，朱富攔住，說明是他的師
父），自然追趕，遂和李逵各持朴刀打起來，五七回合不分勝負，要
朱富用刀隔開才止。

　　這段小插曲很耐人尋味。李雲在梁山集團幾乎是不入流的人物。
大聚義時，李雲排名第九十七（李逵排二十二），比朱富還後四名，
得了師父名次後過徒弟的殊榮。梁山組織只有四個都頭，朱仝、雷
橫、武松均列名天星，排次高，居要職；李雲上山後，始終只負責修
造房舍和做些跟其原有職業毫不相干的瑣碎差事。山寨對他的武功有
多少信心，可想而知。

　　奇怪的是，中迷藥後才醒過來的李雲竟和李逵打平手！五七回合
當然不算長（朱富不攔住，他們還會拚下去的），但驍勇過人如李
逵，剛殺得性起，本來又有殺李雲意，按理要解決這個平庸得很的對
手該不費吹灰之力。以前魯智深教訓周通，武松修理孔亮，均如老鷹
攫兔，乾脆俐落。周通、孔亮本已夠差勁，上山後尚經常參加東征西
討，比李雲吃香多了。按梁山分配工作的準則去看，李雲雖是都頭出
身，武技還不如周通、孔亮之流，李逵竟奈他莫何，則李逵的武功究
竟屬於什麼等級，不必多說。

　　替李逵辯護的或者會說，李逵此行沒有帶板斧，隨便拿條朴刀和
李雲對招，因此表現打了折扣。這樣說不見得錯，但同樣顯示出李逵
武功的不高明。朴刀是普通得很的兵器，習武者不可能沒有經過使用
這種武器的基本訓練。如果李逵因用朴刀而吃虧，這當然可以作爲他
功力不足的證明。況且，用朴刀也大減舞動板斧時所帶來的衝勁和壓
力，給對方較公平的機會。

　　這樣說來，李逵的武功實不值得恭維。他眞正的本錢在够兒，够

狠，夠蠻力，和使用不易招架的沉重兵器，另配合足以嚇人的外貌與
異常的作戰習慣，又加上運氣好，從未碰上高手，因此在讀者心目中
產生武藝超羣，難逢敵手的錯覺。

——《中國時報》，1987年4月25日（〈人間〉）

桃花山究竟在哪裏？

　　好色的小霸山周通，因強娶桃花村的劉小姐，飽吃了魯智深的老拳。其後魯智深隨李忠、周通上村旁的桃花山，卻看不慣李周二人的小家相，不等他們搶劫回來才按贓物的多寡分他一份盤纏，乾脆縛起服侍他的小嘍囉，把金銀器皿踏壓成塊以補路費，從山後溜走，繼續上路去東京。這是《水滸》書首的大節目，大家都熟悉。

　　二十多回以後，桃花山的名字再度出現。雖然僅是間接提一下，意義卻重大。

　　宋江在清風寨賞元宵遇事，牽連款待他的花榮也被捕。花榮本爲守衞該地的武知寨，設計捉拿他的正是清風寨所屬青州派來的兵馬都監黃信。此人的綽號叫鎮三山，《水滸》這樣解釋：「那青州地面所管下有三座惡山，第一便是清風山，第二便是二龍山，第三便是桃花山。這三處都是強人草寇出沒的去處。黃信卻自誇要捉盡三山人馬，因此喚做鎮三山」（第三十三回）。地望說得够清楚。清風寨固屬子虛烏有，三山亦不必視爲眞實（嘉靖刻《青州府志》就沒有這些地方），但這段的內在邏輯不成問題，青州更是確有其地。北宋時的青州屬京東東路，州治在今山東省中部偏北的益都縣，卽在梁山東北約二百四十公里。這樣以假附眞，虛構之地便因實質的憑藉而得以定位。

　　青州地面這三座山頭，那時已先後分別爲準梁山人馬所佔領。清風寨事件告一段落後，清風山上的燕順、王英、鄭天壽便和花榮、秦明等一同結伴去梁山。剩下來的二龍山（初以魯智深、楊志爲首，後

加上武松）和桃花山，後來又添上孔明、孔亮兄弟新佔的白虎山。青
州附近強人出沒的山頭，總數始終一樣。

　　這情勢保持到梁山大破連環馬，敗將呼延灼擬投奔青州時為止。
途中，呼延灼的御賜良駒給桃花山的嘍囉偷去，遂引起呼延灼領青州
兵馬去攻桃花山，以及周通、李忠向二龍山求救（魯智深記起二人的
小家相，還破口大罵），和最後三山與梁山聯兵，因而完成了諸小山
頭匯歸梁山大寨的成長程序。

　　黃信綽號中所指的桃花山，和三山聚義的桃花山，始終是青州附
近的那座小山頭。可是，從前魯智深教訓周通、李忠一頓的那座桃花
山絕對與青州無關，甚至不在山東境內，而是遠在今日山西、河南、
河北三省交界處。

　　理由很簡單。魯智深從五臺山文殊院去東京大相國寺，走了個半
月，途中可述之事僅三件：桃花村救美、大鬧桃花山、火燒瓦罐寺。
桃花村就在桃花山腳下，人物相連，是同一事件的前後兩載。到桃花
村時，魯智深已在路上約一個月（先在五臺山下小客店住了幾日，等
鐵匠打好禪杖和戒刀後才起程，上路後又行了半月以上）。離開桃花
山後，八九日便到東京，其間只有瓦罐寺一件大事，不過躭擱幾個時
辰。除在客店和桃花山各待數日外，魯智深真正在路上花了一個月左
右。抵桃花山時，他該走了大概三分之二的路。從這個角度去看，一
切便迎刃而解。

　　按現代的地理分劃，五臺山在山西省北部，而山西以東為河北，
以南為河南；北宋首都東京，即今開封，在河南省東北。因此，從五
臺山（姑以魯智深上山的雁門縣〔今代縣〕為起點）去東京是向南稍
偏東而行，距離約為五百餘公里。走了三分之二路程始抵達的桃花山
也就該在今日山西、河南、河北三省交界附近。此地東南去梁山泊二
百餘公里，東北去青州四百餘公里。

　　《水滸》不是史書，人地可以出於想像。但《水滸》寫實，不是
神幻小說，書中杜撰的成份自然得配合真實的構架。桃花山這類虛設

之地也要符合內在的邏輯，不能忽東忽西的。

《水滸》始終講李忠、周通落草之地爲桃花山，前後兩故事又均與魯智深有關，他的反應亦沒有把它看成兩個不同的地方。書中卻前指這座山在梁山西北，後說在梁山東北，兩處遙遙相隔幾百公里。若如書中的用華里計程，數字就更大。

這種矛盾反映《水滸》成書以前原始故事之間的參差。組織成書時，編輯功夫再精密仍難免留下原有故事不協調的痕跡。桃花山位置的更換就是這種演變過程的例子。

最近，梁山泊成爲遊覽勝地，梁山腳下現在名爲桃花村的村落也就給當地人士說成是昔日魯智深修理周通之處。參加該地旅行團的日本人信以爲眞，拍照留念，收入講談社暢銷一時的《水滸傳の旅》畫冊（1981年），而此書在臺灣隨卽有至少三四種稍異的盜印改譯本，桃花山因此又多了一個新發明的位置——如果桃花村就在梁山腳下，梁山便是桃花山了！信口雌黃者，恐怕連做夢也想不到會產生這樣荒唐的結果。這種指鹿爲馬之舉正是現在梁山一帶流行的自擡身價術，隨意附會，如說此爲朱貴賣酒處，彼爲李逵守關處，把《水滸》看作如假包換的眞人眞事紀錄。其無聊透頂，不值一笑。

——《中國時報》，1987年 6 月 1 日（〈人間〉）

劉唐傳書的背後

晁蓋七人劫生辰綱後，旋即事發。如果不是宋江及時報信和朱仝臨陣通融，他們就算能够殺出重圍而無傷亡，辛辛苦苦搶回來的珍寶怕很難悉數順利帶出。他們上梁山後，想表示感激是很易理解的，遂有鄆城月夜走劉唐的故事。

話說那天宋江正要離開衙門返回住所，劉唐早在外面探頭探腦地等他。劉唐問明對方的身份後，兩人便到酒樓慢慢酌談。劉唐隨即遞上書信和黃金百兩。其後宋江被閻婆強拉回去，因而有怒殺閻婆惜等情節，大家熟悉得很，不用細表。

宋江由小縣的刀筆衙吏變爲天下四大寇之首，轉捩點就在劉唐之來訪而不在宋江之助晁蓋等逃亡（報信後的發展宋江是可以不被牽連進去的）。劉唐的代表山寨致意，表面看似合情合理，細讀則破綻重重。

鄆城剛剛發生過鄉紳搶劫陪部留守送給相國的生辰禮物這種轟天動地的大案件，主謀者還拒捕，焚燒莊園，戮殺官軍，終更落草爲寇，公然與朝廷作對，這小碼頭一定給弄得杯弓蛇影，鷄犬不寧，對外人特別防範。糟糕的是，赤髮鬼劉唐不是一般的陌生客，他在此地早已曝光，有了案底，加上他「一身黑肉，……紫黑闊臉，鬢邊一搭硃砂記，上面生一片黑黃毛」，本來就易引人注目。當初不正因爲他這副尊容，在廟內赤條條睡覺，未及來到晁家莊便爲巡邏的都頭雷橫所逮捕。派這樣的一個使者，帶着沉重的百兩黃金，到鄆城門前東張西望地去找宋江，是怎樣也說不過去的。難道不怕鄉人留意到這個怪

形怪狀的外客？不怕遇到曾和他周旋過的官兵？不怕雷橫從衙門出來
碰個正着？山寨旣不是無別人可派，讓劉唐糊裏糊塗地去冒險是絕對
不該的，除非背後另有蹊蹺。

宋江去晁家莊通風報信，匆匆忙忙，說了幾句最重要的話便走，
那有機會看淸楚莊上的生客。劉唐之於宋江何嘗不然。憑雙方這點非
常模糊的印象，錯認的可能性如何能免？這點也是山寨選派使者時所
不能不考慮的。

從另一角度去看，宋江在衙門管文書，早晚會知道生辰綱的始末
詳情，山寨何用擔心他會給蒙在鼓裏？何況劉唐是謀劫生辰綱的始作
俑者，旣由他出差，他又不是口吃或拙於辭令，那一點宋江想弄淸楚
的，他都可以解釋明白，何需寫信？卽使山寨覺得有封書信才够禮
貌，簡函一紙，如「日前承助，功同再造，銘感不在言宣，詳情容來
者面陳不贅」，不就可以了嗎？何必來一封總報告式的長信？

劉唐走後，宋江透一口氣地說：「早是沒做公的看見，爭些兒露
出事來。」這件事的處理失策顯而易見。

這種重重叠叠的愚笨安排，竟出於料事如神，深思熟慮的吳用，
豈不是莫名其妙？這些毛病如果吳用全看不出來，他還配稱爲智多星
嗎？吳用辦事自然不是絕對無錯，江州之役一枚印章的失算就幾乎斷
送了宋江和戴宗的性命，但他旋卽發覺，立刻採取補救行動。寫那封
無謂的長函給宋江，派極易惹禍的劉唐去送信，這種充滿危險性的部
署，他卻好像始終看不出破綻來。

合理的解釋是，吳用故意這樣做。

梁山首腦人物往往看似愛才若渴，盡法招納高手到自己的一邊。
未上梁山前的宋江就有這種表現。他看中秦明，但秦明被擒後仍不願
違反自己的職守，宋江遂屠洗農村，嫁禍秦明，害得他家散人亡，走
投無路而上梁山。

吳用亦主張目標決定手段，這同樣可以用一件日後的事例來說
明。楊雄、石秀上梁山前偷鷄闖禍，義正辭嚴的晁蓋下令斬決，宋江

立刻制止，講了一大套廣開賢路的話。宋江甫說完，吳用卽揷嘴，站
在宋江的一邊，逼得晁蓋知難而退，讓宋江作主。

聰明如吳用，一旦落草，自然明白鞏固地盤，擴充勢力是個人及
山寨的唯一出路。從這種立場去看，宋江的效用便十分明顯。這個江
湖上尊稱爲呼保義和及時雨的人物，對各路英雄來說簡直就是一塊磁
石，號召力之大無人可以比擬（晁蓋實在差得太遠），有了他在山
寨，還愁天下好漢不會聞風來歸？

可是按宋江的背景和性格，不到山窮水盡，他怎會落草爲寇？劉
唐傳書起碼給吳用兩次拖宋江下水的機會：形跡可疑的劉唐大搖大擺
的跑到衙門去找宋江，如果不暴露宋江與生辰綱事件有關，那封信或
者會帶來意想不到的結果（宋江還金留信並不難預料）。這種一計兩
效之策正需要吳用的才華方想得出來。

如果送信時出了事，劉唐不很容易被犧牲嗎？或者這是梁山在成
長過程當中願意付出的代價。梁山之誘逼盧俊義入夥便是一例。吳
用千方百計把勾結梁山的罪名扣在盧俊義頭上，盧之下獄自然是意料
中事。到事情眞的發生，梁山卻沒有營救的準備，差點害死了隻手單
拳去劫法場的石秀。計劃本身固欠周全，對出差兄弟的安全也實在太
大意了，說來還不是梁山只管達到目的，不計較手段和代價的一貫作
風。

明謝宋江，暗懷鬼胎這勾當，純爲吳用的主意，與晁蓋無關。晁
蓋原謂：「俺們七人弟兄的性命皆出於宋押司、朱都頭兩個。……早
晚將些金銀，可使人親到鄆城縣走一遭。此是第一件要緊的事務。」
如何進行全是由吳用辦理，到吳派人送信貽金就光管宋江一人。弄得
到朱仝入夥固然理想，但朱仝究竟只是一介中等武夫，對山寨增益有
限，招攬他並非急務，現在他旣不易與宋江一併兼顧，注意力當然集
中在宋江身上。這是從鞏固和發展山寨的立場去看，如果純爲報恩，
就不應分彼此到完全不管朱仝的程度。（原文說山寨託宋江轉金給朱
仝、雷橫是不通的，該有版本問題。宋江根本不知道朱仝幹了什麼，

反之亦然，山寨更無理由把他們看作一對夥伴。雷橫從未表明立場，
也沒幫過山寨什麼忙，山寨用不着向他致謝。金聖嘆早看出這毛病，
刪去和雷橫有關的字句，改良了一些。但改得還不夠徹底，關於朱全
的句子仍是留下來，並沒有化解這段的基本矛盾。劉唐帶的長信和金
子都應只給宋江一人）。

　　梁山開始時規模（不計地理優點）和書中所寫的其他小山寨差不
了多遠，利用這地盤去發展到成爲屢挫中央征討軍的一方之霸，不能
沒有若干竭力執行的基本原則，否則別說發展，連維持局面，使龍蛇
混雜，數目繁多而背景迥異的眾兄弟安然共處亦絕不容易。這種基本
原則之一就是山寨爲上，個人居下（宋江例外）。凡是對山寨有利之
事，無論用任何卑劣手段去達到目標都是正確的。這樣的行事，幹起
來多半明目張膽，蕭讓、金大堅、秦明、徐寧、朱全、盧俊義諸人都
是因爲山寨設陷計，方身不由主地上山的。這是「明來」，山寨先議
定計劃，始採取行動的。也有「暗去」的，僅某人私下按己意去做，
事後書中不一定交代清楚，吳用的處理劉唐傳書例是一例。

　　梁山聚義，適者生存，劉唐傳書背後所代表的正是殘酷的現實。

　　　　　　　　　——《中國時報》，1987年6月11日（〈人間〉）

女將一丈青扈三娘

梁山頭目一百零八人，女將僅得同屬地星的一丈青扈三娘、母大蟲顧大嫂，和母夜叉孫二娘。大聚義後排座次，顧孫二人居榜尾，扈三娘則名列第五十九（地星七十二人中的第二十三名），算得上是地星中的中上級人物。其實扈三娘是天星的材料，表現比不少天星還要優越，她在梁山所受到的待遇是有問題。

因結盟和兒女姻親而被捲入祝家莊與梁山糾紛當中的扈家莊，終給梁山蕩平。前已被擄的莊主之女三娘，不得不歸順水泊，並遵宋江之意下嫁王英。種種劇變和家庭悲劇發展得如此迅速，誰也難以承擔，不易適應。扈三娘如何感受，讀者不得而知。按理她所受家毀族滅之痛不會低過秦明因宋江設陷計所經歷者。兩人都在入夥後由宋江安排配偶以示撫卹，而兩人對山寨，對宋江，同樣忠心耿耿，從無異思妄舉。秦明排名天星第七，列席五虎將，可算實至名歸。扈三娘卻屈居地星的中層，不公允之處十分明顯。

讓我們先從扈三娘的特別標緻說起。梁山三女將當中，顧大嫂、孫二娘均不以相貌見稱。扈三娘就不同了，《水滸》說她：「天然美貌海棠花」（第四十八回），「玉雪肌膚，芙蓉模樣，有天然標格。……眼溜秋波，萬種妖嬈堪摘」（第六十三回），確是美人胚子。難怪她一出場，色狼王英就逼不及待地衝過去，指望捉來受用。豈料三娘容貌出眾，武藝更非凡，交手不到十個回合，便在眾目睽睽之下，先插好右手的刀，才從容不迫地把王英自馬鞍上提過來。王英武功之平庸，不用多說，但梁山中真正出類拔萃的高手並不多（即使連後來

才入夥者都算在內，比例仍是如此），王英還可說是中等人選。扈三
娘這樣輕描淡寫地就把他解決，她的武功起碼該超過梁山集團的一般
水準。

　　扈三娘活捉王英後不久便爲林沖所擒，其後梁山讓她承擔作戰主
力的機會亦有限，但她上山前，入夥後，特別叫人喝采的表現仍不算
少（《水滸》要處理大批人物，經常在戰場上起作用者不過林沖、花
榮、秦明等幾個出場早的高手）。

　　活捉王英的精采，大家印象深刻，可以不必再說。但那場仗好戲
還未演完。歐鵬見王英被擒，便舞起大滾刀來營救。書中聲明，摩雲
金翅歐鵬爲軍中子弟出身，刀法精熟，與扈三娘接戰，宋江暗暗喝
采，然而他卻佔不了一丈青半點便宜。其後扈三娘撇開歐鵬（這說明
控制場面的是她而非歐鵬）去鬥馬麟，兩個使雙刀的打了好一陣子，
也是不分勝負。歐鵬爲地星的上層人物，排座次時名列地星第十二
（總名次第四十八），比扈三娘高了十一名；鐵笛仙馬麟則後扈三娘
八名，只能算是地星的中等貨色。他們兩人勝不了扈三娘不算奇，也
不足以反映她武功的特殊。

　　應付扈三娘，最後要勞動林沖才把她降伏。前爲八十萬禁軍教
頭的林沖爲國手級能人，在當時整個梁山集團武功最好（日後高手倍
增，林沖的地位亦無大改變）。捉拿地星人物要五虎將高手隆重出
馬，單對單與其搏鬥的，《水滸傳》書中沒有幾次。遇到這種情形，
對手還每每爲政府軍將領（如秦明擒關勝的副將宣贊），身價自與常
異。一介民間女子逼得猛將如林沖親自上陣，扈三娘的武功必不比尋
常。

　　眞正能够說明扈三娘非同凡響的事例還要等到她替梁山出力時才
有。那就是雙鞭呼延灼領副將彭玘、韓滔（後又添砲手凌振）率第一
次中央征討軍之來攻。這不單代表梁山地位的提昇，更因火砲、連環
馬、鈎鎌鎗等新戰術的應用使攻守雙方作戰的規模遠遠超過一般地方
性民變與政府軍周旋的程度。扈三娘在這種場合擔當要角，大顯身

手，也就該被另眼相看了。

　　話說梁山未與呼延灼部隊接觸以前，宋江定下策略，由秦明、林沖、花榮、扈三娘、孫立分領五隊馬軍爲主力，依次上陣，再轉作後軍，車輪式迎敵。在這種存亡所繫的決定性大戰裏，扈三娘如此受重用，她武功之爲梁山掌策階層所激賞，當無問題（孫立也是屈居地星的天星人材）。扈三娘也不讓他們失望。她接替了第三撥的花榮，便和彭玘拚起來；二十餘合後，扈三娘掛好雙刀（看似重施捉王英之故技），取出一條上有二十四個金鈴的紅綿套索，撒向彭玘，把他拖下馬來，由接着上來的孫立捉了。呼延灼立刻來救，扈三娘拍馬迎拒。鬥到十合以上，呼延灼仍不能取勝，急急賣個破綻，放扈三娘過來，然後用右手的銅鞭照她頭上打下去，卻被她眼明手快，一刀隔開，右手一刀又與呼延灼的另一鞭碰得火花四射。至此扈三娘始回陣，由孫立接上去迎戰延灼。

　　這樣細膩清晰的描述確是把扈三娘寫活了。天目將彭玘爲地星健將，排名第七（總名次第四十三），竟敗於她手，連國手呼延灼亦沒她辦法。早些時候呼延灼戰林沖，五十多回而無結果。這對曾爲林沖所敗的扈三娘來說，確有若干洗雪作用。這當然不是說她眞的和呼延灼同一等級，或僅一時大意才輸給林沖，但這種表現仍是絕不能期望於一個名次差了五十名的女流的（林沖排名第六，呼延灼第八）。我們總得承認扈三娘的武功絕對高於梁山的平均水準，也得承認她先後和林沖、呼延灼交手時並未使盡看家本領，起碼還沒有搬出那條套索來。

　　自和呼延灼交手至排座次，扈三娘再沒有特別的表現。如果說她因此該居下位則是錯的。連環馬之役以後，政府將領大量出現，且集體投降梁山，其他各路英雄亦相繼來歸，大家佔鏡頭的機會平均起來自然減少。此外，扈三娘還受到拍檔之累。試看以後山寨總是要她和孫二娘、顧大嫂、王英等人合作，負責設伏、誘敵、陣旁助戰、混入城中放火之類雜職。把扈三娘和開酒店，開賭檔的孫二娘、顧大嫂

連在一起，因為她們同是女流；要她和王英共事，因為他們為夫婦。
這些似是而非的理由使山寨忽略了很重要的一點，要扈三娘去做那些
低能之輩所足勝任之事，豈不是殺雞用牛刀，既寃枉，又浪費。

　　這些理由固然可以拉低扈三娘的名次，若單憑獨戰王英、歐鵬、
馬麟、彭玘、呼延灼，不是不分勝負，便是生擒對手，這種在梁山集
團少見的成績，儘管安插她入地星，還是可以列入上層，排在孫立與
彭玘之間的。

　　最重要的原因當在梁山集團的堅守長幼有序的倫理觀念：叔高於
侄（鄒淵、鄒潤）、兄先於弟（三阮、兩張、二解、雙孔、兩朱、二
穆、雙蔡）、夫前於婦（王英、扈三娘；孫新、顧大嫂；張青、孫二
娘）——梁山沒有父子檔。叔侄、兄弟之間，本領一般都差不多，按
家族本位排次並不覺得太勉強（張順比兄張橫強而排名後二位，尚不
算明顯）。夫婦檔則不然，扈三娘遠勝王英不知多少倍，顧大嫂亦強
過孫新，孫二娘也顯然非其夫張青所能控制，但排起名次來，他們盡
是婦隨夫後，無一例外。

　　這就出了問題。如果安排扈三娘在她應得的位置（她該屬天星，
還應高過二解兄弟；就算屈居地星，也該在彭玘之前），那麼騎在她
頭上的王矮虎老太爺不就名次高得太離譜了。要是王英夫憑妻貴到此
極端， 他從前在清風山的老拍檔燕順、 鄭天壽是否就不必作比較了
（當時王英是老二）？ 或者同樣雞犬飛昇？

　　按常理，王英排名該在鄭天壽上下（鄭為地星第三十八名，總第
七十四名）。鄭雖乏表現，至少沒有在眾兄弟面前給女人活捉的尷尬
事，王英不應比這個老夥伴高得太多。這樣去做，扈三娘就僅排名高
過九尾龜陶宗旺、鐵扇子宋清之流，太不成話了。

　　結果採折衷辦法，把扈三娘壓後若干名，王英昇級幾名，而仍從
夫婦之序，排王英在前。這樣的處理還有一好處，就是保持清風山三
個山寨王原有的高低次序——縱然名次不連貫，仍是燕順在前，王英
居中，鄭天壽殿後。梁山很注意權力平衡，收撫各處小山寨後，經常

設法保持原有頭目的名次。 這次雖然因為扈三娘的介入， 情形複雜
了，尚能照顧到這一點，確是不簡單。

　　因此扈三娘前有家毀族滅之痛，繼有逼婚之苦（她原來的未婚夫
祝彪英偉過人，本領高強，且兼門當戶對，她再不計較私仇家恨，肯
逆來順受，也不會樂於下嫁那個急色、薄義，又平庸的矮個子），復
有事功不得其償之怨，她在梁山是不可能太愉快的。

　　梁山表面上標榜忠義，稱兄道弟，分金稱銀，大杯酒大塊肉，忘
私忘我，生活看似十分寫意。背後卻是尚功利，行寡頭主義，崇陰算
詭計，外謀勢力擴張，內講權力均衡，強逼小我屈從大我，人際關係
必甚緊張。扈三娘妻隨夫賤，她所受的待遇正反映這種情況。

　　　　　　　　　　──《中國時報》，1987年 6 月30日（〈人間〉）

面目模糊的梁山人物

　　《水滸傳》的忠實讀者，因林沖、魯智深、李逵、武松、楊志諸人的描寫成功，給烙下深深的印象，多以爲梁山頭目一百零八人悉栩栩如生，個個殊異。中學課本介紹《水滸》，題解亦多強調這點。這種評論未免誇張和過度簡化。

　　《水滸》如何描述人物，因爲涉及故事演變、成書程序等問題，整體研究目前是不易進行的。但這並不妨礙我們看看上述對《水滸》的慣常籠統評價是否正確。

　　在不算長的七十回書內，《水滸》要敍述一百零八人的個別事跡和集體行動（排座次以後，梁山原班人馬有減無增），還要照顧爲數不少的外圍配角，自然不易做到人人都有同等的發展機會。況且梁山諸人本領品行參差不齊，一視同仁亦絕無必要。

　　這些參差可以說明梁山人馬出場次數多寡之異，也可以說明這樣的安排和各人地位的高低差不多成正比例，卻不足以解釋爲何山寨當中竟有相當數目面目模糊，缺乏獨立形象的人物。譬如說，有多少讀者能够說出解珍、解寶兄弟有什麼不同？蔡福、蔡慶昆仲分別何在？呂方、郭盛怎樣辨認？這些都是影響《水滸》基本評價的問題，值得分析一下。

　　人物形象的突出與否和其在梁山組織的地位不必有直接關係。不少僅在片段的出場機會內做些陪襯工作的地星人物還是可以留給讀者鮮明的印象。賣酒的朱貴、用相撲摔倒李逵的挺焦、巨無霸型的郁保四、瘦骨嶙峋的王定六，都是很好的例子。

　　《水滸》建立梁山人物的形象，最有效的方法是通過事跡去做刻畫功夫。有自己故事環節的，情節愈複雜，形象愈易表現。不過，自開場的史進，到排座次前夕才入夥的張清，這種人物爲數不多，且多爲天星。局限性本已不淺，不少天星還得在別人的故事情節內求出路（如花榮、秦明都是在宋江的清風寨事件內首次露面和樹立他們的威信的）。儘管如此，若干地星的故事還是複雜到可以自成環節，如芒碭山樊瑞等向梁山挑戰，水火二將單廷珪、魏定國的率領第三次中央征討軍攻梁山。只是他們並未因此而特別獲得讀者垂青；讀者辨認他們的組合無困難，區分組內的成員則是另一回事。

　　水火二將的表現其實比大刀關勝差不了多少。他們先後分別帶領的兩次征勦隊伍對梁山的威脅力都遠不如呼延灼所統率的首次征討軍，戰事的描寫也平淡多了。關勝之所以在讀者心目中留下深刻的印象，情節之外，尚有外貌和出身背景的特殊因素。這個關雲長之後不單使口青龍偃月刀，相貌也竟和關雲長一模一樣（北宋末去三國九百年，這簡直是不可思議的遺傳學奇蹟），甚至連武藝也差可比擬，梁山對他自然另眼相看，單廷珪輩怎樣也會顯得差了一大截。

　　因此，情節之外，影響讀者印象的，還有外貌（包括服飾和武器）、出身背景，和本領，都是愈奇異，愈見效果。大多數的天星均稟備這些條件，故爲讀者所熟悉。在情節上，地星難得有舉足輕重的表現，一般來說自不易和天星比較。但是地星中苟有具備上述條件的，他們比多少高高在上的天星還要讓讀者感到親切，如在眼前。這點不妨用大家極爲熟悉卻名次排第一零七的時遷，去和排名第十一而我們認識有限的李應比較，便可以知道人物形象的清晰與否不必依從梁山集團內的權勢定位。

　　梁山爲半獨立社會，許多事物有賴自供自給，技術人材也就安排得特別齊備，裁縫、鐵匠、刻工、大夫、獸醫、馬販、砲手、屠夫、會計，幾乎應有盡有。這些人供應山寨日常生活及軍事行動的需求，籌策運營卻鮮有他們的份兒。在重要的大事裏，他們亦很少起超過推

波助瀾的作用。幸而，明確的工作範圍還是使讀者不易混淆安道全、
侯健、蔣敬這類低層人物的個別性。

　　地星中的一般武將則沒有這樣幸運。除了在性格或際遇上與眾不
同者外（如好色且低能的周通，一副小家相的李忠，平庸、嗜色、薄
義，卻碰上個傑出老婆的矮個子王英），他們在情節、外貌、出身、
本領各方面多數欠缺足夠使讀者對他們構成個別印象的條件。

　　這種例子很多。《水滸》開始時介紹的少華山三強人，軍師朱武
為地星中吳用的影子，職守明確，讀者對他夠認識；其餘的陳達和楊
春，誰說得出他們的實質分別？正如上述，王英確夠特別，他的兩個
老拍檔燕順和鄭天壽的不同便不易指出來。其他如宣贊和郝思文（關
勝的副將）、韓滔和彭玘（呼延灼的副將）、單廷珪和魏定國（水火
二將）、歐鵬和馬麟（黃門山的另兩頭目蔣敬和陶宗旺，上梁山後不
以武將的姿態出現，反增強其個別性）、項充和李袞（芒碭山另一強
人樊瑞為法師型人物，自易分辨）、龔旺和丁得孫（張清的副將），
這一類的組合，成員都有難分彼此的麻煩。

　　促成這種混亂，編書人的錯失不限於未有提供足夠區別人物的資
料，還應包括隨便在那些本已面目不夠清楚的人物身上加上各種幾乎
不可能的巧合，使他們的形象重疊，增加辨認的困難。樊瑞的兩個副
手項充和李袞，同是使一面銅牌，各背插二十四把飛刀標鎗。二人和
樊瑞合夥前，非親非故，這樣的巧合會有多少可能性？張清兩副將
的情形更糟糕，龔旺和丁得孫二人均馬上使飛鎗飛叉，都是肌膚斑雜
（一個渾身刺虎紋，一個面頰連項盡是疤痕），綽號又同是什麼虎，
卻又本無任何關係。安排這種極端性偶合，目的或在增加人物初出場
時的視覺效果，卻顯然沒有顧慮到讀者如何去區分那些一對對雷同而
事跡有限的二三流武將。

　　比這些例子還要雜譜的，尚有呂有方和郭盛這一對。上述的毛
病，這兩個侍從副官式武將一應俱全，初露面時還教他們互拚一頓，
弄到只有無可奈何地用穿紅穿白來做最起碼的區別，難道他們以後經

常要靠服飾才免給人錯認？最差的是，他們出場早，露面機會多（不像項充、龔旺等出場後不久便大聚義），次次出雙入對，做同樣的差事，如影隨形，卽使孿生子亦不過相類如此。這種強求的劃一性，無端端增加讀者不少無謂的負擔。

替《水滸》申辯者或者會說，上舉焦點不準的例全是地星武將，無一人爲梁山中堅份子，影響不應太大。這並不代表實情。編寫《水滸》者好把上山前的梁山人馬分爲三兩成羣的小組，這些人上山後的活動以及他們在排座次時的定位亦恆與原有的組合有關，所以這些單位有相當的貫徹作用。梁山人物眾多，按各人的重要性，個別和分組混合處理自然是適當的法子。因此，分組本身無可厚非，但分組並不需要非把組內成員都弄到難分彼此不可。上舉地星武將諸例，往往除姓名外，就少有其他可靠的辦法去區分組內成員。這種處理手法其實穿貫全書，並不局限於地星武將，導致的結果比上面所講的還要糊裏糊塗。

梁山一百零八人包含兄弟檔十組、叔侄檔一組，共涉及二十三人，幾佔總人數五分之一，數目絕對不少。這十一組當中，僅宋江和宋清、朱富和朱貴、張橫和張順、孫立和孫新，這四組因經歷、本領等因素之異，兄弟間分辨起來毫無問題。其他七組就大不同，各人的分別極不容易說準。指認之難，不妨舉例言之。

排座次時，穆弘高出穆春五十六名，一爲天星，一爲地星，遙遙相隔。各兄弟檔中，僅宋江、宋清一對是如此極端的。宋氏兄弟的種種不同，何啻天淵之別，名位當然只好這樣安排。二穆如此排次，按理至少該有好像孫立、孫新間的事功差別（二人同爲地星，但相去六十一名），才能配合這樣大的距離。可是，誰能指出究竟穆弘、穆春之間有何實質的差異？別的兄弟和叔侄檔，雖然成員連接排次，難分彼此的情形亦沒有兩樣。其中阮小二、阮小五、阮小七出場早，初露面時還有不少個別的描寫（仍不夠徹底，譬如說，三親兄弟的行第爲何是二、五、七），隨後還參與搶刼生辰綱這件創業盛舉，本該不難

各自建立個別形象，可惜阮氏兄弟始終是三位一體，形影相隨，三人
原來具備的若干分別很快便消失。三阮旣爲梁山開基的核心份子，尙
且如此，等而下者更不必說了。試看解珍和解寶，雖名列天星，兄弟
間難於分辨的程度並不亞於企圖區別童威和童猛，或孔明和孔亮兄弟
之不易。

很明顯，宋江、孫立、朱富、張順之所以比他們的兄弟突出，主
要還是因爲和他們有關的情節够複雜，够特別，以及他們本身具備足
够獨特的條件。別的兄弟組和那唯一的叔侄組（鄒淵、鄒潤），組本
身可能相當重要（如三阮代表梁山的水軍實力），組內成員則難辨彼
此，基本原因就在缺乏上述的個人條件。

同樣，非親屬的武將拍檔，只要條件足，也可以成功地建立個人
形象。朱仝和雷橫、楊雄和石秀、盧俊義和燕靑（主僕名份並不掩蓋
他們拍檔的本質），便是好例子。可惜地星的作用主要在陪襯，連
曾經象徵式地主持一故事環節的單廷珪和魏定國亦終不能眞正獨當一
面，所以才做成好似這種局限性僅發生在地星身上的假象。

《水滸》用有限的篇幅去處理幾乎層出不窮的人物，篇幅之不
足，使多少人物欠缺充分發展的機會。這種人物，天星地星合算起
來，竟佔梁山總人數三分之一，這是相當出乎意料的數字。

光是這樣，問題還不算太嚴重。但那些組合的形式卻變化不足，
如雖有十組兄弟檔，卻沒有父子檔，也沒有兄妹檔或姊妹檔（梁山有
女將，都是夫妻檔的成員），不免顯得單調，和格外覺得重複。

師生關係亦無善爲利用。梁山諸人有師生名份者頗不少，上山前
卽有此關係者，如林沖和曹正、李忠和史進、薛永和侯健、秦明和黃
信、李雲和朱富；入夥後始結爲師徒者，有公孫勝和樊瑞（那是宋江
命令的，不見得公孫勝眞有此心）。例子這樣多，《水滸》卻鮮講這
種關係的親切性，也不強調武藝授受的因承，更談不上發揚光大，亦
不讓他們在戰場上合作。編寫《水滸》者沒有好好利用自己製造出來
的機會，十分明顯。兄弟檔和地星武將對偶組合的處理，同樣顯示出

這種無謂的浪費。

　　我們讀《水滸》，給那十來二十個描述得異常成功的角色所吸引，潛意識地覺得一百零八人盡是眉目清晰，呼之欲出。事實證明《水滸》不是一部質素平均的作品（這也可證《水滸》非一人一時之作），它的忠實讀者應就書論書，不必爲其誇張，代其護短。

　　　　　　　　　——《中國時報》，1987年8月1—2日（〈人間〉）

土豪惡霸穆弘穆春

　　《水滸》的讀者喜用籠統、片段、激動，甚至政治掛帥的標語去代替整體、平情、縝密的分析。什麼官逼民反、農民起義、鋤強扶弱、替天行道、誨盜倡亂、僅反貪官而不反皇帝、使人民知道投降派的反面教材、一百零八名好漢悉數活現紙上，不一而足，正反兩面都有，全是這類禁不起考驗，務求簡化可誦的口號。

　　不管覺得此書的社會影響是好還是壞的，《水滸》的一般讀者都會認爲梁山人物的個人行動，衝動任性時或有之，基本上總是代表正義，始終從被壓逼者的立場出發。

　　正如梁山諸人並非個個有別，而至少有三分之一面目模糊不清，以他們五花八門的出身和際遇，他們的人生觀不可能統一，他們的行動更不可能性質相同。

　　《水滸》不是沒有路見不平，拔刀相助的故事，畢竟集中書首，且爲僅涉及三數人的小情節而已（魯智深就包辦好幾件）。況且，助陌生人一臂之力的事情愈後愈少，故不能說是《水滸》的重心所在。

　　林沖怒斃陸虞侯、宋江生宰黃文炳、武松血濺鴛鴦樓，一類的情節，維護正義的成份自然有，清雪私人仇恨才是根本原因。至於梁山攻打祝家莊、曾頭市、東平、東昌之類的戰事，執着鷄毛蒜皮般藉口便輕易啟釁，擴展山寨聲勢當較別的因素爲大。綜合起來，要說梁山人馬爲民請命實不容易。

　　這當然是詮釋角度的問題，起碼不能因上舉諸例便判斷梁山人物爲社會公敵。

　　事實上，梁山人馬當中絕對有魚肉鄉民的社會敗類在。我們不妨選一對兄弟來說明，那就是高居天星第二十四名的穆弘和低他五十多名的弟弟穆春。兄弟如此懸殊，一反梁山慣例，也值得注意。

　　單論名位，穆弘看似十分重要。梁山每遇強敵壓境，必充份利用水泊的特殊地理形勢，配合優良的水師，把不嫻水性的敵人打得七零八落。水師這樣重要，梁山的水軍頭目卻不多，僅共八人（天星六、地星二），不過總人數十三分之一左右。論本領，天星水軍六頭目都是精選的人材（李俊、張橫、張順、三阮）。論名次，他們卻盡在穆弘之後。連雷橫、楊雄、石秀、燕青等讀者印象深刻的支柱角色都落在他的後面。

　　名次排得這樣高的穆弘，對梁山形象的構成，按理應相當重要，而他竟自始至終跑龍套。他首次亮相比李逵還要早，一直到排座次，可述者僅一件過場式的事，而且還是充當其弟的配角，客串一下罷了。入夥梁山後，兄弟倆只負責些幾乎無人能夠記得起的零碎差事。照梁山把不易分辨的兄弟排在一起的慣例，穆弘應僅高穆春一名而已。結果卻相差了幾十名。這分歧得從《水滸》成書過程去解釋，現在不必多講。

　　不管如何，要談穆家兄弟只有靠他們初次露面那段小插曲。事件雖小，尚足證明二穆所代表的，與一般讀者以為梁山頭目所象徵的，適得其反。

　　宋江充軍江州，途中不斷遇險，每段的內容和敘述手法，重複得很，穆家兄弟的唯一故事就在其中。這故事的個別性雖然單薄，已足夠刻畫出穆弘兄弟是怎樣的社會敗類。

　　宋江和兩解差來到揭陽鎮，看見走江湖的薛永正在賣技，表演還蠻精采，為數不算少的觀眾卻無一人賞錢。宋江給他五兩銀，立刻惹來彌天大禍。

　　原來身為此間地主的穆弘、穆春兄弟簡直把這個鎮視為囊中私物，控制得密不透風，早命令居民，江湖賣技之流如果不先投拜穆家

（和交保護費，這點書中雖沒有說，總不致寃枉穆家兄弟吧），得到批准，誰也不許理睬他們。現在這個賣技的不管地方規矩便逕自擺設攤位，本已夠可恨，那個賊配軍還當眾滅他們兄弟威風，更是罪無可恕。

宋江發了賞錢，還未及和薛永通姓名，在旁監視的穆春便立即衝過來，要教訓宋江。豈料穆春外強中乾，根本沒有做土霸王的本錢，反給薛永揍了一頓。小人不問是非原由，只知記恨，事情自然不會就此結束。

當晚穆春向其父訴苦，要找哥哥幫手，穆太公勸他罷休，說：「你又和誰合口？叫起哥哥來時，他卻不肯干休，又是殺人放火。…………快依我口，便罷休。教哥哥得知你吃人打了，他肯干罷？又是去害人性命」。爲父的尚且這樣說，穆家兄弟之經常聯手欺凌弱小，惹是招非，甚至草菅人命，當無疑問。果然，薛永早就被穆春率人趕去客店毒打一頓，還吊在都頭家裏（連當地管治安的也受穆家支配）。誤投穆家莊的宋江，聞風逃出後，給穆家兄弟追趕得失魂落魄（穆弘這時才露面，僅客串一下），又趁上賊船，險象環生，正如以前他在家鄉給那兩個過度急功的都頭趕到落荒而逃，躲入九天玄女廟避難時一樣狼狽。

《水滸》講梁山人馬入夥前的非法之舉，開黑店者有之，據寨行劫者有之，謀趁渡客者有之，雖然受害者必絕大多數爲一般老百姓，而非貪官污吏，至少這些還可以解釋爲傳統綠林行徑，不脫抗衡慣常價值觀念的成份。在城鎭內稱王稱霸，圈劃地盤，統御市民行動，形象就截然不同，變成欺壓良民的卑劣行爲。

《水滸》對於這類土豪惡霸並不多寫，好的壞的加起來（歸從梁山的，《水滸》就視之爲正面人物），不過三數例。但如果以鎭關西和穆家兄弟比較，便可知後者可惡的程度。賣猪肉的鄭屠用債務去要脅歌女，結果換來慘死魯智深拳下。鄭屠當然不是模範公民，《水滸》至少沒有說他對歌女之欺凌爲其慣常的所爲（花三千貫去弄一個

歌女上手，本錢相當，一個賣猪肉的絕對不可能屢屢爲此），也沒有
說他如何強制別人的行動，或濫用私刑，或不許他人在其店舖附近做
買賣，更沒有說他視當地執法者爲自己的爪牙。鎮關西和穆家兄弟比
起來，小巫大巫之別，但在《水滸》書中，前者爲十惡不赦的大壞
蛋，後者則爲應上界星辰契合的好漢。

　　在城鎮內目無法紀，妄作胡爲的，還有那個強佔柴皇城（柴進之
叔）園宅的殷天賜（高俅堂兄弟的妻舅）。這個衙內型的惡霸給李逵
幾拳打死，誰不稱快？實則殷天賜和穆家兄弟的橫暴，程度有異，性
質卻無殊。

　　除了穆家兄弟，梁山陣容之中尚有孔明、孔亮兄弟，也是如假包
換的土豪惡霸。他們的故事和上述穆家兄弟的還十分平行相對。彼此
家庭背景和在鄉里的行徑均差不多，孔亮之待武松正如穆春之待薛永
和宋江，孔明之助其弟卽如穆弘之助其弟，甚至連都有慈父這一點亦
相同。結果，孔明、孔亮的上應地煞星聚合之數，也就毫不意外。

　　梁山處事，以山寨利益爲大前提，往往不惜採用雙重標準，是非
曲直也就沒有準繩，致使社會敗類竟以鐵錚好漢的姿態出現。這大概
就是山寨只管目標，不擇手段的成長過程所得付出的代價。

──《中國時報》，1987年11月 3 日（〈人間〉）

生辰綱事件與水滸佈局的疏忽

　　西方學者治中國古典小說，在徵引歐美文學理論作爲分析依據之餘，最近對明淸說部舊有的評點很感興趣，以爲大率精嚴縝密，可與西方文學理論相發明。其中金聖嘆之評《水滸》，因爲時間較早，用辭新穎突出，加上金聖嘆之敢言敢語，論析時有獨得之處，復恒爲後世評點家所師法，更兼金聖嘆巧妙地標出灰蛇草線等《水滸》寫法，正準搔中熟悉西方文學理論者的癢處，難怪他們驚喜得有如發現新大陸，視金批爲一塊未經琢磨的瑰寶。連金聖嘆的徒子徒孫輩，如毛宗崗、張竹坡、王望如等也時來運轉，備受關注。

　　看官切勿誤會，筆者並無低貶金聖嘆之意。金批《水滸》無疑是劃時代的創舉，只是那些評語絕對沒有捧場者所說的完美和正確。譬如他說，《水滸》「敍一百八人，人有其性情，人有其氣質，人有其形狀，人有其聲口」（序三），就正確不到那裏去。

　　金聖嘆的《讀第五才子書法》細列《水滸》的寫作法達十五種之多，推崇備至，以爲多出於《史記》而往往勝之，但注意力集中在母題（motif）的分析，不無見木失林之弊。若論全書組織，《水滸》其實不能說太嚴密，甚至共認爲成功之處也有可能即爲最成問題的地方。智取生辰綱就是這樣的一個例子。

　　梁山聚義始於黃泥岡生辰綱刼案。《水滸》描述此事的始末經過異常詳細；人物的交代，情節的進展，均層次分明，井然有序。近人詮釋這幾回書，從導讀性的介紹到注釋鱗比的學術文章均有相當數目。大家爭相解釋這件創業盛舉的策劃和這幾回書的敍述是同樣成功

的，以爲幾乎至不容損益的程度。讚美之詞如此一面倒，在這裏唱唱反調，對《水滸》研究未嘗不會有意義。

《水滸》前七十回處理地理不時一塌糊塗。把遠在別處的無爲軍（今安徽省無爲縣）說成和江州（今江西九江市）在潯陽江南北岸相對，好像香港和九龍的一水之隔似的，以及把桃花山一下子置於西邊，一會兒放在東邊，都是顯著之例。黃泥岡的情形也沒有兩樣。書中說黃泥岡屬濟州（州治在今山東鉅野縣）管轄，濟州北門外十五里爲安樂村（白日鼠白勝居此，晁蓋等用作臨時總部），黃泥岡就在安樂村西十里。講得如此清楚，拿張地圖，該可直點其地。但是，楊志自北京大名府護送生辰綱去東京，一開始即決定走直路，以策安全。怎會打個大彎，老遠跑去山東？白走冤枉路不算，還大增碰上危險的可能性！《水滸》全書旣不乏方位出問題之例，我們也許不必深究。

這裏要談的事麻煩多了，涉及全書佈局和材料運用這類整體性的問題。

梁中書委任他去押運生辰綱時，楊志卽說：「此去東京，又無水路，都是旱路。經過的是紫金山、二龍山、桃花山、傘蓋山、黃泥岡、白沙塢、野雲渡、赤松林。這幾處都是強人出沒的去處，……」（第十六回）。其中二龍山、桃花山、黃泥岡、赤松林同爲《水滸》書中重要情節的發生地（且不管事件發生時，該地的方位與楊志說的是否符合），不用費辭解釋。

其他未在書中出現的四處，金聖嘆均分別以「虛」字注其後，二龍山等四處則注以「實」字，變成虛實相間，十分顯眼，並謂「數出八處險害，卻是四虛四實，然猶就一部書論之也；若只就一回書論之，則是七虛一實耳」。論點實在糊塗不通，八個地方要是僅有半數確爲強人出沒之所，豈不是說楊志故意在老闆面前胡吹瞎騙，唯恐差事落空？這與楊志剛直粗豪的性格不合。不善謀算，屢屢任由環境支配的楊志也沒有這種應變的急才。只要我們相信楊志確是一番誠意，直說心中言，他所說的自應視爲走慣江湖者的共同觀察。如果把梁

山、東京、北京連成一個三角地區，我們不難發現，大聚義以前（甚至延至受招安），梁山諸人的行動每每發生在這一帶。江湖上共認爲危險地區的地方，不該沒有事實根據的。結果這些地方在書中出現的僅得半數，而且還集中在書頭的章回，偏失很明顯。

這偏失可以作如下解釋。編寫《水滸》者確是疏忽，照料不週，以致那些卽使 給楊志五百士兵 他也不敢 浩浩蕩蕩押送禮 物經過的地方，變成達半數有始無終，不單浪費了不少好材料，還害得楊志看似是個深謀遠慮的投機份子（最近大陸上的歐陽健便有這樣的指控，雖然列舉的理由不同）。

另外一種解釋，就是紫金山等四處，初成書時的《水滸》大部分（甚至全部）都有，只是在書經一改再改而變成現在現在我們所讀到的 《水滸》 這過程中給刪掉了， 僅殘留楊志這句話中保存的化石遺跡。

不管如何，就算僅憑書論書，我們仍得承認這種有來龍無去脈的部署確實令《水滸》損失了一次使全書的起承轉合大爲改善的機會，兼且使當事者的形象平添不必要的矛盾。

至於金聖嘆所說， 如果僅談這一回， 八個地名便變成七虛一實了，也沒有把事情看準。劫案在半途發生，尚未經過之處（如果地名是順序排列的，黃泥岡以後還要通過三個險區才能達目的地）， 誰敢保證沒有另一夥強人在埋伏？這種增加緊張氣氛和說明護送生辰綱之難操勝券的安排，是不能單憑某地在回內出現與否來定虛實的。金批式的小說評論，往往流於形式，好講細節，而忽略大體。這條評語正反映這種缺點。

比上述毛病還要嚴重的，尚有一事。前一年，梁中書孝敬岳丈大人的厚禮途中遇劫，過了整年，毫無頭緒，今年蔡京壽辰又到，禮仍得照送，遂弄到梁府諸人緊張兮兮。這件史無前例的大劫案幹得有聲有色，在江湖上消息遠播（楊志卽早聞其事），所產生的震撼也就不難想像。 劉唐、 公孫勝的見獵心喜， 技癢起來， 並不爲奇（奇是奇

在，大家推爲龍頭老大的晁蓋竟好像和蟄居水泊，見聞有限的阮氏兄弟一樣，從未聞此事，要眾人細細向他析述，這也該算是《水滸》處理情節失策的一例)。要緊的是，晁蓋集團的行動雖不算東施效顰，起碼也可說是不夠創新性。

　　比較起來，首次劫奪生辰綱者就格外顯得非同凡響。宣和六賊，加上小人得志者如高俅之流，再配合環繞着這些權臣的門生黨羽，這集團的人數絕不會少，他們貪污舞弊之事，必恒河沙數。在這烏煙瘴氣的無數事例當中，看準一件，一射而中，震盪天下，是何等眼力，何等膽識! 案發後整年，治安當局仍掌握不到半點線索，江湖上也沒有走漏任何消息，這班強人組織之周密、自律之嚴謹，可以想見。與晁蓋等之拾人牙慧，打劫後不到幾天就什麼秘密都穿了，不可同日而語。再者，過去梁中書給岳父送生日禮物，必定像他所說，人馬整齊，刀鎗鮮明地前往。劫生辰綱者只可以力奪而不能智取，人數也就很可能比晁蓋的組織還要多。這樣的一羣好漢絕不可能在行劫後便消失得無影無踪的。按時間計，《水滸》敍事始於首次生辰綱劫案前兩年半，而大聚義發生在第二次生辰綱案件之後五年，又過兩年始受招安（從何心的統計）。那些首次劫奪生辰綱的好漢，旣爲數不少，得手後，除非他們集體遠離神州，化外稱王，在這漫長的歲月當中怎可能與任何梁山人馬無絲毫接觸?《水滸》在組織上毛病不少，這一處恐怕最嚴重。《水滸》沒有善爲利用的材料不少，這一處恐怕最浪費。

　　試想，紫金山等四處險要之地和這批首劫生辰綱的豪強如果都通過伏筆之類技巧，在適當的地方和現有的情節串聯，可以帶給讀者多少驚喜和滿足，全書的組織也會因而緊密多了。

　　金聖嘆把這本販漿走卒看的通俗讀物提昇到和太史公書相抗衡的位置，特別要大家注意《水滸》之美，理所當然。時移世易，《水滸》的地位早已鞏固，書中那些嚴重的漏洞至今還是很少人提及。大概研究中國古典小說的，不易擺脫以爲作品若非絕頂高明，幾乎無懈

可擊，便不足稱爲優秀之作，因而漸漸形成只容讚，不許彈的自我束縛。紅學便是這種情形的尖銳化表現。前兩年熱鬧了一陣子的《歧路燈》研究，當時也有這種傾向（幸好現在冷下來了）。《水滸》研究要眞有成績，缺點的辨識該和優點的評析同樣重要。

　　　　　　　　　　——《中國時報》，1988年 1 月11日（〈人間〉）

施恩圖報的施恩

《水滸傳》有幾處用類似的方法去記述充軍者到達服刑地時所受到開門見山式的待遇。林沖抵滄州牢營時，那裏的囚犯就不約而同地勸他，應按規矩花錢打通關節，以免挨殺威棒之苦。宋江去江州，武松到孟州，情形都一樣。

殺威棒非同兒戲，自不待言。最重要的是，管犯人的從不放過這條財路，連在《水滸》書中處處表現得公允正直的戴宗也照例公開發這種不義之財。

楊志充軍北京大名府，沒有這樣的遭遇，是例外。只因為他是直接給派到北京留守的官署，不是被送去牢營，又立刻得到留守的垂青，不然，也沒有理由讓他不費分文便逃過殺威棒這一關的。

朱仝刺配，情形也和楊志差不多。一解抵滄州，知府即很欣賞他的相貌非凡，留在身邊。即使如此，朱仝還是府裏上上下下都送了些人情，與交免棒錢沒有太大分別。

各地管營、差撥、節級之類不入流品的官吏在犯人身上打主意，或者可以用受環境、習俗，和組織要求的支配去解釋，未必真的存心要增加這些不幸者的痛苦。戴宗的情形是否能夠這樣說，看法已不易統一，施恩的所為就絕不可以如此代其辯護。

金眼彪施恩只是《水滸》書中的閒角，但因為他的主要活動和武松醉打蔣門神、血濺鴛鴦樓這樣重要的情節不可分割，讀者對他印象不淺。加上武松處理這些事情時義憤填膺，正氣逼人，更使施恩這個幕後人物也備受讀者的關懷，覺得他是受委屈的被害者，而不是這一

連串事件的始作俑者，眞相如何，也許要唱唱反調才能弄淸楚。

　　施恩的父親爲孟州安平寨牢營的管營。施恩雖無一官半職，卻助紂爲虐，與父串謀，向新來的犯人詐取財物。遇到確屬老糠榨不出油，連那一百下旣兇且狠的殺威棒也無濟於事者，施父便用盆吊、土布袋等法寶、送之歸西（此等法寶的可怕、書中均有解釋），一乾二淨，還可收殺雞儆猴之效，難怪眾犯人見武松不肯就範，都替他焦急萬分。

　　上樑不正下樑歪，施父如此行徑，對兒子還有什麼好榜樣可言。施恩之於其父，亦絕不會勸諫，而是父子密切合作。武松剛到後不肯買通關節，施管營便下令嚴刑侍候，做兒子的卻看準武松或爲可助己一臂之力的能人，即時父子唱雙簧，熟練得很，硬說武松途中得病，暫時寄下殺威棒。施家父子的合作程度，不難自此看出來。

　　施恩之助其父亦不會限於提供意見那樣簡單。正如隨後說的，施恩視其父管理的囚犯爲施家軍，率隊外出胡作非爲時，犯人們的任隨指令，該說明足使那些三教九流出身的犯人馴服的殺威棒和各種私刑，必與施恩本人深有關係。施恩不會僅是其父的參謀而沒有實際參與欺凌新到犯人的勾當。《水滸》稱他爲小管營（太守之子難道就是小太守），不是沒有道理。

　　施恩這樣不知天良爲何物，卻竟因搭對了武松的關係，遂終成「正果」，替天行道去了，豈不足使以爲《水滸》講的是官逼民反故事，甚至歌頌「農民起義」者，爲之語塞？

　　施恩的罪狀尚不止於此。新犯人數目畢竟有限，殺威棒僅能帶來有限和不易預算的收入。施恩眞正感興趣的是經營一個旣可做正常飮食生意，又能操縱嫖賭兩行業的地盤。

　　適當的地點不必遠求，孟州城東門外名爲快活林之處就理想不過。此地居山東、河北交通孔道，有百十間大客店，二三十處賭坊和當舖，正是龍蛇混雜之境。

　　施恩憑他學過武藝，又帶着八九十個牢營內的亡命之徒，就在快

活林開店營業。在施恩眼中，這些用公費維持的囚犯簡直就是他們施家的莊丁。這些可憐蟲初來時還都向施家父子進貢過免棒錢的，到頭來尚要讓他們利用作發財工具。這家店子表面上賣酒肉，實際上卻向那些賭坊當舖索取保護費。這還不算，凡有妓女過境，如不先拜見施恩，取得他的批准，就休想在快活林做買賣。通過這地盤，施恩每月可獲二三百兩銀，實在不是小數目。

很明顯，施恩還不如開黑店的菜園子張青正直。張青之妻孫二娘偶然不顧綠林規矩，張青就經常提醒她，僧道、妓女、囚犯都很可憐，應網開一面，不要把他們變成包子餡。張青和施恩這兩個準梁山頭目同在黑道範圍內討生活，張青起碼遵守基本江湖道義，施恩則下流到謀算妓女的皮肉錢。

因此，施恩和蔣門神同是公害，他們的糾紛不過是黑道的地盤爭奪戰而已，無正邪之分，僅有強弱之別。任何本子的《水滸》，這回回目均作〈施恩義奪快活林〉，義字從何說起？施恩原先在快活林做下流無恥的買賣，千方百計去奪回地盤，不過是爲了重操故業，何義之有？只因幾頓用作手段的好酒菜，剛直的武松就無端端給捲入漩渦，甘心當施恩的鷹犬，，的確不值。

這樣一方先施惠，慢慢才講要求，另一方受小惠而不惜以身相報，歷史上和小說裏的例子甚多。燕丹子如何羅致荊軻，大家都熟悉。唐傳奇〈無雙傳〉中，隱俠古生之所以肯毫無保留地爲陌生人王仙客效命，情形也差不多。

不過，這些例子和施恩之收買武松有一很大的分別。燕丹子、王仙客等對自己招募的對象，雖然僅憑聽來的消息，但充滿信心，毫不猶豫地以大事相託。施恩則不然。他早知武松打虎，殺西門慶的往事，又親見其壯健的體格和不屈的精神，還是信心不足，要考驗武松舉大石，才敢信賴此人確能擔當任務。士爲知己者死，施恩對武松滿腹懷疑，他的禮待豈是知遇之恩？只能算是行事的本錢和早有計劃的小賞賜罷了。按施恩的態度和目標，要是他求助於荊軻、古生輩，他

們必嗤之以鼻，管他死活。只有直腸直肚，脾氣暴躁如武松才會這樣
容易就被他利用，不論青紅皂白地替這個徇內型的社會敗類去奪回那
幹不名譽勾當的地盤。

　　讀者對施恩的一般印象並不差，主要是因為武松入獄後，施恩去
探望三次，還上下花錢，使武松少吃點苦，又在武松起解時為他準備
食物、零用，以及警告他提防那兩個解差，表現得夠朋友，夠義氣。
這些其實都得打若干折扣。

　　施恩感激武松的相助，這點無問題。武松下獄後，他的確為武松
的事奔跑了好一陣子，花了不少錢（大概等於快活林酒店一月多的收
入吧）。但為了避免對方的繼續仇視，施恩還是適可而止。等到知府
受了賄，不許閒人去探監，施恩就「那裏敢再去看覷武松」了。按施
恩當時的處境，希望他更有所行動，可能是難其所能。這點論者或可
不必計較。

　　武松起解時，施恩為他所作的各種準備確夠細心。臨行時，還附
耳加一句：「只是要路上仔細，提防兩個賊男女不懷好意」，卻沒有
探進一步的行動，不無武松該能照顧自己之意。況且，武松離境後發
生了什麼事情，也不必再記在施恩的帳上。

　　只要我們比對《水滸》書中其他類似的例子，卽能看出兄弟間眞
正講義氣是不該這個樣子的。

　　林沖解往滄州時，魯智深早看出事有蹊蹺。本來以林沖的武功，
區區兩個解差，他那放在眼內，何用魯智深擔心，起行時提醒他一
下，不就夠了嗎？但度君子易，測小人難，路途又遙遠，根本防不勝
防。那兩賊男女也有種，一路把林沖玩個痛快，至快抵滄州時才眞的
下手，那時林沖早給他們弄到毫無抵抗能力了。如果不是魯智深不放
心，一路追踪，及時拯救，林沖武功再佳也劫數難逃。

　　盧俊義之充軍沙門島亦如此，幸虧燕青沿途監護，在那兩公差要
加害時，每人照心窩享以一短箭，否則盧俊義也不可能靠自己的武功
去自保。

簡單地說，武松能否應付那兩解差，本身武功之外，還要看客觀情形。假如兩公差不是那樣性急，一離城就動手，而是在路上拖幾日，僞意奉承，送茶遞酒（且不要說下蒙汗藥），武松必漸疏於防範，結果便難預料了。

武松中計被捕後，施恩待他說得上夠朋友，但程度上與魯智深、燕青在同樣情形的反應和行動，仍有相當距離。施恩旣知武松在路上安全堪虞，也僅口頭說說，就算了事。如果說施恩自知武功有限（他當然不屬於魯智深、燕青的等級），難充保鏢，也說不過去。兩名普通得很的解差，再厲害，也不該是個準梁山頭目的對手（排座次時，施恩居第八十五名，不算高，但列席爲十七員步軍將校之一，而不是給安排去處理雜務，始終是戰將）。何況解差的注意力集中在武松身上，施恩大可螳螂捕蟬，黃雀在後，動起手來，省不少力氣（魯智深和燕青卽如此）。施恩旣沒有這樣做，而讓披枷帶鎖的武松去碰運氣，說來還不是眞的關心（要是他沒有看出兩解差的暗懷鬼胎，只能怪他大意，還好一點）。

還有，魯智深和燕青的行動出於朋友之義與主僕之情，林沖和盧俊義的落難都不是他們惹起的，本無責任可言（盧俊義還寃枉燕青）。施恩截然不同，是他設計強拉武松下水的，分明有責任解決他看得見的危險，卻不肯多走一步。

施恩而圖報，不論受惠者如何決定，始終是買賣，而不是眞正講義氣。施恩這名字正好用來形容這個衙內型人物和武松間的關係。

總而言之，施恩此人，貪婪、無恥、欺善怕惡，求人而乏信心，膽怯而不安份，助結義兄弟不肯徹底（他和武松最後已不僅是朋友）。這種公害人物本該爲梁山鏟除的對象，竟反容其列席忠義堂，可見梁山頭目並不如大家想像中的盡是頂天立地的好漢，而實有不少人品卑劣的社會渣滓混雜其間（穆弘、穆春、孔明、孔亮都是這種敗類）。

— 《中國時報》，1988年 5 月26日（〈人間〉）

架空晁蓋

　　自 1975 年 8 月起， 一連十多個月， 《水滸傳》 在大陸上慘遭圍攻，學刊雜誌報紙， 期期罵， 天天咒。 論調總是政治掛帥， 指桑罵槐。這場鬧劇，一直搞到毛澤東死後，才逐漸平息，古典小說如此捲入後世政治漩渦， 古今中外大概僅五十年代的俞平伯、 胡適 《紅樓夢》事件差可比擬。分別在這次變本加厲， 參加者的人數更多， 背景更雜， 代表的地域更廣， 加上態度更狂妄， 政治目標更明顯， 更不試圖利用學術討論的幌子去作起碼的掩飾，無疑是中國文化的一場浩劫，遠遠超過對一本古典小說的蓄意曲解而已。

　　這次一年多的謾罵和蹂躪，表面上企圖數盡《水滸》和宋江的罪狀，話題卻始終限於重重複複的三幾個，其中包括痛責《水滸》（亦卽歸罪宋江）架空晁蓋，摒之於一百零八人之外。這指控出於毛澤東死前的變態心理， 覺得自己孤立， 既患絕疾， 又被冷落（事實亦如此）， 故以晁蓋自況， 以宋江喻敵人， 想出這條古爲今用的反攻策略。從前推崇爲農民起義教科書的《水滸》一下子就給打落爲反面教材，以前讚譽爲模範革命領袖的宋江轉眼便成爲狗彘不若的投降派反革命份子。 正是官字兩個口， 任由他說。 近來宋江的身價又回漲不少，看風說話者，誰謂不可憐。

　　如果不是晁蓋帶隊入夥，而仍讓王倫、杜遷、宋萬、朱貴四人統率的話，梁山必白白浪費其天賜的地理環境，恐怕至終連許多書中記述的山小寨還不如。晁蓋開創之功不可沒。至於《水滸》（或者說宋江）究竟有沒有架空晁蓋？答案該是肯定的，只是眞相絕不會像爲了

政治目的而一面倒者所說的簡單。

　　《水滸》講晁蓋，歷史性的束縛相當重。史稱宋江三十六人橫行齊魏，根本不提晁蓋。《水滸》中的天星地星，有二十餘人可以在宋代文獻內找到相同或類似的名字（雖然他們未必與《水滸》有關），晁蓋無一鱗半爪的史料可尋，並不屬於這些較有淵源的少數份子。縱然晁蓋列名於《宣和遺事》和宋遺民龔開所提供的兩張三十六人名單，他都只有包榜尾的份兒罷了。在早期水滸傳統當中，晁蓋這角色是不可能太重要的。

　　《宣和遺事》和《水滸》成書以前的雜劇有一共通之處，都說晁蓋死時宋江尚未上梁山。這些雜劇更斬釘截鐵，宋江甫出場即宣佈晁蓋早死，乾乾淨淨。宋江的坐上第一把交椅也就順理成章，毫無波折。

　　《水滸》的成書既然建築在這些基礎之上，架空晁蓋總有若干歷史性的因素在。

　　《水滸》成書，人物與情節俱增，又強調宋江的明哲保身，非到最後關頭不肯落草爲寇，晁蓋當家的時間隨而相應延長。晁蓋既主政了好一段日子宋江才入夥，把晁蓋推開就不可能再像《宣和遺事》和早期雜劇的簡單。加上宋江入夥後，兄弟們的向心力漸次轉移，二虎據一山之勢早晚出現，架空晁蓋就只有通過矛盾和衝突去處理。

　　梁山集團龍蛇混雜，各人上山原因不同，專誠來歸者卻比想像中少。那些不知忠臣不事二主和將士守土有責爲何物的風派降將固不消提，最要命的還是山寨頻頻應一時之需，陰陷明算，強拉入夥者實在太多。在這樣的組合裏，誠意本已很成問題，又始終標榜不出明確高超的結集目標，光靠虛渺地講講義氣，談談替天行道，究竟能產生多少持久力？因此，要在個人崇拜之外找尋適當的維繫力量，談何容易。個人崇拜與集體領導制甚難協調並存，宋江上山後，他和晁蓋之間的競爭和衝突，在這種情形之下，本已很難避免，宋江的言行更使相安合作的可能性大減。

　　作為梁山前後期的領袖，晁蓋和宋江確有不少近似之處。他們同是鄆城縣的財主，都以仗義疏財建立江湖威信。最奇的是，他們的起家籌碼不單和書中給他們的聲望不符合，還不符合得一模一樣。

　　晁蓋為鄆城縣有數的財主，宋江的父親在城外有莊園，自己又在衙門管文書，他們同是縣內有頭有面的人物。這點不成問題。《水滸》要讀者相信，他們兩人因為慷慨重義，在江湖上聲名遠播。要這樣講，本不難處理，書中卻弄得十分兒戲，憑信度大減。

　　慷慨是要有財力做後盾的，晁蓋、宋江這類地方性財主全國起碼以千計，慷慨起來也有限。在宋江來說，還得另打折扣。宋太公健在，並未分家，宋家的財產那容宋江隨便揮霍？宋江的日常開支主要靠那份衙門薪水，能慷慨到那裏去？何況鄆城不過是個魯西小碼頭，在梁山還是個小山寨的時候，這一帶那是江湖好漢經常往來之地？晁蓋和宋江要對江湖上有些份量的人物慷慨一下，恐怕引領以待也不易找到機會。他們怎能在活動鮮出鄉里的情形下建立名聞遠近的聲望？

　　這種名實不符的情形，統計一下就不難說清楚。先後入夥梁山的一百多人，在計劃劫取生辰綱以前，晁蓋僅認識宋江、吳用、朱仝、雷橫、白勝五人。除了白日鼠白勝這個因一時情節所需要而安排出來的閒漢外（事後果然成了在白天活動的老鼠，填充梁山陣容的數字要求而已），他們分別為鄆城這個小地方的押司、教師，和教頭（連晁蓋在內，全是土生土長的本地人）。即使是宋江的弟弟宋清，也不能保證晁蓋一定認識。晁蓋的交遊圈子真窄。

　　宋江的活躍程度亦不過是半斤八兩。生辰綱劫案落在他頭上以前，未來的梁山人馬和他相識的只有晁蓋、朱仝、雷橫、孔明、孔亮、花榮，和宋清。要是不算同事和弟弟，和除去胡亂招來的門徒，實得幾人？連在本地活動的吳用，宋江也無交情，將來投靠的柴進亦只有通信關係。看來宋江日常除了按時候到衙門上班外，其他活動就乏善可陳。

　　《水滸》雖然一再聲稱，晁蓋、宋江二人仗義疏財，在生辰綱以

前書中卻沒有提出足資憑信的例子。在晁蓋而言，我們只知道他資助過白勝，只看見過他接待路經他莊園的本地巡夜教頭和士卒。宋江呢？受惠者僅點明閻婆惜和唐牛兒兩人。閻婆惜在接受救濟之後，還得簽署宋江特別準備的同居關係契約。按宋江的職業，他主動要一個知識水準低，毫無社會地位可言的娼妓簽合同，這張文書又由宋江收存，它用來保護誰，管束誰，不必多說。僅此一舉已足抵消宋江原先救助閻婆惜時的任何善意了。就事論事，《水滸》所舉晁蓋和宋江仗義疏財的例子都尋常得很，有限得很，甚至有時背後還別具用心。

我們當然不能怪晁蓋和宋江不夠活躍，不夠慷慨，但總得說明，按他們生活的環境，憑他們的交遊範圍和施惠紀錄，他們何以能教天下豪傑聞風傾倒？這顯然是編寫《水滸》者沒有意會到，更談不上提供答案的問題。

梁山諸人有資格通過仗義疏財去建立威信的，恐怕僅得柴進這個背景特殊的貴冑。這點很明顯，不必費辭解釋。然而，以柴進的各種優越條件，他接待過的梁山人物亦不過林沖、宋江、武松、石勇、李逵等人，而且還有住得滿肚牢騷的（如武松）。落難之餘，受柴進照顧者，自然感激，可是到頭來柴進並沒有真正推心置腹的朋友（如燕青之待盧俊義，石秀之於楊雄）。單憑慷慨是不夠當領袖的（柴進好施，出於天性，非謀領導地位而為，此可斷言）。無論晁、宋二人如何好義樂施，按環境、權勢、財力、交遊，他們均不能和柴進相比，成績理應約略成比例才對。編書人沒有按此邏輯去處理情節，僅要求讀者不加思索地相信晁宋二人譽滿天下就算了事，卻仍然掩蓋不了其他足以說明真相的信息。

知名度的高低和消息的靈通與否應成正比例。編寫《水滸》者一方面希望讀者覺得晁、宋均為江湖名士，一方面又把他們形容得孤陋寡聞，那有這樣矛盾之事？

生辰綱首次遇刼，震盪綠林，走慣江湖者如劉唐、公孫勝、楊志都知道此事。阮氏兄弟窮困水泊，未有所聞，情有可原。晁蓋這個準

梁山寨主，竟好像從未聽說過，要劉唐、公孫勝慢慢向他解釋，這就
奇哉怪也。劉唐和公孫勝本互不相識，他們之不約而同地老遠跑來希
望能說服晁蓋去領導組織，要滿足一先決條件，才能合乎情理。那就
是晁蓋活躍江湖，本領超羣，經驗豐富，遠近知名。《水滸》並沒有
給他這樣的背景。

　　還有，劉唐等來鄆城找的是晁蓋，不是宋江，分明指出晁蓋的江
湖名聲比宋江響亮（只是比較而言，晁蓋的知名度，正如上述，也不
該高）。爲何不多久，江湖上便有只知有宋江，不知有晁蓋的現象？
《水滸》同樣沒有交代。

　　根據這些觀察，宋江當領袖的基本條件絕不可能比晁蓋好。晁蓋
武藝不致太差這點長處，宋江怎也談不上。這也限於比較而言，宋江
實在太差勁，只要武功有些根柢的人都會比他強。晁蓋自出場至戰
歿，從未和人對過一招半式，連示範性的表演也沒有，但他起碼能夠
把青石塔撻過對溪（托塔天王的綽號由此而來），必膂力過人。這種
本事，雖不一定有實用價值，卻那能期望於宋江？

　　從這裏也可以看出宋江的眞面目。宋江雖然掛起「愛習鎗棒，學
得武藝多般」的招牌，只是裝模作樣的欺世盜名。與武藝有關之事，
他前後幹過兩件：一爲殺死沒有抵抗能力的姘婦閻婆惜，二爲收了糊
裏糊塗拜他爲師學藝的孔氏兄弟。值得打幾分？

　　最能揭露宋江色厲內荏本性和南郭先生嘴臉的，莫過充軍江州途
中的經歷，其間不斷遇險，宋江那一次試圖自衞過？在生死關頭之
際，不懂武的也必掙扎一番，那有坐以待斃之理？如果對方不先認出
他就是名字響亮如雷貫耳的宋押司的話，他便設法逃走，只識喊叫
「上蒼救一救則個」，甚至跪地求饒，可憐之極，那裏是未來梁山寨
主應有的形象？以前幾乎給燕順用來調製醒酒湯的時候，他何嘗不是
這副貪生怕死，毫無大丈夫氣概的尊容。

　　《水滸》一廂情願地把晁、宋這種平凡得很的人物說成是眾望所
歸的豪傑，等於希望讀者用宗教式的信念去接納有結論而無解釋的安

排。絕大多數的讀者確亦很合作地接受了，甚至有應一時政治所需，痴人說夢地封晁蓋、宋江爲農民起義領袖的。談小說，不能就書論書，而非要從沒有多少機會能够弄淸楚的史實去求證不可（有誰知道歷史上的宋江任何一點底細），或援現代政治主張去強作解人，甚至看風使帆，論點反覆無常，結果必然一塌糊塗。晁蓋和宋江的評價正代表這種情形。

就算不說劉唐、公孫勝來訪以前，晁蓋沒有充當領袖的表現，參加劫奪生辰綱更顯出他糟糕。晁蓋對這件事的貢獻，基本上限於提供籌策場所和物質支持而已，這一點兒的光彩還不够彌補暴露了他另一嚴重弱點的破壞性——他沒有辨才的本領。知人然後始能用人，這是做領袖者絕對不可少的條件。晁蓋推薦白勝入夥，注意的僅是地理因素，隨便找個在黃泥岡一帶的熟人去負責就近聯絡罷了。此人是否可靠，會否成爲行動中最弱的一環，顯然晁蓋並未加考慮。事實證明白勝不是肝膽相照，眞能守秘的人，官府一用刑，就和盤托出，毫不保留了。這種酒囊飯袋之輩，自然不會（也不敢）故佈疑陣，製造假消息去擾亂官方視聽，儘量給兄弟們多點逃脫的機會。結果白勝只成爲一條留下來會說話的大尾巴，讓治安當局不消幾天就找上晁家莊老巢來。歸根結柢，還不是晁蓋不知人而用之害。

白勝之可能出毛病，如果籌策够周詳，應是可以防範的。但整個事情的經過，除了環繞着那兩隻酒桶的行動，計劃確屬精細外，其他疏忽之處實在太多。且看晁蓋等七人浩浩蕩蕩來到黃泥岡地面，形跡可疑，一投客店，即時引人注目。剛在客店幫忙的何淸（將來帶兵去追捕晁蓋諸人的何濤觀察之弟）認得晁蓋（晁蓋卻忘記了），問他姓名，以便登記，晁蓋竟不知所應，要吳用在旁搶着代答：「我等姓李」。答得眞糊塗，這些體貌氣質全異的人怎可能都姓李？難怪何淸記在心裏，其兄一問，不必多少想像力就案情昭然若揭了。

分批出發，先議好各人的身份，這些必要的步驟，晁蓋諸人全部不管。這樣粗心大意地去辦事，和不作任何事後安排，不指導白勝這

個留下來的本地人如何躲避風波，作風前後一貫，既疏忽，又過度自
信，以致明目張膽地來，大搖大擺地去。這種錯失，吳用這個綽號智
多星的策劃者自然要負責任，大家特別邀請出來當首領的晁蓋也難辭
其咎。

晁蓋諸人謀劫生辰綱，只管在黃泥岡上奪寶，事前事後都談不上
部署，怎能和去年首劫生辰綱者之於成功後能長期守秘可比？梁山組
織未來核心人馬的江湖出擊第一遭，既然成敗參半，免不了帶來一個
問題。劉唐等專誠去鄆城，是否找對了領班的對象？

按以上的分析，這問題的答案只可能是否定的。率直的晁蓋，思
考不如宋江，論武藝則總勝一籌，故作爲一山之主，晁蓋和宋江差可
比擬，本來都不是上乘之選，然而晁蓋入主梁山以後，情形卻不同。
晁蓋有邊幹邊學的本領，兼且重義氣，顧大體，明是非，漸漸使其與
隨後入夥的宋江顯出分別來。

對於宋江在生辰綱事件敗露後的及時通風報信，晁蓋確是由衷感
激。命劉唐傳書送金，屢次救護落難的宋江，並力邀之上山，都出於
至誠，未嘗慮及宋江之加盟會否影響自己的地位，或產生利害衝突。
其中尤以江州劫法場最爲難得。那時梁山羽毛未豐，無公然長征的力
量，而江州離梁山又遠，要有所行動，就得冒很大的險。這代價晁蓋
出得很乾脆，帶着少數嘍囉和幾乎全部頭目（僅留吳用、公孫勝、林
沖、秦明四人防守大寨），毫不猶豫地化裝前往，大有孤注一擲在所
不惜的意味。梁山依水設防，那時水軍頭目只有阮氏兄弟三人，竟一
個也不留後，大概因爲江州在潯陽江邊，水戰之可能性不少，遂傾巢
而出。雖然晁蓋不會待所有人都如此毫無保留，他之極重義氣是不需
特別強調的。

宋江在類似的情形下又如何？不妨舉兩例來說明。晁蓋等人在晁
家莊之得脫與宋江在鄆城縣衙門前擺掉閻婆，性質相近得很。當日要
不是唐牛兒首當其衝，擊倒閻婆，宋江一開始就會給捉上衙門，以後
發生之事泰半必得改寫。結果，宋江卻一走了之，留下唐牛兒來代

罪，受刑刺配，他自己則事過境遷，不再提此事，更不要說直接間接
安排唐牛兒上梁山享享清福。無他，唐牛兒是個市井幫閒，不是什麼
英雄好漢，和他談恩說義，稱兄道弟，在江湖上有可能帶來多少好
處？會不會倒過來產生反效果？書中說唐牛兒以縱兇罪充軍，正幫了
宋江一大忙，不必記掛有唐牛兒這回事。

　　因生辰綱事件而下獄的白勝，吳用一下子就代表山寨助他越獄上
山了。《水滸》卻用唐牛兒給充軍了作為不再提他的藉口。這藉口實
在不夠好。

　　唐牛兒的獲罪和白勝的犯法，天淵之別。唐牛兒是天公送上衙
門，好讓官府草草了結宋江殺姘婦這件地方性案子的。唐牛兒充軍
後，要是梁山弄他上山，誰會追究？白勝的情形就牽涉太大了。北京
留守送給太師岳丈大人的生辰厚禮連續兩年都給搶光，第二次還導致
犯案者公開叛亂，殺傷大量官兵。兩宗劫案僅捉得一個白勝，多少罪
狀都得由他來擔承，始能消解官府間層層相逼的壓力。處理這種犯
人，全國矚目，再腐敗的官吏，為了自保，也苟且不得。《水滸》竟
輕描淡寫地說，吳用花些錢，就弄白勝上了山，豈不太兒戲？

　　姑勿論這兩件事的處理是否合邏輯，吳用救白勝（必先問過晁
蓋），而宋江不管唐牛兒，單從這分別，便可知宋江的仗義與否，實
有賴於環境，因人而異的，在心態上絕對比不上晁蓋的單純。

　　盧俊義上山的經過亦可以用來說明宋江這種現實得很的處事態
度。晁蓋之所以幾乎一空山寨去江州劫法場，因為他覺得山寨對宋江
和戴宗的遭遇要負責任。盧俊義與梁山原無瓜葛（即使到了最後，山
寨湊足一百零八人，盧俊義的舊相識仍限於忠僕燕青一人），宋江和
吳用千方百計設陷阱，逼他落草，全是為了解決宋江的政治難題。宋
江眼中的盧俊義，工具罷了，弄得上手，不妨利用，未上手前，談什
麼責任感？怎值得輕易為他動干戈？不然，梁山既主動按部就班地計
陷盧俊義，他之下獄和被判死刑，全是意中事，當時山寨雖比江州之
役時強大不知多少倍，且早富遠征經驗，卻沒有絲毫營救的準備，那

就難解釋了。宋江聽到盧落難的消息時，還在眾兄弟面前裝蒜，大驚失色，表演一番（眞的要晁蓋玩這種把戲，也不會够逼眞的）。不必花眞本錢，而可收買人心之事，何樂不爲？這和晁蓋的不惜老本地去講義氣，談責任，正正相反。

宋江責任感的淺薄，不妨再看看江州之役，便更清楚。前面說過，晁蓋率眾去江州，冒很大的險。這次基本上是打游擊戰，人數少，行動快，出奇制勝。倘若待下來，給附近州縣的官軍以匯集的機會，等雙方正式對陣，梁山論人數，講補給，樣樣成問題，形勢就全不同了。儘管宋江往江州途中結識的朋友都趕來幫忙，有些還帶同莊丁夥伴，梁山陣容大爲改善，上述的不利形勢，還是基本不變的。

這點晁蓋明白。他更明白，他對宋江、戴宗固然要負責任；作爲一寨之主，他對眾兄弟的安全更應負責任。既救了宋戴二人，此行目標已達，就應知所進退，帶隊回山了。宋江這個被救者卻不這樣想，若不生宰黃文炳，怎也不氣消，兄弟之安全還是次要。可惜，宋江一和晁蓋辯起來，兄弟們竟沒有附和晁蓋的，全部人馬遂停頓下來，花好些日子，過江到無爲軍去捉黃文炳。此役之成功，並不等於說宋江比晁蓋英明，更不能洗脫宋江置大家安危於不顧的私心自用。宋江上山後，屢次執着芝蔴綠豆般大小的口實，便輕易把梁山帶進戰火（如祝家莊之役），同樣是這種心態的表現。

晁蓋和宋江之間，感情的出現裂痕，這時應已開始。宋江甫獲救，人尙在江州，還未正式上梁山，便立刻反客爲主，施發號令，儼然以羣雄之首自居。冒險跑來救人的晁蓋，再謙順也不會覺得好受。這件事還有一層不容忽略的象徵意義。它代表兄弟們偏向宋江，冷落晁蓋的開始，架空晁蓋已成事實。

這種情形一旦出現，晁、宋關係之更趨惡化勢所必然。祝家莊之役就在這背景之下發生。

自山寨過水泊到陸地，沒多遠就橫檔着三個結盟的武裝莊園，人強勢眾，就算他們和梁山互不侵犯，梁山對外用兵時仍得繞道，以避

衝突。這起碼也增加梁山許多不必要的麻煩。宋江入夥以前，晁蓋不在乎，也從未公然出師（化裝分批往江州，自不能算），因此相安無事。

宋江入夥後，山寨再不是這樣看法。宋江主張（吳用也一樣）鞏固地盤，推展勢力，然後利用這些籌碼去和中央政府談判招安。要實行這策略，怎能容許三座城堡式的莊園橫列在門前？時遷偸鷄，正給宋江天賜的藉口去鏟除這些障礙。晁蓋基本上只要求保持山寨現狀。他既然沒有宋江的雄心（野心？），對他來說，在這個三敎九流，龍蛇混雜的團體裏，維持綱紀比多收若干夥伴重要多了。當他知道楊雄、石秀、時遷尙未來歸便掛起梁山招牌，偸鷄放火，卽怒不可遏，下令斬決，原因正在此。宋江的立場正相反，他認爲凡是來投靠者均不可卻，甚至不必先考慮其本領，以廣招徠，且更視祝家莊對僱員被欺負，產業被焚毀，以及盟友背約的正常反應，爲向梁山挑戰，務得消滅。

晁蓋和宋江顯然代表兩種不同立場（守成與擴張），兩種不同態度（嚴正不苟與權宜適應）。兩首領如此歧異，兄弟們的抉擇再沒有更明顯，人人向宋江靠邊。處於這種孤立形勢，晁蓋只有知情識趣，任宋江放手去做了。這在晁蓋來說，已是短短半年間第二次在決定山寨大事時給宋江搶白。眾兄弟兩次毫不猶豫地集體表態同樣使他無話可說，乖乖認輸。堅持下去，受辱還會更甚。

自祝家莊之役至梁山決定懲罰曾頭市，戰事頻仍，征伐防守悉由宋江掌持，晁蓋形同虛設。其間的轉變，晁宋二人聲譽的昇降可爲證明。宋江未上山前，梁山以晁蓋爲號召。宋江前後勸秦明、燕順、呂方、郭盛等投奔梁山時，就把晁蓋說得偉大極了。宋江正式加盟梁山後，情形再不可能這樣簡單。

祝家莊和曾頭市兩役之間，梁山陣容大大增加。新增頭目當中，降將和山寨設陷計逼其落草者，沒有選擇權，可以不論。其他大多數的在決定投靠時都聽過梁山首領如何招賢納士，廣結天下好漢的宣傳

語。 在山寨這種直接間接的招募過程中提到的首領， 不是晁、 宋並
舉，便是光講宋江。這該够奇怪。宋江在山寨排第二，入夥又晚，單
舉首領一人時，理應是晁蓋，不是他。可是，不管計算是按這種場合
的數目，還是根據涉及的人數，光提宋江的次數都比晁、宋並舉多好
幾倍。不僅如此，單講晁蓋，竟一次也沒有。江湖上早就認定宋江是
梁山的寨主了，一點也不含糊。面對這種歧視，晁蓋再胸襟濶大，也
該够他難受。

　　本來江糊上，甚至已入夥的兄弟間，如何欣賞宋江，是一回事。
宋江本人的言行 應配合他在山寨坐 第二把交椅這事實， 又是另一回
事。前者反映大家對宋江的景仰（不管對否），後者可以顯出宋江知
白守黑，懂名分之理和在羣體生活中樹立榜樣的重要性。

　　在決策上，宋江自江州法場獲救後即取代晁蓋的地位，這不用再
說。還得講明的是，在宋江的日常言行中，要找例子去證明他心底裏
尚承認梁山的寨主爲晁蓋就難了。每次宋江接待入夥新人，單從他說
的話，那有幾句能看得出他頂頭還有當家的兄長？新入夥者的回答，
雖是應酬語，不提晁蓋，大家（連讀者在內）都覺得很自然。按理，
新人來歸即成爲梁山頭目，剛來時應由寨主接見，解釋山寨情形，才
是合理的安排。宋江上山後，這殊榮就是他的，晁蓋少有分些光彩的
機會。架空晁蓋是從不同角度去看都不難得到的相同結論。這也不能
說是宋江一人陰計之所致，而是兄弟間不謀而合的共同志願。

　　讀者或問，呼延灼領青州兵攻二龍、桃花、白虎三山，孔亮上梁
山請援時，宋江不是很謙虛，徵求晁蓋意見嗎？這孤伶伶的例子不難
解釋。孔亮甫踏腳入梁山，就同時遇見晁、宋二人，宋江因時制宜，
做些門面功夫，說幾句晁蓋聽得入耳的話，不算特別，更不能說宋江
給晁蓋留面子，或者故意討好他。宋江既數度非議晁蓋，否決晁蓋，
令他在大庭廣眾沒有轉角的餘地，尷尬極了，現在即使稍示敬畏，於
公於私又有何補？宋江此舉不在和緩他和晁蓋之間的矛盾，只是方便
自己而已。

這話怎樣說? 孔亮這次代表三山求助而來, 不是個人來投靠。關鍵在孔家兄弟是宋江這個南郭先生昧着良心收來的愛徒, 和一般原無瓜葛的江湖人士不同。現在孔明被擒, 孔亮來乞援, 宋江馬上出兵的話, 便司馬昭之心路人皆見。還是請教晁蓋一番, 讓他下出師令, 名正言順多了。按當時情況, 宋江絕對可以大大方方地任憑晁蓋去處理孔亮的要求, 因爲可能的答案只有一個, 就是出兵。宋江上山以來, 山寨何曾錯過這類可以立刻採取軍事行動的機會 (以後亦如此)? 何況這次的對手爲侵犯梁山的敗將呼延灼, 正給山寨以報復的機會。宋江這次對晁蓋例外地謙讓, 其實是信心充足的表現, 明知結果必如所料。宋江自江州獲救後, 始終沒有把晁蓋放在眼內。

晁、宋的矛盾是性格分別使然。宋江尙功利, 玩權術, 斤斤計較別人的反應, 晁蓋不來這一套。談到務實、愼重、公平、够責任感, 這些當領袖的條件, 晁蓋比宋江強多了。 晁蓋這些優點, 籌劫生辰綱前並無表現機會, 劉唐等去請他出來, 絕不可能以此爲選擇標準。況且他們的注意力集中在行劫的技術上, 也不會怎樣考慮品格上的問題。因此晁蓋雖然在入主梁山以後, 漸漸表露出他耿介的氣質, 我們仍不能用此去洗脫《水滸》安排他出來當領袖時各種照顧不週之失。

晁蓋當寨主以後, 他這些優點漸漸表現出來, 卻得不到梁山兄弟的喝采。他們欣賞的倒是宋江那套做給人看的門面功夫。這還不算, 晁蓋最弱的地方——班底弱到可說並不存在, 正是宋江最突出之處。

上面說過, 謀奪生辰綱以前的晁蓋交遊極窄。連劉唐、公孫勝、三阮也僅能算是準備在搶劫後即分道揚鑣, 不見得會繼續往還的臨時搭檔而已。晁蓋當寨主後, 接觸面雖廣了, 與眾兄弟個人感情的深度始終有限, 突破不了公務關係的層次。山寨人丁愈旺, 晁蓋愈顯得孤單。他終歸沒有燕青 (對盧俊義) 那樣的忠僕, 花榮 (對宋江) 那樣的摯友。眾兄弟心目中的晁蓋, 只是一個大家並不怎樣覺得其存在的掛名領袖罷了。

剛出道時的宋江並不比晁蓋活躍, 知名度更不如。但他兩次長途

外遊，逢凶化吉，朋友愈交愈多，名聲愈傳愈響，勢似斜坡滾雪球，銳不可擋。老江湖如魯智深未見宋江以前，竟說：「我只見今日也有人說宋三郎好，明日也有人說宋三郎好，可惜洒家不曾相會。眾人說他的名字，聒的洒家耳朵也聾了」（第五十八回）。聲譽之隆，號召之大，前時蟄居鄆城，後又長守水泊的晁蓋怎能相比？繼晁蓋之後始上山的兄弟大多數都是先傾服宋江（不論認識與否），然後才加盟的。卽使早已入夥者，如朱貴、林冲，以及和宋江原無關係者，如蕭讓、金大堅，日子一久，眼見眾兄弟口服心服的是宋江，施發號令，率師出征的也是宋江，在他們心裏漸漸覺得晁、宋有別，乃人之常情。每當晁、宋意見分歧時，他們也就附和大家支持宋三郎了。如此下去，晁蓋在江湖聲譽不彰，在山寨虛居首席，他的給架空早成不爭的事實。

宋江聲望之所以能够產生滾雪球作用，與他善爲自己塑造形象有關。宋江對形象的敏感程度，有一事可爲證明。對於一個幾乎沒有武功可言，屢次在生死關頭猶不敢作最起碼掙扎之人，平時特意找武器來防身，豈不是虛僞之極？

清風寨事件後，宋江帶領花榮、秦明等人投奔梁山，快到達時遇見石勇，得父病危的假訊，遂與各人分道揚鑣，自己隻身返鄆城。行前宋江要了口腰刀，還借了石勇的短棒。宋江該有自知之明，提棒帶刀對他全無實際作用，反增行動的不便。這樣多此一舉，無非希望兄弟們相信他確有自衞的勇氣和本領。這種善掌機會，事事謀算的急智，晁蓋是沒有的。

梁山諸人，硬直者多，圓通者少。宋江如此刻意去經營自己的形象，他們自然覺得宋江與眾不同，值得敬畏，對忠厚剛正，胸無大志，而又事事循規蹈矩的晁蓋，只覺得保持公務關係就够了。

這種大小事情積聚下來，晁、宋之間矛盾日深，毫不奇怪。導火線一旦出現，隨時可以爆發。盜馬賊段景住在北方行事失利，來梁山求助，正是這樣的導火線。

　　本來不識梁山任何一人的段景住確够膽色，　跑來梁山，　公然宣
稱，他在北方盜得大金王子騎坐的照夜玉獅子馬，立刻想到要送給宋
江以表進身之意，卻在曾頭市給奪去（當然包括他準備販賣的其他馬
匹），並說了一大堆曾頭市如何侮辱梁山，咒罵宋江的話。段之目的
很明顯，就是要借梁山的力量去報仇。

　　段景住的馬匹被奪是事實，曾頭市對梁山不敬也是事實。但曾頭
市是否會主動來犯，尚是未知數。按當時情勢，梁山絕無先發制人的
必要。就算曾頭市果真來攻，梁山憑水泊天賦的特殊保衞性環境，水
師又強，應付沒有水師裝備、訓練、人材的曾頭市，以逸待勞，可穩
操左券，何必鹵莽出擊？更何況段景住的良駒是否原來真的想送給宋
江，只有他自己才知道。在這種情形之下，山寨實該三思而後行。

　　梁山的反應不出段景住之預料。所以如此，梁山給一連串的勝利
沖昏了頭腦，以及由從不放過藉故用兵的宋江操縱梁山的行動，都是
基本原因。現在連向來持平的晁蓋也感情用事，怒目切齒，討伐曾頭
市遂成梁山的一致決定。

　　晁蓋的盛怒，與其說受不了曾頭市的閒氣，無寧說再容不了宋江
的跋扈和自己的大權旁落。他的被宋江凌駕已到了連陌生人也敢跑來
山寨，當眾宣佈，獲得天下至寶時就想到只有宋江才配使用的程度。
在自己的大本營內尚且給弄得面目掃地，威望全失，以後說話還會有
什麼份量！毅然出征，重建聲威之外，晁蓋還有什麼選擇的餘地？

　　段景住給晁蓋帶來的尷尬，兄弟們好像全不察覺；少數聰明人如
吳用、朱武，就算看到了，也不會說什麼。宋江並沒有說些顧全晁蓋
顏面的話，反而照舊例，理直氣壯地聲稱晁蓋爲一寨之主，該留寨防
守，他自己則再度堂堂皇皇率師遠征。宋江這種成了慣例的命令式部
署，直教晁蓋火上加油，遂不顧一切，盲目出師。

　　晁蓋在這種心態下用兵，又沒有吳用在旁協助，一下子就墜入敵
人的陷阱，面頰中毒箭，奄奄一息而返。

　　在晁蓋心目中，自己該是引狼入室的失敗者了，痛恨宋江之餘，

臨終時想出一條兩敗俱傷的毒計，當着眾兄弟，對宋江說：「賢弟保
重，若那個捉得射死我的，便叫他做梁山的泊主」。這記回馬鎗眞屬
害，宋江再老奸巨猾，也防不到此一招。晁蓋一聲保重，然後指明繼
任人的先決條件，等於委宋江以選人的監察任務，也就是說這把首席
交椅與他無關了。晁蓋已在彌留之際，那容宋江、吳用等跟他辯，一
下子就完成了大家默許的繼任立案程序。晁蓋此舉，全不以公爲念，
如果不是志在宋江，還會有什麼別的意圖可言。

　　梁山雖然沒有事先訂定明確的繼承法，但大哥去世，二哥接掌，
這是中外古今公認的法則。何況在對名次非常敏感的梁山組織內，兄
弟的排名雖然調整過多次，宋江始終是實際統治山寨的老二，除非晁
蓋對他極爲不滿，何必漫無頭緒地，在情理法各方面都說不通的情形
下，另覓新領袖？

　　梁山諸人對宋江的景仰幾乎到了盲目的境界（當然這正是晁、宋衝
突之所由），不讓宋江當家，不管是從已入夥的兄弟中選一人出來，
還是往外間尋覓，只要宋江仍在山寨，就算他對新寨主誠意支持，山
寨的人事關係，權力均衡，必會弄得異常緊張，磨擦百出。倘若晁蓋
關心的是山寨前途和兄弟安危，他理應拋開私人恩怨，讓這個唯一可
以維繫組織完整的人去名正言順地繼任爲寨主，還應設法縮短青黃不
接的時候，以免節外生枝。

　　一向執法嚴明，待人以誠的晁蓋不單沒有這樣做，反而採取相背
的行動，專意要宋江當不了寨主。憑宋江那點幾乎不存在武功，除非
投胎轉世，絕無可能捉得射死晁蓋的高手的（曾頭市的教頭史文恭）。
這等於說，不少人有資格試試，就是宋江這個「矮黑殺才」（戴宗初
遇宋江之語）全無機會可言（不管宋江如何爲自己塑造形象，兄弟們
充其量相信他在某種情形之下能自衞而已，所以每遇事故，總花不少
精神去爲他的安全着想）。這也等於說，只要武藝高強，誰都可以當
梁山寨主，其他條件、本領，全可以不理。

　　晁蓋這樣鬧情緒，走極端，說來還是宋江的言行所逼出來的，值

得同情。但他自私的出發點，不顧後果的態度，好像輸家只求兩敗俱傷而後快，則是應該痛責的。毛澤東當年以晁蓋自名，作為權力鬥爭的武器，被架空，給孤立的相似，他看到了，晁蓋自私與陰害政敵的一面，不知道他看到了沒有？

不論晁蓋該怎樣評價，他此舉確把宋江弄窘了，把梁山集團弄僵了。晁蓋遺言既不可廢，寨中又無人能够（和願意）取代宋江，山寨卻仍得繼續其日常運營，不能一日無領導。宋江就在這種妾身不明，有實無名的情形下處理寨中事務。

宋江並不笨，他不會強廢晁蓋遺言去影響自己的聲譽。但他也不甘心因不採取行動而輕易給個死人套住。故此他上臺後，立刻分眾兄弟為若干有次第意味的組別，並按組別重新分配工作，還命名聚義廳為忠義堂，好幾個步驟同時進行，用來象徵新的開始，也用來表示，他雖尚無寨主之名，早有寨主之實。山寨由他管理既是不爭的事實，按他的理想調整一番，有何不該？

宋江這種樹立自己標識的意圖，後人多不明瞭，甚至強解為宋江在出賣革命，以達到借古喻今的政治目標。宋江固非善男信女，行動背後另有企圖是時有之事，可是把他剛接管梁山時的部署看成是篡改晁蓋原有政治路線的反革命陰謀，就未免寃枉。指梁山聚義為革命活動，本來已是極一廂情願之能事，硬說晁蓋一心一意要推翻趙宋王朝，更如夢話。在學術為政治服務的大前提之下，誰敢說與當前口號不配合的話。當毛澤東臭罵宋江之際，應聲蟲羣出，一言一語如蓋橡皮印，重複無別，成為空前絕後的怪現象。

宋江命名忠義堂這一點，毛澤東等尤其緊抓不放，說晁蓋屍骨未寒，宋江已逼不及待放棄了晁蓋時期之共聚大義，搞修正主義，強調忠君的忠比仗義的義更重要。把忠字解釋得如此狹窄，固已削足適履，最嚴重的還是他們根本不明白聚義廳只是普通名詞，不是專稱。

《水滸》所講的小山寨，舉如桃花山、清風山、黃門山、飲馬川、少華山，以及王倫時期之梁山，聚集、議事、發令之處均曰聚義

廳。 其他小山寨, 因情節或行文關係, 未及注明者, 情形亦不該兩
樣。晁蓋沿用舊有的通稱, 沒有感到有訂立專名的必要, 與他的政策
和立場絲毫無關。 說得簡單點, 如果《水滸》是用歐西文字寫的, 凡
遇聚義廳, 都應作小寫, 而絕不能用大寫。毛澤東等不明底蘊, 強作
解人, 以爲一字之間充滿禪機, 盡可徹底利用。 殊不知廳本無名, 宋
江特爲其首次命名而已 (宋江雖說,「聚義廳今改忠義堂」, 實在因
爲這個缺乏辨認性的通稱用得太久, 成了習慣, 遂如此說, 並非眞的
從某專稱另改一名)。

　　總而言之, 宋江爲山寨這個從來沒有專稱的活動中心起個名字,
和他把兄弟們分組 (也就是調整名次), 重新指派工作一樣, 是宋
江表示身份的手段, 是宋江在成長過程中的「通過儀禮」(rite de
passage), 也是因爲要平衡晁蓋遺言所做成的不利局面而不得已的自
保措施。在一定程度上, 宋江這三項行動都是被動性的反應。晁蓋毒
咒式的遺言確實給宋江帶來相當困擾。

　　平情而論, 到晁蓋逝世時梁山早已是天下第一寨了, 光是頭目就
有八十八人, 如此陣容而竟仍和那些僅得兩三個頭目的小寨一樣, 從
俗例隨隨便便地稱總部爲聚義廳, 成何體統! 晁蓋的尚守成和無長遠
大計, 亦可以此爲證。故宋江當家後, 卽使沒有晁蓋遺言的壓力, 他
也該爲這個再重要不過的場所題名的。

　　其實宋江這些步驟最多能夠做到維護形象, 並不能夠解決他面對
的政治危機。宋江既沒有本領捉拿史文恭, 晁蓋的遺言就成了一顆定
時炸彈, 寨主的寶座隨時可以給人奪去。

　　這政治危機對宋江的威脅嚴重到何程度? 不妨從梁山怎樣應付曾
頭市去弄清楚。

　　宋江加盟以後, 遇到用兵的機會, 梁山從不放過, 初攻曾頭市卽
如此 (晁蓋比宋江理智多了, 無爲軍之役, 晁、宋立場迥異, 便是例
證, 其後山寨頻頻輕易出兵, 自然也是晁蓋給架空的象徵)。晁蓋死
後, 梁山再也不看曾頭市一眼, 如其能在世上自動消失就最好不過似

的。這轉變是不通的。梁山每次出師，總是凱旋而歸，這次卻敗得極
慘，連首領也送了命。按梁山的一貫作風，該稍事整頓後卽反攻才
對，怎會分神去做別的事？

　　從曾頭市的立場去看，戰事更難免。結果卻是梁山避戰，而曾頭
市沒有進一步行動。這清清楚楚指出梁山以前強調曾頭市的威脅是怎
樣一回事。既然被攻的曾頭市大勝，要是他們原先果眞有侵犯之意，
怎會按兵不動，坐等梁山無了期的反應？可見段景住在梁山諸人面前
加鹽加醋，入曾頭市以死罪。至於戴宗去曾頭市偵查時聽來種種曾家
侮辱梁山的話，看來也與段景住有關。段景住馬匹被奪時，他像以前
時遷偷鷄一樣，未上山就光打起梁山的招牌去嚇人，因而惡化曾頭市
對梁山的觀感（時遷偷鷄以前，祝家莊和梁山比鄰而能長期相安無
事，是鐵般的事實），可能性絕對存在。宋江、吳用等人不見得沒有
看破段景住的本領，但利用藉口隨意用兵，在梁山來說已是不易改變
的習慣，遂一發不可收拾，而晁蓋給宋江搞到滿肚怨氣，急於恢復自
己的聲威和地位，才輕易斷送了性命。

　　晁蓋死後，梁山的迴避曾頭市，理由很簡單。再給曾頭市打敗的
可能性且不談，如果史文恭爲林沖、楊志等人所獲，他們既當不了首
領，到時才廢晁蓋遺言，對宋江名譽的損害比晁蓋一死就置其話於不
顧嚴重多了。曾頭市又不乘勝來犯，何必自尋麻煩去惹他們？

　　拖字訣不是徹底辦法，總得另找法子去解決宋江這政治難題。這
機會終因有人提及盧俊義而出現，宋江和吳用立刻掌握時機，不惜設
圈套，費盡功夫去弄盧上山（吳用早就是宋江一黨了，故晁蓋難得帶
兵一次，他在山寨空閒無事，也不同行協助，而宋江出師他則經常隨
侍左右）。

　　表面上，這事很費解。梁山從未花過這樣大的勁去找一個毫無關
係的人上山。以前騙徐寧、蕭讓、金大堅上山，過程有些相似，行動
的規模卻小多了，而且都是爲了救急。弄盧俊義上山不能公然說是爲
了救宋江之急，梁山的行動就不易解釋。正如上述，梁山早已是天下

第一大寨，根本不缺乏盧俊義這種人材。盧各方面都不錯，但不能爲
山寨增色。論武藝，他強不過林沖、秦明、呼延灼等武將；講出身背
景，遠不如金枝玉葉的柴進；談智謀，怎也比不上吳用和朱武？說知
名度，和宋江更是天淵之別。這種人自動來歸，山寨可以多多益善，
一律收容，那用得着千方百計去誘逼他入夥。山寨之所以這樣做，眞
相不該簡單。

　　原來盧俊義的價值就在合乎中庸之道。各項條件不差，可是沒有
一樣眞的超卓，做人又安分，無野心，缺黨羽。正是當副手的理想人
選，找來充老二，絕對讓老大放心（從宋江、盧俊義兩人前後當老二
時，在山寨份量差異之極，便可知宋江確實找對人了）。梁山抛開報
仇雪恨的事不管，專意去弄他上山，道理卽在此。

　　盧俊義一入夥，梁山馬上攻打曾頭市；攻擊時，主要戰將都安排
作正面進攻，單獨盧俊義被指派去看守曾頭市的後路。誘逼盧俊義上
山，就是要他去捉史文恭，就是要他去替宋江解決政治難題，再明顯
不過。

　　捉了史文恭的盧俊義當然不能當寨主（不願，也不敢），結果又
得多繞一個大圈，看分別領兵進攻東平、東昌的宋江和盧俊義誰先打
破城池始作決定，再折騰一番，最後才徹底化解了晁蓋遺言的束縛。
牽涉所及，這兩座與梁山素無瓜葛的城池也够遭殃，生命財產無端端
給宋江用來作爲解決個人問題的賭注。

　　宋江這樣三番四次，轉彎抹角去解決的難題，追究根源，何嘗不
是出於他待晁蓋欠公平，不厚道，以致自己反被晁蓋臨終時一記回馬
鎗所纏死。宋江最後雖然名正言順地坐上第一把交椅，他付出的代價
也够大了。晁、宋間的鬥爭，不單可怕，還深深影響他們所領導的集
團的行動。

　　如此看來，晁、宋之爭誰勝誰負就很難說。平心而論，宋江再跋
扈，按他憂讒畏譏，唯形象是圖的本性，怎也不會篡位的。不必挾天
子而能令諸侯，何用採取不必要的極端行動？至於晁蓋，虛居崇位，

對山寨的長期方策和日常運營毫無領導作用可言，與其在山寨過挨日
子式的生存，還不如轟轟烈烈以梁山寨主之尊戰死沙場。雖然戰情不
是事先可以預料的，晁蓋出師時的義憤填膺應夠說明他視死如歸的態
度，和無所畏懼的精神。曾頭市的戰果可說是求仁得仁；最後還給他
懲罰宋江的機會，也該讓他死而瞑目了。

　　架空晁蓋這條故事主線，編寫《水滸》者運用起來確是煞費苦
心，計劃周詳。只是因為這脈絡串連幾十回書的大小事情，不易為讀
者察覺。毛澤東是第一個把它作為專題來討論的，不能不說他讀書夠
細，可惜他鼓吹的是歪曲、偏激、附會，和背後另藏目標的論調，功
遠遠補不了過。他硬說晁蓋、宋江是一正一邪，分別代表革命與反革
命，就和他同時推動的儒法鬥爭論，把中國幾千年歷史的無數事和人
都指派為非儒（邪）即法（正），同樣荒唐幼稚到不值一笑。根據當
時法定的說法，晁、宋的交惡正是儒、法鬥爭的好例子。

　　《水滸傳》的好處不是三言兩語可以綜合的，但其中總該包括主
要人物的刻畫入微，活躍紙上以及情節的繁雜緊湊，氣勢澎湃（這也
使讀者無暇顧及組織上的各種漏洞和矛盾）。這些好處，不少都可以
從晁、宋關係的角度去解釋。譬如說，從晁蓋之死到排座次前夕，整
整十回，動作快，轉變急的故事，全是由晁蓋遺言帶出來的。我們
也不難想像，沒有晁蓋這面鏡子，宋江的性格就不易作深刻的描寫。
這不妨看看大家熟識的無為軍和初打祝家莊兩役。要是晁蓋不在，誰
會提出強烈的異議，這樣很易便會出現每逢宋江發命令都成了天命良
策。故事的曲折性大受影響固不待言，宋江性格的勾畫也難講求深
度，甚至全書可以演成後世那種遇敵殲敵，殺得斬瓜切菜的庸俗作
品（征遼、田虎、王慶這後加的三部分就屬於這類型；方臘部分亦如
此，不過被殺的為梁山諸人罷了）。

　　小說寫人性，小說評論的重點在刻畫的範圍和深度，不在所創造
的角色的善惡。《水滸》講窮途末路，爭取生存，謀求自保的故事
（並不是什麼農民起義）。正因如此，其間梁山人馬你謀我詐者有

之，不擇手段、弱肉強食、捨人利己、唯利是圖、強詞奪理、崇尚權
勢、歸罪弱小、黨同伐異、草菅人命，諸如此類，盡皆有之，例不勝
舉。《水滸》的寫作成功不在美化這些以爲法則（卽明淸時代加在
《水滸》的誨盜罪名），而在忠誠地處理此等人性問題，更難得的
是，使這些問題的處理與情節的安排互相交織，表裏承應。其中一
條貫徹性的主要脈絡就是晁、宋關係的轉變，以及晁蓋終被架空而至
犧牲。採用這脈絡不僅沒有違背水滸傳統的一貫發展，反見編書人選
擇得聰明。

晁蓋在《水滸》中扮演的角色一直到攻破東平、東昌，山寨徹底
化解他的遺言，才算終結。值得注意的是，到晁、宋關係完全休止的
時候，《水滸》本身也成了強弓之末，隨卽大聚義，排座次，以後寫
下去，技術、氣氛、主旨、組織，樣樣出毛病，由此可見架空晁蓋這
主線對維繫《水滸》全書如何重要。

《水滸》剛成書的時候，一直寫到梁山受招安，而今本《水滸》
以自排座次以後至受朝廷招安這一部分最接近原貌。這對《水滸》演
變過程的認識並不妨礙我們去判斷，今本《水滸》在晁、宋之爭終止
時，另找招安去替代爲敍事主線（以前固早有伏筆），結構內涵，處
處都顯得鬆散和膚淺。比較之下，架空晁蓋這脈絡的優勝就格外明
顯。

選用架空晁蓋這題材去聯繫排座次以前的情節，當是成書之初的
《水滸》與以前久經演變的片段故事之間最大的分別。這樣的選擇免
不了經過一番思考，處理起來也確費苦心，連細節也往往與此配合。
有一事可用作證明。

準梁山人馬首次出場時，有一慣用的描述模式，不難從而判斷此
人注定要當梁山頭目。不管在散文敍述部分有無描寫一下他的容貌、
服飾等等，通常會有一段另行低幾格，與正文分開排列的論讚式韻文
揷詞去作介紹。這段揷詞不一定作實質的形容，重點仍多在交代其人
的特徵、本領，和點明他的姓名以及其綽號的意義。以段景住爲例，

散文部分由其自述「人見小弟赤髮黃鬚，都呼小人爲金毛犬」外，還通過「宋江看這人時，雖是骨瘦形麤，卻甚生的奇怪」強調一番，然後復加揷詞「焦黃頭髮髭鬚捲，盜馬不辭千里遠，強夫姓段涿州人，被人喚做金毛犬」。段景住這小人物，在整本小說中的作用基本上僅限於曾頭市的序幕，經過這樣不嫌費詞的鋪排描寫，讀者對他的印象怎也不該模糊不淸的了。

　　梁山頭目人數眾多，這種介紹自然有若干變式。有些人物遲至第二、三次出場時才慢慢形容其體貌（李忠、朱武），有些首次露面時僅有散文描寫，揷詞要到再出現時才提供（史進、柴進），也有遇到不同場合便重新描繪一番的（李逵、魯智深）。雖然這些變式有時或者與《水滸》的演變過程有關而不純出於作者求處理上的變化，散文部分形容的詳簡以及揷詞的長短，大致仍和角色的重要性成正比例。因此，張青和施恩僅有散文描寫而無揷詞並不足爲奇（劉唐雖爲重角，亦僅得同樣待遇，則可能與情節的局限性有關），而宋江、花榮、盧俊義、燕青甫出場，就在同一場合內連得兩段揷詞，則可說代表另外一端。這裏所說的介紹，並不包括出身、武功這類背景的交代，也不包括敍述情節的揷詞，而僅指形容個人體貌的揷詞和散文。

　　小說人物容貌的淸楚逼眞與否當然直接關係到作品的成敗。以《水滸》而言，宋江、李逵、武松、魯智深、林沖、吳用等要角在這方面絕不成問題。連次要的朱仝、秦明、楊志、時遷、王英、柴進、張順等也沒問題。等而下者，如三阮、兩解、呂方、郭盛、關勝、徐寧、周通、陳達輩，都有足够辨認的容貌資料（兩三人小組內的成員難分彼此，那是另一回事）。或許編寫此小說者要應付的人物實在太多了，有好幾人卽使讀者想像力豐富，亦不容易「看見」他們，那就是宋萬、杜遷、杜興、童威、童猛、薛永、宋淸，和朱富，因爲書中絕不提他們的聲容（其中杜興僅得一句「生得尫贏」，也算不上是具體的話）。這些勉強入流的人物能否看得見，一般讀者也不會關心。但是，貴爲天下第一大寨寨主的晁蓋竟和宋淸之流待遇相同，就值得

特別討論。

　　自出場至喪生，晁蓋這個中心人物（最少名份如此）的故事串連四十七回的情節，好好讀者看清楚他的機會多的是。這本來也不該有別的寫法。書中卻不僅連最短的四句式插詞都不分配一小段給他，還始終不曾透露他的尊相！讀者除了確知他比剛出場時約三十歲的宋江大十歲外，就僅能直覺地判斷他應够健碩，其他基本如面型、五官、高度、體重、膚色、風采，甚至喜歡什麼服飾（《水滸》經常通過服飾去形容人物），都全無消息。《水滸》對陪襯角色，不時利用他們與別人不同的特徵，如全身麻點（湯隆）、乾瘦頭尖（王定六）、身長一丈，腰濶數圍（郁保四）、碧眼重瞳，虬鬍過腹（皇甫端），去彌補他們有限的露面機會，以增强讀者的印象。爲什麼處理晁蓋時，連這點都辦不到？

　　且不說晁蓋在這方面比不上絕大多數梁山兄弟，他連書中爲數不少的煙花歌妓、禍水紅顏、僧道仙怪、土豪無賴，以及其他閒雜配角都不如。試看張天師、金翠蓮、劉太公、牛二、閻婆惜、潘金蓮、陳文昭（東平府府尹）、蔣門神、蔣門神之妾、養娘玉蘭、劉知寨妻、宋玉蓮、玄女娘娘、玉女、潘巧雲、裴如海、白秀英、柴皇城、公孫勝母、羅眞人、高廉、李巧奴、曾塗、史文恭、李瑞蘭等，都各有適當的插詞。道君皇帝、史太公、丘小乙、崔道成、陸虞候、周謹、武大郎、李鬼、曾魁等人，雖無插詞，也有足够的散文描寫。晁蓋爲何不濟到什麼也沒有？《水滸》書中的著名人物，像晁蓋這像全缺個人形容的，僅王進、高俅、西門慶三人（另外，鎮關西、王倫、欒廷玉、殷天錫也如此，但他們在書中份量低多了）。不管怎樣去衡量，編書者對晁蓋之處理，根本不配他的寨主身份。結果下來，連晁蓋外貌（不是品性）屬於那一型類（英挺、醜陋、粗豪、渾厚、威嚴、瀟灑、獷潑、冷峻、遲鈍、敏銳……），讀者也很難說得準。這好像在拍電影時，導演特令其中一要角永遠焦點失調，只容觀眾看到一個朦朧的影子，同樣荒謬不通。

　　我們可以同意編寫《水滸》者的立場，覺得只應依從傳統，安排
晁蓋早死去讓宋江當寨主，但晁蓋還是可以是個有血有肉，確實觸覺
得到的人物，而不用給唐突懸空到現在的樣子的。編書人犯了如此嚴
重錯失，我們自然不能為他護短。但從這點去看，我們起碼可以明白
這編者刻意架空晁蓋到什麼程度。

　　至於毛澤東的另一指控，說《水滸》摒晁蓋於一百零八之外，可
謂本末倒置。晁蓋既早逝，他死後好一段日子山寨才作最後的定名
次。一百零八是日後的總人數，說的全部是健在的人物，早已當了神
位者又怎能算在其中？故本來就談不上摒與不摒。

　　《水滸》安排那一百零八人，雖然處處顧慮到各人對山寨貢獻的
不同，地星各人特別如此，最後的那張名單還是怎樣也不能說是毫無
重複的（遺漏可以不理）。只要晁蓋不死，即使斤斤計較一百零八這
數字，去一人而包晁蓋，絕非難事。

　　毛澤東的意思是說晁蓋不應早死，故最後大聚義時不管總人數如
何，他仍當是寨主，而《水滸》不給晁蓋這機會，就足證此書之出賣
革命，只可供作反面教材之用。他根本不明白，甚至故意迴避，《水
滸》要談的是人性問題，不是在鼓吹革命，和《水滸》描寫的梁山生
活何嘗是烏托邦式的，而是各人為了生存互相妥協遷就，同時也免不
了陰算擺佈的。

　　起碼我們總得承認，晁蓋之未能參與最後大聚義是早給架空的結
果，事情只是一件，怎也不能分開來算作《水滸》或宋江的另一個罪
名。

　　這裏還有一事要交代清楚。根據現代的政治要求去分析，架空晁
蓋可以被標識為十惡不赦的罪行；繩之以審判文學作品的準則，又可
以直指其失比例，欠均衡。歷代的廣大讀者卻不管這些，欣然接受貶
晁尊宋的看法。這點可以用《水滸》的各種繪圖去解釋。

　　嘉靖以後刊行的明版《水滸》，特別是在萬曆年間《水滸》增修
工作做得極頻仍時候出版者，多帶插圖。這些插圖的形式主要是：㈠

每回前附兩幅各佔半葉的版畫，如容與堂本，㈡用上圖下文的辦法，每半葉來一幅窄狹的長方形插圖，如大多數的閩版簡本。這兩類插圖都是故事性的，題材選擇起來對晁蓋並無厚薄可言，故涉及晁蓋的大事，他該在圖內出現的，大率有他的一份。但因缺乏體貌資料的依據，見於不同版本插圖的晁蓋便相差很遠，毫無統一性可言（見本集插圖28-29）。

清版《水滸》的情形又不同，泰半僅在書首來幾張背景簡單或沒有背景的單人或雙人繪圖，便算了事。這樣就出了嚴格的選擇性。結果中選的通常為不能不包的要角（如宋江、李逵、武松）和玲瓏浮突的配角（如扈三娘、時遷、孫二娘）。簡言之，都是書中提供過足够個人體貌資料，畫師和讀者均容易在腦海中看見的人物。清版《水滸》數目浩繁，誰也看不盡，不能斷言晁蓋從未在這些人像插圖中出現過，但就知見所及，確舉不出一例來。就算果眞有這樣的插圖，恐怕也屬鳳毛麟角。這種空白自然有助於架空晁蓋意念的成長。

另一種繪圖是獨立發行的酒令式紙牌葉子。主要的明代水滸葉子，存佚各一款。成化、弘治時人陸容在其《菽園雜記》中，介紹一種流行於《水滸》成書以前，而今已不傳的葉子。這套紙牌以《宣和遺事》為據，選繪了二十人，內無晁蓋（正如上述，《宣和遺事》的名單上有晁蓋，卻僅是包榜尾的人物），可見在《水滸》一書出現以前，晁蓋在這傳統之內地位的低微。

存的一款為鼎鼎大名的陳老蓮（陳洪綬，1598-1652）《水滸葉子》。這套繪製於《水滸》成書以後的紙牌，收四十人，資料顯然以今本《水滸》為據。這套葉子雖比陸容記述的人數增加一倍，其中還包括了不少品流低下者如樊瑞、施恩、顧大嫂，卻亦無晁蓋在內。除了早死以外，晁蓋之極缺體貌資料，不易畫出來，當是主因。

同是獨立發行的，還有一套疑是託名成化時人杜堇而實際至光緒時始出現的《水滸全圖》。它用五十四圖去繪畫梁山一百零八人，也不關晁蓋的事。這套人像畫就算要反映大聚義時的陣容，在前面附上

梁山始祖之像，不該不妥。況且同樣缺乏個人體貌資料的宋萬、宋清
等人都畫了出來，繪製晁蓋的困難也該可以克服。關鍵當在，這畫師
並未感覺到，缺了晁蓋，「全圖」的意義是否會出問題。《水滸》書
中處處壓制晁蓋，並教其早死，遂給讀者這種心理影響。

到了二十世紀中葉，情形仍如此。晚至五十年代小孩子玩的《水
滸》人物連環圖卡片，以及其後畫家顏梅華繪製的梁山英雄單人畫
（見1973年 8 月、 9 月的《明報月刊》 8 卷 8 期及 9 期），統統都是
沒有晁蓋的。

很明顯，在讀者的心目中，不管潛意識與否，長久以來晁蓋就是
個透明人。

直到最近，情形才稍有改變。鄆城畫家孫景全（1940-　）出版的
《水滸英雄譜》（濟南：山東美術出版社， 1987年），內收一百零九
張單人畫，第一幅就是晁蓋的（見本集插圖30），便是一例。可惜全
出於幻想（年紀就不符），且故意誇張晁蓋的革命氣質，太關心當前
的政治要求了。

宋江挨罵時，晁蓋的行情相應看好。現在為宋江「平反」的，雖
大有其人，都不覺得（或沒此勇氣）要取消當日對晁蓋所說過的好
話。晁蓋的聲名隨着比從前響亮了不少。這是順便說明的後話，並不
能用來改變晁蓋在《水滸》中飽嘗的尷尬處境，或消弭宋江諸人對他
的不公平待遇，更不能掩飾晁蓋之不顧山寨安危去擺平私怨。

架空晁蓋是水滸傳統，歷經各種演變，最後成書，再改寫定型，
以致伸展到其他文類，始終不可分割的一部分。故此，架空晁蓋的討
論可以幫助我們理解《水滸》的本質，和探索它的演變原委。但若政
治掛帥，另懷目標，這種討論很易便會失之毫釐，謬以千里。

　　——《聯合報》，1989年 8 月25日—— 9 月 2 、 4 、 5 日（〈聯合副刊〉）

歐西名詞對照表

　　書中歐西名詞僅於首次出現時附原文。茲按譯名（包括漢學家自訂漢名）筆畫和部首備此表以助查檢 。 只一見之詞， 因該處已附原文，僅選錄若干較重要者。

大英博物館	British Museum
大英圖書館	British Library
丹麥皇家圖書館	Det Kongelige Bibliotek （哥本哈根）
巴威略國家圖書館	Bayerische Staatsbibliothek （慕尼黑）
巴勒天拿圖書館	Biblioteca Palatina
巴黎法國國立圖書館	Bibliothèque nationale, Paris
牛津大學卜德林圖書館	Bodleian Library, Oxford University
包吾剛	Wolfgang Bauer
古恒	Maurice Courant
伊維德	Wilt L. Idema
艾熙亭	Richard G. Irwin
伯希和	Paul Pelliot
何喬治	George A. Hayden
杜平根大學	Universität Tubingen
杜德橋	Glen Dudbridge
李福清	Boris Riftin
邦立瓦敦堡圖書館	Württembergische Landsbibliothek （斯圖

加特）

邦立吐靈森圖書館	Thüringische Landsbibliothek（魏瑪）
邦立薩克森圖書館	Sächsische Landsbibliothek（德勒斯頓）
孟大偉	David E. Mungello
邵博	Bert van Selm
侯文	Cornelis de Houtman
柯迂儒	James I. Crump, Jr.
倪豪士	William H. Nienhauser, Jr.
哥本哈根	Copenhagen
馬幼垣	Y. W. Ma
高豪學院	Coe College
梵帝崗教廷圖書館	Biblioteca Apostolica Vaticana
傅克樂	Klaus Flessel
凱達琳娜號	Catharina
斯圖加特	Stuggart
普實克	Jaroslav Prušek
萊頓大學	Rijksuniversiteit te Leiden
奧地利國立圖書館	Osterreichische Nationalbibliothek
福華德	Walter Fuchs
漢堡	Hamburg
維也納	Wien
劍橋大學圖書館	Cambridge University Library
墨路臘	Paullus Merula
德勒斯頓	Dresden
德國皇家圖書館	Königlichen Bibliothek
德國國立圖書館	Deutche Staatsbibliothek（柏林）
德國國立普魯士文化圖	Staatsbibliothek Preussischer
書館	Kulturbesitz

慕尼黑	München
慕尼黑大學	Universität München
龍彼得	Piet van der Loon
戴密微	Paul Demiéville
戴聞達	J. J. L. Duyvendak
韓南	Patrick Hanan
魏漢茂	Hartmut Waravens
魏瑪	Weimar

索　引

八　　劃

十　　劃

十 三 劃

水滸論衡

1992年6月初版

2007年5月初版第三刷

有著作權・翻印必究

Printed in Taiwan.

定價：新臺幣480元

著　者　馬　幼　垣
發 行 人　林　載　爵

出　版　者　聯 經 出 版 事 業 股 份 有 限 公 司
台 北 市 忠 孝 東 路 四 段 5 5 5 號
台 北 發 行 所 地 址 : 台北縣汐止市大同路一段367號
　　　　電話 : (0 2) 2 6 4 1 8 6 6 1
台北忠孝門市地址 : 台北市忠孝東路四段561號1-2F
　　　　電話 : (0 2) 2 7 6 8 3 7 0 8
台北新生門市地址 : 台北市新生南路三段94號
　　　　電話 : (0 2) 2 3 6 2 0 3 0 8
台 中 門 市 地 址 : 台 中 市 健 行 路 3 2 1 號
台 中 分 公 司 電 話 : (0 4) 2 2 3 1 2 0 2 3
高 雄 門 市 地 址 : 高 雄 市 成 功 一 路 3 6 3 號
　　　　電話 : (0 7) 2 4 1 2 8 0 2
郵 政 劃 撥 帳 戶 第 0 1 0 0 5 5 9 - 3 號
郵 　 撥 　 電 　 話 : 2 6 4 1 8 6 6 2
印 　 刷 　 者 　 世 和 印 製 企 業 有 限 公 司

行政院新聞局出版事業登記證局版臺業字第0130號

聯經網址 http://www.linkingbooks.com.tw

　　信箱 e-mail:linking@udngroup.com

國家圖書館出版品預行編目資料

水滸論衡／馬幼垣著．
　--初版．--臺北市：
聯經，1992年
436面；16.5×24公分．
ISBN　978-957-08-0794-3（平裝）
〔2007年5月初版第三刷〕

　Ⅰ．水滸傳-批評，解釋學

857.46　　　　　　　　　　　81002327